재겸 장편소설

여왕 쎄시아의 반바지

III

Queen Cecia's Shorts

재겸 장편소설

여왕 쎄시아의 반바지

III

위즈덤하우스

Contents

1
옷이야말로 가장 정치적인 것

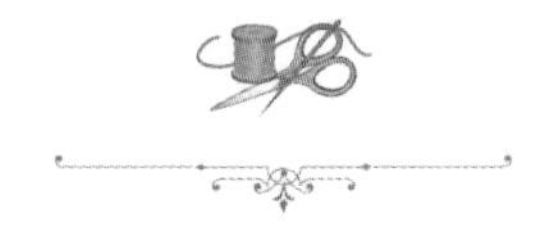

"차이셨습니다."

돌아온 일렉사 백작부인의 말에 책상 앞에 앉아 있던 쎄시아는 눈썹을 꿈틀했다.

"싫대?"

"예."

"왜?"

"나이가 많아서요."

"윽."

쎄시아는 가슴을 움켜쥐며 상처받은 척했다. 일렉사 백작부인은 눈썹 하나 까딱하지 않고 말을 이었다.

"품위 없어 보입니다."

"이런, 실연의 아픔을 겪은 처녀에게 품위를 찾다니. 부인의 피는 파란색이오?"

"아프지도 않으시면서."

쎄시아가 씩 웃었다.

"정말로 나이가 많아서 싫대?"

"일단 말씀드릴 건, 폐하가 마음에 드느냐고 물어보지는 않았습니다."

일렉사 백작부인은 책상 앞에서 손을 모아쥐고 있었다. 그 부동의 자세에 쎄시아는 피식 웃었다. 보나 마나 내 이름 같은 건 꺼내지도 않고 무서운 얼굴로 물어봤겠지. 애인 있어? 없으면 만나볼래? 같은 얘기. 부인이 이은 말들은 쎄시아의 예상을 크게 벗어나지는 않았다. 쎄시아는 '그대보다 열 살쯤 많습니다'라는 말에 유리 클로드가 숨도 안 쉬고 바로 '죄송합니다!'라고 답했다는 이야기에 배를 잡고 웃었다.

"실연의 아픔이라고 하시더니, 퍽 재미있으신가 봅니다."

"재미가 없지는 않지."

"아무튼. 그렇다고 합니다."

"나의 재단사는 의외로 여자의 나이를 신경 쓰는 타입인가 보군? 그래 보이지는 않았는데."

쎄시아의 말에 부인이 픽 웃었다.

"예. 그래 보이지는 않았습니다. 솔직히 말씀드리면 거절할 핑계를 찾는 것에 가까워 보였죠."

"안타깝기 그지없어."

"상대가 폐하라고 말한들 달라질 것은 없어 보여 굳이 덧붙이지는 않았습니다."

"잘하셨소."

여왕은 턱을 괴고 미소 지은 채 보던 서류를 마저 끌어당겼다. 그리고 3초 후.

"……내가 직접 말해볼 걸 그랬나?"

미련이 뚝뚝 떨어지는 말투에 일렉사 백작부인은 미간을 찌푸렸다.

"글쎄요……."

"그는 예쁜 것에 혹한다고. 내가 얼굴이라도 들이대면서 말했으면 조금 달라지지 않았을까?"

"글쎄요. 예쁜 얼굴에 혹해 청혼서를 넣는 남자들을 세상에서 가장 증오하셨으면서."

부인의 말에 쎄시아는 어깨만 으쓱했다. 옆에 서 있던 마틸다는 조금 이해되지 않는 눈으로 두 사람을 바라봤다. 여왕이 유리를 마음에 들어 하는 것은 알고 있었으나, 일렉사 백작부인이 저렇듯 나름대로는 적극적으로 여왕에게 협조하는 이유를 알 수 없었기 때문이다.

여왕이 유리를 마음에 들어 한다는 것은 측근 시녀들 사이에서는 기정사실이었다. 신분이 낮은 남자라 오히려 마음이 편하지 않겠느냐며 쎄시아가 재상에게 건넨 말은 충격 그 자체였다. 가까이에서 여왕을 모시는 시녀들은 채 열 명이 되지 않았다. 그녀들은 여왕이 신분이 낮은 남편을 데리고 왕관을 고수하기 위해 유리 클로드를 눈여겨보고 있다는 것에 관해서는 이견이 없었다.

그러나 일렉사 백작부인이 쎄시아 발렌시아와 유리 클로드의 결합에 관해 긍정적일까? 라는 의문에 관해서는 의견이 엇갈렸다. 그녀는 쎄시아 발렌시아의 가장 든든한 정서적 지지자이자 엄격한 선생이었기 때문이다. 어머니와 같다고도 할 수 있었다. 과연 딸이나 다름없는 쎄시아 발렌시아가 신분 낮은 남자와 결혼하려는 것을, 나아가 홀로 아이를 키우려는 것을 좋게 보아 넘길 수 있을까.

마틸다는 '그렇지 않다'는 축이었다. 그래서 마틸다는 일렉사 백작부인이 유리 클로드에게 여왕에 대해 조금이라도 떠봤다는 사실 자체를 놀랍게 받아들였다.

이내 여왕의 집무실을 나와 일렉사 백작부인이 자신의 집무실로 돌아갈 때, 마틸다는 결국 참지 못하고 입을 열었다.

"부인. 폐하는 정말로 유리 클로드를 부군으로 맞이하실 생각이실까요?"

"마틸다."

"주제넘은 염려인 것은 알고 있습니다. 하지만 저는 잘 이해가 되지 않아서요."

마틸다 또한 유리 클로드가 괜찮은 사람이라는 것은 정말 잘 알고 있다. 그녀는 유리 클로드의 가장 친한 친구 중 하나였으니까. 어쩌면 여자보다도 여자의 마음을 더 잘 알고 있고, 재능 있는 상인이다. 칭찬을 좋아하지만 솔직해 그 인정욕구가 얄밉지 않고, 주변인들에게 후하게 군다. 마틸다 또한 그가 제법 괜찮은 신랑감이라는 생각은 여러 번 했다.

그러나 그건 상대가 마틸다 정도의 신분일 때의 이야기다. 여왕에게 유리 클로드는 결코 괜찮은 신랑감이 아니다. 심지어 그와 결혼할 필요도 없다, 아이만 있어도 괜찮지 않겠냐는 말을 여왕이 내뱉었을 때 마틸다는 무심코 튀어나가 '그건 아니지요!'라고 말할 뻔했다.

백번 양보해서 신분 낮은 남편을 맞이하는 건 왕관을 고수하려는 여왕의 심산이라고 생각할 수도 있다. 그러나 남편 없이 아이를 홀로 키우는 것은 가시밭길이다. 괴로운 일이다. 마틸다는 남편 없이 아이를 키우는 여자들의 괴로움을 모르지 않는다. 적어도 마틸다의 주변에는 없지만, 발렌시아에는 그런 여자들이 제법 있었다.

남편이라는 울타리가 없는 여인들의 인생은 그리 쉽지 않다. 하물며 여왕이라도 그럴 것이다. 여왕의 배에서 낳은 자식이 누구라고 해도, 아버지 없는 자식이 들을 말을 생각하면 마틸다는 여왕의 생각이 잘 이해되지 않았다.

무엇보다 가장 좋은 신랑감을 고를 수 있는 위치의 여인이 그렇게 생각한다는 것은.

마틸다의 말에 일렉사 백작부인은 희미하게 웃었다.

"그렇지. 그대는 그렇게 생각할 수도 있겠군요."

"……저뿐만 아니라 수많은 발렌시아의 백성이 그렇게 생각할 겁니다."

"그대의 말이 맞아요."

일렉사 백작부인은 집무실에 들어가 문을 손수 닫았다. 부인의 책상 옆에 마틸다의 책상이 놓여 있었다. 책상 위에는 서류들이 어지럽게 흩어져 있었다. 일렉사 백작부인과 마틸다가 소화해내는 일들만도 엄청났다. 마틸다는 책상 정리를 채 하지 못한 데에 얼굴을 붉혔으나, 부인은 그런 것을 탓할 생각이 없었다. 그녀는 마틸다의 책상 위 서류들을 손끝으로 정리해가며 중얼거리듯 말했다.

"마틸다. 사실 폐하는 그리 어려운 분은 아니에요."

"……."

"폐하가 발렌시아 대국을 건국한 계기는 그대도 알겠지만 결혼하기 싫어서였죠."

"……예."

마틸다로서는 실로 놀랍게까지 여겨지는 사유였다. 일렉사 백작부인은 빙그레 웃었다.

"다른 이유이긴 하지만, 마틸다는 혹시 내 남편이 세상을 등진 이유를 알고 있습니까?"

"어……."

일렉사 백작부인의 남편은 가산을 탕진하고 스스로 세상을 등졌다. 그는 도박 빚에 저택을 팔아넘겼고, 사업은 어음을 남발해 안 하느니만 못한 상태였다.

일렉사 백작부인은 남편이 죽자마자 신속하게 집안을 일으켰다. 마치 준비라도 한 듯이. 그녀의 수완을 두고 사람들은 대단하다 칭송했다. 그러나 그렇다고 해서 '당신 남편 도박하다 죽었어요!'라고 답할 수도 없는 노릇이다. 마틸다의 상관이지 않은가. 눈알을 굴리는 마틸다를 보고 노부인은 잔잔하게 웃었다.

"내 남편이 죽은 이유는 폐하와 근본적으로는 같습니다. 도망친 것이죠. 그렇지만 두 사람이 도망으로 만든 결과는 굉장히 달라요. 뭐랄까, 비교할 수도 없긴 하지만……. 폐하는 앞으로 도망쳤다고 해 보죠."

"……."

"폐하는 자신이 하는 도망의 결과를 명확히 아는 분입니다. 자신의 인생뿐만 아니라 발렌시아 대국의 백성들의 인생이 자신의 어깨에 걸려 있다는 것을 알고 있는 분이죠. 그게 제 남편과 폐하가 다른 점입니다."

쎄시아 발렌시아는 결혼하기 싫어 도망쳤다. 그 도망이 상당히 색다른 종류였다는 것은 차치하고.

"나도 처음에는 폐하가 부군 없이 아이만 있으면 되지 않느냐고 말했을 때, 당황하고 또 염려했답니다. 왜냐하면, 나도 자식을 길러 본 사람이기 때문이에요."

"……아."

마틸다는 노부인의 아이를 떠올렸다. 일렉사 백작은 노부인과의 사이에 1남 1녀를 남겼다. 장녀는 일렉사 백작이 죽기 전에 시집을 갔고, 백작 사망 당시 어렸던 아들은 지금 일렉사 백작부인의 사업을 물려받아 경영 중이었다.

일렉사 백작부인은 백작이 죽은 후에 가문을 일으키고, 아이도 홀로 키웠던 사람이다. 그런 그녀야말로 남편 없이 자식을 기르는 것에 대해 가장 잘 알고 있을 것이다.

'그렇다면 쎄시아 발렌시아가 하려는 일에 관해 가장 먼저 말리고 싶지 않을까?'

그러나 부인은 마틸다의 그런 의문을 단번에 깨부수었다.

"폐하는 비를 맞는 것을 두려워하지 않으시는 분입니다. 폐하께서는 아마 그런 것은 고려도 하지 않으시겠지만……. 글쎄요. 나는 폐하께서 나 같은 여인들 대신 비를 맞아주실 것에 대해 의심하지 않습니다."

"……부인."

쎄시아 발렌시아는 몸소 비를 피할 곳 없는 여인들의 우산이 될지도 모른다. 그녀는 그렇게 말하고 있었다. 일렉사 백작부인은 책상을 내려다보며 부드럽게 말했다.

"나는 군주야말로 완벽해야 한다고 믿어 의심치 않는 사람이었답니다. 그렇지만……. 완벽한 왕이라는 건 무엇일까요."

"……."

"우리는 폐하가 완벽하지 않다는 걸 알고 있습니다. 그렇지만 훌륭한 군주라는 것도 알고 있죠. 비록 술을 좀 많이 드시고, 짜증이 좀 심하고, 말도 안 되는 일들을 저지르시지만, 그 모든 것에는 이유가 있고……. 무엇보다 자신의 인생이 단 한 사람의 것이 아니라는 걸 분명히 알고 계십니다. 나는 그걸로 충분하다고 생각해요."

마틸다의 눈동자에 혼란이 들어찼다. 일렉사 백작부인은 마틸다를 좋아했다. 그녀가 여왕의 시녀가 된 것, 나아가 제 비서가 된 이유는 간단하다. 여왕의 시녀는 좋은 가문에 시집갈 수 있는 조건들 중 하나였다. 좋은 남자와 혼인해서 괜찮은 인생을 영위하기 위해.

일렉사 백작부인은 그것이 나쁘다고 생각하지 않았다. 마틸다는 또래 귀족 여성 중에서는 가장 영민하고 재빨랐다. 그녀가 여왕의 시녀로 일하며 겪는 것들은 발렌시아의 귀족으로 자라온 여성들에게는 지나치게 생경한 일들이다. 지금은 모른다 해도 아마 나중에는 일렉사 백작부인이 말하는 것들을 마틸다 또한 이해하게 되리라.

"늙은이가 젊은이에게 '나중에는 다 늙은이들을 이해하게 될 거야'라고 말하는 것을 나는 좋아하지 않아요. 좋은 일도 아니죠. 그러니 마틸다. 지금은 이해되지 않더라도 폐하를 지켜봅시다."

마틸다가 고개를 끄덕였다. 노부인은 마지막 말을 덧붙였다.

"물론 폐하도 마틸다를 이해시키기 위해 인생을 사시는 것은 아니라는 점도 명심하길 바라요."

"예."

요약하자면 네가 이해하지 못해도 폐하가 하시는 일에 관해 토달지 않길 바라……정도일까. 적어도 마지막 말만은 이해한 듯, 마틸다는 무릎을 굽혀 보였다. 일렉사 백작부인은 창문으로 다가갔다. 바람이 서늘해서였다.

"수확제가 코앞이군요."

"예."

"할 일이 많아요. 일합시다."

일렉사 백작부인의 말에 마틸다가 빠르게 책상에 앉았다. 그녀는 일렉사 백작부인이 어루만지던 서류들을 끌어당기며 동시에 펜을 집어 들었다. 그리고 가장 위에 올라와 있는 서류를 보고 눈을 가늘게 떴다.

확장 중인 발렌시아 외곽에 형성된 빈민촌. 오랫동안 쎄시아 발렌시아의 골칫거리로 자리 잡고 있는 곳이다. 그리고……. 마틸다의 눈에 들어온 서류는 그곳의 부녀자들을 위한 구제 사업이었다. 빈민촌, 남편 없이 아이를 기르는, 악순환, 같은 단어가 마틸다의 눈에 들어왔다.

마틸다는 영리했다. 쎄시아 발렌시아가 대신 비를 맞아주는 것도 나쁘지 않겠다는 일렉사 백작부인의 말을 즉시 이해할 정도로는. 누군가는 그녀를 헐뜯을 수도 있다. 그러나 또 누군가는 쎄시아 발렌시아를 가장 든든한 원군으로 여길 수도 있을 것이다.

일렉사 백작부인이 정원을 내다보며 중얼거렸다.

"이번 수확제에는 나의 정원은 닫아놓아야겠어요. 봄의 대축제 때 들어온 귀족들 덕에 심어놨던 들꽃들이 많이 죽었더군요."

"그렇게 하겠습니다."

마틸다는 펜을 들었다. 사각사각 소리가 노부인의 집무실을 메웠다.

니겔 굴랍 카움이 보낸 물건은 수확제를 불과 3주 앞두고 도착했다. 유리는 니겔이 보낸 물건을 보고 "생각보다 잘 나왔네!"라며 감탄했다. 레스타가 기웃거렸다.

"뭔데?"

"새 코르셋."

"코르셋?"

레스타는 유리가 코르셋을 증오하는 것을 아주 잘 알고 있었기에 고개를 갸웃했다. 코르셋을 굳이 아스완에서 받아쓴다고? 유리가 받은 물건을 보고 레스타의 의문은 한층 더 커져만 갔다. 유리는 얇고 납작한 생고무 끈을 수백 개는 받아온 것이다. 그것을 죽죽 늘려 보는 유리를 보고 레스타는 영 석연찮은 얼굴을 했다.

"네가 뭘 하든 믿지만……. 영 본 적도 없는 물건이긴 하군. 그걸 어떻게 코르셋에 쓴다는 거야?"

"정확히는 코르셋이라기는 뭐하고. 일단 두고 봐. 적어도 그 어린 애들의 숨통은 틔워 줘야지."

유리가 한숨을 내쉬었다.

"그리고 나는 또 꼼짝없이 밤을 새워야 하고."

"이런. 너무 무리하진 말아……라고 말하고 싶지만. 무리해줘."

레스타의 눈이 장난기로 반짝였다. 유리가 눈을 흘겼다.

"뭐야, 그 말은?"

"뭐, 네가 무리하면 할수록 더더욱 부자가 될 테니까."

"우와……. 너무한 거 아니냐."

유리가 웃음을 흘렸다. 레스타는 어깨를 으쓱했다.

"참, 부탁한 건?"

"아. 맞아. 나도 그 말을 하려고 했는데. 유리. 네 부모님이 인편에 편지를 보내셨는데."

"편지이?"

유리는 레스타에게 편지를 건네받았다. 유리는 아스완으로 가는 길에 론다의 부모님에게 편지를 부쳤었다. 봄의 대축제에서 유리는 이름을 알렸고, 자연스레 유리가 론다 출신이라는 것도 알려졌다.

유리의 부모님은 유리가 남자로 일하고 있다는 것을 알고 있지만, 유리의 고향 사람들은 그저 유리가 벨름에서 제법 괜찮은 상점에 취직한 줄로만 안다.

론다 백이 밴딧에게 슬쩍 유리와 친분을 쌓기 위해 연통을 넣으려고 한 것을 알게 되자마자 유리는 론다로 연통을 넣었다. 엉뚱한 곳에서 유리가 여자라는 것을 들킨다면 무슨 일이 일어날지 몰라서다. 그런 것들을 유리는 부모님에게 편지로 짤막하게 설명했다. 부모님이 경영 중인 의상실을 빠르게 처분하고 벨름으로 오라고.

유리의 부모님이 생각보다 너무 멀쩡한 사람들이라는 게 문제라면 문제였다. 그렇잖아도 벨름에서 성공한 딸 덕분에 론다에서 제법 괜찮은 의상실을 운영하게 된 유리의 부모님 내외는 딸에게 계속 신세를 진다는 것이 마뜩잖았던 모양이었다. 의상실을 헐값에 처분하려면 얼마든지 그럴 수 있었지만, 부모님들은 천천히 제대로 된 기반을 잡기 위해 느리게 움직였다. 유리가 상황 설명을 제대로 하지 않았으니 그럴 만도 하지만…….

유리가 받은 편지에는 의상실을 이제야 처분했고, 곧 벨름으로 이주하겠지만 너무 걱정하지 않아도 된다는 말들이 적혀 있었다. 유리는 이마를 찌푸렸다.

적어도 자신이 아스완에서 돌아올 때쯤에는 모든 게 끝나 있기를 바랐는데. 그래도 이주는 제법 순조로운 모양이니. 유리는 더이상 걱정하지 않기로 했다. 그런 걸 걱정하기엔 유리의 앞에 놓여있는 일들은 너무 많았다. 가장 먼저는……. 제 눈앞에 놓여 있는 누런 고무끈들부터다.

좋아. 유리는 팔을 걷어붙였다. 레스타는 유리의 작업이 시작됐음을 직감하고 슬쩍 물러났다. 문을 닫고 나가려는 레스타의 뒤통수에 유리가 외쳤다.

"가는 길에 베로니카!"

"너는 그런 소리를 무슨 올 때 젤로, 처럼 얘기하더라."

레스타가 투덜거렸다. 유리는 히죽 웃었다.

켈리 아만틴은 턱을 쳐들었다. 함께 온 친구들 사이에서 고귀한 공주처럼 보이고 싶은 모양이었다. 그러나 유감스럽게도 그녀는 이

제 아홉 살이 되었고, 그녀의 우아한 몸짓은 주변인들에게는 퍽 귀엽게만 보였다. 유리가 웃으며 물었다.

"켈리 아가씨, 어제는 좋은 꿈 꾸셨나요?"

"그럼요."

"좋아요. 이제 제가 켈리 아가씨와 다른 분들을 위한 옷을 보여드릴 거예요. 마음에 들지 않거나 싫은 부분이 있으면 가감 없이 말해주셔야 해요."

"네에."

켈리 아만틴의 옆에는 아이 둘이 머뭇거리고 있었다. 둘 다 수확제에서 켈리와 함께 여왕님 앞에서 노래를 부를 아이들이었고, 모두 나름대로는 괜찮은 집안의 자제들이었다. 아이들의 부모는 그 유명한 아타락시아의 유리 클로드가 옷을 만들어준다는 이야기에 쾌재를 불렀다. 아이들과 함께 온 하녀들도 신기한 듯 유리의 작업실 안을 둘러보고 있었다.

유리가 내어놓은 옷을 보고 하녀들은 눈을 끔벅거렸다.

"이게……."

"옷 밑에 받쳐 입을 속옷이랍니다."

차마 코르셋이라고 말하기 어려워 유리는 속옷이라고 말했다. 하녀들은 그 옷을 만져보고는 조금 이상한 표정이 됐다. 어떻게 입혀야 하는지 전혀 감을 잡지 못해서다. 그렇다고 해서 유리가 아이들의 옷을 갈아입혀 줄 수는 없으니 아타락시아의 침모들이 나섰다. 개중에서도 눈에 띄는 것은 눈이 퀭한 베로니카였다. 한쪽에 켈리의 보호자로 와서 앉아 있던 마틸다가 베로니카를 알아보고 반색했다.

"어머나, 베로니카 아닌가요?"

"예에."

"의상실을 따로 차렸다고 들었는데……."

궁에서 일하는 이라면 베로니카의 의상실 이야기를 모를 수 없었다. 마틸다가 말끝을 흐리자, 베로니카가 안다는 듯 옅게 웃었다.

"유리 님 덕분에 아타락시아에서 일할 수 있게 되었답니다."

설명은 길지 않았지만, 마틸다는 구태여 되묻지 않았다. 베로니카는 속옷을 들고 파티션 뒤로 갔다. 부스럭부스럭 소리가 나고, 아이들이 "이게 뭐예요?"하고 되묻는 소리가 들렸다.

아이들이 옷을 갈아입는 동안 아타락시아의 종업원들이 차와 군것질거리를 내어놓았다. 유리는 과자 한 개를 집어 들다가 자신을 빤히 쳐다보는 마틸다와 눈이 마주쳤다.

"마틸다?"

"……아, 잠깐 뭘 좀 생각하다 보니……."

마틸다가 말끝을 흐렸다. 유리는 고개를 갸웃하고는 과자를 입에 집어넣었다. 수도에서 요즘 가장 인기 있다는 식당의 디저트였는데도 마음에 차지 않았다. 그야 에넌이 유리에게 가져다주었던 것은 왕궁의 요리사가 만든 디저트였으니까. 그런 고급품에 입이 익숙해 있으니 자연스레 불만이 찼다.

과자를 먹다가 당신 생각이 났어요, 라고 말하면 그 남자는 무슨 표정을 지을까. 유리는 저도 모르게 히죽히죽 웃다가 곧 다른 이들이 자신을 이상하게 쳐다보는 것을 알아채고 표정을 고쳤다.

곧 파티션 뒤에서 옷을 다 갈아입은 아이들이 나왔다. 아이들이 입은 것은 두툼한 실크로 만든 몸통에 잠자리 날개 같은 얇고 비치는 실크 단을 몇 겹이나 붙여서 만든 사랑스러운 드레스였다. 팔랑거릴 때마다 몇 겹의 실크가 물결치며 요정 같은 느낌을 주었다. 그 실크들은 모두 나뭇잎 모양으로 재단되어 깜찍했다. 희게 염색한 양가죽으로 만든 낮은 신은 돼지가죽으로 안쪽을 덧대어 아이들의 발에 달라붙듯이 잘 맞았다. 여린 발이 다치지 않게 하려는 유리의 심산이었다.

하녀들이 어쩜, 하고 탄성을 내질렀다. 아이들도 깡충깡충 뛰었다. 특히 켈리는 거울에 제 모습을 비춰보고는 꺅 소리를 지르며 마틸다의 치마폭에 안겼다.

"어머나, 귀여워라. 켈리. 대체 어디서 이렇게 귀여운 요정이 튀어나왔지요?"

"헤헤."

켈리가 팔을 파닥거리며 좋아했다. 소매 또한 나뭇잎 모양으로 작게 재단된 실크를 봉긋하게 부풀린 형태였다. 켈리가 팔을 휘두를 때마다 실크가 팔랑팔랑 움직이며 나비 같은 인상을 주었다.

"어쩜. 수확제에서 가장 귀여운 아가씨들이 되겠어요."

"그렇지요?"

켈리가 뺨을 발갛게 물들이며 마틸다에게 소곤거렸다. 낯을 가리는 켈리는 아직도 유리에게 직접적으로 말을 잘 걸지 않았다. 마틸다의 눈이 동그래졌다.

"코르셋도 만드셨어요?"

"코르셋이라고 하긴 뭐하지만……. 아니, 코르셋 맞아요."

유리가 머리를 긁었다. 여기서 코르셋이 아니라고 했다가는 아이들의 부모가 안쪽에 다른 코르셋을 덧입힐 수도 있었기 때문이다. 눈치 빠른 베로니카가 잽싸게 꾸러미 세 개를 내놓았다. 궁금해하는 마틸다에게 유리가 말했다.

"아이들 용 코르셋이에요."

"어머나……."

"두어 개를 더 만들었으니 바꿔가며 입히시면 됩니다."

유리가 빙그레 웃었다. 유리가 만든 것은 안쪽에 고래뼈나 사슴뼈 대신 얇게 눌러 편 생고무를 바느질해 넣은 물건이었다. 그러니까, 코르셋이 아니라고 하기는 어렵지만……. 기존의 코르셋보다는 훨씬 편한 물건이다.

유리는 켈리가 입고 있던 코르셋을 보고, 그날부로 시중 의상실에서 어린 귀족 아가씨들 상대로 팔고 있는 코르셋들을 사 왔다. 너나 할 것 없이 동물의 뼈, 혹은 나뭇가지나 딱딱한 철로 된 물건이었다. 그것들은 모두 어린애들이 입기에는 너무 가혹한 물건이었다.

자신이 쎄시아에게 바지를 입혔을 때 그녀가 한 말을 유리는 아직도 기억하고 있었다. 남자아이들처럼 뛰어다니고 싶어서 매일 밤 울었다고. 갑갑한 코르셋을 입고, 왜 남자로 태어나지 않았는지 자신을 낳은 이를 원망했다고 한 말들. 그 쎄시아의 입에서 나온 말이라는 게 가장 놀라운 부분이었다. 유리가 본 쎄시아는, 그런 생각 같은 건 하지도 않을 것 같았는데.

아마 켈리 아만틴도 다르지 않을 것이다. 매일 밤 빨리 코르셋에 몸이 들어맞기를 기도하면서 갑갑해 하다가 겨우 잠드는 생활을 거듭하겠지. 유리는 그런 것이 싫어서 쎄시아에게 바지를 입혔다.

그러나 유리는 자신의 시도가 누군가에게는 아직도 너무나 급진적이라는 것도 알아차렸다. 쎄시아가 바지를 입고 왕좌에 앉은 지 한참 지났으나 사람들은 여전히 코르셋에 자신을 가두기를 서슴지 않는다. 그건 쎄시아가 너무 특별한 사람이라서 생기는 괴리감이다. 쎄시아는 유리의 제안을 서슴없이 받아들일 만큼 특별했으나, 역설적으로 보통 사람들은 '여왕이니까 가능하다'며 쎄시아와 같은 선택을 하지는 않았던 것이다.

그렇다면 조금씩 익숙하게 만들어주는 수밖에 없었다. 유리는 켈리 아만틴과 이 여자아이들이 자라 결혼을 하고 아이를 낳았을 때, 그 자식들에게는 더 이상 코르셋을 입히지 않길 바랐다. 그렇게 만들 자신도 있었다.

모든 사람들이 급진적이기를 바라는 것은 유리의 이기심이다. 유리는 그들을 비난하고 싶지 않았다. 대신 그들이 천천히 바뀌어가는 것들을 스스로 선택할 수 있게 하는 것이 옳다. 그게 유리가 앞으로 살아가야 할 세상이기 때문이다.

유리는 바느질에 재능이 없었고, 그래서 베로니카를 불러 도와달라고 했다. 베로니카는 어떤 일이든 유리의 일이라면 도와줄 준비가 되어 있었다. 게다가 유리가 만들려는 물건이 어떤 것인지 알게 된 후에는 밤을 새워 유리를 도왔다. 생고무 위에 사람 손으로 바느질을 하는 것은, 아무리 얇게 눌러 폈다고 해도 어려운 일이다.

그러나 베로니카는 가죽도 꿰맨 적이 있다며 납작한 고무 끈들을 코르셋 안에 꿰매어냈다. 완성된 물건은, 비록 몸을 조이기는 하지만 그래도 뼈로 만든 코르셋처럼 움직이기도 힘들지는 않았다.

유리의 이름값이 있으니 아마 당분간 부모들은 그 코르셋을 켈리에게 입힐 것이다. 켈리는 적어도 울며 잠들지는 않을 것이다. 켈리가 조금 더 컸을 때, 아마 유행은 바뀌어 있을 것이다. 손 안에 들어올 만큼 가느다란 허리나 잔뜩 끌어올려 숨쉬기도 힘든 가슴. 그런 것은 유행한 적도 없는 것처럼 될 것이다. 유리가 그렇게 만들 테니까.

켈리 아만틴은 몸을 굽혀 자신의 신발을 보고 예쁘다며 감탄하고 있었다. 그 소녀가 처음 유리의 의상실에 왔을 때와는 사뭇 다른 모습이었다. 고래뼈 코르셋을 입고서는 저렇게 동그랗게 몸을 말고 신발을 볼 수 없었다.

더 많은 소녀들이 저렇게 움직이게 될 것이다. 몸을 굽히고, 팔랑팔랑 뛰어다니고, 소화불량 같은 건 알지도 못하게 만들어 주리라고 유리는 생각했다.

유리는 벨름에 돌아가지 않기로 결심했다.

그날부터 아타락시아에는 새로운 광고가 붙었다. 어린 소녀들만을 위한 유리 클로드의 새로운 코르셋. 저렴한 가격에 특별히 주문받고 있다는 문구에 아이를 키우고 있는 여인들이 하나씩 주문했다. 나이가 찬 여인들의 것도 슬쩍 주문받았음은 물론이다.

'내 엉덩이의 안빈낙도를 위해 투자한 물건을 이렇게 쓸 줄은.'

유리가 작업실 책상 위에 쌓인 주문서를 보며 피식피식 웃었다. 애초에 아스완까지 여행하며 마차 바퀴에 감기 위해 투자한 물건인데, 이렇게 사용할 수 있을 줄은 몰랐다. 니겔은 아마 유리가 편지로 보낸 주문량을 보면 그녀를 욕할지도 몰랐다. 아스완 중부의 고무농장 - 물론 니겔은 루브라고 불렀지만 - 에서는 이 정도의 생산량을 감당하기 힘들었다. 어쩔 수 없이 더 농장을 만들어야겠지.

니겔이 아스완 남부에서 고무나무를 제대로 길러낼 수 있다면 좋겠는데. 그렇게 생각하며 유리는 머리를 긁었다. 그리고…….

'고무 가공도.'

지금의 고무 가공은 사실 고무 수액이 굳기 전에 빠르게 늘리는 정도다. 사실 그 정도로도 코르셋에 쓰거나 마차 바퀴에 감는 데는 별문제가 없었지만……. 유리는 점점 많은 것을 바라게 됐던 것이다. 그러니까.

'피임…….'

인생이 원래 그렇다. 게임같이 자꾸 다음 과제가 생기는 것이다.

보스전 깬 줄 알았더니 알고 보니 방금 전 깬 보스는 중간보스고, 다음 턴에서 또 다른 보스가 튀어나오고……. 유리는 제 삶이 어쩐지 게임 같다고 생각했다. 탐폰 해결했더니 이제는 피임이냐.

'뭐 그래도 그런 게 있는 줄 모르고 대강 사는 것보다는 훨씬 낫지 않을까.'

유리는 제 작업실 책상에 엎드려 펜을 물고 생각했다. 어차피 자신이 이 동네에서 인생 살고 있는 이상 한 번은 부딪혔어야 할 게임이다. 누구든 간에 애인을 만났다면 당연히 고민하게 됐을 일인 것이다. 인간이라는 게 좋아하는 사람 생기면 사귀기 전에야 아, 손이라도 잡아보고 싶다……. 정도가 가장 큰 바람이기 마련이다. 그러나 사귀고 나서는 한도 끝도 없이 욕심이 생기는 것이다. 손 잡으면 끌어안아 보고 싶고 뺨에 입 맞추다가 입도 한번 대보고 싶고. 그러다가.

"흐흐흐흐흐흐흥."

유리가 책상에 엎드린 채 히죽히죽 웃었다. 눈알 튀어나오게 잘생긴 제 애인이 생각나서다. 아. 보고 싶다. 만지고 싶다. 이놈의 세상은 왜 사진도 없고 뭣도 없어서 보고 싶을 때 사진도 못 보는 건가.

성에 초상화가 있기는 하지. 그렇지만 그거 보려면 발렌시아 성까지 들어가야 한다. 게다가 그 초상화 실물의 10분의 1도 제대로 못 담았단 말이야.

"내 애넌 그렇게 안 생겼다고……."

초상화 속 에넌도 잘생겼지만, 실제로 움직이는 그 남자에 비하면 어이없을 정도다. 본래 초상화는 인물 보정이 좀 들어가는 거 아니야? 왜 그 남자는 그렇게 잘생겨서 초상화에도 다 안 담기지? 유리는 남자의 얼굴을 떠올려 보려다가 조금 흐릿해서 괜히 씩씩댔다. 반듯한 이마 아래 자리 잡은 눈썹뼈, 그 위에 돋은 두툼한 눈썹. 조금 다듬으면 매끈해 보이지만, 눈썹을 다듬지 않아도 잘생겼다. 원래 잘생긴 사람들은 그런가?

미간 아래 오뚝한 코와 푸른 눈. 바다를 담은 것 같이 깊고 푸른 눈이 자신을 쳐다보면 유리는 저도 모르게 등줄기에 소름이 돋곤 했다. 뭐든지 다 줄 것 같이 다정한 눈동자는 햇빛을 받으면 파랗게 빛났다.

"아, 보고 싶다."

유리는 볼을 책상 위, 보던 서류 위에 올려놓은 채 힝힝 칭얼거렸다. 보는 사람도 없으니 혼잣말을 좀 해도 상관없다.

그 밑에 있는 건 단단하게 다물린 입술과 굳건한 턱. 남자다운 굵은 턱선을 유리가 손가락으로 쓰다듬으면 남자는 항상 끙, 하고 신음했다. 유리가 제 턱을 만지면 가슴 한쪽이 간질거려서 견딜 수 없다나. 유리는 혼자 킥킥 웃다가 중얼거렸다.

"뽀뽀하고 싶다."

입 밖으로 내뱉으니 한층 더 마음이 애절해졌다. 유리는 엎드린 채, 눈을 꾹 감고 소리 질렀다.

"아! 언제 와!"

"지금요."

유리는 감았던 눈을 부릅뜨고 벌떡 몸을 일으켰다. 너무 빨리 몸을 일으킨 탓에 책상 위 종이가 볼에 붙은 채였으나 유리는 그런 건 신경도 쓰이지 않았다. 믿을 수 없게 익숙한 목소리였기 때문이다. 유리의 눈에 들어온 건, 슬쩍 열려 있는 문간에 팔짱을 끼고 기대선 빨간 머리의 남자.

딸기색 머리카락의…….

"거짓말."

"……이었으면 좋겠습니까?"

"아니요!"

유리는 그대로 의자에서 일어나 문간으로 달려갔다. 작업실은 넓었고, 유리가 뛰어오는 것을 보고 남자는 환하게 웃으며 팔을 벌렸다. 유리의 볼에 붙었던 종이가 파르륵 떨어지는 것과 동시에 남자는 유리를 단번에 안아 올렸다.

유리는 남자를 꽉 끌어안았다가 곧 믿을 수 없다는 표정으로 몸을 떼어 남자의 얼굴을 봤다.

"에넌?"

"예."

"에넌이에요?"

"예. 에넌입니다."

에넌 라이언하트가 유리의 물음에 성실하게도 답하며 웃었다. 유리는 미간을 조금 찌푸렸다. 아직도 저를 안고 있는 남자의 존재가 실감이 되지 않아서였다. 그러나 자신이 방금 전까지 떠올렸던 푸른 눈동자, 반듯한 이마……. 자신을 안고 있는 단단한 팔과 산 같은 어깨. 모든 것이 진짜였다. 유리는 거기까지 살펴보고, 마음이 벅차올라 남자의 목덜미에 얼굴을 묻었다.

"힝, 뭐야……."

"뭐냐니요."

남자가 웃음기 어린 말투로 물었다. 유리는 칭얼거렸다.

"더 오래 있다 올 줄 알았는데……."

"수확제 전까지는 돌아오겠다고 했잖습니까."

"아니, 수확제는 아직도 조금 남았고……. 폐하도 에넌이 수확제 전날에나 올 것 같다고 혀를 차셨단 말이에요."

유리의 말에 에넌은 다정하게 그녀의 등을 두드렸다.

"저도 그럴 예정이었습니다만."

유리가 고개를 들어 에넌의 얼굴을 들여다봤다. 에넌은 유리와 시선을 마주하고는 한층 더 환하게 웃었다.

"보고 싶은 마음을 참다 참다 터질 것 같아서요."

"미쳤다……."

"예?"

유리의 중얼거림에 에넌이 눈을 껌벅였다. 유리는 힝, 하고 이마를 남자의 어깨에 부볐다. "돌았나 봐……. 뭐 이런 말을 보자마자 막 하고 그래요 사람 심장 터지게……." 유리의 중얼거림에 남자가 웃음을 터트렸다.

"저야말로 얼마나 놀랐는지 아십니까."

"뭘 놀라요."

"조금 놀래켜 주려고 살금살금 올라왔더니, 문 사이로 당신이 웃고 있지 뭡니까."

"제가요?"

"흐흐흥, 하고."

유리는 눈을 깜박이다가 어깨에서 얼굴을 확 떼어 에넌을 쳐다봤다. 어느새 남자의 얼굴은 장난기로 가득 차 있었다. 그제야 유리는 남자가 오기 직전 자신이 무슨 말을 하고 있었는지 떠올렸다. 얼굴이 순식간에 달아올랐다. 유리는 헐떡이며 물었다.

"……다 들었어요?"

"예."

"미쳤다……. 어디부터요?"

"글쎄요. 제 이름에 당신이 소유권을 주장할 때부터요?"

"소유권이요?"

"내 에……."

헙. 유리의 손길에 입이 막힌 에넌이 눈을 굴렸다. 유리는 얼굴이 새빨개져서 허우적댔다.

"못 들은 걸로 해요!"

"오으으어오 어어에……."

유리가 손을 떼자 남자가 웃었다.

"들은 걸 어떻게 못 들은 걸로 합니까."

"……못 들은 걸로 쳐달라고요!"

"싫은데요."

"에넌!"

"그거 말고요."

에넌이 제 이마를 유리의 이마에 맞대고 속삭였다.

"방금 그 말. 한 번만 더 해 주세요."

"……윽."

이상하게도 막상 눈앞에 남자를 두자 하려던 말도 안 나왔다. 아마 보고 싶었던 마음과, 남자를 만난 기쁨과, 쑥스러움 같은 것들이 모두 뒤엉켜서일 테다. 유리는 코로 흥흥거리다가 에넌의 입술에 제 입술을 갖다 대려 했으나, 에넌은 장난기 어린 얼굴로 유리의 입술 위에 손가락을 갖다 대고 막았다.

"안 해 주면 입도 못 맞추게 할 거예요."

"우와, 대박 치사해……."

"빨리."

유리는 기가 막혀 입을 벌렸다가 웃었다.

"에……."

"으흠."

에넌이 눈썹 한쪽을 들어 올렸다. 유리는 볼이 발개져서 큼, 하고 헛기침했다.

"내……."

막상 그 눈을 들여다보며 하려니까 도저히 말이 나오지 않았다.

그러나 에넌은 기대감이 가득한 눈으로 유리를 빤히 쳐다봤다. 결국 유리는 크게 한숨을 내쉬듯 말했다.

"내 에넌……."

"예."

에넌이 함박웃음을 지었다. 눈가가 온통 접힐 정도였다. 유리는 창피해서 에넌의 목을 끌어안고 그의 목덜미에 얼굴을 묻었으나, 에넌은 자신을 고쳐 안으며 얼굴을 보여 달라고 속삭였다. 유리가 창피한 표정으로 쳐다보자, 에넌은 부드럽게 자신의 코를 유리의 코에 부볐다.

"당신 겁니다."

입술과 입술이 맞닿았다. 유리는 눈을 감으며 손을 뻗어 슬쩍 문을 닫았다. 보고 싶었어요. 입을 맞추며 속삭이자 남자는 저도요, 하고 웃으며 그녀를 본격적으로 문에 밀어붙였다. 따뜻한 숨결이 오가고, 혀가 얽혔다. 유리가 에넌의 목덜미 뒤로 손을 둘러 깍지 끼자, 에넌은 기다렸다는 듯 그녀의 몸에 제 어깨를 붙였다.

오랫동안 서로를 만나지 못했던 연인들은 정신없이 서로를 살폈다. 에넌은 유리의 이마, 코, 입술, 턱까지 입을 맞췄다. 유리가 가볍게 에넌의 목덜미를 깨물자 에넌이 흠칫하더니 유리의 귓바퀴에 키스했다. 이윽고 그녀의 목에 코를 묻은 에넌이 길게 숨을 들이마셨다.

"좋은 냄새가 납니다."

"당신한테는 먼지 냄새가 나요."

"이런. 성에 들어오자마자 당신을 찾아왔더니."

땀 냄새가 나겠군요. 미안합니다, 하고 떨어지려는 에넌을 유리는 빠르게 붙들었다. 그리고 팔을 뻗어 그를 힘껏 끌어안으며 중얼거렸다.

"좋아요. 바람 냄새……. 당신이 저를 만나러 달려왔다고 생각하니 기분이 좋은데."

"그렇습니까."

에넌은 유리를 다시 안아 올려 작업실 한쪽의 소파에 앉혔다. 유리의 손을 붙들고 깊게 다시 한번 입 맞춘 후, 옆에 앉은 에넌이 속삭였다.

"저도 보고 싶었고……. 키스하고 싶었습니다."

"그랬어요?"

"그럼요."

유리가 킥킥 웃었다. 에넌이 웃음 섞인 한숨을 내쉬며 말했다.

"수도 관문을 통과하자마자 말을 관문에 내맡기고 달렸습니다."

"그랬어요?"

"함부로 가도에서 말을 달리면 사람들이 다칠 수도 있으니까요."

그래서 관문에서부터 뛰어왔다는 소리다. 공작님쯤 되면 말을 타고 와도 아무도 뭐라고 하지 않을 텐데. 하다못해 관문에서 마차를 바로 내달라고 해도 될 것이다. 그렇지만 남자는 두 발로 달렸다. 그런 남자이니 좋아하지 않을 수 없었다. 유리가 키득거렸다.

"그래서요?"

"그래서는요. 도어 보이에게 왔다고 하니 놀라 뛰어 올라가려는 걸……. 깜짝 놀라게 해주고 싶어서 올라왔더니 혼자 엎드려서 웃고 있질 않나."

"……아니 그거야, 뭐."

유리가 볼을 긁었다.

"그러더니 사람 가슴 터질 것 같은 소리나 하고. 정말이지."

"그랬어요?"

"예."

에넌이 유리의 손을 당겨 손등에 입 맞췄다. 유리의 가슴 한구석이 간질거렸다.

"오늘 한가합니까?"

"바쁜데요."

"이런."

"저녁에 오랜만에 애인 만나야 되거든요."

유리의 대답에 에넌이 눈을 동그랗게 떴다가 이를 드러내고 씩 웃었다.

"잘 됐군요. 저도 그렇습니다."

"성에 가실 거죠?"

"예. 관문에서 아마 보고가 올라갔을 텐데, 누이가 저를 기다리실 겁니다. 저는 보통 발렌시아에 들어오면 가장 먼저 누이에게 갑니다만……."

말 안 해도 알겠지? 하는 뜻으로 에넌이 눈 한쪽을 찡긋했다. 그 얼굴이 또 너무 잘생겨서 유리는 붙들고 있던 에넌의 어깨를 꾹 쥐었다.

"얼른 폐하를 만나고 오셔야겠군요."

"예. 묻고 싶은 것도 있고요."

"뭔가요?"

"유리."

에넌의 푸른 눈동자가 다정하게 유리를 들여다봤다.

"폐하에게 제가 유리를 사랑한다고 말해도 될까요."

유리의 가슴이 덜컥 내려앉았다. 에넌이 말을 이었다.

"유리가 여자인 것을 말하겠다는 뜻이 아닙니다. 물론 지금 성에 가자마자 유리를 사랑한다고 말하겠다는 의미도 아니에요."

"어……."

"유리. 부끄럽지만 저는 올랭피아에서 당신과 제가 오래도록 행복할 수 있으려면 어떻게 해야 할까를 생각했습니다."

유리의 옆에 앉았던 에넌이 소파 아래로 내려와 한쪽 무릎을 꿇고 유리 앞에 앉아 눈을 맞췄다.

에넌이 올랭피아에 있었던 기간은 길지 않았다. 아스완에서 올랭피아로 가는 기간, 그리고 수도까지 오는 기간까지 합쳐 봐도 두 달 남짓한 시간이다. 그 기간 동안 에넌은 유리가 했던 말들을 생각했다.

몇 년 후에는 벨름으로 가겠다는 말. 여자인 것을 밝히지 않고 사라지고 싶다는 말.

그러나 에넌은 제 누이를 안다. 그녀는 어지간해서는 유리를 놓아주지 않을 것이다. 물론 좋은 의미로다. 쎄시아는 능력 있는 자를 총애한다. 유리만큼 일 잘 하는 사람은 어떤 대가를 주어서라도 자신의 옆에 붙들어놓고 싶을 것이다.

어느 순간 유리가 너무나 힘들어질 때가 올 것이다. 에넌은 쎄시아가 유리에게 마음을 두고 있다는 것도 알고 있었다. 그 마음은 에넌만큼의 열렬함도, 혹은 성애적인 의미도 가지고 있지 않지만 적어도 유리가 별 탈 없이 사라지게 놔두지는 않을 것이다.

그렇지만 에넌은 섣불리 쎄시아에게 선수를 치고 싶지는 않았다. 그건 유리가 원하는 것이 아니다. 그리고 에넌이 원하는 것도 아니다. 그리고 무엇보다 에넌은 쎄시아에 대한 확신이 있었다.

아마 그녀는 유리가 여자인 것을 알면 자신이 속은 것에 대해 화는 내겠지만, 곧 누구보다 좋아할 것이다. 손뼉을 치며 재미있어하거나, 즐거워하겠지. 그게 에넌이 아는 쎄시아였다.

"그렇지만 제가 제 누이를 안다고 해서 당신에게 여자임을 밝히라고 이야기하고 싶지는 않습니다. 저와 당신은 입장이 다릅니다. 제가 사랑하고 귀애하는 누이는, 당신에게 너무나 무서운 군주일 테니까요."

"에넌……."

유리는 불안한 눈으로 에넌을 쳐다봤다. 에넌은 부드럽게 웃었다.

"다만 저는 당신이 가장 불안할 때, 제가 당신의 울타리가 되어줄 수 있기를 바랍니다."

"어떻게요?"

"글쎄요. 당신이 사라지고 싶을 때, 저는 폐하에게 당신에 대한 사랑을 고백해버리고 순식간에 당신을 납치해 도망치는 흉악범이 될 수 있겠죠."

"……엑."

"금단의 사랑에 빠진 나머지 여왕폐하가 가장 예뻐하는 재단사를 납치하는 공작님이 될 겁니다. 혹은 그와 밀월여행을 떠나버리는 철없는 남동생이 될 수도 있겠죠."

……그러니까, 유리가 사라지고 싶을 때 이 남자는 가장 든든한 조력자가 되겠다는 것이다. 조용히 사라질 수 없다면, 적어도 자신이 악역이 되어서라도. 유리는 어이가 없어 웃어버렸다. 이 다정한 남자는 정말 별생각을 다 한 것이 분명했다.

"남자를 사랑한 나머지 아무도 모르는 곳에 그를 꽁꽁 숨겨놓은 나쁜 공작님의 소문이 대륙에 퍼지는 동안, 갈색 머리카락을 길게 기른 처녀는 남쪽의 작은 도시에서 의상실을 차릴 수 있지 않겠습니까."

"에넌……."

유리는 손을 뻗어 에넌의 머리카락을 쓰다듬었다. 에넌은 간지러운 듯 어깨를 움츠렸다. 귀여워 죽겠네. 이 덩치 큰 남자가 올랭피아에서 끙끙 앓으며 이런 생각을 하고 있었다고 생각하니 유리의 마음이 희한하게도 부풀어 올랐다.

"고마워요."

"예."

"그런데 그거 안 할 거예요."

"음?"

유리는 에넌의 목덜미를 끌어안았다. 에넌이 엉거주춤 몸을 들어 유리에게 안겼다.

에넌은 아직 유리가 발렌시아에 돌아와서 했던 생각들을 모르고 있었으니까 이런 말을 해주는 것일 테다. 유리는 에넌을 제 옆에 앉힌 후 그의 왼팔을 끌어당겨 제 어깨에 둘렀다. 묵직하고 따뜻한 팔이 어깨를 감싸자 안도감마저 들었다.

유리는 베로니카의 이야기와 켈리 아만틴의 이야기를 털어놨다. 여왕에게 학교의 설립 허가를 받은 일도.

감히 할 수 있을지는 잘 모르겠다. 그래도 유리는 켈리 아만틴이 다 큰 처녀가 되었을 때, 한 줌짜리 허리를 갖는 대신 소화불량에 시달리는 일이 없기를 바랐다. 더 이상의 베로니카가 없기를 바랐다. 많은 사람이 편한 옷을 입었으면 좋겠다는 애당초의 바람은 변하지 않았다. 오히려 더 커졌다.

"그놈의 코르셋, 제가 호호 할머니가 되었을 때쯤에는 아무도 거들떠보지도 않게 할 거예요."

"예."

"베로니카가 더 이상 울지 않게 할 거예요."

"예."

"여자들이 돈을 많이많이 벌었으면 좋겠어요."

"예."

"당신이 다른 사람과 춤추지 않았으면 좋겠어요."

"어……. 예?"

유리는 짐짓 귀여운 척 눈을 깜박였다. 이런 표정을 지으면 플럼은 욱하는 표정이 되었지만, 이 남자의 경우에는 반대로 윽, 하고 당황할 것이다. 예상대로 에넌의 입가가 비실비실 올라갔다. 귀여워 죽겠다는 표정이다.

"수확제에 가실 거죠?"

"어……. 아마도요?"

유리는 봄의 대연회에서 에넌이 아르시노에 외에도 몇몇 여인과 의례적으로나마 춤을 추었던 것을 기억했다. 새벽까지 이어진 연회에서 에넌은 용기 넘치는 몇몇 여인과 결국은 춤을 추었더랬다. 유리는 볼을 부풀렸다.

"당신이 수확제에서 다른 여자랑 춤추는 거 싫어요."

"예."

그렇게 답하는 에넌은 실실 웃고 있었다.

"제 거예요."

"예."

"안 돼요."

"예."

"하지 마세요."

"원하신다면, 수확제에도 참가하지 않겠습니다."

에넌의 대답에 유리는 잠시 고민하다가 웃었다.

"그러지는 마세요. 폐하가 실망하실 거예요."

"이제 누님도 불초한 동생에게 실망을 한 번쯤은 해보실 때가 되었죠."

킥킥, 웃음이 터져 나왔다. 어쨌든 두 사람은 너무 오랜만에 만났고, 심각한 이야기는 뒤로 미루고 싶었다. 도어 보이가 손님이 유리를 기다리고 있다며 문을 두들길 때까지, 연인들은 재회의 시간을 한껏 즐겼다.

⁂

쎄시아는 수확제의 첫 행사만큼은 빈민촌의 구휼로 하고 싶어 했다. 자연스레 활동적인 복장이 필요했다. 그러나 바지는 안 된다. 유리는 "바지 만들어 줘."하는 쎄시아의 주문을 일언지하에 거절했다.

"안 됩니다."

"왜!"

쎄시아가 테이블을 탕탕 두들겼다. 이쯤 해서는 유리도 이제 그녀가 버럭버럭하는 데 익숙해졌고, 쎄시아가 자신을 해할 의도가 없음을 알고 있었기에 쎄시아에게 단호히 맞설 수 있었다. 유리는 손가락을 세워 들었다.

"폐하. 빈민촌을 없애고 겨울 전에 새로운 구획에 그들을 이주시킬 거라고 하셨죠?"

"그렇지."

"빈민들은 폐하가 찍어 눌러야 되는 영주가 아닙니다. 친근하게 다가가야 되는 상대도 아니고요."

빈민촌은 발렌시아가 커지며 외부 인원들이 마구잡이로 유입되는 과정에서 생겼다. 작은 영지에서 수도로 변모한 발렌시아 외곽에는, 전 대륙에서 이주해온 이주민들이 임시 거처를 마련하며 빈민촌이 크게 자리 잡았다. 쎄시아의 골칫거리였으나 최근 그녀는 발렌시아 옆에 큰 구획을 정비했다. 봄의 대연회 이후 꾸준히 해온 사업 중 하나였다.

발렌시아의 겨울은 춥다. 이대로 겨울을 맞는다면 그 빈민촌의 사람들은 반 이상 얼어 죽을 것이다. 수확제가 끝나고 한 달 안에 그들을 그쪽 구획으로 이주시키고, 그들이 서둘러 제 손으로 집을 짓도록 도와야 한다. 쎄시아의 구휼은 그들의 이주를 돕기 위함이 컸다. 유리는 진지하게 설명했다.

"그들은 폐하 하나만 보고 대륙에서 먼 발렌시아까지 온 사람입니다. 이곳에서 그들이 성공적으로 정착하고 돈을 벌기 위해서는 믿을 대상이 있어야 해요. 물론 폐하는 믿음직한 분이지만, 빈민들에게 바지를 입은 여왕이 어떻게 비치겠습니까. 도저히 이해할 수 없는 미지의 군주는 피지배자들에게는 공포스러운 존재지, 믿을 수 있는 존재는 아닙니다."

"흐음."

"사람들은 익숙한 것을 좋아합니다. 아름답고 부유해 보이는 드레스를 입은 폐하를 보면 그들도 폐하께서 자신들의 이주를 물심양면으로 도와주실 거라는 희망을 가질 수 있겠죠."

이른바 TPO를 지켜달라는 이야기였다. 친근해 보일 필요는 없다. 윗전은 친근하지 않을수록 좋은 법이다. 쎄시아가 봄의 대연회에서 바지를 입은 이유는 남자의 존재를 지우기 위해서였으며, 동시에 대영주들에게 미지의 공포를 심어주기 위해서다. 물론 그녀가 홀로 오롯이 완전하다는 것도.

그러나 빈민들에게는 드레스를 입은 여왕이 훨씬 믿음직해 보일 것이다. 아름답고 견고한 성을 가진 여왕은 그들이 푹 쉴 수 있는 안식처를 제공해주겠다고 약속하며, 그들의 굶주림을 면해줄 것이다.

쎄시아가 빙긋 웃었다.

"그대에게 더 놀랄 거리가 남아 있다는 것이 신기한데."

"무얼요. 모두 폐하의 덕입니다."

"내 덕은. 가끔 그대는 의외의 곳에서 놀랍도록 정치적이군."

"옷이야말로 가장 정치적인 것 아니겠습니까."

유리가 웃으며 드레스를 들어 보였다.

"폐하의 몸에 꼭 맞추었으니 코르셋은 당연히 입지 않으셔도 됩니다. 통으로 만든 데다가 지퍼 하나면 되니 만족하실 겁니다."

"그대의 드레스는 언제나 통이었지. 이젠 놀랍지도 않다네."

"이런. 항상 폐하를 놀랍게 해 드리고 싶은데요."

쎄시아가 깔깔 웃으며 투왈렛 룸으로 들어갔다. 시녀들이 유리가 가지고 온 드레스를 들고 따라 들어갔다. 쎄시아는 유리가 차 한 잔을 다 마시기도 전에 그 드레스로 갈아입고 응접실로 돌아왔다. 쎄시아의 붉은 눈에 맞추어 만든 붉은 드레스는 화려하기 그지없었다. 붉은 실크 위에 검은 벨로아로 번아웃 효과를 내어 꽃잎 무늬를 올렸기 때문이다. 어차피 드레스를 입을 거라면, 다른 곳에서는 흉내도 낼 수 없는 기술로 승부하기로 마음먹은 유리의 역작이었다.

"정말 마음에 드는군."

"그러십니까?"

"지금 당장 뛰어나가 아무 남자나 붙잡고 유혹할 수 있을 것 같은 기분이 드는걸."

"뭐, 제 드레스가 아니더라도 폐하께서는 언제든지 가능하지 않을까요?"

"그런가?"

쎄시아가 웃으며 유리 앞으로 다가왔다. 찻잔을 들고 소파에 앉아 있던 유리는 눈을 깜박이며 쎄시아를 올려다봤다. 머리카락을 아무렇게나 틀어 올린 채이고 화장기도 연해 붉은 드레스와는 조화가 맞지 않았지만, 그럼에도 그녀는 아름다웠다. 유리는 싱긋 웃었다.

"아름다우십니다."

"그대 눈에도?"

"그럼요."

여왕이 고개를 슬쩍 기울였다. 화려한 붉은 눈을 보고 유리는 맨 처음 자신이 쎄시아를 보고 하트의 여왕이라고 생각했던 것을 떠올렸다.

지금의 그녀는 다른 의미로 하트의 여왕 같았다. 뭐랄까, 뭇 남자들의 심장을 모두 휘어잡을 수 있을 것 같달까.

“가슴이 막 뛰네요.”

유리가 답하자 쎄시아의 미소가 더 진해졌다. 여왕은 손을 뻗어 유리의 턱을 들어 올렸다. 갑작스러운 스킨십에 유리가 당황해 눈을 동그랗게 뜨는데, 여왕이 말했다.

“그대도 귀여워.”

“어…….”

유리는 눈을 깜박이다가 대답했다.

“감사합니다?”

큽. 누군가가 웃음을 참다못해 비어져 나오는 콧소리를 냈다. 유리는 눈알을 굴렸다. 이게 아닌가? 그러나 여왕은 유리가 다른 생각을 하게 둘 틈을 주지 않았다. 여왕은 손가락으로 유리의 볼을 톡톡 두들기며 속삭였다.

“그런 대답도 좋군.”

“…….”

“수확제 날 예쁘게 입고 오도록.”

“어, 예.”

그러니까, 이런 종류의 눈치가 없다는 것은 유리에게 다행이었을까 불행이었을까. 결국 유리가 여왕의 응접실에서 물러갈 때까지도, 아무도 유리에게 그게 어떤 일의 전조인지 말해주지 않았다. 유리 또한 다른 일에 정신이 팔려 있었고, 그래서 유리는 수확제 당일 날 무슨 일이 일어날지 예측하지 못했다.

수확제 준비는 순조롭게 진행됐다. 쎄시아와 유리의 수면시간만 빼고. 쎄시아는 여전히 수면시간이 부족했다. 나중엔 예민해져서 제대로 식사도 하지 않아 잔뜩 말라버렸다. 그래서 유리는 쎄시아의 옷을 두 번이나 다시 수선해야 했다. 쎄시아의 마른 팔 때문에 소매 통을 계속 좁히던 베로니카가 한숨을 쉴 정도니 말 다 했다.

"너무 바빠요……."

"어쩔 수 없죠. 폐하가 큰 옷을 입으실 수는 없으니까."

이러니저러니 해도 가장 바쁜 건 유리다. 베로니카는 똑같이 말라가는 유리를 보며 안타까운 표정이 됐다.

"제대로 식사는 하고 있어요? 유리 님은 가뜩이나 볼품없으니까 식사라도 제때제때 해서 몸을 불려야 해요! 키도 더 커야 하고요!"

"볼품없다니……."

요즘 밤샘작업을 하며 부쩍 유리와 다시 친해져 예전의 활기를 되찾은 베로니카는 입담도 돌아온 참이었다. 베로니카는 바늘을 든 채 유리에게 일렀다.

"유리 님이 일등 신랑감이라지만 아무리 그래도 이렇게 작고 귀여운 신랑감은 여자 쪽에서 매력을 느끼기 어렵거든요!"

"아……."

그 얘기냐. 유리는 눈알만 두어 번 데구르르 굴렸다. 그 표정을 뭘로 생각했는지, 베로니카가 바늘을 휘둘렀다.

"그야 제 동생이라고 생각하면 너무 귀엽지만, 그래도 좀 더 남자답게 어깨도 좀 넓어지고, 키도 좀 커야……."

"저는 스무 살인데요, 베로니카. 키 다 컸어요."

"아니에요! 저 아는 사람은 스물다섯 살에도 키가 컸다고 했어요!"

베로니카는 그렇게 한참이나 자기 아는 남자들이 스무 살이 넘어 키가 큰 이야기를 늘어놨다. 아니 뭐, 제가 정말로 남자였으면 베로니카 말에 좀 심각해졌을지도 모르겠지만……. 하고 유리는 속으로만 쓴웃음을 지었다.

"그런데, 저건 뭐예요?"

"어? 뭐요?"

"저기 걸려 있는 저 올리브색 드레스요. 어린 소녀 것 같은데. 맞나요?"

베로니카가 가리킨 것은 유리의 작업실 한쪽에 걸려 있는 드레스들 중 가장 끝에 걸려 있는 옷이었다. 유리는 수확제를 맞아 정말 많은 드레스를 작업했고, 많은 아가씨들이 예쁜 드레스에 환호하며 좋아라 옷을 찾아갔다.

유리의 작업실에 지금까지 남아 있는 드레스들은 몇 벌 안 됐다.

그중에 두어 벌은 주문한 아가씨들이 경황이 없어 찾아가지 못한 것이고, 또 두어 벌은 수확제와 상관이 없는 드레스였다. 그러나 그 사이에서도 그 올리브색 드레스는 꽤 이질적이었다. 정확히는 원피스에 가까운 물건이었고, 나이 찬 과년한 아가씨들이 입기에는 좀 발랄한 디자인이었다.

"어, 음……. 그냥 제가 만들어보고 싶어서 만들었어요. 왜요?"

유리가 머쓱하게 뒷머리를 긁었다. 베로니카는 고개를 내저었다.

"아뇨. 얼마 전에 작업실 정리하는데, 저 옷만 주문서를 찾을 수 없어서 여쭤봤어요. 그나저나……."

"그나저나?"

"바빠 죽겠는데 저런 딴짓을 할 시간까지 있으시면 이거부터 좀 도와달라고요."

베로니카가 도끼눈을 하고 자신이 바느질하던 쎄시아의 드레스를 들어 올렸다. 베로니카가 하고 있는 작업은 쎄시아의 드레스 위에 새카만 오닉스를 몇 개나 달아 광택을 내는 것이었다. 아마 그 검은 보석들이 다 달리면, 쎄시아가 움직일 때마다 검은 보석들이 번쩍일 것이다.

……물론 그 번쩍이는 광택을 위해서는 수천 번의 바느질이 필요하다는 게 단점이라면 단점이겠다……. 유리는 하하 웃으며 손을 내저었다.

"저는 바느질에는 영 적성이 없다니까요……."

"그건 맞아요."

맞아요, 맞아요. 드레스 옆에 달라붙어 있던 다른 침모 두어 명이 합창하듯 말했다. 베로니카는 침모들의 만류에도 불구하고 몇 번이나 유리를 바느질에 동원해보려 했으나, 결국 유리가 오닉스 두 개를 거꾸로 달다 못해 실이 꼬여 고생하는 것을 보고는 유리의 손에서 오닉스를 빼앗고 책상으로 쫓아 보냈다.

"그러고 보니 라이언하트 공작님이 오셨었다면서요."

"어, 네……. 어떻게 알아요?"

"어떻게 몰라요. 도어 보이가 그렇게 잘생긴 사람은 처음 봤다고 입에 침이 마르게 칭찬을 하고 다니는데."

"그랬어요?"

유리가 픽 웃었다. 침모들이 눈을 휘둥그레 뜨고 "정말 그렇게 잘생겼어요?"하고 베로니카에게 물었다. 에넌 라이언하트의 실물을 여러 차례 본 베로니카는 "예. 제게 가족이 없었다면 인생 걸고 그분에게 고백하는 도전 한 번쯤 해보고 싶을 정도로요."하고 말해 웃음을 유발했다.

"수확제 때문에 돌아오셨겠죠?"

"그렇겠죠. 그런데 유리 님께 이번에도 옷을 지으실 줄 알았는데, 아닌가 봐요."

"어, 네."

유리는 볼을 긁으며 머쓱하게 답했다.

"각하는 수확제 연회에 참석하지 않으신다는군요."

"예? 정말요?"

"예. 제가 알기로는……."

"어머, 아까워라. 그 사실을 알면 온 발렌시아의 귀족 아가씨들이 애석해하겠네요." 베로니카가 쫑알거렸다. "왜 참석 안 하시는 걸까요? 역시 피곤하신가?"하는 침모들의 말에 베로니카가 "그분은 원래 그런 걸 별로 안 좋아하시는 것 같기는 하더라고요."하고 답하는 소리를 흘려 넘기며 유리는 눈앞의 서류를 들어 올렸다. 제 표정이 혹시라도 히죽거리고 있을까 봐서였다.

어쨌든 남자는 결국 수확제에는 참석하지 않겠다고 말했다. 빈민 구휼에는 따라 나서겠지만, 그야 여왕을 호위하는 기사들 중 하나로서일 뿐이고, 연회는 말할 것도 없었다. 쎄시아가 퍽 애석해했으나, 에넌이 "이번에는 좀 쉬게 해 주십시오."라고 쓴웃음을 짓는 데에는 당해낼 수 없었다.

어쨌든 에넌 라이언하트는 쎄시아가 벌인 기간 사업 때문에 6개월 가까이 아스완에 다녀온 사람이기 때문이다. 여독도 채 풀리지 않았을 텐데, 수확제에 참석하라는 건 어불성설이다.

그렇게 허락을 받아놓고 와서 에넌이 "저 이제 춤 안 춰도 됩니다."라고 의기양양해한 것은 유리만 아는 비밀이다. 유리는 피식피식 웃었다. 연회를 좋아하지 않는 남자는, 유리의 말을 꽤 좋은 핑계 삼아 연회를 걸렀다.

기껏 해서 만들어놓은 드레스가 조금 아깝긴 하지만. 유리는 올리브색 치마를 보며 생각했다.

그건 유리가 입어보려 했던 드레스였기 때문이다. 드레스를 입고 유리가 아닌, 플럼 친구쯤으로 몰래 가발이라도 뒤집어쓰면 연회에 참석할 수 있지 않을까, 상상하면서.

에넌 라이언하트를 보며 가끔 했던 생각이 있다. 연인이 되기 전이긴 하지만, 내가 치마만 입었어도, 하는 생각들. 여자처럼 보였다면 그 남자가 내게 그렇게 대했을까? 하는 생각들은 몽글몽글 형태를 갖추어 유리의 등을 떠밀었다.

그렇다 해도 길고 화려한 드레스는 아니었다. 어쩐지 제가 입을 옷을 만들면서 유리는 좀 쑥스러운 기분이 되었기 때문이다. 귀여운 칼라와 허리끈이 달린 올리브색 드레스는 원피스라고 하는 쪽이 나을 것 같은 디자인이었다. 베로니카가 어린 소녀들이 입을 법하다고 평한 것도 당연했다. 치마의 기장은 깡총하니 무릎 아래의 다리를 드러냈고, 소매는 잔뜩 부풀려 손목에서 좁아졌다.

유리는 슬쩍 근처에 있는 거울에 제 얼굴을 비춰봤다. 아스완에서 아이비가 박박 깎아놨던 머리카락은 이제 제법 자라 덥수룩하다고 할 만큼은 됐다. 짧은 머리라도 화려한 드레스가 어울리는 사람이 있지만, 유리는 제가 그런 타입은 아니라는 걸 알고 있었다. 그래서 만든 것이 저 원피스다. 아무리 사내애처럼 머리를 잘라놨어도 그래도 저 정도면 제법 귀여워 보이진 않을까?

'저런 걸 입고 그 남자랑 춤추겠다고 나서면 그 남자가 웃을까…….'

뭐 이제 와서는 다 필요 없는 일이지만. 유리는 고개를 흔들었다. 어차피 남자는 연회에 오지 않을 테고, 유리 또한 수확제에서는 바뺄 것이다. 저런 옷을 입을 일도 없겠지.

그리고 남자는 아마 유리가 평생 바지만 입고 다닌대도 귀엽다고 말해주는 데 1초도 망설이지 않을 것이다. 그렇게 생각하고 유리는 히죽히죽 웃었다.

게다가 아무리 간편한 원피스라고 해도 차려입는 데는 시간이 걸리기 마련이다. 유리는 금세 마음을 접어 넣고 제 일에 집중했다. 수확제가 코앞이었고, 할 일은 많았다.

막상 수확제 첫날 아침이 되었을 때, 유리는 쓸데없는 짓을 안 하기를 잘했다고 생각했다. 유리가 해야 할 일이 한두 개가 아니었다. 고무줄이 들어간 코르셋은 후크만 걸면 입을 수 있는 물건이었지만, 켈리를 비롯한 아이들의 하녀들은 그 코르셋에 익숙하지 않았다. 정확히는 그 코르셋이 늘어나는 물건이라는 데 영 익숙해지지 않는 듯, 후크에 리본을 걸어 당기려다가 실패하고 결국 아침부터 아타락시아로 찾아왔다.

결국 아이들의 마지막 단장 체크는 아타락시아의 침모들이 맡게 됐다. 여왕의 드레스는 이미 성에 보낸 뒤였으나, 유리는 여왕이 할 보석들 때문에 아침부터 줄달음치고 있었다. 수확제 첫날 구휼 행사에서 여왕에게 걸어주고 싶어 세공사에게 재촉한 보석의 세공이 어제 새벽 겨우 끝났기 때문이었다.

쎄시아는 유리가 내어놓은 큼지막한 루비 목걸이를 보고 아주 만족해했다. 니겔로부터 공수받은 아름다운 캐보션 형태의 루비가 열여섯 개. 그 주변은 모두 화려하고 자잘한 흑진주들로 장식돼 있었다. 본래 쎄시아가 걸려고 했던 물건보다 열 배는 멋졌다.

"이게 그대가 투자했다는 유색 보석 광산에서 나오는 물건인가?"

"예, 그렇습니다."

유리는 싱글벙글 웃으며 여왕이 제 모습을 거울에 비추어보는 옆에 섰다.

"안목이 있는걸. 나는 루비를 좋아해. 내 눈 색과 어울리기도 하고……. 하지만."

쎄시아가 뒤로 빙글 돌아 유리를 향해 미소 지었다.

"이런 걸 공짜로 내게 주는 이유는, 뭐. 깜찍하기 그지없군."

"헤헤. 자주 걸어주시면 좋겠습니다."

뻔했다. 유리는 니겔의 말을 잊지 않고 있었다. 루비를 유행시켜 달라는 말. 유리의 자금도 이미 상당수 들어갔기 때문에, 유리는 거국적으로 유색 보석을 유행시키기로 했다.

"내가 얻는 건 뭐가 있지?"

"학교 설립을 위한 자금을 마련해주신다고 생각해 주시면 감사할 따름입니다."

쎄시아의 눈이 휘어졌다.

"정말이지, 그대는 너무 솔직해. 이럴 때는 내가 더 아름답다든가,

잘 어울린다든가, 유행 같은 건 상관없이 나를 위한 마음에 바치는 거라고 말할 수도 있지 않아?"

"음, 글쎄요."

유리는 어깨를 으쓱했다.

"그렇게 말씀드리면 폐하는 오히려 입에 침도 안 바르고 거짓말을 한다고 싫어하시지 않을까요?"

아하하, 쎄시아가 소리 내 웃었다.

"아니야."

"아닌가요?"

"적어도 내가 아름답다는 말은 거짓말이 아니잖아?"

"어이쿠, 그러믄입쇼."

유리가 꾸벅 허리를 숙였다. 쎄시아는 정말로 귀엽다는 듯 손을 뻗어 유리의 머리를 쓰다듬었다. 유리는 황송한 듯 과장되게 허리를 더 숙여 주변의 시녀들까지 웃음 짓게 했다.

곧 빈민촌으로 출발할 쎄시아는 그 자체로 아름답고 화려한 한 떨기 장미 같았다. 붉고 검은 드레스도 그렇거니와, 목에 건 루비가 더욱 그러했다. 머리카락은 꽃에서 나온 기름을 발라 깔끔하게 빗어 올리고, 역시 루비로 된 장신구를 더했다. 유리가 엄지손가락 두 개를 들어 올려 칭찬했다.

"폐하, 엄청나게 부유해 보이십니다."

오늘 쎄시아는 빈민촌 외곽에 가서 구휼을 감독하고, 직접 빈민들을 만나 외곽 구역으로의 이주를 권하기로 되어 있었다. 빈민들에게 부유한 쎄시아의 모습은 경외감을 심어줄 것이다. 구휼이라고 해서 여왕 폐하가 직접 팔을 걷어 붙여봐야 별 도움도 되지 않는다. 구휼은 돈으로, 이주 권유는 입만 나불대지 말고 식량과 함께. 쎄시아의 신조였다.

"이게 다 부유한 나의 재단사 덕분 아니겠어?"

"폐하. 출발하실까요."

즐거운 듯 말하는 쎄시아에게 일렉사 백작부인이 출발을 권유했다. 쎄시아가 고개를 끄덕였고, 시녀들이 일사불란하게 쎄시아의 뒤를 따랐다. 유리는 허리를 숙여 여왕을 전송했다. 유리는 이제부터 성에 남아 여왕이 내일의 연회에 입을 옷을 손질하고 준비해야 했기 때문이다.

그때 마지막으로 나가려던 일렉사 백작부인이 유리를 불렀다.

"아. 유리."

"예?"

"조금 있다 오후에 내 방 앞의 정원으로……."

유리가 눈을 동그랗게 떴다. 일렉사 백작부인은 눈을 가늘게 떴다.

"……와달라고, 라이언하트 공작이 청하더군요."

"어, 예에."

그런데, 부인의 정원은 이번 수확제 기간에는 출입금지 아닌가? 유리의 의문을 뒷받침하듯 부인이 말을 이었다.

"긴히 할 말이 있다고 따로 장소를 청하기에 그곳을 내어드렸습니다."

"앗, 고맙습니다."

유리가 활짝 웃었다. 뭐야. 귀엽게. 밀회라도 하자는 건가.

들떠 있던 유리의 마음에 찬물이 퍼부어진 것은 그로부터 반나절도 지나지 않아서였다.

"오빠, 오빠!"

점심이 지나고 유리를 헐레벌떡 찾아온 것은 플럼이었다. 이러니저러니 해도 플럼은 유리가 정말 바쁠 때는 거의 방해하지 않았기에 유리는 의아한 마음으로 플럼을 맞았다. 여왕의 투왈렛 룸에서 그녀가 내일의 연회에 입을 드레스를 마지막으로 손질하고 있던 참이었다.

플럼은 아타락시아에서부터 뛰어온 듯 헉헉거리고 있었다. 유리는 눈을 동그랗게 떴다.

"왜?"

"오빠, 큰일 났어."

"왜?"

"은행에서 찾아왔는데……."

은행? 은행이 나를 찾아올 일이 뭐가 있지. 유리는 플럼의 말을 기다렸다.

"오빠가 투자한 북아스완의 광산이 망했대."

"……뭐?"

"그래서 어음 회수를 하러 왔다고……."

유리는 이마를 찌푸렸다. 왜 망했대? 무슨 소리야? 하고 플럼을 흔들었지만 플럼도 자세한 상황은 잘 모르는 것 같았다. 애초에 투자니 뭐니 하는 것들을 플럼 하고 크게 얘기한 적이 없어서 아마 플럼도 그 맥락을 모를 것이었다.

유리는 그 말을 듣고 눈을 크게 뜨고 서 있던 다른 시녀들에게 여왕의 드레스를 부탁했다. 잠시 아타락시아에 다녀오기 위해서였다. 눈치가 빠른 시녀들이 고개를 끄덕이자마자 유리는 빠르게 자리를 떴다.

유리의 작업실에서 은행 담당자를 접객하고 있던 사람은 레스타였다. 어쨌든 돈 이야기를 이 의상실에서 할 만한 사람은 레스타뿐이었다. 유리가 들어서자, 멋들어지게 턱수염을 기른 은행 담당자는 눈을 가늘게 떴다. 심각한 표정의 레스타도 유리를 쳐다봤다.

"유리 클로드 님이십니까?"

"예."

"상황을 설명해드려야 하겠지요?"

"부디……. 부탁드립니다."

유리가 고개를 숙였다. 플럼에게 들은 말만으로는 상황을 가늠할 수 없었다. 담당자는 빠르게 설명을 시작했다.

"북아스완의 유색 보석 광산에 투자하셨고, 어음을 발행하셨지요?"

"예. 그렇습니다."

"저희 은행은 유리 클로드 님이 발행하신 5억 싱의 어음을 그쪽에 지불해드렸습니다. 해당 어음은 아타락시아의 채권을 담보로 장기 대출된 부분이고요. 다만 아스완의 현재 상황이, 저희가 성공적으로 대출을 상환받을 수 없는 상황이라고 봐서 대출상환일자를 조금 앞당기려고 합니다."

"어……."

아스완 상황이 어떤데? 유리는 눈을 찌푸렸다. 유리의 표정을 어떻게 해석했는지, 은행 관계자는 빠르게 설명했다.

"그야 아타락시아가 소속된 칼레의 신용도는 워낙 높기 때문에 상환에 문제는 없을 거라고 보지만, 저희도 다 신용으로 장사하는 거라서요."

"어……."

뭐라고 답해야 할지 황망해진 유리 대신 나선 것은 레스타였다. 레스타는 은행 관계자에게 빙그레 웃으며 말했다.

"잠시만 제가 클로드 씨와 이야기해도 되겠습니까?"

"그러시지요."

"그러면 잠시……."

레스타는 빠르게 아래층으로 유리를 끌고 내려왔다. 주요 예약 손님이 치수를 잴 수 있게 만든 룸에 들어가자마자 문을 닫은 레스타가 입을 열었다.

"북아스완 일부가 모래폭풍과 이유를 알 수 없는 폭우로 무너졌어. 사람들이 살던 지역은 아니라서 인명피해는 크지 않지만……. 문제는 거기가 네가 투자한 유색 보석 광산이 있는 지역이라는 거다."

"어……."

유리는 상황이 잘 이해되지 않았다. 그러면 지역 보수만 하면 되는 거 아닌가? 그러나 레스타는 고개를 저었다.

"지역 보수만 해서 되는 상황이 아냐. 사파이어 광산 여러 개가 무너졌는데……. 광맥이 끊겨 있었다."

"……뭐라고?"

"황당한 상황이야. 근처에 있던 광산들을 모두 니겔 굴랍 카움이 뒤지고 있는데, 비슷한 정황이 여러 번 포착됐다더군. 문제는 그 소문이 너무 빨리 퍼져서, 은행 쪽이 대출 회수에 나섰다는 거다."

"아……."

"니겔 굴랍 카움은 네가 발행한 어음을 전액 다 당겨 썼더군. 보통 그렇게까지는 안 하는데 자금 유통이 어려웠던 모양이지. 문제는 그게 아타락시아의 명의라는 거야."

레스타가 이마를 찌푸렸다.

"칼레의 명의로 바꿔놨으면 아마 은행도 이렇게까지 빠른 회수에 나서지는 않았을 테지만……. 아무래도 네 이름 하나로 된 어음이니 불안했던 모양이지."

그러니까, 은행은 여왕에게 사랑받는 유리 클로드 한 사람만 보고 5억 싱을 내주었지만, 그게 크게 안정적이라고 판단하지는 않았던 모양이다. 유리는 얼마 전 레스타와 나눴던 말을 떠올렸다. 칼레의 이름으로 어음을 바꾸자는 말. 그리고 유리는 레스타에게 자신의 이름으로 수익을 내 보고 싶으니 놔두어 달라고 했다. 유리는 조심스럽게 물었다.

"대출 상환기간이……. 어떻게 줄어드는데?"

"우선 이번 달에 1억 싱을 회수하고 싶다는군."

유리의 얼굴이 희게 질렸다. 칼레였다면 우습게 지불할 수 있는 금액이지만 유리가 지불하기는 어려운 금액이다. 게다가 최근 베로니카의 빚을 대신 갚아주느라 보유한 현금도 많지 않았다.

"그걸 어떻게……."

"은행 쪽은 아마 칼레 쪽에서 지불하리라 생각한 모양이야. 아마 지금 칼레가 지불하게 되면 은행 쪽도 촉박하게 상환기간을 당기지는 않겠지. 한마디로 칼레와 아타락시아의 지주 관계를 확인하고 싶은 거다."

유리는 그제야 비로소 레스타의 얼굴을 살필 수 있었다. 레스타는 이마를 좁히고 있었다.

"유리."

"……."

"아타락시아는 내 가게이기도 해. 네 채권은 아주 일부일 뿐이고."

"……레스타."

"이렇게 된 이상 내가 상환하는 건 당연한 거야."

레스타가 지은 표정은 안타까움이었다. 유리는 고개를 흔들었다.

"아니, 레스타. 내가 어떻게든……."

"네가? 어떻게?"

유리는 입을 다물었다. 레스타의 말은 비난도, 비판도 아니었다. 순수한 물음이었다. 여태까지 유리는 아타락시아에서 일하며 돈 걱정을 해본 적이 없다. 어릴 적에는 잠시 그랬던 적도 있지만, 아타락시아에 들어온 이후로 유리는 줄곧 옷 생각만 했고 레스타는 아낌없이 그녀에게 투자해 수익을 냈다. 유리는 레스타가 제게 준 지분만 가지고도 계속 돈을 벌 수 있었고, 그건 유리가 벌어오는 것이기도 했다.

그러나 상황이 달라졌다. 유리가 수익 사업 운운하며 새로운 욕심을 낸 이유는 그녀가 더 이상 레스타의 호의에 기댈 수 없는 상황이 됐기 때문이다. 유리는 스무 살이 됐고, 작위를 받았다. 저택도 받았다. 여태까지야 아타락시아에서 먹고 자면 됐지만, 재산이 생긴다는 건 그만큼 돈도 더 벌어야 한다는 뜻이었다. 저택을 관리하고, 작위에 맞는 품위를 유지해야 했다.

벨름으로 이동해야 하는 부모님은 또 어쩌고? 유리는 벨름에 부모님을 위한 작은 집을 샀다. 그게 불과 몇달 전 이야기다. 1억 싱이 갑자기 어디서 난단 말인가. 아타락시아를 계속 운영하면 1년 안에는 만들어낼 수도 있겠지. 그렇지만 은행은 기다려주지 않는다.

욕심을 낸 게 잘못일까.

"유리, 자책하지 마."

"……."

레스타는 희미하게 웃었다.

"사업에는 언제나 리스크가 따라. 그건 당연한 거야. 그것 때문에 너무 풀 죽지는 말았으면 좋겠어."

"레스타……."

"다만 아까의 은행 관계자에게 바로 변제를 약속할 수도 있었지만, 너를 데려온 이유는 다른 걸 제의하기 위해서야."

"……뭔데?"

"유리. 내가 네 지분을 모두 구입하도록 하지."

"……레스타."

유리가 당황해 레스타를 쳐다봤다. 레스타는 고개를 저었다.

"내가 네게 패악을 부리기 위해서가 아니야. 나는 너를 놓칠 생각이 없다는 것부터 가장 먼저 말해두지. 아타락시아는 네가 아니었다면 이 정도로 성장할 수 있는 의상실이 아니었다. 지금 칼레가 세금 혜택을 받고 있는 것도 네 덕분이야."

레스타의 말은 틀린 것 하나 없었다. 그러나 유리의 지분을 구입한다는 말은…….

"알다시피 어음 상환기간은 2년 정도지만, 그 2년 동안 아마 너는 내내 마음이 불편할 거야. 아스완에 매몰돼버린 5억 싱을 2년 동안 칼레가 변제해야 하니까."

"……."

"내가 네 채무를 사며 지분도 같이 구입하도록 하지. 너는 단순고용인이 되고, 빚은 없어지는 거다. 어떻게 생각해?"

"레스타."

"애초에 내가 영원의 강 정박 때문에 너에게 부탁한 일이야. 영원의 강 정박 허가가 아니었다면 네가 그곳에 투자할 일도 없었겠지. 칼레 때문에 생긴 일이다."

"……."

"물론 너를 고용한 대가는 매달 꼬박꼬박 지불할게. 들어보니 새 코르셋도 개발했다지."

그러니까, 한마디로 아타락시아의 주주가 아니라 고용된 디자이너로 돌아가라는 것이다. 레스타가 낸 답은 명쾌했다. 수익사업에 투자했지만 지분을 회수할 뿐, 칼레가 투자한 것으로 하자는 것이다. 애초부터 그 말이 맞았다. 다만 그 과정에서 생긴 부가사업에 유리가 욕심을 낸 것일 뿐. 유리는 대번에 풀이 죽었다.

"으응……."

"루브 농장은 듣자 하니 피해가 없다더군. 점점 생산량이 늘고 있으니……. 네 코르셋이 자리를 잡는다면 그쪽도 안정적인 수입원이 될 거야."

"……."

"유리."

레스타가 유리의 어깨를 붙잡았다. 유리는 화들짝 놀랐다.

"풀 죽지 마. 자책하지 마. 내가 네 채권을 사는 이유는 그것 때문이야. 난 천재를 고용하기 위해서 이러는 거지, 풀 죽은 디자이너를 고용할 생각은 없어."

레스타의 보랏빛 눈동자가 장난스럽게 빛났다.

"하루에도 몇십 개의 손실이 일어나. 칼레는 그런 곳이야. 나는 가진 배 세 척이 몽땅 풍랑에 휩쓸리는 일도 당해봤어. 그때 내가 입은 손실도 엄청났지만, 나는 장사라는 건 그런 거라고 생각해. 손해를 감수하지 않으면 다음은 없어."

"하지만……."

"너는 고작 스무 살이고, 네 첫 투자가 좋지 않았다고 해서 이대로 주저앉으면 안 돼. 너는 그것보다 더 굉장한 것들을 만들어낼 수 있는 사람이니까."

레스타의 눈에는 신뢰가 있었다. 유리는 다시 한 번, 이 남자가 정말로 굉장하다고 생각했다. 어떻게 자신을 이렇게까지 믿을 수 있는 걸까. 이런 게 상인이라는 걸까? 남들이었으면 화가 나서 펄펄 뛰어버릴 상황인데 대수롭지 않게 넘겨버리면서도 유리를 다독이기까지 한다.

아냐. 이런 건 상인이어서 그런 것이 아니다. 레스타의 그릇이 너무나 큰 것이다. 대륙 서부에서 가장 큰 상단을 운영하는 남자는 그렇게나 여유가 있었다. 아무리 유리가 칼레에 여유를 가져왔다고 해도 당장의 손해에 일희일비하는 것이 사람인데.

유리는 결국 고개를 끄덕였다.

"……좋아. 그러면 일단 1억 싱의 상환을 우선으로 하고, 두 달에 걸쳐서 네 어음을 모두 회수하도록 할게. 불만 없지?"

"……응."

"어음이 회수된 후 고용계약을 다시 하자. 일단 지금은 수확제 기간이니까, 네게 주어진 일들부터 모두 끝내고."

"응."

레스타가 유리의 어깨를 툭툭 두들겼다. 그 동작에는 사심이라는 게 전혀 없어서, 유리는 고맙다 못해 눈물이 나려고 했다. 이 남자는 왜 이렇게까지 담백할까.

"……레스타."

"응."

"미안해……."

이런 상황을 불러일으켜서 미안해. 내가 욕심을 내서 미안해. 무책임하게 굴려던 건 아니었지만, 당신이 책임지게 해서 미안해. 레스타의 말은 모두 일리가 있었지만, 그렇다고 해서 유리의 미안함이 사라지는 것은 아니었다. 게다가……. 다른 의미도 있었다.

이렇게까지 좋은 사람을 밀어내서, 미안해.

레스타가 그 뜻을 알아들었는지는 알 수 없었다. 레스타는 피식 웃으며 고개를 끄덕이고는 바로 돌아섰을 뿐이었다. 유리는 나직하게 한숨을 쉬며 레스타를 따라나섰다. 그날 오후 은행 관계자는 이

달 안에 칼레가 1억 싱을 우선 상환하겠다는 증서를 받아 품에 챙기고, 차까지 두 잔 더 마시고서야 자리를 떴다.

그러니까 결론적으로 유리는 반나절 만에 빈털터리가 됐다. 물론 집도 있고 당장 가진 현금도 좀 있긴 하지만, 어디 가서 내밀 명함이 하나 없어져버린 것이다. 아타락시아 경영권자요! 물론 대외적으로는 유리의 경영권이 없어진 건 아니다. 발언권도 없어지지 않았다. 레스타는 그야말로 유리 입맛대로, 유리에게 가장 좋은 길만 선택해주었다.

돈은 칼레가 물고, 유리의 직위는 유지되고. 손해배상도 묻지 않는다.

그리고 그게 유리를 괴롭게 했다.

물론 레스타의 선택은 옳은 것이다. 유리가 입은 손해는 기본적으로 레스타가 벌이려던 사업 때문에 들어간 투자금이기 때문이다.

그렇지만 그렇다고 속상한 것이 바로 괜찮아지지는 않는다. 유리는 한숨을 쉬었다. 기본적으로 유리에게 딸린 식구가 몇인지 생각해보면 앞으로 유지비용만 해도 당황스러운 액수다.

'착한 알리슨 오빠는 이 얘기를 들으면 걱정하지 말라고 하겠지만…….'

유리의 부모님도 유리에게 생활비 부담을 지울 사람들은 아니다. 이 이야기를 들으면 놀라면서도 유리를 걱정할 것이다. 하다못해 철없는 플럼도 유리가 아타락시아를 나오는데 눈치를 보면서, "언니……. 나 벨름으로 돌아갈까?"하고 물었다. 벨름에서 일을 그만두고 따라온 자신의 생활비 또한 유리의 주머니에서 나오는 것을 걱정한 게 분명했다.

유리는 웃으며 플럼의 머리를 쓰다듬었다.

"야. 너 한 입 던다고 수습되는 금액이면 걱정도 안 한다."

"그렇지만……."

"걱정하지 말고 맛있는 거 먹고 집에서 놀고 있어."

유리는 그렇게 말하고 마차를 불렀다. 아타락시아에 대기 중인 마부가 유리를 태우고 성으로 향했다. 그동안 유리는 머릿속에서 고정비용이며 온갖 돈 나갈 구멍에 대한 셈을 거듭했다.

어쨌든 유리가 가진 건 이제 루브에 대한 권한 정도다. 니겔이 기술을 개발 중이지만, 그것도 사실 언제쯤 쓸 만한 물건이 나올지 알 수 없다. 고무끈 같은 거야, 슬슬 아스완에서 수익을 올리고 있다지만 유리의 수준에는 그리 만족할 만한 물건들이 아니었다.

유리가 여왕으로부터 받는 기간 사업 로열티는 사업 초반이라 금액이 그리 크지 않았다. 이제 생판 레스타가 제게 주는 월급 정도만 보고 살아야 하는 처지다. 아이고야. 재벌의 꿈을 꾸었는데 또 월급쟁이 생활이냐. 유리는 한숨을 쉬었다.

여왕의 투왈렛 룸에 도착하자 시녀들이 제 눈치를 봤다. 그제야 유리는 자신이 경황없이 성을 나섰던 것을 떠올렸다. 플럼이 했던 말도. 오빠 망했대. 시녀들이 무슨 생각을 하고 있을까? 아타락시아가 망했다는 말이 성 안에 퍼졌을 것은 불 보듯 뻔했다. 한 시녀가 조심스럽게 다가섰다.

"저어……. 괜찮으세요?"

"아, 예. 괜찮습니다. 동생이 멋모르고 놀라서 잘못 말한 거였어요."

"그러시다면 다행이지만……."

시녀는 여전히 걱정이 가득한 얼굴로 자신을 바라봤다. 그 와중에 유리에게 드는 생각은 음. 일등 신랑감에서 굴러떨어지겠군……. 같은 잡생각들 뿐이었다. 이제 돈 없다고 소문나려나. 흐허허허. 유리는 비슬비슬 웃었다.

그나저나 아스완은 어떻게 된 거야? 니겔에게는 아직 상황을 알려줄 만한 편지 같은 것이 도착하지 않았다. 유리는 성에 오기 전에 이런 일이 있었다며 상황을 알려달라고 급히 편지를 보낸 참이었다.

아마 천재지변이었다는 듯하니 니겔도 어쩔 수 없었겠지만……. 유리는 코를 훔쳤다. 광산의 대주주는 아르시노에와 니겔이지만, 두 사람 다 그곳에 굳이 투자하지 않아 최근 현금을 퍼부은 것은 유리뿐이다. 손해도 나만 보겠군. 이래서 사치재에 투자하는 거 아니랬는데.

쎄시아가 오늘 루비를 하고 나갔으니 아마 한동안 루비 유행이 퍼질 거라고 생각했다. 그런데 이럴 때 운명의 신은 유리의 편을 들어주지는 않는 모양이다.

'괜찮아. 모든 게 내가 손대는 것마다 잘 되면 참 좋겠지만, 인생이 그렇게 쉬운 게 아니니까. 당장 길바닥에 나앉은 것도 아닌데, 뭐.'

유리는 투왈렛 룸 한쪽에 앉아 그렇게 생각했다. 그래도 한 풀 기가 꺾이는 것은 어쩔 수 없었다. 오늘의 연회에 쎄시아가 입을 옷은 몸을 부드럽게 감싸는 실크 드레스였다. 소매 부분을 부풀리고 실크로 목 윗부분까지 부드러운 주름을 넣은 옷으로, 구름처럼 둥둥 떠다니는 느낌의 옷이었다.

'저것도 사치재잖아…….'

옷을 열심히 만들어서 팔아볼까, 하는 마음도 들었지만 결국 그 옷들은 모두 아타락시아의 이름으로 팔린다. 게다가 그렇게까지 엄청나게 팔리는 것도 아니다. 백만 명쯤 산다면 모를까. 사치재를 사대는 인구는 한계가 있었다. 레스타가 들으면 '그러니까, 그 손해를 메꿀 생각은 하지 말라니까!'하고 기가 막혀 할 생각이지만 유리는 계속 그런 생각만 하고 있었다.

"유리 님?"

"아, 예."

"저희는 슬슬 나가볼까 하는데……."

"어, 네. 폐하께서는……."

시녀가 난처한 표정을 지었다.

"폐하께서는 오늘 늦게나 성으로 복귀하실 거예요."

아, 그렇구나. 연회는 내일이고, 옷을 정돈하고 나면 투왈렛 룸에 유리는 더 이상 볼일이 없다. 시녀들은 여태까지 유리를 기다린 것에 불과했다. 유리는 "그럼 내일 뵙겠습니다……."하고 터덜터덜 여왕의 개인실을 나섰다.

아, 집에 가기 싫은데. 유리는 그렇게 생각하다가 오전에 일렉사 백작부인이 한 말에 생각이 미쳤다. 부인의 정원으로 와 달라고 했었던 남자.

그러고 보니 에넌을 만난 지도 며칠 됐다. 남자는 발렌시아에 오자마자 격무에 시달렸기 때문이다. 어쨌든 발렌시아의 높으신 분들은 일을 너무 열심히 했다.

그렇지만 유리는 금세 기분이 좋아지는 걸 느꼈다. 남자를 생각만 해도 마음이 부풀었다. 이럴 때를 위해 그 남자의 얼굴이 있는 거 아닐까!

아, 잘생긴 얼굴 쓰다듬고 싶다. 코 만지고 싶다. 눈 보고 싶다. 안기고 싶다. 들어 올려 안겼으면 좋겠다! 얼굴만 봐도 행복하고 배부르겠지 뭐.

그러나 일렉사 백작부인이 말해준 때는 너무나 애매했다. '저녁'이라니 언제를 말하는 거야? 늦은 오후? 저녁 시간대? 아니면 밤? 유리는 뉘엿뉘엿 저물어가는 바깥 하늘을 보고 잠시 고민하다가, 부인의 정원으로 먼저 가 있기로 했다. 남자의 집무실에 가 볼까도 생각했지만 귀찮았다. 굳이 정원으로 오라고 한 이유가 있겠지, 뭐.

일렉사 백작부인의 정원 입구를 지키던 경비병은 유리를 보자마자 별말 없이 문을 열어주었다. 부인에게 미리 언질을 받은 것이 분명했다. 정원은 사람들의 출입을 막아놔서 별달리 불을 밝히지 않은 상태였다.

밤이 되면 좀 무서우려나? 하고 뒤를 넘겨다본 유리는 어깨를 으쓱했다. 부인의 정원은 집무실 바로 옆에 붙어 있는 데다가, 다른 정원이 바로 옆에 있어 희미하게나마 성의 빛이 이쪽을 비추고 있었다. 그러니까……. 분위기는 꽤 괜찮다는 이야기다.

유리는 작은 정원을 천천히 산책했다. 아직 하늘은 푸른색으로 물들어 있었고 작은 들꽃들이 희미하게 떨리고 있었다. 유리는 그곳을 한 바퀴 돌아보며 일렉사 백작부인의 정원이 시녀들의 연애 밀회 장소라는 것도 새삼 기억해냈다. 이렇게 숨을 곳이 많다. 이렇게나!

유리는 잠깐 숨어 있을까 했으나 마음을 바꿨다. 솔직히 말하면 지금은 그 정도의 여유가 없었다. 죄책감과 답답함. 남자에게는 퍽 별것 아니라는 식으로 말했지만, 그래도 그 정도의 돈을 말아먹었다는 걸 말하기는 저어되는 법이다.

그래도 누군가한테 말하고 싶은걸. 유리는 정원 중앙의 작은 분수에 앉아 다리를 뻗었다. 그 사람은 뭐라고 할까? 발끝을 바라보며 생각하고 있을 때였다.

확, 하고 꽃향기가 피어올랐다. 유리는 저도 모르게 고개를 들었다가 깜짝 놀랐다. 희고 붉고 푸른 꽃다발이 제 눈앞에 있어서다. 그게 무엇인지, 누가 주는 것인지 미처 생각하기도 전에 유리는 환하게 웃었다.

"선물입니다."

"에넌."

자신이 사랑하는 공작님이 눈앞에 있었다. 그것도 에넌이 한 팔로 들기 버거워 보일 만큼 큰 꽃다발을 들고.

"웬 꽃이에요?"

"성의 화훼부에 부탁했습니다. 오랜만에 만나는데 빈손으로 올 수는 없지 않습니까."

"세상에."

유리는 놀라 에넌의 손에서 꽃다발을 받아 안았다. 성의 꽃장식을 책임지는 화훼부에서 만들었다는 걸 증명이라도 하듯, 정원에 흐드러지게 피어 있는 꽃들이 모두 모여 있었다. 그러면서도 화려하고 아름다워서, 유리는 눈을 빼앗겼다.

"너무 예뻐요."

"마음에 들어 해서 다행입니다."

남자가 웃으며 유리의 손을 청했다. 에넌의 입술이 꽃다발을 안지 않은 쪽 손등에 닿는 감촉은 퍽 간지러워서 유리는 배시시 웃고 말았다.

"뭐예요, 갑자기."

"얘기했지 않습니까. 오랜만에 만나는데……."

"에이. 얼굴이 선물인데."

유리가 이죽거리자 에넌은 실소했다.

"정말이지. 가끔 유리는 제 얼굴만 좋아하는 거 아닌가 싶을 때가 있습니다."

"어머나."

유리가 눈을 동그랗게 떴다.

"모르셨어요?"

그 말이 나오자마자 에넌의 얼굴이 심각해졌다.

"파하, 표정 봐."

유리는 그야말로 웃음을 터트렸다.

"왜 그렇게 심각해요."

"그야……."

에넌은 뭔가 불만스러운 표정이었다. 유리는 히죽거리며 제 옆에 앉은 에넌의 팔짱을 덥석 끼었다.

"복 받은 줄 아세요. 자기 입으로 '제 얼굴만 좋아하는 거 아닙니까?'라고 물을 수 있는 사람이 어디 흔한 줄 아세요?"

"……외모만 좋아하는 게 좋은 겁니까?"

"아, 물론 저는 공작님의 모든 걸 좋아하지만."

유리의 말에 에넌의 얼굴 근육이 실없이 풀렸다. 유리는 머리를 에넌의 상박에 부비며 말했다.

"각하의 외모 아니었으면 우리가 만나지도 않았을걸요?"

"그렇습니까?"

"그럼요."

유리는 어깨를 으쓱했다.

"제가 각하가 그렇게 잘생기지 않았으면 젤로 다 드세요, 하고 헛소리나 했겠어요?"

"그렇지만 저는 결국 폐하의 옷을 지으러 아타락시아에 갔을 텐데요."

"그리고 저는 각하와 식사 한 번 안 하고 주문만 딱 받아서 올려 보냈겠죠. 그 이후에도 각하랑 일만 했을 거고요."

흐흐흥. 에넌은 여전히 심술이 나는 모양이었지만, 그래도 웃음이 나는 걸 참을 수는 없는 모양이었다. 무리도 아니다. 유리에게 공작님의 모든 걸 좋아하는데요, 같은 소리를 듣고서 얼굴을 굳히고 있을 만큼 무뚝뚝한 사람은 아니기 때문이다.

"저는 유리를 딱히……."

"……외모 때문에 좋아한 건 아니라는 소리 하면 때릴 거예요."

유리가 짐짓 코를 찡그렸다. 에넌은 눈썹 한쪽을 누그러뜨리며 물었다.

"……기분 나쁜 말인가요?"

"자기 애인한테 외모가 안 예쁘다는 이야기 듣고 좋아할 만한 사람이 있을까요?"

"아니, 그런 건 아닙니다. 예쁩니다!"

에넌이 급히 말했다. 유리는 "흐응?"하고 말꼬리를 올렸다. 그 말에 마음이 더 다급해진 듯, 에넌이 횡설수설했다.

"정말입니다. 귀엽고, 예쁘고……. 그러니까, 유리가 남자인 줄 알았을 때도 사랑스럽다고……."

거기까지 말해놓고 남자의 얼굴이 발갛게 물들었다. 에넌은 이런 종류의 칭찬을 자주 하는 사람이 아니었고, 자신이 무슨 말을 하고 있는지 알아차린 순간 민망해졌다. 그러나 유리는 어느새 에넌 옆에서 옆구리에 손을 짚은 채 "그래서요? 뭐요?"하고 에넌을 더 재촉하고 있었다. 결국 에넌은 고개를 수그렸다.

"……사랑한다고요."

"음. 얼버무리려는 게 썩 마음에는 안 들지만, 합격 드리죠."

유리가 코로 웃는 소리를 냈다.

"꽃다발이 예쁘니까."

어쨌든 걱정이 태산이라도 얼굴을 보면 기분은 좋아질 거라는 유리의 예상 자체는 맞아떨어진 셈이었다.

그러나 유리의 말을 듣고 에넌의 얼굴은 심각해졌다.

"그 광산이……."

"네. 광맥이 끊겨 있었대요. 워낙 보석이 쏟아져 나왔지만, 그 종류가 많은 데다가 아스완은 쭉 자금 동원이 어려워서 그 광산에서 보석이 나온다는 걸 알면서도 몇몇 광산 말고는 개발을 하지 못해서 여태까지 알려지지 않았던 거죠."

"이런……."

"뭐, 레스타는 장사를 하노라면 손해도 볼 수 있는 거라고 말해줬지만."

유리는 꽃다발 속의 꽃을 손가락 끝으로 만지작거리며 설명했다. 이래저래 해서 아타락시아의 경영권은 제 손을 떠나게 될 것 같다고. 그래도 처음에 들었을 때는 엄청나게 놀랐는데, 생각보다 금세 마음이 차분해져서 유리는 에넌에게 꽤 자세하게 설명할 수 있었다.

"그때는 잘될 줄 알았어요. 니겔이 저에게 유행을 만들어낼 수 있는 사람이라고 말해줬는데, 저는 그게 꽤 그럴싸한 말이라고 생각했거든요. 뭐, 자아도취된 거죠."

"……."

"너무 자기한테 취하면 안 된다는 경고라고 생각하기로 했어요. 뭐랄까. 인생에 쉬운 건 없다는 증거일까요?"

에넌이 가지고 온 꽃다발 속에는 커다란 종 모양의 꽃도 있었다. 그 꽃은 유리의 주먹만 해서, 유리는 그 꽃을 조심스럽게 만졌다. 꽃잎 표면이 부드러워 기분이 좋아졌다.

"그러니까……."

유리가 씩 웃었다.

"저 맛있는 거 많이 사주세요."

"그건 당연하지만……. 유리."

에넌이 걱정스럽게 유리의 얼굴을 들여다봤다.

"괜찮습니까."

"……생각보다는요."

유리는 자신을 쳐다보는 에넌과 시선을 맞추고 나지막하게 말했다.

"원래부터 제 것이 아니었던 걸, 레스타가 제 재능을 높이 사서 준 권한인걸요. 제 실수 때문에 없어진 건데, 그걸 가지고 너무 속상해하는 것도 좀 아니다 싶더라고요."

에넌이 입술을 꾹 다물었다. 뭔가 생각하는 것 같아서, 유리는 빠르게 말을 이었다.

"그전과 다를 게 없어요. 뭐 월급날만 고대하면서 살게 된 거는 좀 아이러니하지만, 또 그게 사는 재미 아니겠어요?"

"유리."

"네에."

"……제가 그 어음을 변제한다고 하면, 당신이 화를 낼까요?"

"네."

예상했던 말이기에 유리의 답은 빨랐다. 에넌 또한 유리의 답을 예상했다는 듯이 난감한 표정이 됐지만, 말은 끊기지 않았다.

"그 어음의 1차 보증인이 저라는 것은 알고 계시지요?"

"……."

"광산이라는 건 위험부담이 큰 사업입니다. 저는 당신이 거기 사인할 때부터 어느 정도는 예상했어요."

"에넌."

"올랭피아를 담보로 걸었지만, 그거야 정말로 그 돈을 갚을 수 없어질 때고……. 저는 돈을 쓸 곳이 딱히 없습니다."

"하지 마세요."

유리는 한숨을 내쉬며 말했다.

"안 그러셨으면 좋겠어요."

"그렇지만 저는 그러고 싶습니다."

"에넌이 그러면, 저는 앞으로도 제 이야기를 에넌에게 하지 못할 거예요."

"……."

"이래서 힘들어요, 저래서 힘들어요. 그렇지만 그건 에넌에게는 쉬운 이야기잖아요."

"쉽지는 않지만……."

"에넌. 제 말을 좀 들어보세요."

이제는 어둠이 온연히 내려앉은 정원에서, 유리는 에넌을 똑바로 바라봤다. 희미하게 성 쪽에서 비추어지는 빛 외에는 아무것도 없었는데도, 에넌은 유리의 초록색 눈동자에서 빛이 난다고 생각했다.

"저 오늘 그 얘기 듣자마자 무슨 생각 했게요."

"글쎄요."

"아. 시집이나 갈까."

뜻밖의 말에 에넌은 당혹감을 감추지 못했다. 그러나 유리는 손가락을 흔들었다.

"그냥 막 도망치고 싶더라고요."

"……."

"제 또래 아가씨들은 한창 연애하고 결혼하잖아요. 지금 내가 결혼해도 딱히 이상하지는 않지 않나? 그냥……."

그녀는 에넌에게서 시선을 거두지 않은 채 말을 이었다.

"그 사람은 내가 결혼하자고 하면 싫어하지는 않을 것 같은데."

"……."

대답을 요구하는 말이 아니었기에 에넌은 그저 유리의 말을 경청했다. 유리는 혀를 한 번 내밀었다.

레스타에게서 그 말을 듣고, 은행 관계자에게 채무이행을 약속하고 성으로 돌아오는 길에 유리는 정말 많은 생각을 했다. 흔들리는 마차 속에서 돈을 마련할 수단을 생각하고, 어떻게든 레스타에게 폐를 끼치지 않을 방법은 없을까? 하고 생각해봤지만 방법이 없었다.

고용된 디자이너로 아타락시아에서 근무하는 것도 나쁘지 않다. 그러나 유리는 급작스레 도망치고 싶어졌다. 인생 처음으로 만난 장벽이었다. 정확히는 이곳에서 살아온 인생에서 처음으로 만난 장애물.

유리는 열세 살부터 일했다. 7년 동안 열심히 해왔고, 자신이 누리는 영광과 기쁨들이 그간 자신이 했던 것들에 대한 보상이라고 생각했다. 그러나 막상 다시 처음부터 시작해야 된다고 생각하니 다 하기 싫어졌던 것이다.

이 상황에서 탈출할 필요는 없다. 레스타가 변제를 약속했으니까. 레스타의 말도 옳다. 그가 아스완에서 대신 일을 해 달라고 약속했고, 유리와 같은 상황에 레스타가 처했더라도 그는 같은 선택을 했을 것이다. 그러나 그게 자신의 책임이라는 생각이 떠나지 않았다. 유리는 괴로운 나머지 도망치고 싶어졌다. 자연스레 떠오르는 건 제가 사랑하는 남자.

그냥, 결혼이나 할까.

남자는 제게 고백하며 유리에게 누군가가 결혼을 강요할지도 모르는 상황에 대해 염려했다. 유리가 지지도 않을 책무에 짓눌리는 것을 걱정했고, 그녀가 원하지 않는 의무를 자꾸 남들이 들이댈까 겁을 냈다.

그렇지만 그것도 나쁘지 않잖아?

공작부인이 되어서 놀고먹으면서 남국에서 쉬고, 잘생긴 남편 얼굴 구경하고……. 돈도 많다니까 뭐 나중에 정 좀이 쑤시면 남편 돈으로 사업도 하고……. 좋지 않아?

그러나 유리는 마차에서 내리기도 전에 그 생각을 접었다. 웃음 나오는 생각이었다. 그래서 뭐? 그렇게 살면 재미있을 것 같아?

뭣보다 그 에넌 라이언하트는, 유리가 그렇게 도망치는 것을 좋아할까?

유리는 에넌을 아주 잘 안다고 할 수는 없었다. 그러나 적어도 그 남자가 자신을 왜 사랑하게 되었는지는 알았다. 남자는 유리가 열심히 하는 것을 좋아했다. 끊임없이 스스로를 채찍질하는 걸 좋아했고, 하고 싶은 것을 할 거라고 말하는 유리를 좋아했다.

무엇보다 그 남자를 실패해서 도망치는 종착지로 삼고 싶지는 않은걸.

유리는 제 성격을 알았다. 지금이야 남자의 잘난 얼굴을 볼 때마다 행복하고 신이 나고 그저 기분이 좋았다. 그러나 남자의 품을 도피처로 선택했을 때, 자신은 에넌의 얼굴을 볼 때마다 스스로가 도망쳤다는 것을 떠올리게 될 것이다.

"그런 건 싫어요."

"……."

"당신이랑 결혼하는 게 싫은 건 아니에요. 당신이 받아줄지 아닐지도 모르고, 또……. 그건 너무 창피하니까요."

"유리."

"마찬가지예요. 당신이 변제하겠다고 말할 거라고 충분히 예상했어요. 그렇지만 그것도 싫어요. 그래서 제가 어떻게 당신한테 제 얘기를 할 수 있겠어요?"

에넌, 이런 일이 생겼어요.

해결해 드리겠습니다.

에넌, 저런 일이 생겨서 곤란해요.

해결해 드리지요.

에넌 라이언하트는 주변에 자신의 다정을 아낌없이 뿌리는 사람이다. 그 다정함은 언제나 진심이었고 유리는 에넌이 분명 제가 곤란에 처한 것을 알면 주저 없이 그런 식으로 도움의 손길을 내밀 거라고 예상했다.

그렇지만 언젠가, 그가 도와줄 수 없는 상황이 온다면?

에넌은 발렌시아에서 쎄시아를 제외하고 가장 높은 사람이다. 어떤 일이든 해결할 수 있겠지. 하지만 그에게 점점 자신이 심정적으로나 물질적으로 의존하다가, 어느 순간 그가 자신을 사랑하지 않는 날이 오게 된다면 어떨까.

그건 언제의 일이 될지 알 수 없다. 아주 가까운 미래의 일이 될 수도 있고, 유리가 나이 예순이 넘은 꼬부랑 할머니가 되었을 때의 일일 수도 있지.

유리는 그런 순간이 되도록 오지 않기를 바랐다.

그렇지만 그건 유리가 에넌을 사랑하기 때문이어야만 한다. 에넌이 없으면 곤란해지기 때문이어서는 안 된다.

"제가 당신과 결혼하게 되기를 바라는 날이 온다면, 그건 제가 당신을 사랑해서예요."

"……예."

"도망치기 위해서여서는 안 돼요."

에넌이 그제야 희미하게 웃었다.

"……당신은 하고 싶은 일은 다 하는 사람이지만, 하기 싫다고 도망치는 사람은 아니니까요."

남자는 손을 뻗어 다정하게 유리의 뺨을 어루만졌다. 손바닥은 따뜻했고, 밤바람 때문에 조금 차가워진 뺨에 기분 좋은 온기가 퍼졌다. 유리도 남자에게 마주 웃어주었다.

"그리고 하나 말씀드리고 싶은 게 있는데, 유리."

"네."

"저는 당신이 뭘 하든 좋아요."

"……."

"제가 당신을 받아들여 줄지 말지라뇨."

유리의 얼굴이 조금 발갛게 변했다. 에넌은 유리의 몸을 잡아당겼다. 작은 몸이 에닌의 품 안에 폭 안겨들어 왔다. 정원에 너무 오래 앉아 있었는지 몸이 찼다.

"당신이 어느 날 제게, 어떤 이유로든 저와 결혼하고 싶다고 하면 아주 기쁠 겁니다."

품 안의 여인은 에닌에게 답하지 않았다. 다만 부끄러운 듯 몸을 조금 꿈틀거려서, 에닌은 좀 더 힘주어 그녀를 안았다.

"솔직히 말하자면 약간의 공명심이 없었다고 할 수는 없습니다만……. 자신이 사랑하는 사람이 의지해 줬으면 하는 마음은 모든 사람이 갖고 있는 것 아니겠습니까."

"……."

"그리고 그 어음에 보증을 설 때, 솔직히 유리에 대한 흑심이 없었다고 하면 그것도 거짓말이고요."

안겨 있던 유리가 바르작거리는 것을 순간 멈추더니, 작게 웃음을 터트렸다. 에닌은 부루퉁하게 말했다.

"니겔 그 작자가 어찌나 수작을 부리던지. 저는 정말로 그자가 그대에게 마음이 있는 줄로만 착각했으니까요."

"아, 에닌!"

참지 못한 유리가 에닌의 팔에서 머리를 빼내고 항의하듯 외쳤으나, 에닌은 유리의 뒤통수를 손으로 쓰다듬으며 말했다.

"제 말도 좀 들어 보십시오."

"……."

"도망치지 않겠다고 말하는 당신을 좋아합니다. 당신이 그런 사람이기 때문에 저는 유리를 좋아하게 되었다고 생각하고요."

"……."

"그렇지만 도망쳐도 상관없어요. 이제는 그런 건 상관없을 정도로 당신을 사랑하니까요."

유리가 창피한 듯 에넌의 품에 도로 얼굴을 묻었다. 에넌은 유리의 머리카락에 입을 맞췄다.

"당신이 그러지 말라고 하니 그러지 않겠습니다. 하필 그 레스타가 당신의 채무를 변제한다는 게 마음에 들지는 않지만……."

"아, 에넌. 그 사람은……."

"압니다. 말했잖아요. 그 남자는 당신을 포기했다고."

에넌은 문득 생각난 듯 주변을 둘러봤다.

"그러고 보니 여기였군요."

"뭐가요?"

"봄의 대연회 날……. 당신과 레스타를 본 것이요."

유리가 고개를 들어 에넌을 보며 눈을 깜박이다가, "아."하고 박 터지는 소리를 냈다. 에넌이 웃었다.

"그날 당신과 레스타가 그렇고 그런 관계인 줄 알고 얼마나 마음이 술렁거렸는지 압니까?"

"이런. 여기 있었어요?"

"어쩌다 보니까요."

남자는 품에서 유리를 놓아주었다. 유리가 몸을 세우고는 에넌에게 더 바싹 다가앉았다. 에넌은 유리의 이마에 자신의 이마를 갖다

댔다.

“당신이 하지 말라는 건 하지 않을 테니, 대신 한 가지만 약속해 주세요. 힘든 일이 있으면 제게 꼭 말해주어야 합니다.”

“그럴게요.”

“언제나 당신에게 가장 가까운 사람이었으면 좋겠습니다. 그 상인보다, 당신의 동생보다요.”

“이런. 공작님, 생각보다 질투가 심하신데요.”

유리가 에넌을 놀리듯 말했다. 에넌이 한쪽 눈을 찡긋했다.

“당신 생각보다 제가 당신을 더 사랑하는 것뿐입니다.”

결국 유리는 웃음을 터트리고 말았다. 캄캄한 정원 안에 울려 퍼진 웃음소리는 경쾌했다. 오전에 일어났던 일 같은 건 생각나지도 않을 만큼.

“그러고 보니, 긴히 할 말이 있다는 건 뭐였어요?”

“아.”

일렉사 백작부인이 했던 말을 뒤늦게 떠올린 유리가 물었다. 에넌은 눈을 깜박이다가 입을 열었다.

“뭐, 당신 얼굴 보고 싶었던 것이 일 순위였고……. 일렉사 백작부인께 ‘보고 싶다고 전해 주십시오.’하고 말할 수는 없지 않습니까.”

“아하?”

"뭐 두 번째는 시시콜콜한 근황 잡설입니다만……."

"네."

"밴딧이 아무래도 상사병에 걸린 것 같습니다."

"예?"

유리는 이것보다 재미있는 일은 없다는 얼굴로 입을 가렸다. 어머나. 어머, 어머, 어머 상사병이래. 에넌이 웃으며 말을 이었다.

"상사병은 농담입니다만, 아이비 양이 통 만나주지 않는다는군요."

"……아이비 양이요?"

"예. 밴딧이 아스완에서 저와 유리가 없는 동안 어찌어찌 아스완에서 아이비 양과 따로 식사는 두어 번 정도 한 모양입니다만."

에넌이 펼쳐놓은 이야기는 실로 흥미진진했다.

그러니까 에넌과 유리가 중부 아스완에 가서 지지고 볶고 있을 무렵, 남아스완에 남아 본의 아니게 휴가를 받게 된 밴딧은 아이비에게 상당히 공을 들였다고 했다. 아이비 또한 밴딧이 제게 호의를 가지고 접근하는 것이 나쁘지 않았던 모양이다.

그렇게 식사도 하고, 가끔 산책도 같이하는 사이까지 된 건 좋은데……. 유리가 아스완에서 급하게 수도로 오게 되며 밴딧의 연애 전선은 보류됐다. 아이비 또한 유리와 함께 수도로 돌아왔기 때문이다. 밴딧은 에넌과 함께 툴툴거리며 올랭피아로 떠났고, 발렌시아만 돌아올 날만 기다렸다.

"근데 아이비 양이 수도에서 코빼기도 비치지 않는 겁니다."

"……아이비 양이요? 그러고 보니……."

유리도 아이비를 떠올렸다. 그녀는 유리와 함께 발렌시아로 왔으나, 유리도 정신이 없어 그녀와 한동안 연락을 주고받지 않았다. 그러나 그녀는 어차피 여왕의 관리이고, 서쪽 성에 가면 그녀의 자리가 있을 텐데…….

"서쪽 성의 집무실에 가도 그녀가 바쁘다며 만나주지 않거나, 자리에 없는 일이 태반인 겁니다. 하다못해 밴딧이 서쪽 성의 관리들이 식사하는 곳을 찾아갔는데 식사도 거의 자기 집무실에서 하는 식이라더군요."

"헐……."

유리가 알기로 아이비는 발렌시아로 돌아온 후 그렇게 크게 바쁠 일이 없을 터였다. 아스완 자체가 워낙 장기 출장이기도 했기에 여왕의 재량으로 아이비에게는 당분간 좀 편한 업무들이 맡겨졌을 텐데……. 아닌가? 유리는 고개를 갸웃했다.

"제가 좀 알아볼까요?"

"부디 그래 줬으면 좋겠다는 밴딧의 부탁이 있더군요."

유리가 비슬비슬 웃었다.

"집무실로 직접 찾아가는 건 좀 그럴까요?"

"이러니저러니 해도 둘은 전혀 부딪칠 일 없는 관리니까요. 굳이 밴딧이 아이비 양이 일을 하는 곳에 찾아갈 이유가 없죠. 게다가 밴딧은 아이비 양의 눈치를 상당히 보고 있는 모양이라."

"그래요?"

"예. 아이비 양이 이야기하지 않았습니까. 폐하 밑에서 뭐라도 해 보고 싶다고."

유리는 아이비가 했던 말을 떠올렸다. 아스완으로 가는 길, 아이비는 분명히 오래오래 관리로 일하며 여왕의 아래에서 좋은 관리가 되고 싶다고 했다. 굳이 출장에 자원한 것도 그래서였다. 폐하가 하는 일들이 궁금하고, 발렌시아를 속속들이 알고 싶어 하는 아이비.

반면 밴딧은 좀 다른 타입이다. 좋은 의미로든 나쁜 의미로든 밴딧은 전형적인 발렌시아 청년이었다. 아가씨들에게 데이트 신청하는 것을 서슴지 않아 하고, 좋은 아가씨를 만나 빨리 결혼하고 싶어 한다. 그리고 집에 돌아가면 토끼 같은 자식새끼들과 사랑하는 아내가 자신을 맞아주었으면 하고 바라는 타입이다.

한마디로 아이비와 밴딧은 결정적으로 안 맞는 부분이 있었다. 그러니까, 이럴 때는 밴딧이 물러서는 게 맞는데. 의아해진 유리에게 에넌이 말을 덧붙였다.

"……아무래도 밴딧이 아이비 양을 좀 많이 좋아하는 모양입니다. 토끼 같은 자식새끼는 바라지도 않는다나요."

"세상에."

"아이비 양을 만나면서 마음이 많이 바뀌어서……. 뭐랄까. 그녀가 자신과 결혼하지 못하겠다 해도 상관없다는 입장이 된 모양입니다만."

유리의 입이 벌어졌다. 에넌은 어깨를 으쓱했다.

"막상 아이비 양이 요즘 만나주지 않으니……. 밴딧으로서는 아예 아이비 양이 자신을 원천차단하게 되어버린 건 아닐까 고민되는 듯합니다."

밴딧이 어떤 여인을 만나 어떻게 살고 싶어 하는지 아스완에 함께 간 사람들은 모두 다 알고 있다. 아이비도 모를 리가 없을 것이다. 아무래도 그녀는 진작 밴딧과 자신이 바라보는 방향이 같지 않다는 것을 알아차리고 데이트에서 연애로 가는 길을 아예 닫아버린 것이 아닐까……. 하고 밴딧은 생각하고 있다는 것이다.

그것도 일리가 있었다. 사람은 그렇게 쉽게 바뀌지 않는다. 막상 결혼하고 나서는 왜 내 말을 들어주지 않느냐며 제 입장을 강요하는 사람들은 얼마든지 있다. 그렇지만 밴딧은 자신은 절대 그러지 않겠다고 생각하고 있는 모양이라.

뭐, 그거야 밴딧이 알아서 할 일이고. 유리는 볼을 긁었다.

"그러고 보니 저도 아이비를 만난 지 너무 오래됐어요. 오늘은 아마 폐하의 구휼 행사에 따라갔을 텐데……. 수일 내에 수확제가 끝나고 한번 만나 볼게요."

"밴딧을 위해 그래 주시겠습니까."

"뭐, 어려운 일도 아니고요."

에넌이 유리의 어깨를 부드럽게 감쌌을 때, 일렉사 백작부인의 방에 불이 켜졌다. 아무래도 여왕이 성에 복귀하고, 부인도 자신의 집무실에 돌아온 모양이었다. 에넌은 저도 모르게 손을 화들짝 놀라 뗐다가, 어색하게 유리와 함께 마주 봤다.

"그……. 부인이 돌아온 모양입니다."

"그런가 봐요. 하하."

부인의 방에는 커튼이 쳐져 있어 아마 이쪽을 보지 못했을 테지만……. 두 사람은 조심스럽게 아래쪽에서 손을 잡았다.

"유리."

"네."

"……아닙니다."

"네."

언젠가 제가 모두의 앞에서 당신의 손을 잡을 수 있는 날이 올까요? 에넌이 하려다 하지 못한 말은 피부밑으로 고스란히 전해졌다.

유리는 대답 대신 에넌의 손을 꾹 힘주어 고쳐 잡았다. 에넌의 얼굴에 희미하게 미소가 스쳤다가 사라졌다.

쎄시아가 유리의 소식을 들은 것은 그날 자정이 가까운 시각이었다. 수확제의 첫날, 광장에서 곡식을 뿌리거나 하는 것 대신 쎄시아는 빈민촌에 직접 가서 이런저런 – 주로 돈을 뿌렸다 – 일을 한 참이었고, 온몸이 피로로 비명을 질렀지만 자기 전에 봐 둬야 할 것들이 있어서 서류를 뒤적이던 참이었다.

쎄시아의 눈에 띈 것은 아스완 쪽의 자연재해였다. 모래폭풍과 지반 침하. 다행히도 사람들이 많이 다치지는 않았다……. 라는 부분을 보던 쎄시아는 고개를 갸웃했다. 어디서 많이 들어본 지역인데.

일렉사 백작부인 역시 옷만 갈아입고 다시 쎄시아의 곁으로 돌아와 일을 보던 참이었다.

"부인."

"예."

"이 지역에 혹시 내가 알고 있는 뭔가가 있소?"

쎄시아가 짚은 부분을 본 일렉사 백작부인이 잠시 고민 끝에 아, 하고 답했다.

"폐하가 낮에 하셨던 루비가 그 지역에서 난 것 아닙니까?"

"……유리가 투자한 광산이 여기 있는 것이던가?"

"예. 그렇잖아도 아까 옷을 갈아입으며 들은 말이 있는데……."

"뭔가?"

부인은 시녀들에게 짤막하게 들은 말을 전했다. 투왈렛 룸에서 내일의 드레스를 손질하던 유리 클로드가, 동생이 한 말에 사색이 되어 나갔다 왔다고. 그 동생은 '광산이 망했다'는 을 했는데, 알려진 바는 없지만 돌아온 유리 클로드의 얼굴빛이 좋지 않았다고 했다. 게다가 일이 다 끝났는데도 멍하니 투왈렛 룸에 앉아 있었다고.

"……광산에 뭔가 문제가 있나?"

고개를 갸웃하며 서류를 읽어보던 쎄시아는 아, 하고 신음했다. 니겔 굴랍 카움이 벌이고 있는 광산 사업에 문제가 생겼고, 광맥이 끊긴 것이 상당수 발견됐다는 보고였다. 광산이라는 게 원래 그렇다. 매장량이라는 건 아무도 보장할 수 없기 때문이다.

유리가 자신만만하게 걸어주었던 루비 목걸이를 떠올리며 쎄시아는 한쪽 눈을 찡그렸다.

"유리 클로드가 여기 얼마나 투자했다고 했지?"

"그건 잘 모릅니다."

"흠."

얼마를 투자했는지는 모르지만, 그 아타락시아가 망했다는 식으로 이야기할 정도면 상당한 손해를 입은 것이 아닌가? 하고 쎄시아는 추측했다. 그리고 생각을 이어가다가…….

"부인."

"예?"

"열 살 많은 여자는 싫지만, 열 살 많고 돈 많은 예쁜 여자는 좋아하지 않을까?"

"……아직도 미련을 못 버리셨습니까?"

"그야."

쎄시아가 장난스럽게 어깨를 으쓱했다.

"지금 상태에서는 그가 훌쩍 벨름으로 돌아가 버리기라도 하면 나는 붙잡을 방법이 없단 말이지."

"왕명으로 봉사를 시키시면 되지 않습니까?"

"그리고 미움받으라고?"

여왕이 진하게 미소 지었다.

"그는 칭찬해주고 예뻐해 주어야 제 능력을 발휘하는 타입이지. 묶어놓고 채찍질한다고 해서 열심히 하는 사람이 아냐. 그렇게 붙들면 얼마 가지 않아 시들어 버릴 것이오."

"그렇지만……."

"뭐, 흔하지 않은가. 돈 많은 부인에게 정열을 바치는 청년의 이야기는."

"단딜리온 재상이 싫어할 것 같은데요."

"내가 뭘 하든 싫어할 텐데 뭐."

"그건 그렇습니다."

노부인이 작게 웃었다.

"유리 클로드 본인은 어떻게 반응할까."

"글쎄요. 저도 한때는 백마 탄 왕자님을 꿈꾸던 소녀였지만……."

"부인이?"

쎄시아의 물음에 일렉사 백작부인은 장난스레 눈썹을 들어 올렸다.

"남편이 도박 빚만 남겨두고 비명횡사한 상황이 되니, '1억 2천 모두 현금이오.'라고 말하며 돈을 주는 남자가 있다면 그 남자가 배가 나왔든 대머리든 상관없이 시집가겠다는 심정이 들긴 하더이다."

"……정말?"

"아, 물론 아주 잠깐이었지만요. 역시 대머리는 좀……."

"대머리의 문제인가? 배 나온 건 괜찮아?"

"배야 운동을 하든 굶기든 하면 들어가겠지만, 대머리는 머리를 도로 심을 수는 없지 않습니까? 이렇든 저렇든 저의 개인적인 취향이고, 사실 둘 다 별로……."

노부인이 진지하게 논하는 모습에 쎄시아는 그만 경쾌하게 웃음을 터트리고 말았다. 그 웃음소리가 얼마나 큰지, 여왕의 내실 앞에서 경비를 서던 경비병마저 문 쪽을 기웃거릴 정도였다.

"다만, 폐하."

"음?"

"궁금한 것이 있습니다."

"말해 보시오."

"폐하에게 필요한 것은 유리 클로드입니까, 아니면 그의 씨를 빌려 낳을 후계자입니까?"

쎄시아의 눈이 가늘어졌다. 일렉사 백작부인은 여전히 입가에 미소를 띤 채 말을 이었다.

"송구스럽지만 저는 폐하를 보아온 지 제법 오래되었지 않습니까?"

"그렇지."

"가끔 폐하께서 말씀하시는 것을 들으면, 폐하께서는 유리 클로드가 탐이 나시는 건지, 아니면 그가 아이를 가지기 적당한 상대라 그러시는 것인지 궁금합니다."

쎄시아는 펜을 내려놓고 손을 깍지 껴 턱을 괴었다.

"……둘 다?"

"……."

"유리 클로드가 탐이 나. 당연히 그가 적당한 상대라는 것도 있지. 어리고, 신분이 낮아 내 왕관을 언감생심 탐낼 수도 없지. 물론 남자들 중에는 자신이 가질 수도 없는 것을 주제넘게 탐하는 자들도 있지만, 유리 클로드는 그런 것을 남자의 미덕으로 치는 자는 아냐. 그의 인생의 방향은 왕관이나 권력, 남들의 위에 군림하는 것과는 비슷하지만 다른 쪽으로 뻗어 있어. 예를 들면……. 스스로 인정받고 싶은 마음이랄까."

"상당히 날카롭게 그를 살피시는군요."

"……그 마음이 무엇인지 아니까."

쎄시아의 눈이 허공을 향했다. 부인 역시 쎄시아가 어떤 말을 하고 있는지 알고 있기에 조용히 그녀의 말을 경청했다.

"눈부신 재능을 가지고 있는 자는 유리 클로드 말고도 짐의 왕국에 여럿 있어. 모두 적재적소에서 제 능력을 뽐내고 있지. 그렇지만 그들 중에서도 곁에 두고 싶은 건 역시 유리 클로드 정도뿐이야. 오래 두고 친구가 될 수 있다면 좋겠지만, 그건 세월이 만드는 것이고……."

"……."

"같은 맥락에서 그를 두고 후계자 운운하는 것이지. 어쨌든 '내가 여왕의 남편이다!'라고 소리 지르며 어딘가에서 떵떵거릴 놈과 한 침대를 쓰고 싶지는 않거든."

"그렇게 생각하십니까."

"그런 놈들은 꼭 티가 나. 베가스 대영주의 아들이 성정이 순하고 괜찮다고 해서 얼마 전 얼굴을 보았는데, 내 시녀들을 내게 딸려오는 부록처럼 생각하고 있더군."

쎄시아가 가볍게 이마를 찌푸렸다. 어쨌든 재상은 아직도 쎄시아에게 청혼하는 자들의 목록을 끊임없이 갱신시켜가며 쎄시아의 식사 시간에 남자를 하나씩 붙여대는 것을 주저하지 않았다. 그 결과로 여왕이 상당히 시니컬한 남성관을 가지게 되었다는 것은 차치하더라도.

괜찮다는 놈들을 만나도 꼭 흠이 하나씩은 있었다. 쯧. 쎄시아는 혀를 찼다.

"꼴에 여자 앞이라고 거드름 피우는 놈들을 보고 있으니 화딱지가 나더군. 유리 클로드는 꼬박꼬박 재롱이라도 떨었는데."

"재롱……."

노부인이 신음했다. 쎄시아는 검지로 관자놀이 쪽을 두들기며 웃었다.

"말하자면 그렇다는 것이지. 내가 여왕이 아니라 남자였다면 그놈들이 내 앞에서 거드름을 감히 피울 수나 있었겠나. 결국은 침대에 들어가면 제 밑이라고 생각하는 모양이 뻔해서."

"그렇다면 그가 만약 폐하와 결혼할 수 없다면 어떻게 하시겠습니까?"

"음? 거절당하는 걸 말하는 거요?"

"아뇨, 음……뭐랄까."

일렉사 백작부인이 잠시 고민하다 말을 이었다.

"……성불구라거나?"

"이런. 하필 예를 들어도 그런 끔찍한 걸 들게 뭔가."

"죄송합니다. 생각나는 것이 그런 것뿐이라."

쎄시아가 킬킬거렸다.

"뭐, 꼭 애를 낳지 않아도 되겠지. 그런 자가 내 옆에 있는 걸로 충분해."

"그렇군요."

"……어쩐지 오늘따라 음흉하게 웃으시는데, 부인."

일렉사 백작부인은 잔잔하게 웃으며 서류를 내밀었다.

"쉬는 시간이 끝났거든요. 폐하. 마저 보시지요."

"아아아."

"폐하께서 잠자리에 드셔야 저도 물러갈 수 있답니다."

시녀장이라는 것이 그런 직책이다. 여왕 폐하께서 아무리 물러가라 말해도 주무시는 모습을 보지 않으면 물러갈 수 없다고 말하는 완고한 모습에 결국 쎄시아는 투덜대며 서류를 도로 들었다. 그 와중에 발포주 한 잔만, 하고 다른 시녀에게 부탁했으나 일렉사 백작부인의 험악한 눈초리에 눈을 결국 내리깐 것은 여담이다.

동쪽 성의 성문이 다시 한 번 한껏 열렸다. 수확제의 연회를 위해서다. 봄의 대연회보다는 규모가 작지만, 여전히 발렌시아에 있는 귀족들은 모두 모이는 큰 연회였다. 무엇보다 그 여왕이 사교 활동을 거의 하지 않으니 자연스레 왕성에서 열리는 연회도 거의 없었다. 사교활동에 목마른 귀족들은 오후 시간부터 바쁘게 발렌시아 왕성으로 몰려들었다.

동쪽 성의 대연회장은 발코니의 모든 문을 열어놓고 귀족들을 맞이했다. 대연회장 앞의 정원은 완연히 노란색과 붉은색으로 물들어 가을 분위기를 한껏 내고 있었다.

화려한 샹들리에가 수백 개의 촛불로 밝혀졌다. 하녀들과 시종들이 바삐 홀을 오가며 술을 내고 음식을 내었다. 수확제이기에 대연회장의 양쪽에는 커다란 테이블이 놓였고, 그 위에는 음식들이 양껏 쌓여 있었다. 과일을 다소 거칠게 쌓아 올린 테이블은 풍요로움을 더했다.

여왕은 오늘도 아름다운 옷을 입고 나타났다. 구름처럼 부드럽고 하늘하늘한 흰 드레스와 목에 건 큰 사파이어는 여왕을 풍요의 여신처럼 보이게 했다. 온통 자잘하게 주름을 잡은 실크는, 여왕이 '여신 드레스'라고 부르는 실내복처럼 여왕의 목을 휘감고 있었다. 자연스레 그녀의 아름다운 얼굴이 돋보였고, 모두 그 드레스가 유리 클로드의 작품임을 의심하지 않았다.

켈리 아만틴을 비롯한 작은 여자아이 셋이 가뿐히 걸어 나와 여왕의 앞에서 노래를 했다. 아이들이 입은 드레스 역시 여왕과 비슷했는데, 여왕이 여신 같다면 아이들은 요정 같은 느낌이 들었다. 또래 아이들보다 확실히 가벼운 걸음이 한몫했다.

코르셋 때문에 뻣뻣하게 움직이던 여자아이들 몇몇과, 진작 소문에 귀가 밝은 모친을 두어 켈리 아만틴과 같은 고무끈 코르셋을 입은 여자아이들이 소곤거렸다. 곧 뺏뺏한 아이들은 제 모친의 품에 안겨 뭐라 뭐라 종알거렸다. 모친들은 난감한 표정을 짓다가, 곧 아이들을 다독거렸다.

"곧 사줄게. 알았니? 그러니 얌전히 있어."

"어머……. 그런 게 있다니?"

오가는 대화는 곧 우레와 같은 박수갈채 사이로 사라졌다. 아이들의 노래가 끝난 것이다. 여왕은 왕성의 주방장이 3일 밤낮으로 혼신의 힘을 다해 만든 커다란 호박 모양의 케이크를 보석이 가득 박힌 칼로 잘랐다. 올해의 기쁨을 나누고, 내년의 풍요를 기원하는 수확제 연회의 시작이었다.

"저와 함께 춤추실까요?"

"그럴까요."

"제게 부디 풍요로운 수확제의 한때를 함께하는 영광을 주시지 않겠어요?"

다양한 인사와 함께 혼기가 가득 찬 여인들이 홀로 나와 신사들과 춤을 추었다. 그 가운데 반 이상이 유리가 만든 드레스였다. 색색의 드레스들이 홀에서 흔들리는 모습을 보며 유리는 혼이 빠져나갈 것 같은 기분이 됐다. 이렇듯 눈으로 보니, 자신이 저 많은 드레스들을 디자인했다는 게 믿을 수 없어서였다. 아타락시아의 침모들은 내일부터 3일간 휴가를 받았다. 손가락이 퉁퉁 붓도록 바느질을 했으니 당연했다.

물론 그 휴가는 유리가 레스타에게 신청한 것이었다. 이제 유리는 아타락시아의 침모들을 임의로 부릴 수 없으므로.

⁂

오늘 아침 유리는 레스타가 있는 칼레의 다른 건물 꼭대기로 찾아갔다. 휴가 때문이다.

"아타락시아의 침모들에게 휴가를 줘도 될까?"

레스타는 여전히 제가 가진 건물 꼭대기에서 살았다. 발렌시아에서도 마찬가지였고, 잠이 덜 깬 레스타는 침대에서 반쯤 몸을 세우고 기가 막힌 표정으로 유리를 쳐다봤다.

"그거 때문에 지금 여기까지 온 거야?"

"그럼."

유리는 짐짓 가슴을 내밀고 섰다.

"저는 이제 일개 고용인이니까요."

레스타가 기가 막힌 듯이 푸스스 웃었다.

"맙소사. 내가 그렇다고 일일이 아타락시아가 돌아가는 데에 참견할 거라고 생각했어?"

"그렇지는 않지만, 사람들에게 휴가를 주는데 보고 정도는 해야 하지 않겠어?"

레스타가 몸을 일으키자 유리는 잽싸게 챙겨 내려놓은 찻잔을 가리켰다. 새벽같이 출근한 레스타의 비서에게 부탁해 탄 차였다. 레스타는 그쪽을 보고 난처하게 웃었다.

"누가 이런 짓까지 하라고 했냐고. 이건 네가 할 일은 아니잖아."
"고용주를 방문하는 부하 직원이 할 일이지요, 마땅히."
"하지 마, 유리."
레스타가 찻잔을 기울이며 유리를 향해 손가락을 세웠다.
"이렇게 대번에 태도가 바뀔 건 없잖아."
"천만에요. 형편에 맞게 잽싸게 자세를 바꾸는 것이 올바른 상인의 자세라고 고용주님이 제게 그러셨습니다."
"진짜 화낸다."
유리가 씩 웃었다. 레스타는 차를 단숨에 들이켜고 혀를 내밀었다.
"네가 탄 건 아니군."
"어떻게 알아?"
"스타키는 성격이 급한 나머지 정말 빠르게 일을 처리하지만, 차만은 늘 시간을 못 맞춰서 너무 쓰게 타거든."
스타키는 레스타의 비서 이름이었고, 정확했다. 레스타는 마른세수를 몇 번 하고, 머리카락을 고무끈으로 묶었다. 유리가 던져준 끈은 요즘 레스타가 가장 자주 쓰는 물건이었다.
"그런 걸로 일일이 칼레 건물까지 앞으로도 찾아올 셈이야?"
"그렇지만 별다른 지시를 받지 못했는걸요, 상단주님."
레스타는 가볍게 한숨을 쉬었다. 제 천사는 자신의 일에는 놀랍도록 허술했지만, 이럴 때는 원칙대로 굴곤 했다. 다소 번거롭더라도. 게다가 자신의 임의대로 일을 처리했다가 광산 투자가 좋지 않은 결과를 낳았으니……. 그녀가 이렇게 구는 것도 이해가 가기는 했다.

"유리, 앞으로도 아타락시아는 네게 맡길 거야."

"하지만……."

"정확히는 중요한 일들만 인편에 서신으로 보내. 물론 지금까지처럼 네가 칼레에 와도 되고, 내가 아타락시아로 가도 되지. 하지만 이런 잡스러운 일들까지 일일이 내게 보고할 셈이야?"

"뭐, 그건 아니지만……."

"됐어, 그럼."

유리가 슬쩍 눈알을 굴렸다.

"고마워, 레스타."

"천만에. 여왕님의 드레스를 만드는 간판 디자이너님이 이런 자잘한 일로 여기까지 오가서 쓰나."

이왕 여기까지 왔으니 아침이나 먹고 가, 하고 레스타가 권했고 유리는 망설임 없이 레스타의 책상에 앉았다. 레스타의 사무실 구조는 유리에게 워낙 익숙한 곳이었다. 벨름의 아타락시아가 그랬고, 칼레 건물의 꼭대기가 그랬다. 레스타는 언제나 같은 구조의 사무실을 썼다. 유리는 벨름의 사무실을 돌이켜보다가 문득 생각난 듯 입을 열었다.

"……레스타."

"음?"

"내가 만약……. 당신하고 연애했으면, 그때도 당신은 이렇게 수

더분하게 선뜻 내 손해를 배상했을까?"

갑작스러운 질문에 레스타는 눈썹 한쪽을 찡그렸다.

"이런, 차인 사람에게 아침부터 너무 곤란한 질문을 하는걸. 너무 잔인한 거 아냐?"

"어……. 대답 안 해줘도 돼."

레스타는 휘적휘적 가운을 걸친 채 접혀 있는 파티션을 드르륵 펼쳤다. 곧 레스타와 유리 사이에 벽이 하나 생겼다. 한동안 레스타가 옷을 갈아입는 소리만 들렸다. 레스타는 대부분의 경우 광고를 위해 옷을 입었으므로, 제 사무실에서는 대강의 옷만 걸치고 비서들에게서 그날그날의 옷을 건네받아 입는 경우가 많았다. 그래서 금방 나와야 하는데……. 레스타가 파티션 앞으로 걸어 나오는 데는 꽤 시간이 걸렸다.

보라색 눈동자의 남자는 파티션 위에 팔을 걸치고 싱긋 웃었다.

"아니."

"……."

"안 그랬을 거야."

유리가 눈을 깜박였다. 레스타가 킥킥 웃었다.

"나는 상인이잖아."

"그게 무슨 상관이야."

레스타는 어깨를 으쓱했다.

"손해야 배상했겠지. 그렇지만 나는 기회를 놓치지 않고 그랬을 걸. '나랑 결혼하자. 이런 걱정 안 하고 너 하고 싶은 것만 하게 해

줄게.'"

생각도 못 한 답에 유리가 희한한 걸 다 본다는 표정으로 몸을 약간 뒤로 뺐다. 레스타는 그 반응에 상당히 만족감을 느꼈다.

"엄청 질척거리면서, 손해를 본 양 얘기하면서. 그럼 너는 엄청나게 빚진 기분 때문에라도 내 말을 안 들어줄 수 없었을걸."

"……에이."

"내기할까?"

"내기할 수도 없잖아."

유리가 어이없이 웃으며 손을 내저었다. 레스타는 어깨를 으쓱했다.

"그러니 내기할 수도 없고 그럴 리도 없는 상황에 대한 질문은 하지 말라구. 고문도 아니고. 아니면 혹시 내가 아직도 너를 잊지 못했다는 대답을 듣고 싶은 거야? 아니면 연애를 지금이라도 하면 경영권을 돌려줄 거라거나?"

"……그럴 리가 있냐고."

유리가 불퉁하게 입을 내밀었다. 레스타는 그 입술에 키스하고 싶다는 충동이 들었다. 그러나 그러지 않을 것이다.

저런 질문에 어떻게 대답한단 말인가. 네가 나의 연인이라면, 글쎄. 그 빌어먹을 아스완에는 보내지도 않았을 거야. 너를 꼭꼭 숨겨서, 그 여왕과 공작의 눈에는 띄지도 않게 나만 아는 곳에 숨겼겠지.

그렇게 대답할 수는 없잖아.

레스타는 자신이 상인이라 정말로 다행이라고 생각했다. 그의 이

성은 본능보다 빨라서, 레스타가 답하기도 전에 먼저 머릿속에서 손익을 계산하고 바른 답을 내어놓는다.

"결혼이래, 미쳤나 봐."

유리가 툴툴대며 어이없다는 듯 웃었다. 레스타는 그녀가 자신을 선택하지 않은 것에 대해 죄책감을 갖지 않기를 바랐다. 어쨌든 아타락시아가 존재하는 한, 그녀가 제 앞에서는 편히 웃기를 바랐으므로.

수확제의 케이크는 그 자리에 있는 이들에게 나누어졌다. 사람들은 한 입 거리로 작게 조각낸 호박 케이크를 삼키며 담소를 나눴다. 유리도 마찬가지였다. 유리에게 주어진 주홍색 호박 케이크는 다른 사람들 것보다는 조금 컸고, 유리는 그것을 반으로 조각내 입에 넣고 있던 참이었다.

"유리 클로드."

환하게 웃으며 다가온 것은 쎄시아 발렌시아였다. 유리가 만든 드레스를 입고서 걷는 그녀는 정말로 날아갈 듯이 움직였다. 몇몇 귀부인이 그녀를 저편에서 쳐다보며 감탄했다.

"즐겁게 시간을 보내고 있나?"

"그럼요."

"그런데 어째서 얼굴에 수심이 가득하지?"

"어……. 제가 그랬나요?"

여왕의 입술이 호선을 그렸다.

"말해 봐. 내가 귀애하는 재단사의 얼굴에 먹구름을 가져온 이가 누구지?"

"어, 아닙니다, 폐하. 제가 좀 피곤했던 모양이에요."

쎄시아는 유리의 말에 홀을 둘러보며 웃었다.

"그렇군. 무리도 아니야. 이 많은 사람들 중 그대의 손이 닿은 듯 보이는 옷들이 상당히 보이는군. 당장 내 눈에 들어오는 것만 열 손가락을 넘겠어."

"모두 폐하의 덕분입니다."

"그대의 재능이 특출 난 덕이지."

상대가 만약 쎄시아가 아니었다면 한동안 '감사' '내가 더' 하는 식의 덕담과 감사 배틀이 이어졌을 대화지만, 여왕은 합리적인 성격이었다. 쎄시아는 시녀에게 발포주 두 잔을 가져오라 이르고는 유리를 자신의 자리 쪽으로 이끌었다. 수확제이니만큼 여왕의 자리는 봄의 대연회보다는 상당히 낮게 설치돼 있었다. 대신 시녀들이 여차하면 낮은 병풍을 당겨 주변과 분리할 수 있도록 했다.

여왕은 옥좌에 걸터앉았고, 유리는 그 앞의 푹신한 방석에 무릎 한쪽을 세우고 여왕과 시선을 맞추었다. 시녀들은 여왕이 딱히 눈짓하지 않았는데도 병풍을 당겼다. 아름다운 실크로 만들어진 병풍이 주름을 펴고 여왕과 유리 주변을 분리했다. 유리는 눈을 둥그렇게 떴다. 놀라지는 않았지만, 여태껏 시녀들이 여왕과 유리를 단둘만 놔둔 일은 없었기 때문이다.

연회라서 그런가. 이러니저러니 해도 대연회장이었고, 병풍은 아주 얇아 넘어트리는 순간 모든 사람들이 이쪽을 볼 수 있을 것이다. 그래서 유리는 크게 괘념치 않았다. 쎄시아가 발포주 잔을 들고 부드럽게 부딪혀오기에 유리 또한 잔을 들었다. 발포주는 목 넘김이 좋고 달콤했다.

"마실 만한가?"

"예. 폐하가 주시는 것은 언제나 훌륭한 물건들뿐입니다."

"그렇지만 정작 나는 제대로 마시지 못하니 원."

쎄시아가 혀를 찼다. 여왕이 술을 좋아하는 것은 성 안의 모든 이가 알고 있었다. 일렉사 백작부인이 쎄시아가 하루 석 잔 이상 술을 마시지 못하게 하기 위해 눈에 불을 켜고 있는 것도.

"그러니 얼마나 다행입니까."

"음?"

"폐하께서 다 드시지 않으니 제가 맛이라도 볼 수 있는 거 아니겠습니까."

유리가 너스레를 떨자 쎄시아가 웃었다.

"괘씸한 놈. 내가 술고래라도 되는 양 말하는구나."

"하늘은 폐하를 내리시고 그 전에 일렉사 백작부인을 내려 이 땅에 주정뱅이의 왕이 탄생하지 못하게 막으셨지요."

쎄시아가 코웃음 쳤다. 이제 이 재단사는 제법 수위를 드나드는 농담도 할 줄 알게 된 모양이다.

"그래. 그러니 다 마시거라."

"예에."

유리는 짐짓 과장된 몸짓으로 술잔을 쭉 들이켰다. 보통 때라면 눈치 빠른 시녀가 잔을 채워줄 것이었으나, 지금은 두 사람만이 가려진 공간 안에 있었으므로 유리는 빈 술잔을 내려놔야 했다.

"유리."

"예."

"이야기를 들었다."

보통 때라면 무슨 이야기냐고 반문했을 것이다. 그러나 유리는 쎄시아가 어떤 말을 꺼내려는지 짐작하고 있었다. 아, 나 망했다는 이야기가 여기까지 퍼졌구나. 그때 역시 시녀들을 입단속했어야 했을까 후회하며 유리는 멋쩍은 듯 이마를 긁었다.

"보잘것없는 제 개인사가 폐하에게까지 들어갔습니까."

"보잘것없다니. 내 가장 어여삐 여기는 자인 것을."

"감사합니다."

"무얼. 말해 보거라. 얼마나 피해를 봤느냐?"

"현금으로 5억 싱 정도입니다."

쎄시아는 눈을 찌푸렸다. 생각보다 큰 금액이기는 했다.

"어쩌다 그렇게 된 것이냐? 그 정도라면 그곳의 대주주인 니겔 굴랍 카움 소영주와 아르시노에도 엄청난 피해를 봤을 것인데."

"그게……. 두 분은 명목상의 대주주이고, 현금으로 피해를 본 것이 거의 없는 반면 저는 투자를 위해 어음을 발행했기에."

비정상적인 금액이 그제야 이해가 갔다. 쎄시아는 고개를 끄덕였다.

"니겔 굴랍 카움이 한계까지 자금을 끌어다 쓴 게로군."

"그게 아니면 아마 광산 개발도 힘들었을 테니까요."

유리가 애매하게 웃었다. 쎄시아는 흠, 하고 생각에 잠겼다.

"생각보다 금액이 크군."

"괜찮습니다. 칼레에서 변제하기로 되었거든요."

"그야 아타락시아는 칼레의 것이니까……."

"뭐, 어음은 제 이름으로 발행되긴 했지만요."

유리는 쎄시아에게 제가 겪었던 일들을 차분히 설명했다. 쎄시아는 유리의 이야기에 귀를 기울이며 안타까운 표정을 지었다.

"옷을 만드는 데는 그렇게나 천재적이더니……."

"예에. 저는 다른 걸로 돈을 버는 데에는 별 재주가 없나 봅니다."

유리가 쑥스럽게 웃었다.

"나중에 얘기하려고 했는데, 어쩜 이렇게 빠르게 아셨답니까."

"아스완에서 서류가 왔거든. 사고가 생겼다고."

"아……."

쎄시아는 아쉬운 듯 자신이 한 사파이어 목걸이를 내려다보았다. 그것 역시 유리가 쎄시아에게 진상한 물건이었다.

"신나게 걸치고 돌아다니려 했건만, 그래서야 남 배만 불려주는 꼴이겠군."

"뭐, 저 말고 다른 보석광산 주주들에게는 꽤 좋은 일이겠군요.

그냥 생긴 것이니 하시지요."

"나야 고맙지만."

"폐하께서 즐거우시다면 그 보석들은 제 몫을 다 한 것이랍니다."

쎄시아가 눈을 흘겼다.

"여전히 입만 살아서는."

"그게 제가 폐하께 사랑받는 비결 아니겠습니까?"

아하하, 웃음소리가 들렸다. 낭랑한 소리에 연회장의 사람들이 슬라이드 쪽을 기웃거렸지만, 안에서는 알 도리가 없었다. 그러니 유리도 싱긋 웃었다.

웃음이 진정된 후 쎄시아가 입을 열었다.

"유리 클로드."

"예, 폐하."

"본디 그대에게 할 말이 있어 시녀들에게 자리를 분리하라 했으나……. 영 용기가 나지 않는군."

"용기요?"

유리가 눈을 크게 떴다.

"폐하께 용기가 필요한 일도 있습니까?"

"그러믄."

쎄시아가 고개를 끄덕이며 왕좌에서 일어났다. 눈치 빠른 시녀들이 슬라이드를 걷었다. 유리도 일어나 쎄시아를 따랐다. 쎄시아가 향한 곳은 왕좌 뒤쪽, 사람들이 잘 오지 않는 대연회장의 안쪽이었다. 대연회장의 옆에는 발렌시아 성의 정원들이 그대로 펼쳐져 있었는데, 쎄시아는 그중에서도 가장 안쪽 발코니로 향했다. 유리는 눈을 깜박이며 여왕을 따라 발코니로 들어갔다.

그런데 희한한 것은, 시녀들이 두 사람을 따라와 놓고는 발코니의 문을 닫아버렸다는 것이었다. 유리는 얼떨떨한 얼굴로 사방을 두리번거렸다. 여왕과 유리가 있는 발코니는 맨 안쪽에 있었으므로 인접한 발코니는 한 곳뿐이었다. 그러나 그마저도 곧 발코니의 문을 닫아건 시녀들이 들어가 그곳의 문도 닫았다.

유리는 그제야 분위기가 심상치 않다는 것을 깨달았다.

그 발코니에는 두 사람을 제외하곤 아무도 없었다. 두 사람의 이야기를 엿들을 수 있는 자도 없다. 대연회장은 3개 층을 모두 터버린 구조라 위층은 까마득했다.

유리는 얼떨떨한 기분으로 앞을 쳐다봤다. 그곳에는 여신처럼 아름다운 여왕 – 쎄시아 – 이 서 자신을 미소 지으며 바라보고 있었다.

아, 설마. 잠깐만요.

분위기가 이상한데. 이거…….

"유리 클로드."

"……예?"

유리는 당황한 나머지 삑사리를 내고 말았다. 지나치게 높아진 유리의 목소리를 뭘로 해석했는지, 쎄시아가 피식 웃었다. 그 웃음조차 너무나 황홀할 정도로 아름다웠지만……. 평소였다면 그 미소에 감탄해서 역시 우리 여왕님 킹갓제너럴뷰티풀그레이트다, 하겠지만 지금은 얘기가 좀 달랐다. 이건 마치, 그러니까…….

"나와 결혼할 생각 있나?"

……아, 우리 여왕님. 킹갓제너럴대단그레이트 멋있음. 이 시대의 신여성답게 바지도 입고 여왕도 되시고 세계정복도 하시더니 남자에게 청혼도 직접 먼저 하시는군요…….

그러니까 상대가 저만 아니라면 정말 멋있다고 박수쳤을 텐데.

유리는 울고 싶은 심정이 됐다.

대연회장 쪽에서는 아름다운 음악 소리가 계속 울려 퍼지고 있었다. 에넌 라이언하트는 보기 드물게 느긋이 제 집무실에서 눕다시피 앉아 있었다. 제 누이가 굳이 연회에 참석하지 않아도 된다고 윤허한 덕분이다.

에넌은 연회라면 지긋지긋했고, 아름답게 차려입은 여인들이 수없이 제게 얼굴을 붉히며 다가오는 것은 더더욱 그랬다. 그게 유리 클로드라면 몰라도. 에넌은 픽 웃곤 고개를 흔들었다.

언제나 사람들을 놀라게 하는 그녀는 오늘도 사람들을 놀라게 했을까? 제 누이 또한 실로 훌륭한 모습으로 사람들 앞에 섰겠지. 에넌은 어쩐지 자신은 빛나는 여인들을 좋아하는 것 같다고 생각했다. 예전에도 생각했지만 쎄시아와 유리는 다르면서도 비슷했다. 자신이 할 일을 위해서는 수단 방법 안 가리고 달려든다는 면이. 그리고 그건 스스로를 위해서라지만, 결국은 다른 사람들까지 감화시키는 것.

그렇기에 모두가 그녀들을 좋아한다. 에넌 또한 그녀들에게 끌리고.

에넌은 제 목에 걸린 초록색 유리알 목걸이를 찾아 쥐었다. 평소에는 셔츠 안에 구겨져 있는 목걸이지만, 유리의 눈동자를 꼭 닮은 목걸이는 보고 있으면 기분이 좋아진다. 올램피아에서도 이 목걸이를 보며 그녀의 생각을 했다.

……솔직히 말해, 결혼 이야기를 그렇게 천연덕스럽게 할 때는 가슴이 터질 것 같았지만.

에넌은 최근의 그녀를 떠올렸다. 감당하기 힘든 손해를 감수한 날, 그녀는 자신과의 결혼을 생각했다고 했다. 그때 에넌은 이를 악물었다. 표정 관리가 안 돼서다.

도망을 치기 위함이었다고 해도 그것이 자신에게로 향하는 길이라면 에넌은 기꺼이 유리를 품에 안을 생각이 있었다. 그렇지만 유리는 아무래도 스스로의 길을 알아서 찾아낸 것 같다. 에넌이 기꺼이 환영, 이라고 말하기도 전에.

'제가 당신과 결혼하게 되기를 바라는 날이 온다면, 그건 제가 당신을 사랑해서예요.'

그렇게 말하던 그녀의 짙은 눈동자를 떠올리고 에넌은 나지막이 한숨을 쉬었다.

어쩜 그렇게나 사랑스러울까.

하고 싶은 건 다 해야 하지만 하기 싫다고 해서 도망치지도 않는 여자. 에넌은 꽤 자주 자신이 운이 좋다고 생각해왔는데, 요즈음은 거의 매일 그렇게 생각하고 있었다.

'품에 안고 어디론가로 사라져 버리고 싶다.'

자신이 그녀를 사랑하는 만큼, 남들도 그녀를 사랑한다. 그래서 그럴까. 그녀는 너무 바쁘다. 자신도 발렌시아에서 바쁜 사람으로는 열 손가락 안에 들었지만, 그녀는 자신보다 몇 배나 바쁜 것 같았다. 에넌은 피식피식 웃으며 뒷머리에 손깍지를 끼고 의자에 기대 누웠다. 연회가 끝나면 잠시 유리가 제 집무실에 들르기로 했기 때문이다.

그때였다. 똑똑. 누군가 제 집무실 문을 두들겼다.

'유리가 벌써 올 일은 없을 텐데.'

에넌은 의아하게 생각하며 직접 문을 열었다. 밴딧이 없었기 때문이다. 문이 열리고 그 자리에 선 것은 낯익은 얼굴이었다.

일렉사 백작부인. 게다가 연회 중간에 온 듯 화려한 드레스 차림이었다. 평소에 항상 동반하는 비서, 마틸다도 없는 걸 보니 홀로 온 듯했다.

에넌은 눈을 껌벅였다.

"어……. 부인. 웬일이시지요?"

부인은 차분하게 말했다.

"가만히 있어도 알게 되실 일이겠지만, 아무래도 가만히 있으면 안 될 것 같아서 왔습니다."

"……예?"

"단도직입적으로 말씀드리죠."

"어……."

"여왕 폐하는 오늘 유리 클로드에게 청혼하실 겁니다."

"예?!"

저도 모르게 목소리가 커졌다. 그러나 부인은 예상했다는 듯, 에넌을 차분하게 올려다보며 말했다.

"들어가도 될지 여쭤보고 싶지만, 각하의 마음이 상당히 소란하실 듯 하군요."

에넌의 눈동자가 흔들렸다. 지금 당장이라도 연회장에 뛰어가고 싶었지만, 부인의 말뜻은 다른 것을 내포하고 있었기 때문이다. 에넌은 아주 잠시 갈등하다가 문을 열고 제 응접실로 부인을 맞았다. 부인은 상당히 놀랐다는 표정이었지만, 별말 없이 응접실로 들어와 소파에 앉았다.

"폐하가 유리 클로드를 마음에 두고 있는 건 아시고 계셨지요?"

"……예."

"폐하는 오늘 연회에서 유리 클로드에게 자신의 배필이 되기를 청할 거라 하셨습니다. 제가 봤을 때……."

부인이 에넌을 지긋이 바라봤다. 에넌은 여전히 문가에 선 채로 앉지도, 문을 닫지도 못하고 안절부절못하고 있었다. 그 또한 부인은 이미 그럴 줄 알았다는 시선으로 보고 있었다.

"폐하야 원하는 바를 이루시지는 못하겠지만."

"……."

쎄시아가 유리에게 실연당할 거라는 말투는 아니었다. 정확히는……. 여왕이 유리에게 좋은 대답을 듣지 못할 것은 알고 있지만, 그게 쎄시아가 부족해서는 아니라는 뜻을 내포하고 있었다. 에넌은 부인이 말하고자 하는 바를 직감했다. 부인 또한 알고 있는 것이다.

"처음부터 알고 계셨습니까?"

유리가 여자인 것을……. 이라는 말은 생략했다. 알면서도 그것을 입 밖에 내는 것에 에넌은 거부감을 느꼈다.

"처음부터는 아닙니다. 그게 중요한 것도 아니지요."

부인이 미소 지었다.

"다만 저는 폐하께서 여전히 모르신다는 것이 놀랍긴 했습니다."

"……."

"그야 폐하는 한 가지 생각에 빠지면 워낙 다른 것은 돌아보지도 않는 분이니 짐작하기는 했지만요. 그렇지만, 이런 것을 이야기하고자 찾아온 건 아닙니다."

부인은 거추장스러운 듯 연회용 장갑을 벗으며 말을 이었다. 주름진 손이 은은한 촛불 빛에 드러났다.

"물론 젊고 잘생긴 공작을 유혹하고자 온 것도 아니니 안심하시지요."

빙그레 웃는 부인의 농담은 솔직히, 정말 재미있었지만……. 에넌이 지금 웃을 기분이 아니라는 게 문제였다. 에넌이 미간을 미묘하게 찌푸리자 부인이 말을 이었다.

“유리 클로드 또한 폐하를 받아들일 리 만무하지만, 어쨌든 각하께는 말씀드려야 할 것 같아서 왔답니다.”

“어째서…….”

“음?”

부인은 눈을 부드럽게 치뜨며 웃었다.

“평범하게 우정을 다지기 위해서라면 제 정원이 아니라도 얼마든지 좋은 곳이 많았겠지요.”

하하. 웃음도 안 났다. 그러니까 유리와 제 사이를 다 알고 있었다는 소리다. 언제부터? 하고 묻고 싶었지만, 부인의 말대로 지금은 그런 것을 물을 때가 아니다. 에넌은 허둥지둥했다.

“알겠습니다. 그러면…….”

“각하.”

“예?”

“각하께서는 지금 연회장에 가실 셈이지요?”

“……예.”

부인은 손을 무릎 위에 올려놓은 채 옅게 웃었다.

“미리 말씀드리지만, 각하가 하실 수 있는 일은 없습니다.”

“…….”

“다만 누군가를 선택해야 할 수도 있습니다.”

에넌의 푸른 눈동자가 방황했다. 일렉사 백작부인은 아름답게 생긴 청년을 가만히 바라봤다.

“그게 두렵다면 여기서 가만히 기다리셔도 될 겁니다. 우리가 아는 두 분은 현명하고 합리적이니까요. 그렇지만……. 아마 그 두 분이라 할지라도 혼란스러울 때는 예상한 것과 다른 선택을 할 수도 있죠. 모든 결과가 끝난 다음 손을 잡아주셔도 됩니다."

"……."

"어떻게 하시겠어요?"

"그게 궁금해서 오셨군요."

부인이 눈썹을 들썩였다. 에넌은 실소했다.

"정말이지, 못 당해내겠습니다."

"그렇습니까?"

"제가 여기 주저앉지 않을 걸 알고 오셨지 않습니까."

일렉사 백작부인은 소파에 기대어 턱을 괴었다.

"저는 두 분의 관계도, 유리 클로드가 어떤 사람인지도 알고 있었습니다. 여자아이라는 걸 알게 된 후에도 입을 다문 건……. 저는 어떤 가림막도 없이 혼자 세상을 살아봤기 때문입니다. 그게 그녀의 가림막이라는 건 누구든지 알 수 있죠."

남자처럼 머리를 깎고 세상에서 가장 귀한 여인의 옷을 만드는 아가씨. 일렉사 백작부인은 유리의 용기가 대단하다고 생각했다. 그리고 에넌 라이언하트가 그녀에게 매료된 것을 보고는 이건 꽤 재미있겠다고도 생각했다.

"저는 각하보다는 그녀의 용기를 더 높이 삽니다. 각하는 검을 들고 폐하의 앞에서 대륙을 정복한 용사지만, 여자에게는 때론 검을 들고 백만 대군 앞에 서는 것보다 훨씬 용기가 필요한 일이 있죠."

"……."

"만약 각하가 제 말에 주저앉아 두 분의 선택을 기다리겠다 말했다면. 기꺼이 각하의 엉덩이를 차 주려고 했답니다."

……그러니까 그 쎄시아 발렌시아 옆에 붙어서 시녀장을 하는 사람이 보통 사람이 아닐 거라고는 항상 생각했지만. 에넌은 웃음 섞인 한숨을 내쉬었다.

"어서 뛰어가세요."

"……제 누이의 실연을 위해서요?"

일렉사 백작부인이 장난스럽게 어깨를 으쓱였다. 에넌은 눈을 의심했다. 쎄시아가 자주 하는 몸짓이었지만, 부인은 언제나 여왕에게 경박하다며 나무라곤 했기 때문이다.

"뭐, 폐하야 어차피 틀렸지 않습니까."

에넌은 웃음이 나오는 것을 참으며 입을 가렸다. 이 부인이 이런 식으로 말하는 것은 처음 봤기 때문이다. 일렉사 백작부인이 말을 이었다.

"실연당한 폐하에게 적어도, 조카에게 왕위를 물려줄 수는 있겠다는 희망 정도는 드려야지요."

"……뭐 그도 요원하기는 합니다만."

일렉사 백작부인은 대답 없이 눈썹 한쪽을 들어 올렸다. 에넌은 과장된 몸짓으로 부인에게 인사하고는 빠르게 문을 열고 뛰쳐나갔다. 부인은 홀로 공작의 집무실에 남아 한숨처럼 웃었다.

아무튼 남들 연애 구경하는 게 세상에서 제일 재미있는 일이기는 했다.

❧

"그……. 폐하."

유리는 침을 삼켰다. 선선하게 불어오는 가을바람. 테라스 아래로 펼쳐진 노랗고 빨간 낙엽들과, 아름다운 드레스를 입은 여왕. 그 여왕은 유례를 찾아볼 수 없는 절세미녀고, 게다가 대륙을 통일한 강력한 여인이기까지 하다.

유리가 남자였으면 아마 그녀의 청혼을 주저 없이 받아들였을 것이다. 쎄시아는 자신 넘치는 미소로 유리를 바라보고 있었다. 자신의 청혼이 받아들여질 것임을 의심하지 않는 표정이었다.

그래서 유리는 더 갈등했다. 언젠가는 제 이야기를 해야 할 순간이 오리라고는 생각했지만, 그게 이런 타이밍일 줄은 몰랐다.

'일등 신랑감이 어쩌고 하더니……. 아.'

그제야 유리는 그간 쎄시아가 했던 말들이 생각났다. 자신이 예뻐하니 다치지 말고 빨리 돌아오라는 말. 애인 있는지 물어보던 말. 제 뺨을 두들기던 그녀의 손길. 모든 것이 이해됐다. 쎄시아는 대체 언제부터인지는 모르겠지만. 생각보다 아주 오래전부터…….

'맙소사.'

유리는 저도 모르게 입을 막았다. 난 못 해.

그녀의 생각보다 쎄시아는 퍽 오래전부터 자신을 마음에 두었던 것이 분명했다. 물론 그것은 지고지순한 감정도, 혹은 극적이고 애절한 감정도 아닐 것이다. 하지만 그렇다고 해서 유리가 거절했을 때 그녀가 깔끔하게 물러설 것인가? 확신할 수 없었다.

사랑이라는 건 사람에게는 상당히 복잡한 화학 작용을 일으키는 것이다. 유리는 자신이 언젠가 여자라는 걸 밝혔을 때, 쎄시아는 틀림없이 웃으며 자신을 일으켜줄 것이라고 생각했다. 그야 처음에는 좀 짜증을 낼 수도 있고, 혹은 화를 낼 수도 있겠지만……. 쎄시아는 자신을 예뻐하지 않는가.

또한 유리는 비록 자신이 예상한 바는 아니지만, 쎄시아의 청혼을 거절한다면 그녀는 미소 지으며 담백하게 물러설 것이라고 생각했다. 쎄시아 발렌시아는 합리적이고 뒤끝 없는 군주다.

그러나 그 두 가지가 결합한다면 무슨 일이 일어날지, 유리는 장담할 수 없었다.

죄송해요, 여왕님. 저는 사실 여자예요. 그래서 여왕님과 결혼할 수 없어요.

그렇게 말한다면 그녀는 짜증을 낼까? 웃어버릴까? 아니면 머리끝까지 분노해서 유리를 추방할까? 어떤 결과가 나올지 예상할 수도 없었다.

그러나 그런 유리의 속도 모르고, 쎄시아는 고개를 갸웃했다.

"이런. 너무 갑작스러워서 그대가 많이 놀랐나 보군."

"어……. 예……."

유리는 더듬더듬 대답했다. 쎄시아가 미소 지었다.

"무리도 아니지. 그대는 내가 그렇게나 많이 신호를 주었는데도 항상 말갛게 눈을 깜박이며 다른 대답을 했으니 말이야."

"……예……."

"툭 터놓고 말해보자면, 그런 것이 마음에 들었어."

……진짜? 유리는 눈을 부릅뜨고 싶은 것을 간신히 참았다. 쎄시아는 발코니에 손바닥을 올려놓고 말을 이었다.

"뭐랄까. 닳고 닳은 대영주의 자식들이라면 이미 진작 눈치채고도 남았을 텐데. 정말 처박혀서 옷만 만들었구나 싶더군."

여왕님 그런 취향입니까…….

"물론 그것 때문만은 아냐."

"……."

"그런 이유들을 일일이 그대 앞에서 주워섬길 생각은 없어. 아마 그대도 충분히 짐작할 만한 이유일 테니까. 아무것도 모르는 백지 상태로 수도에 올라와서는, 이제 수확제에서 내게 바지를 입지 말라고 충고할 만큼 똑똑해지지 않았나. 그런 정치적 감각도 무시할 수 없지."

똑똑해서입니까! 똑똑한 남자도 되게 많은데요! 유리는 절규하고 싶었지만 관뒀다. 쎄시아의 말대로 유리 또한 그녀가 왜 자신을 택해 청혼하고 있는지 단번에 이해했기 때문이다. 유리는 결국 가볍게 한숨을 쉬었다.

"일렉사 백작부인이 말씀하신 열 살 많은 부인이 폐하를 말씀하시는 거였군요……."

"너무 노골적이었나?"

"아뇨……. 폐하인지도 몰랐습니다……."

쎄시아가 아하하, 하고 웃었다.

"그대가 아스완에 간 동안 나도 많은 사람들을 만나봤지. 글쎄. 그대를 만나고 나서라 그랬을까. 단 한 명도 마음에 들지 않았어."

"……."

"유리. 내가 그대를 사랑한다고 말할 수는 없다."

쎄시아의 눈동자가 붉게 빛났다.

"그렇지만 나는 그대에게 필요한 것을 줄 수 있어. 그대도 내게 필요한 것을 줄 수 있다는 점에서 우리 둘은 꽤 괜찮은 상대가 되겠지."

"필요한 것이요……?"

"그대가 투자한 광산의 이야기를 들었어. 그것 때문에 꽤 곤란한 처지라는 것도."

여기서도 광산 얘기냐……. 유리는 가볍게 미간을 모았다. 쎄시아는 그런 유리의 표정을 보고 눈썹 한쪽을 들어 올렸다.

"그런 투자 같은 건 하지 않아도 되도록 해 주지."

"……."

"학교? 만들어 주지. 그대가 하고 싶은 것은 내가 하고 싶은 것이거든."

"폐하……."

"나는 그대가 좋아, 유리."

쎄시아가 한발 다가섰다. 서너 걸음 정도의 거리를 가지고 있던 둘 사이가 좁혀졌다. 유리는 저도 모르게 긴장했다.

"그대는 많은 사람들이 편한 옷을 입었으면 좋겠다고 했지. 여자들이 아픈 날에는 쉬었으면 좋겠다고 했어. 학교를 세우고 그대의 기술을 나누고, 누군가를 돕는 데 손을 아끼지 않지. 나는 적어도 그런 자가 나의 동반자였으면 하고 생각했다."

높게 평가해 주셔서 감사하다고 해야 하나요……. 유리는 속으로 생각했다. 어쨌든 그녀가 자신을 생각보다 열렬히 사랑하고 있지 않은 것 하나는 다행이었다.

"그대는 어떤가, 유리?"

쎄시아의 물음에 유리는 고개를 들었다. 아름답기 그지없는 얼굴이 다정하게 자신을 들여다보고 있었다. 그 와중에도 유리는 남매가 모두 자신을 바라보는 시선만큼은 참 닮았다 생각했다. 피가 섞이지 않았음에도.

어쨌든, 대답해야 할 시간이었다.

2
여왕의 청혼을 거절하는 법

"……폐하."

유리의 선택은 하나였다. 어쨌든 지금의 상황을 모면하는 것.

자신이 쎄시아를 받아들일 수는 없다. 연애로 돌입하고 나서 자신이 여자임을 밝히게 된다면, 자신은 그야말로 여왕을 농락한 대역죄인이 되어버린다. 그렇지만 적어도 차분하게 거절하고 죄송하다고 사과한다면 사이는 벌어질지언정, 일을 수습할 수 있기는 하겠지.

아이비 때만 해도 그렇다. 아이비의 코르셋을 풀었을 때, 어떤 일이 벌어졌지? 유리는 혼이 나고 그녀와 어색해지긴 했으나, 아이비는 유리에게 미안하다고 말해주었다. 그 후에는 유리의 가장 친한 친구 중 하나가 되었다.

물론 쎄시아에게 그런 것을 바라기는 무리다. 정확히는 결과를 예측할 수 없다고 해야 맞았다. 아이비의 경우는 유리가 행운이었다고 봐도 무방하다. 쎄시아도 과연 유리에게 그렇게 대해줄까? 그건 미지수다.

그렇지만 적어도 유리는 쎄시아가 자신이 처음 그녀를 봤을 때 생각했던 것처럼, 마냥 무섭기만 한 군주가 아니라는 것을 이제 안다. 심기를 거슬렀으니 목을 베어라! 하고 말하는 하트의 여왕이 아니다. 그녀는 항상 명쾌했고, 합리적이었다. 적어도 유리가 그녀를 거절한다고 해서 거기에 화를 내거나 자신의 배우자가 되기를 강요하지 않을 거라는 정도는 충분히 예상 가능했다.

그렇다면 적어도, 지금은 거절해야 하겠지.

"유리?"

"……폐하."

망설이는 자신을 보고 쎄시아가 부드럽게 재촉했다. 유리는 이윽고 고개를 들었다.

"저는……."

그때였다. 달칵, 하고 문이 열린 것은. 연회 홀 안으로 통하는 문이었다. 두 사람 다 화들짝 놀라 그쪽을 바라봤다. 거기에는 너무나 송구스러운 얼굴의 시녀가 난처한 표정으로 서 있었다.

"폐하, 죄송합니다만 잠시……."

"뭔가?"

시녀는 머뭇거리다가 이내 쎄시아에게 빠르게 다가와 속닥거렸다. 여왕은 한쪽 눈썹을 찡그렸다.

"그 애가? 왜?"
"이유는 모르겠습니다……."
"지금 당장? 조금 기다리라고……."
"그것이 자꾸 재촉하셔서……."
눈치를 보아하니 누군가 쎄시아를 부르는 모양이었다. 유리는 눈치를 보면서도 입술이 바싹바싹 말랐다. 빨리 거절하고 나가서 물이라도 한 컵 마시고 싶은데. 누군지 정말.
그리고 그 누구는 결국 기다리지 못하고 문을 벌컥 열었다. 얼마나 요란하게 열었는지 큰 소리가 났다.
"폐하."
그쪽을 본 유리는 눈알이 튀어나올 만큼 놀랐다.
"실례지만 제가 잠시……."
놀란 쎄시아와, 더 놀란 유리 쪽을 보고 흐리게 웃는 그는 에넌 라이언하트였기 때문이다. 에넌은 잠시 호흡을 가다듬고 이어 말했다.
"끼어들어도 되겠습니까."
"이런, 에넌."
쎄시아는 당혹스러운 얼굴로 에넌 쪽으로 다가갔다. 눈치 빠른 시녀가 잽싸게 고개를 숙이고 물러갔다. 어쨌든 여왕이 개인적인 공간을 요구했고, 그 공간에 다른 사람은 들이지 말 것을 명령했기 때문이다. 그 명령을 지키지 못했으니 불호령이 떨어져도 할 말이 없지만 여왕은 에넌이 들어온 데에 불쾌함은 느끼지 못하는 것처럼 보였다. 그렇다면 빨리 사라지는 게 상책이다. 유리는 그 시녀에게 부러움을 느꼈다. 나도 여기서 사라지고 싶다. 그것도 아주 오랫동안…….

"연회에는 오지 않는다더니. 나는 네가 오늘 성에도 없는 줄 알았는데?"

"그건 아닙니다. 이래저래 일이 좀 있어서 제 집무실에 있었지요."

"그렇군. ……그 차림새로 연회장을 가로질러 온 것이냐?"

쎄시아가 눈을 동그랗게 뜨고 에넌을 바라봤다. 에넌은 유리가 익히 아는 그 차림새였다. 언제나 그렇듯, 셔츠 한 장에 바지만 덜렁 걸치고 장검을 찬. 물론 그 셔츠도 바지도 유리가 만들어준 것이라는 것이 예전과는 다른 일이지만. 연회장에 나타난 공작님치고는 꽤 파격적인 차림이었다. 유리는 연회장에서 남자를 보고 놀랐을 귀족들을 생각하고 머리를 긁었다. 쎄시아 또한 비슷한 것을 생각한 듯했다.

"예, 뭐 어쩌다 보니."

"……뛰어 왔어? 이마에 땀이."

"아."

남자는 이마에 조금 솟은 땀을 손등으로 훔쳤다. 동쪽 성의 제 집무실에서 연회장까지는 거리가 그리 멀지도 않은데, 꽤 급히 뛰어 온 모양이었다.

"무슨 일이야. 왜 이렇게 급하게 나를 찾은 거지?"

쎄시아가 묻다가 잠시 시선을 유리에게 향했다.

"……그것도 하필 지금."

아주 잠깐의 침묵이 흘렀다. 에넌은 쎄시아를 내려다보다가, 짐짓 크게 숨을 들이쉰 후 탁 내뱉었다. 그건 남자가 긴장하고 있다는 증거였다.

"누님. 외람된 일이지만 제가 어쩌다 들은 것이 있습니다."

"……뭐지? 알 것 같긴 하지만."

쎄시아의 붉은 눈이 에넌에게로 향했다.

"설마 내가 유리 클로드에게 청혼하는 현장을 방해하고 싶어서 이렇게 뛰어온 거야?"

"……."

"……정말?"

반쯤 장난삼아 물은 것이었는데 남자가 입을 닫았다. 쎄시아는 믿을 수 없다는 듯 되물었다.

"에넌?"

"……폐하."

그때 나선 것은 유리였다.

"실례지만 한 가지 청해도 될까요."

"……유리."

"죄송합니다, 공작 각하. 오늘은 제가 실례를 좀 범해야 할 것 같아요."

유리는 한 발짝 나서 에넌을 똑바로 쳐다봤다. 에넌의 푸른 눈이 흔들렸다. 남자가 이곳에 저렇게 급하게 뛰어온 이유는 뻔했다. 아마 그는 어떻게 알았는지는 모르겠지만 상황을 다 알고 왔으리라. 그리고 언젠가 유리에게 허락을 구했던 말을 하려고 온 것이겠지.

자신이 유리를 사랑해서, 데려가겠노라…….

어이가 없을 정도로 실천력이 좋은 남자였다. 그러나 유리는 에넌이 그렇게 말하는 것을 원하지 않았다.

"폐하와 제가 나누던 이야기를 마무리 짓고 싶습니다. 각하. 죄송하지만 잠시만 자리를 피해 주시겠어요?"

"……."

"부탁드립니다. 제게는 중요한 이야기예요."

유리와 에넌의 시선이 맞부딪쳤다.

나서지 마세요. 말했잖아요.

당신이 내 일을 해결해버리면 나는 당신에게 의지하게 되고 말아요.

그렇게 놔두지 않을 거야.

유리의 의지는 명백했다. 에넌은 결국 한숨을 쉬며 한 발짝 물러났다.

"……알겠습니다. 문 앞에서 기다리겠습니다."

"기다리지 마세요."

"……기다리겠습니다."

쎄시아는 영문을 알 수 없는 표정으로 몸을 돌려 나가는 에넌을 바라봤다. 유리는 에넌의 등을 바라보다가, 문이 닫히자 쎄시아 쪽으로 몸을 향했다.

"폐하."

"……대체 무슨 일인지 모르겠군. 저 애가 이런 적은 한 번도 없었는데. 유리. 혹시……."

"잠시 제 이야기를 들어주시겠어요?"

유리는 쎄시아의 말을 가로막았다. 그녀가 쎄시아를 만난 후 한 번도 저질러 본 적 없는 무례였다. 쎄시아는 입을 벌렸다가, 닫았다. 유리의 눈동자가 단단해진 것을 그녀 또한 느꼈기 때문이다.

"……좋아. 말해봐."

유리는 심호흡했다.

"폐하."

"그래."

"제가 감히 폐하를 속였습니다. 죄송합니다. 먼저 사죄를 드리고 싶습니다."

"……나를 속였다고?"

쎄시아의 얼굴이 흐려졌다. 유리는 눈을 꾹 감았다 떴다.

말해야 했다.

방금 전까지 유리는 그저 쎄시아를 거절하고, 나중에 말하겠다고 생각하고 있었다. 그러나 에넌을 보는 순간 유리는 깨달았다.

자신은 또 도망치려고 하고 있었던 것이다.

도망치지 않겠다고 스스로를 다잡은 것이 바로 얼마 전이다. 나중에, 다음에, 기회가 오면. 그렇게 미루려고 했다. 하지만 그건 도망치는 것과 다를 바가 없지 않을까?

기회가 오면?

대체 언제 기회가 온단 말이야? 쎄시아 발렌시아가 볕이 따뜻한 봄날 꽃밭에 돗자리를 펼쳐놓고, 자, 네가 하고 싶은 말을 해 보렴. 오늘은 무슨 소리를 해도 용서해 줄 테니. 하고 말하는 상황 따위를 기대하는 거야? 김유리. 아니, 유리 클로드.

그런 일은 일어나지 않는다. 그리고 역설적으로, 유리는 지금이야말로 어쩌면 기회가 아닐까 생각했다.

남자의 파란 눈을 본 순간 그런 생각밖에는 들지 않았다. 선한 것, 아름다운 것, 다정한 것으로 만들어진 것 같은 남자를 제 앞에 세워 방패로 삼고 싶지 않았다.

모든 것이 제 등을 떠밀고 있었다.

유리는 쎄시아 앞에 섰다. 자신보다 반 뼘쯤 큰 여왕은 혼란한 눈으로 유리를 내려다봤다. 유리는 여왕을 똑바로 올려다봤다. 여왕은 언제나 모든 사람들이 자신 앞에서 고개를 똑바로 들길 바랐다. 아무리 낮은 자라 해도 고개를 숙이기를 바라지 않았으며, 아무리 높은 자라도 고개를 숙인 자의 말은 귀담아듣지 않았다.

이런 사람에게 핑계를 대고 미루며 거짓말하고 달아나는 것은 통하지 않는다. 쎄시아의 얼굴을 똑바로 쳐다보며 유리는 새삼 깨달았다.

더 이상은 속일 수 없다.

"폐하."

"그래."

"저는 남자가 아닙니다."

"……유리?"

유리는 무릎을 꿇었다. 어찌나 겁이 나던지 가슴이 덜덜 떨렸고, 이가 딱딱 부딪쳤다. 그래도 마저 말해야 했다.

"여자입니다."

쎄시아의 얼굴이 이해할 수 없다는 표정으로 일그러졌다가, 이윽고 경악이 그곳에 찾아들었다. 유리는 말을 이었다.

"론다의 유리는 여자입니다. 열세 살의 나이로 벨름까지 가서, 여자아이는 상단의 디자이너가 될 수 없다는 사실을 알았어요. 그때부터 벨름의 유리는……. 남자가 되었습니다."

"……정말이냐?"

어쩐지 이상하게 가슴 안에서부터 오한이 들었다. 숨을 쉬기가 힘들었다. 그건 자신을 보는 쎄시아의 황당하고 기가 막힌 표정 때문일까. 유리는 이를 악물었다. 제대로 말하기 위해서다. 말을 더듬을까 봐, 혹은 잘못 말할까 봐 두려웠다.

발렌시아에 오던 날부터 지금까지, 수백 번은 생각해봤던 순간이지만 어떤 순간도 지금처럼 떨리고 무섭지는 않았다. 까마득한 절벽에서 뛰어내리는 심정이었다.

"……예."

"허!"

쎄시아가 기가 막힌 듯이 허공을 쳐다보며 감탄사를 내뱉었다.

“처음부터 폐하를 속일 생각은 아니었습니다. 정확히는 이렇게 오래 속일 생각이 없다는 것이 맞겠지요. 저는 그저 제가 폐하를 스쳐 지나가는 짧은 인연이 될 거라고 생각했습니다. 벨름에서 발렌시아는 너무나 멀었으니까요…….”

“…….”

“오랫동안 폐하를 속여서 죄송합니다. 벌은 달게 받겠습니다.”

쎄시아는 말이 없었고, 무릎 꿇고 앉은 유리를 쳐다보지도 않았다. 유리는 눈앞에 서서 나 참, 하고 황당해하며 허공을 보고 있는 쎄시아의 턱을 올려다봤다. 온갖 감정이 들끓고 있는지, 쎄시아의 목울대는 쉼 없이 울렸다. 화를 참고 있는지, 혹은 기가 막힌지, 아니면 당장이라도 자신을 죽이고 싶은지.

“혹시, 작정하고 내게 접근한 것이냐? 아니지. 그건……. 에넌이 너를 데려왔더랬지.”

그렇게 중얼거린 여왕이 휙, 유리를 쳐다봤다. 그 붉은 눈에 어떤 감정이 담겨 있는지 유리는 도저히 분간할 수 없었다.

“혹시, 방금 전 에넌은.”

“…….”

“그 애도 알고 있는 거냐?”

“알게 된 지 얼마 안 되셨어요.”

쎄시아는 어이없는 듯 뒤로 돌았다. 드레스가 가벼운 덕에 여왕은 허 참, 하고 발코니를 쉼 없이 걸어 다녔다. 유리는 그 침묵을 참을 수 없어 또다시 주절주절 말을 털어냈다.

"죄송합니다. 정말로 죄송해요. 저는……. 맹세코 폐하께서 제게 청……혼을 하실 줄은 몰랐어요. 제게 그런……. 그런 말씀을 해주실지도 몰랐습니다."

"……그래. 이제야 이해가 가는구나."

쎄시아가 이마를 짚고 허, 하고 웃었다. 그 미소는 슬퍼 보이기도, 화나 보이기도 했다. 그러나 단순히 슬프기만 한 것도, 화나기만 한 것도 아니었다. 유리는 풀이 죽었지만, 여왕에게서 눈을 떼지는 않았다.

"그대가 내 눈에 든 이유가, 이제야 이해가 가는구나……."

"……송구합니다."

"아하하하하!"

유리의 말이 끝나자마자 쎄시아 발렌시아는 발작적으로 웃었다. 아하하하, 아하하, 아하하하하하. 황당함과 당황스러움, 놀라움까지. 여러 가지 감정이 담겨 있는 웃음이었다. 여왕이 어찌나 크게 웃는지, 발코니 바깥으로 정원까지 여왕의 웃음소리가 울려 퍼졌다. 유리는 참담한 마음으로 여왕이 웃음을 끝내기를 기다렸다.

"세상에 이럴 수가."

"……."

"믿을 수 없군."

옷이라도 벗어 보여야 할까요. 유리는 그렇게 생각했다. 그러나 다음 순간, 쎄시아 발렌시아는 명령했다.

"일어나라, 유리 클로드."

"……예."

여왕의 어조는 방금 전과는 사뭇 달라져 있었다. 전투적이라고 할까. 그 위압감에 유리는 빠르게 몸을 세워 일어났다. 여왕은 팔짱을 낀 채, 허공을 보며 코웃음 치고 있었다.

"유리 클로드."

"……네."

"기가 막힌다."

"죄송합니다……."

"그렇다면 그대가 스투리싱의 코르셋을 벗긴 이유는……."

"……제가 남자라는 자각이 많지 않았습니다……."

여왕은 피식피식 웃었다.

"생리하는 여자들에게 그렇게나 관대한 이유도?"

"제가 힘드니까요. 제 동생 이야기라고 핑계를 댔던 건, 사실 제 이야기입니다……."

"여자 옷을 그렇게 편하게 만들어낸 것도, 그대가 입고 싶은 것을 만들어냈겠군."

"그것과는 조금 다릅니다만……. 그렇습니다. 아니라고 할 수는 없습니다."

하! 여왕이 크게 웃었다.

"유리 클로드."

"예."

"괘씸하고, 어이가 없구나."

"……드릴 말씀이 없습니다."

"아스완까지 간 이유는 뭐냐? 너희 상단의 영원의 강 정박 수로 때문이냐?"

여왕의 말에 유리는 잠시 머뭇거렸다. 이유가 너무 많았기 때문이다.

"그게……. 일단은 맞습니다만……. 다른 이유도 있습니다."

"그래. 그것 때문만은 아니었겠지. 내 기간 사업을 성실하게 해내기 위해서라고 생각하지는 않았다. 물론 그대는 성실하게 일해주었지만."

"……생리 때문입니다."

"……생리?"

유리는 쭈뼛거렸다.

"그게, 아스완 후께서 쓰시던 해면이 좋아 보여……. 그걸로 월경대를 만들어 보려고 했습니다."

너무 조야한 이유라고 하면 할 말은 없었다. 그렇지만 그게 사실인 걸 어떻게 해. 유리의 말에 쎄시아는 별다른 대꾸를 하지 않고 생각에 잠겼다.

쎄시아가 입을 연 것은 한참 후였다.

"좋아. 네게 벌을 내리겠다."

유리는 저도 모르게 기가 죽어 여왕을 살폈다. 팔짱을 끼고 이쪽을 쳐다보지 않고 있던 여왕은 잠시 고민하다가 입을 열었다.

"몸으로 갚아."

여왕의 입에서 나온 말은 전혀 예상 밖의 것이었기에, 유리는 고개를 번쩍 들었다.

"……예?"

눈앞에는 피식피식 입꼬리를 올리고 있는 여왕이 있었다. 그렇지만, 방금 전에는……. 쎄시아가 말을 이었다.

"그대에게 말하지 않은 것이 있다. 나는 그대를 놓칠 수 없다고 생각했다. 그건 내 배필로서가 아니라, 내 수족으로서 부리기 위함에 가까웠지. 그리고 그대 같은 사람을 가장 성실하게 부려먹을 수 있는 방법은……. 결혼이라고 생각했다."

유리의 입이 약간 벌어졌다. 쎄시아는 아랑곳하지 않았다.

"내가 그대를 눈여겨본 이유는, 만날 수 없는 동지를 만났다는 생각 때문이었다."

"……."

"남자라는 것들은 죄다 멍청하고, 자신의 시야 바깥은 보지 못하는 놈들이라고 생각했지. 솔직히 말하자면 내가 아끼는 에넌도 어떤 부분에서는 도저히 자신의 태생 바깥을 벗어나지 못한다. 이를테면 내가 바지를 입었을 때, 에넌은 '이런 걸 입고 싶어 한다니 생각지도 못했다'고 말했지. 웃기지 않나."

쎄시아가 코웃음 쳤다.

"자신들에게는 너무나 당연한 거라서, 남들이 누리고 싶어 한다는 사실 자체를 이해를 못 한다는 거다."

그 말에는 가시가 돋쳐 있었다. 유리는 헐떡거리기 시작했다.

"폐하……."

"처음으로 이해라는 것을 할 줄 아는 남자를 만났다고 생각했지. 나 참."

유리는 쎄시아의 실망감을 짐작할 수도 없었다. 눈앞에 있는 여왕은, 인생에서 처음으로 다른 성별의 이해자를 만났다는 데에 기뻐했다고 말하고 있었다. 그제야 유리는 자신이 걱정해왔던 것들이 부끄러워지고, 더없이 미안해졌다. 여태까지 나는 내 목이 베일 것만 걱정했는데. 그런데…….

"유리."

"……예."

"그렇다 해도 나는 그대를 탓하지 않겠다."

유리가 눈을 크게 떴다. 눈앞의 쎄시아는 여전히 웃고 있었으나, 방금 전의 미소와는 확연히 달랐다.

"그대가 겪었을 부침을 안다. 그건 나도 겪었던 일이니까. 그대가 갈등했던 것도 안다. 어릴 적 남자아이로 태어나면 좋았을 걸, 하고 한 번쯤 생각해본 것은 그대와 나뿐만은 아닐 것이다. 나는 그대에게 벌을 내릴 수 없다."

"……."

"나는 그 부침이 싫어 세계를 정복했다. 그대는 그 부침이 싫어 남들을 속였지. 그렇지만 지금 그대를 보니 알겠어."

"폐하……."

"퍽 힘들었겠군."

쎄시아가 손을 뻗어 유리의 뺨을 어루만졌다. 그 손짓은 예전과는 의미가 사뭇 다르다는 것을 유리도 느낄 수 있었다. 예전에는 그저 유리를 귀여워하고 어여삐 여겼다면, 지금 쎄시아는 같은 괴로움을 느꼈을 유리를 다독이고 있었다.

"적어도 그대의 재능만큼은 진짜야. 내가 조금 더 빨리 대륙을 정복했더라면 그대는 퍽 귀여운 여자아이의 모습으로 내 앞에 나타났을지도 모르겠다는 생각이 들지만……. 유리."

"……."

"그런 생각은 치우고 싶어. 내 앞의 그대가 너무나 무서워하고 있으니까."

유리는 그제야 제 이가 아직도 딱딱 부딪치고 있다는 것을 깨달았다. 쎄시아가 안타깝게 웃었다.

"나는 그저, 총명하고 귀여운 친구를 하나 더 만나게 되었구나 하고, 기뻐해야겠군."

더 견딜 수 없었다. 유리는 얼굴을 손으로 가리고 말았다. 울 것 같아서였다.

"폐하. 죄송해요. 죄송해요."

"유리. 울지는 마. 울고 싶은 건 나라고."

"……예?"

손가락 사이로 본 여왕은 애매한 표정을 짓고 있었다.

"나는 지금 여자한테 차인 건가? 아니면 맘에 둔 상대가 처음부터 세상에 없었던 건가? 하고 고민을 시작해야 할 것 같거든. 친구

하나 새로 만든 것 치고는 꽤 머리 아픈 대가라고."

명백한 농담이었다. 유리는 그래서 그만 푸핫, 하고 웃고 말았다. 아하, 아하하. 아하하하……. 쎄시아도 피식 웃었다.

"그렇지만 괘씸한 건 사실이야."

"……예."

"몸으로 갚으라는 것도 진심이다."

한바탕 웃음이 진정된 후 쎄시아가 말했다.

"감히 나를 속였으니 그에 합당한 벌을 받는 건 각오했겠지."

"그……."

"힘이 닿는 데까지 내 옆에서 일하도록 해. 그대가 하고 싶은 것들, 내게 말했던 것들을 다 해내기 전에는 벨름으로 가는 것은 꿈도 못 꿀 줄 알아. 알겠어?"

유리는 고개를 주억거렸다. 그렇게 웃었지만 여왕의 자상한 말투에 또다시 눈물이 나려고 했다. 여왕은 한숨을 쉬며 "울지 마라."라고 말했으나 결국 유리는 그렁그렁한 눈에서 눈물을 툭 떨어트렸다.

"감사해요, 폐하."

"그래. 그 감사도 갚아."

"이 은혜를 어떻게 갚아야 할지 모르겠어요."

히잉. 유리의 표정이 일그러졌다. 눈물이 마구 차올랐고, 점점 굵어진 눈물이 줄줄 흘러내렸다. 얼굴이 빨개지고, 자꾸 미간이 찌푸려졌다.

"죄송해요, 안 울려고 했는데, 제가. 흑. 흐윽."

"이런. 제발."

팔짱을 꼈던 쎄시아가 손을 뻗으려고 할 때였다. 문이 또다시 열렸다. 참을성 있게 기다렸으나, 너무 길어지는 이야기에 결국 에넌이 다시 들어온 것이다. 안절부절못하는 표정으로 들어서던 그는, 그쪽을 돌아보는 두 여자를 보고 당황했다. 정확히는, 눈물범벅이 된 유리를 보고 눈에 힘을 주었다. 그리고…….

"누이."

"……에넌. 좀 기다리라니까."

"드릴 말씀이 있습니다."

쎄시아가 노골적으로 이마를 찡그렸다.

"너도냐……. 너도 사실 여자라는 말을 하려는 게 아니면, 제발 나중에……."

"제가 그를 사랑합니다!"

정적이 흘렀다. 유리는 울다 말고 딸꾹질을 했다. 쎄시아는 할 말을 잃은 채 에넌 쪽을 바라봤다. 에넌은 삶은 문어처럼 얼굴이 벌게져서 큰 소리를 냈다.

"제가 그를, 좋아해서 안 됩니다."

"……야."

"거절한 그를 부디 탓하지 마십시오. 제가 그를, 사랑해서……."

"에넌."

"누이께는 죄송하지만, 제가 먼저 좋아했습니다. 제가 그를 먼저 발견했단 말입니다."

그러니까……. 이 남자는 뭔가 착각하고 있었다. 유리가 쎄시아를 거절한 것으로 알고 있는 게 분명했다. 심지어 문을 열고 들어와서 본 광경이 유리는 눈물을 흘리고 있고, 여왕은 고압적인 자세로 팔짱을 끼고 자신을 보고 있는 장면…….

유리는 아득한 기분이 됐다. 그러니까 거절한 게 딱히 틀린 말은 아니지만, 그게……. 그건 아닌데. 그러나 에넌은 무슨 생각을 하는지, 계속 말하려고 했다.

"아스완에서 저는 이미 그에게 마음을 고백했습니다. 죄송하지만, 누님이 포기해 주십시오."

쎄시아는 이걸 어쩔까, 하는 눈으로 유리를 바라봤다. 유리는 입을 벌렸다가 딸꾹, 하고 다시 딸꾹질이 튀어나오는 바람에 입을 막았다. 지금 여기서 비장한 것은 에넌뿐이었다.

쎄시아의 눈초리에는 한심함이 가득했고, 유리는 창피했다. 왜 수치심은 나의 몫인가…….

"에넌."

"예."

"지금 네 꼴이 되게 우스운 거 혹시 알고 있니."

"……그럴 수도 있겠지만, 저는 포기하지 않을 겁니다!"

"그렇다는데?"

마지막 말은 유리에게 건넨 것이었고, 유리는 딸꾹질을 하는 와중에도 코로 웃고 말았다. 크흡. 그제야 이상한 기운을 감지한 에넌이 유리 쪽을 봤다. 유리는 웃다가 딸꾹질을 했다. 크흡, 딸꾹. 크큽,

딸꾹.

"……유리?"

"죄송해요, 딸꾹, 에넌, 그러니까."

쎄시아가 대신 손가락을 튕겼다. 에넌이 들어온 틈으로 흥미진진하게 이쪽을 바라보고 있던 시녀 중 하나가 서둘러 뛰어왔다가, 쎄시아의 명에 발포주를 가지고 왔다. 유리는 단숨에 그 발포주를 들이켜고서야 겨우 딸꾹질을 진정시킬 수 있었다. 그동안 에넌은 어쩔 줄 몰라 하며 쎄시아만 쳐다봤다. 쎄시아는 일부러 입을 닫았다. 에넌의 애를 태울 셈이 분명했다.

한참 후에야 유리의 딸꾹질이 멈췄고, 그제야 쎄시아는 에넌을 바라봤다. 쎄시아의 눈초리는 가자미를 닮아 있었다.

"유리."

"예, 예!"

"어이가 없구나."

"……예?"

"어쩔 것이냐. 네가 우리 남매 둘을 다 사로잡아 버렸구나."

그 말투에는 명백히 웃음기가 배어 있었다. 다정함도 있었다. 쎄시아는 이내 유리쪽으로 시선을 두고 함박웃음을 지었다.

"이제 도망 못 가겠는걸."

"……누님?"

"이리 와 보거라, 유리."

와 보라는 말과는 달리 쎄시아는 유리에게 다가와 팔을 벌렸다.

그제야 에넌은 대강 분위기를 눈치챈 듯, 눈을 희번덕거렸으나 유리는 에넌을 챙길 때가 아니었다.

또다시 눈물이 터졌던 것이다. 와아아아앙, 하고 눈물을 터트리며 유리는 쎄시아의 품에 안겼다.

"흐이잉, 히잉. 죄송해요. 죄송해요오."

"죄송하지 않아도 된대도. 도리어 나는 좀 재미있는걸."

쎄시아가 유리를 안고 속삭였다. 유리의 곱슬거리는 머리카락 사이로 쎄시아의 가느다랗고 긴 손가락들이 파고들었다.

"매번 멋진 척하던 내 동생이 이렇게 우스운 꼴을 보여주는 건 처음 봤어. 앞으로가 기대되는구나."

"아하하하하……."

유리는 울면서 웃음을 터트렸다. 쎄시아는 부드럽게 웃으며 유리의 정수리에 제 턱을 비볐다. 그 몸짓이 너무 따뜻해서 유리는 또 눈물이 났다.

"이 대가는 톡톡히 받아낼 것이다."

무시무시한 말과 달리, 테라스는 훈훈한 분위기가 감돌았다. 뒤늦게야 에넌이 두 사람을 모두 안으려 팔을 벌렸다. 그러나 쎄시아는 나머지 한쪽 팔꿈치로 제 의동생의 복부를 후려치고 오래오래 유리를 토닥였다.

결국 유리는 얼굴이 온통 퉁퉁 부어버렸다. 하도 울어서다. 쎄시아는 혀를 차며 에넌에게 유리를 데리고 가라고 했으나, 문틈 사이로 시녀가 고개를 절레절레 저었다.

에넌이 그런 차림으로 연회장에 쳐들어왔으니 당연했다. 쎄시아는 본디 유리만 데리고 눈에 띄지 않는 곳에서 슬쩍 청혼하려고 했지만, 에넌 때문에 다 틀려버렸다. 연회장의 모든 이들이, 셔츠 차림으로 연회장에 들어와 공작이 직진한 곳에 뭐가 있는지 매우 궁금해했다.

그 테라스에 여왕과 여왕의 재단사 두 사람만 들어가는 것을 본 사람이 있어 입소문은 금세 퍼졌다. 그 와중에 에넌이 다시 그 테라스에서 나와, 험악한 표정으로 문 앞에 버티고 서니 희한한 추측들이 귀족들을 휘감았다. 유리와 쎄시아가 이야기를 나눈 것은 찰나 같았지만, 에넌에게는 천 년처럼 느껴지는 시간이었다.

에넌이 도로 뛰어들어온 것은 개중 용기 있는 귀족이, 에넌을 붙잡고 대화를 시도했기 때문이다.

"각하. 풍요로운 수확제에 무슨 일이 있습니까?"

아마 그 귀족은 나름대로는 예의를 차린 것일 테다. 에넌의 차림새는 지나치게 소탈했고, 연회 분위기는 이미 슬슬 어수선해지고 있었다. 춤을 추던 남녀들도 이쪽을 흘깃흘깃 쳐다보고 있었다. 수확제의 연회는 반쯤 망해 있는 상태였다.

그런 것들을 지적하지 않으려 그 귀족은 애를 썼다. 그러나 상대가 에넌이라는 게 나빴다.

"……내 개인적인 일이오."

"아……."

에넌은 상대가 자신보다 낮은 작위라는 것을 이용해 상당히 무례하게 대처했다. 그야 에넌에게는 그 정도의 처세술을 부릴 만한 여유가 없었기 때문이지만, 결론적으로 연회장의 분위기는 상당히 저조해졌다. 눈치를 보던 시녀들이 슬쩍 사람들을 물렸다. 그러나 그 귀족은 포기하지 않았다.

"하지만 여왕 폐하가 안에 계신 듯한데……. 혹시 큰일이라도 생기신 겁니까?"

"……거기 내가 대답해야 합니까?"

"각하."

결국 시녀들 중 에넌과 어느 정도 안면이 있던 이가 에넌에게 눈치를 주었다. 무례해도 너무 무례했기 때문이다. 에넌은 한숨을 푹 쉬고 돌아섰다. 차라리 안에 들어가는 것이 낫다 싶어 문을 벌컥 열었다. 제 누이가 아무리 그래도 자신의 머리를 잘라버리지는 않겠지, 하는 생각으로 연 문 안에는…….

제가 사랑해 마지않는 누이의 앞에서, 자신이 연모하는 여자가 눈물을 뚝뚝 흘리고 있는 광경이 펼쳐져 있었고.

한바탕 소동을 피우고 나서야 결국 에넌은 자신이 눈치 없이 굴었다는 걸 알게 된 데다 제 누이 앞에서 흑역사 하나를 더 적립했다는 걸 알게 됐다. 얼굴이 새빨갛게 물들어 유리를 데리고 가려고 했지만, 연회장 바깥의 상황이 여의치 않았다. 쎄시아는 킬킬 숨죽여 웃었다. 곤란한 상황인데, 어쨌든 그 상황이 쎄시아에게는 너무나 웃긴 일이기도 했기 때문이다.

"아, 보기 드문 광경을 봐버렸군. 내 생에서 단 한 번도 볼 거라고 생각해본 적조차 없는 광경이야. 에넌 라이언하트가 내 앞에서 '제가 그를 사랑합니다!'라니."

"그만하십시오……."

에넌이 신음했다. 눈이 퉁퉁 부은 유리마저 그 옆에서 흐흐 웃었다.

"내가 결혼하자고 할 필요조차 없었잖아. 내 동생은 정말로 일을 잘하는군. 시키지도 않은 일도 척척하고. 응?"

"짓궂으십니다……."

"솔직히 말하면 이 자리에서 저 목석같고 재미없는 놈을 어떻게 녹였는지 처음부터 끝까지 다 듣고 싶지만……."

쎄시아가 허리에 손을 짚고 웃었다.

"일단 유리가 그런 걸 말할 상태도 아니거니와. 내 동생이 어떻게 나갈지가 문제로군."

"……."

"연회가 끝날 때까지 여기 있을 수도 없는 거고."

"죄송합니다……."

"뭐, 됐어."

여왕이 기분 좋게 웃었다.

"죄송하면 내일 재미있는 이야기를 풀어놓을 각오를 하고 와. 특히 에넌 라이언하트. 내일 점심때 맞춰서 오도록. 밥 먹으면서 얘기를 들어볼 테니."

"예……."

"아니다. 둘이 같이 와."

유리가 부은 눈을 간신히 깜박였다. 쎄시아는 그 모습도 퍽 귀엽다는 듯 바라보고 웃어주었다.

"남자인 척하고 다니는 처녀애에게 반한 저놈이 삽질하는 광경이 퍽 재미있었을 것 같은데, 에넌 입에서 그런 말은 안 나올 것 아냐?"

"누님!"

"시녀들에게 말해 사다리를 가지고 오라고 할게. 시선을 끌고 싶지는 않을 테니."

여왕은 연회장으로 돌아갈 테니, 알아서들 테라스에서 정원으로 내려가라는 이야기다. 에넌은 고개를 끄덕였다.

"꼭 와야 돼. 알겠어?"

"네……."

쎄시아는 하도 울어서 반쯤 가라앉은 유리의 목소리를 듣더니 코웃음 친 후 얼굴을 가까이했다. 유리가 깜짝 놀라 쎄시아를 바라봤다.

"생각 같아선 연회고 뭐고 내 침실에 가둬놓고 밤새도록 이야기를 듣고 싶지만."

"……."

"내가 여왕이니 어쩌겠어."

쪽.

유리의 눈이 동그래졌다. 쎄시아가 유리의 뺨에 입을 맞춘 것이다. 그 광경을 보던 에넌의 눈도 휘둥그레졌다. 금세 얼굴을 뒤로 뺀 쎄시아가 붉은 눈을 한껏 휘며 웃었다.

"예전부터 귀여워서 한 번쯤 뺨에 입 맞춰 보고 싶었지. 남자도 아니라니 잘됐군."

"그……. 폐하……."

"좋군. 내일 봐."

자기 할 말만 하고 쎄시아는 몸을 돌려 연회장 문 쪽으로 곧장 걸어갔다. 눈치 빠르게 들어와 있던 시녀들이 문을 열었고, 곧 그 안으로 여왕이 사라졌다. 문이 닫혔지만 유리는 한동안 쎄시아가 사라진 곳에서 눈을 떼지 못했다. 믿을 수 없었기 때문이다.

여자라고 말했어…….

그리고 목이 안 베였어…….

물론 온갖 상황이 다 있었긴 하지만 아직도 실감이 안 나는 부분이었다. 유리는 쎄시아가 입 맞춘 뺨에 손을 대고 멍하니 그쪽을 바라봤다. 그러니까, 적어도 자신을 죽이지는 않을 거라는 뜻으로……. 안심하라고 입 맞춰 주신 것 같은데. 맞지?

"유리."

"……예? 예."

"괜찮습니까?"

유리의 상념을 깨트린 것은 제 연인이었다. 에넌은 걱정스러운 표정으로 유리를 들여다보고 있었던 것이다. 유리는 제 뺨에서 손을 내리곤 배시시 웃었다.

"괜찮아요."

"많이 놀라지는 않았습니까?"

"아뇨, 괜찮아요. 오히려……. 에넌. 당신은 괜찮아요? 그러고 보니 어떻게……."

그제야 유리는 에넌이 이곳에 달려온 배경에 관심이 미쳤다. 아무리 그래도 어떻게 그 타이밍에 뛰어올 수 있지? 에넌은 곧 유리의 의문을 해결해줬다. 일렉사 백작부인이 언제부터인지는 모르지만 유리가 여자인 것을 알고 있었으며, 심지어 두 사람의 관계도 알아차렸고 이곳까지 에넌에게 뛰어가라고 등을 떠밀라고 했다는 것을 들은 유리는 입을 쩍 벌렸다.

"세상에……."

"저도 좀 놀랐습니다. 다 알고 계셨을 줄은."

"어른한테 거짓말해봐야 다 안다더니. 엄마 말이 거짓말은 아니었네요……."

유리의 말에 에넌이 피식 웃었다.

"혹시 재상도 알고 계신 건 아니겠죠……."

"그건 아닐 겁니다. 일렉사 백작부인은 알아도 말 안 하실 분이지만, 재상은 그러실 수 있는 분은 아니거든요."

"그런가요?"

"거짓말을 못 하는 분이거든요. 티가 납니다."

유리가 가볍게 웃었다. 에넌은 손을 뻗어 유리의 퉁퉁 부은 눈 아래를 엄지손가락으로 문질렀다.

"얼마나 운 겁니까."

"울려고 한 건 아닌데, 좀 많이 안심돼서요."

"다행입니다."

에넌은 한숨을 크게 쉬었다. 유리도 흐흥, 하고 웃었다.

"아무리 그래도 그렇게 뛰어오시고."

"그럼 기어오겠습니까."

에넌이 투덜대는 사이, 밑에서 각하, 하는 소리가 들렸다. 유리와 에넌이 밑을 내려다보니 시종들 두어 명이 두 사람이 딛고 내려올 만한 사다리를 테라스에 걸쳐놓고 있었다. 테라스의 높이는 그리 높지 않았지만, 에넌은 자신이 먼저 내려간 후 유리가 내려오는 것을 도왔다. 시종들은 궁금한 표정으로 두 사람을 힐끗힐끗 쳐다봤지만, 많은 것을 묻지는 않고 도로 사라졌다.

연회를 위해 정원에는 아름답게 조명들이 펼쳐져 있었다. 군데군데 수확제를 위해 한껏 꾸민 사람들이 정원에 있었으나, 그 수가 많지는 않았다. 에넌은 유리를 에스코트해 연회장 뒤쪽으로 돌아가는 길을 택했다.

동쪽 성의 정원들은 모두 작은 문으로 이어져 있었다. 두 사람은 빠르게 정원 문을 넘어 여왕의 온실을 지났다. 에넌은 자신의 집무실로 이어지는 곳을 통해 그녀를 바깥으로 인도할 계획이었다. 에넌의 집무실 근처로 갈 때까지 두 사람은 아무 말도 하지 않았다. 생각할 것이 너무나 많았기 때문이다.

에넌의 집무실 앞은 정원이라기보다는 작은 화단처럼 꾸며져 있었다. 그쯤 되니 근처에는 정말로 아무도 없었다. 거기까지 가서야 유리는 조심스럽게 에넌의 손을 붙잡았다. 여왕에게 여자라고 말했다 해도, 남들 앞에서 아무렇게나 굴 수는 없는 노릇이었기 때문이다.

손에 전해지는 따뜻한 체온에 에넌이 유리 쪽을 내려다봤다. 유리가 입을 열었다.

"고맙습니다."

"……유리."

"뭐, 좀 재미있는 순간이기는 했지만……. 그래도 기뻤어요."

에넌이 뛰어들어 와서 자신을 사랑한다고 한 순간, 솔직히 유리는 웃음부터 터져 나왔다. 그런 말을 할 타이밍은 아니었기 때문이다. 그렇지만 사랑한다고, 자신을 포기하지 않을 거라고 말하는 그의 표정은 굳건했다. 유리는 무엇보다 단단한 마음을 그 순간 느꼈다.

"저를 포기하지 않으실 거예요?"

조금은 장난스럽게 한 질문에 에넌이 부드럽게 웃었다.

"당연한 소리를 물으시는군요."

"어, 전 아닌데."

"……예?"

유리의 말에 에넌의 표정이 잠깐 굳었다. 유리가 픽 웃으며 에넌의 어깨를 슬쩍 밀었다.

"여기까지 걸어오면서 생각한 게 있어요. 저는 각하처럼 신념이 확고한 사람도, 제 사랑에 자신이 있는 사람도 아니거든요."

이 사람을 사랑한다. 자신을 사랑한다고 주저 없이 말하고, 약간의 창피를 당하는 것 따위는 아랑곳하지 않는 에넌 라이언하트를 좋아한다. 하지만 그처럼 자신 있게 말할 수 있을까? 언제까지나?

"계속해서 사랑하겠다고 말씀드릴 수는 없어요. 섭섭하게 느끼실 수도 있어요. 상인이라면 지키지 못할 약속은 하는 게 아니라고 배웠어요, 저는."

에넌은 유리의 말을 잠자코 들었다. 그런 해프닝이 있은 다음이다. 이별을 고하려거나, 혹은 에넌에게 거리를 두자는 말은 아닐 것이다. 게다가 유리의 말은 지극히 당연한 것이었다.

"그렇지만 각하. 저는 매일매일 말씀드릴게요. 내일도 사랑하겠다고."

영원히 사랑한다는 말은 할 수 없다. 유리는 그런 사람이 아니다. 굳이 이런 상황에서 그런 말 한마디쯤은 해줄 수 있지 않나? 하는 생각도 했지만……. 역시 입에 발린 말을 하고 싶지는 않다. 유리가 빙그레 웃었다. 에넌도 유리의 말뜻을 알아차린 듯 옅게 미소 지었다.

"그러면 저는 매일매일, 유리가 다음 날도 저를 사랑하도록 노력해야겠군요."

"각하가 나쁜 짓을 하면 말 안 할 거예요."

"예."

"각하가 저를 슬프게 해도 말 안 할 거예요."

"예."

"더 잘생긴 남자가 나타나면……."

에넌이 얼굴을 약간 굳혔다. 유리는 그렇게 운을 띄워놓고는 흥흥, 코로 웃었다.

"그 사람보다 더 잘생겨지셔야 해요."

"……노력하겠습니다."

뭐야, 말도 안 된다고 할 줄 알았는데. 의외의 대답에 유리가 까르륵 웃음을 터트렸다. 에넌은 아주 약간 심통이 났지만, 유리가 웃으니 그마저도 괜찮았다. 두 사람이 정원을 통해 에넌의 집무실로 들어가서야 그녀는 겨우 웃음을 진정시켰다.

"유리."

"예?"

"입 맞춰도 됩니까?"

뭐야. 이제 와서 새삼 이런 걸 일일이 물어보고 그래요……. 라고 물으려던 유리는 눈을 껌벅였다. 에넌의 집무실은 초 몇 개만 겨우 켜져 있었고, 그 촛불 빛에 비친 에넌의 눈동자가 일렁였기 때문이다.

어…….

이거 잘 대답해야 되는 거 맞나? 유리는 눈알을 굴리며 미심쩍게 대답했다.

"……안 된다고 대답하면……."

휙, 하고 남자가 유리의 손을 가볍게 잡아당겼다. 별것 아닌 동작인데도 유리는 빠르게 남자의 품에 안겼다. 바로 눈앞에 에넌의 얼굴이 있었다.

"……제가 상당히 괴롭겠죠."

웃음을 터트릴 새도 없이 입술이 맞물렸다.

에넌의 집무실은 그리 넓지 않았다. 책상과 소파 등이 전부다. 에넌은 유리를 들어 올려 안은 다음 곧장 소파로 데려가 앉혔다. 그동안에도 두 사람의 입술은 떨어지지 않았다. 서늘한 날씨, 셔츠 한 장만 입었는데도 에넌은 열이 훅 오르는 것을 느꼈다. 분명 날씨 때문은 아니었다.

유리가 손을 뻗어 에넌의 목덜미를 끌어안았다. 에넌은 소파 위에 올라앉은 그녀를 덮어 감싸듯이 안은 후 정신없이 키스했다. 어찌나 사랑스러운지. 제 품 안에 쏙 들어오는 작은 몸도, 살짝 떨리는 손도.

"유리."

대답을 바라고 부른 건 아니었다. 에넌은 유리의 이름을 부른 후 깊게 한숨을 내쉬었다. 그러지 않으면 견딜 수 없었다. 가슴 속 안에서 어쩜 이렇게 벅차오르는 이름이 있을까. 에넌의 커다란 손이 유리의 귓가를 쓸어 올린 다음, 흐트러진 머리카락을 정돈했다. 그 간지러운 감촉에 유리가 흠칫 어깨를 움츠렸다.

어느새 남자는 유리 위에 올라탄 모양새가 돼 있었다. 촛불 빛 몇 개만 간신히 두 사람을 비추고 있었지만, 유리는 남자의 잘생긴 얼굴을 제대로 볼 수 있었다. 눈 돌아갈 정도로 아름다운 얼굴. 뭐라고 말을 붙여도 딱히 걸맞은 말을 찾아내기 힘든 건, 내가 말솜씨가 뛰어나지 않아서 그런 걸까?

남자의 산같이 넓은 어깨 덕분에 소파에 기대 누운 유리는 어쩐지 거대한 짐승이 제 위에 올라와 있는 기분이 들었다. 그 짐승은 아주 든든하고, 성실하다. 큰 개라고 해도 될 것 같았다. 물론 그에게 말하진 못하겠지만. 유리는 피식 웃었다.

"왜 웃습니까."

"아아니……."

에넌이 유리의 목덜미에 코를 묻고 숨을 들이켰다. 깊은 숨소리에 유리의 솜털이 바짝 섰다. 간지럽고 기분 좋았다. 자세 덕이랄까. 에넌의 귓바퀴에 유리는 키스할 수 있었다. 남자가 화들짝 놀라 몸을 떨었다. 그때를 놓치지 않고 유리가 다시 볼에 입을 맞췄다. 남자가 작게 웃더니 새가 쪼는 듯한 입맞춤을 유리의 얼굴에 퍼부었다. 이마에, 코에, 뺨에, 입술에. 한참 동안이나 연인들은 조용한 시간을 즐겼다.

소파가 아무리 넓다 해도 에넌의 덩치가 덩치인 데다가, 두 사람이다. 시간이 조금 지났을 때는 둘 다 흐트러져 있었다. 유리는 어느새 제 재킷을 벗어 던진 지 오래됐고, 에넌의 단추도 풀려 있었다. 유리는 발갛게 된 뺨을 진정시키려 노력했지만 잘 되지 않았다.

항상 뒤로 넘겨져 있던 남자의 머리는 온통 흐트러져 있었다. 붉은 머리카락 사이로 보이는 푸른 눈이 왜 이렇게나 자극적인지 알 수 없었다. 항상 바르고 온건하던 남자는 어디로 가고, 유리의 마음을 사정없이 흔드는 얼굴이 거기 있었다.

머릿속에서 숱한 갈등이 스쳐 지나갔다. 둘 다 의도한 상황은 아니었고, 유리는 더더욱 그랬다. 평소에는 가장 원하지 않는다고 생각한 상황이기도 했다. 그렇지만……. 이상하지. 머리로 생각할 때는 되도록이면 절대로 그런 상황은 피하고 싶다고 생각했지만, 막상 맞닥뜨리니 충동은 유리를 사정없이 흔들어 놨다. 감정은 폭풍처럼 유리를 할퀴었고, 그녀는 항복 선언을 하기로 했다.

유리는 에넌의 셔츠 깃을 잡아당겨 다시 한 번 깊게 입 맞췄다. 입맞춤은 길지 않았지만, 입술이 떨어졌을 때 둘 다 조금 헐떡이고 있었다. 에넌은 혼란에 빠진 눈으로 유리를 내려다봤다. 남자 역시 충동과 당황, 걱정 사이에서 흔들리고 있는 것이 분명했다. 유리는 희미하게 웃고 남자의 이름을 불렀다.

"에넌."

"예."

"저 괜찮아요."

에넌이 몸을 경직시켰다. 유리가 하는 말뜻이 뭔지 모를 리가 없었다. 남자 역시 계속해 흔들리고 있었으므로.

그는 자신이 사랑하는 여인의 얼굴 옆에 두 팔을 받치고 있었다. 그렇지 않으면 갈 곳 없이 방황하는 제 손이 어디를 움켜쥘지 알 수 없었기 때문이다. 이미 팽팽해진 욕망 때문에 남자는 지금 꽤 우스운 자세를 하고 있었다.

그러나 유리는 에넌의 대답을 기다리지 않았다. 유리는 손을 뻗어 에넌의 허릴 붙잡고 제 쪽으로 끌어당겼다. 갑작스럽게 습격받은 남자가 속절없이 유리 위로 무너졌다. 에넌은 정말로 당황한 눈으로 유리의 얼굴을 바라봤다. 유리는 비슬비슬 웃으면서 제 무릎을 남자의 허벅지 사이로 끼웠다. 남자의 얼굴이 딱딱하게 굳었다.

"유리."

"저 지금 되게 큰 용기 내는 거예요."

말하고 행동이 달랐다. 말은 참 수줍은 양 하고 있었는데 행동은 잽쌌다. 유리가 바짝 끌어안은 탓에 몸을 가누지 못하던 남자는 황망한 얼굴이 됐고, 유리는 눈을 깜박였다.

기분 좋고, 고민하던 게 해결됐다. 한바탕 울고 났더니 속도 후련해진 데다가 남자에게서 본의 아니게 엄청나게 열렬한 고백을 들었다. 술도 좀 마셨다. 유리의 딸꾹질에 쎄시아가 건넨 것은 술이었고, 유리는 술 한 잔을 단숨에 마셨다. 물론 달짝지근한 발포주였기 때문에 가능했을 것이다. 쎄시아는 아마 이런 상황을 의도하고 술을 준 건 아니었겠지만, 어쨌든.

피임, 뭐. 그런 건 신경 쓰고 싶지도 않았다. 몰라. 인생 배팅 한번 해 보지 뭐. 유리는 기분이 아주 좋았고, 판단력을 반 정도는 상실하고 있었다.

"……싫어요?"

남자는 고개를 푹 숙였다. 남자의 이마가 유리의 쇄골에 닿았다. 그렇잖아도 덩치가 큰 에넌이 유리의 몸에 그렇게 올라타니 무게가 상당했지만, 그 압박감도 지금의 유리에게는 기분 좋게 다가왔다. 유리가 슬슬 손을 들어 에넌의 뒤통수를 어루만지니 끔찍한 신음이 터져 나왔다. 끄흐흐흠.

"……유리."

"네."

"저를 시험하는 겁니까……."

"아뇨. 완전 진심인데요."

남자가 고개를 들어 음울한 눈으로 유리를 쳐다봤다.

"……돌아버리겠군."

그건 유리에게 건네는 말은 아니었다. 곧 남자는 고개를 흔들고 유리에게서 몸을 떼어냈기 때문이다.

"아니, 아닙니다."

"……에넌?"

"이건……. 미안합니다."

에넌은 빠르게 상반신을 일으켰다. 유리는 어안이 벙벙해 에넌을 올려다봤다. 에넌은 고개를 흔들며 유리 위에서 완전히 올라앉은 다음, 머리를 한번 짜증스럽게 쓸어넘겼다. 온갖 심란한 감정이 에넌의 손 위에서 뚝뚝 떨어졌다.

"에넌."

다시 한 번 유리가 에넌을 불렀다. 에넌은 고개를 흔들고는 손을 뻗어 유리의 셔츠 깃을 잡았다. 유리가 눈을 멀거니 뜨고 있는 동안 그는 그녀의 흐트러진 셔츠를 하나하나 잠궈 주었다.

"……이건 아닙니다."

"……어."

"유리."

에넌은 유리를 쳐다보지 않고 셔츠를 단정하게 여며 준 다음, 그녀를 일으켰다. 유리는 민망해져 손을 앞으로 모으고 고개를 숙인 채 앉았다. 남자를 쳐다볼 수가 없었지만 에넌은 몸을 낮춰 유리의 얼굴을 들여다봤다.

"……말해두지만 당신이 싫어서가 아닙니다."

"……."

"유리. 내 얼굴을 좀 봐요."

유리는 좀처럼 얼굴을 들지 않았고, 에넌은 결국 소파 아래로 내려가 한쪽 무릎을 꿇고 유리를 들여다봤다. 착잡한 것 같기도 하고, 심란한 것 같은 남자의 푸른 눈이 유리의 초록색 눈과 마주쳤다.

"저는 그러지 않을 겁니다."

남자의 크고 두툼한 손이 유리의 무릎에 올라왔다. 그 체온이 너무 따뜻해서 유리는 저도 모르게 움찔했다. 에넌은 유리가 놀라자 다정하게 웃으며 말했다.

"저라고 당신과의 관계를 생각해보지 않은 건 아닙니다. 어쩌면 당신보다, 아니 확실히. 당신보다 몇 배는 많이 생각했죠."

"……."

"그렇지만 여기서 그러진 않을 거예요."

장소가 문제라고? 유리가 이마를 약간 찌푸렸다. 에넌이 말을 이었다.

"저는 당신이 충분히 준비되었기를 바랍니다. 충동에 젖어서, 술에 취해서, 기분이 좋아서……. 시정잡배처럼 아무 곳에서나 당신을 안지는 않을 거예요."

"에넌."

제가 잡아당긴 건데요! 라고 말하려고 했다. 그러나 에넌은 유리의 말을 다 안다는 듯 고개를 작게 저었다.

"당신도 나를 사랑하고 저도 당신을 사랑하니 언제나 함께하는 순간마다 행복하고 기분이 좋은 것은 당연합니다. 하지만 그 행복은 가끔 경솔한 악마를 불러옵니다. 한때의 충동으로 관계했다가 당신이 조금이라도 후회하게 된다면, 저는 견디지 못할 겁니다."

"……돌겠다면서요."

유리가 간신히 부루퉁하게 답했다. 에넌은 이번에야말로 빙그레 웃으면서 답했다.

"지금 제가 참기 힘든 것은 그런 순간들에 비하면 아무것도 아닙니다."

"……."

"저는 당신이 완전히 준비된 상태에서 저를 받아들이기 바라요. 그것도 이런, 제가 아무렇게나 눕고 밴딧이 가끔 낮잠을 자고, 아무나 와서 엉덩이를 붙이는 곳에서는 더더욱 그러지 않기를 바라지요.”

에넌의 손이 부드럽게 유리의 머리카락을 정돈했다. 소파에 쓸려 북슬북슬 일어난 유리의 머리는 에넌의 손길에 제자리로 돌아갔다.

“가장 귀하고 아름다운 곳에서 비싸고 고운 침구를 깔고, 부드럽고 따뜻하게 당신의 몸을 덥혔을 때여야 합니다. 당신이 행복한 기분으로 온전히 완벽한 순간을 누릴 수 있게 되길 바라요.”

“에넌.”

그제야 유리는 에넌의 기분을 조금이나마 이해하게 됐다. 모든 것에 신중하기 짝이 없는 남자는 충동적으로 관계를 맺었을 때, 유리가 조금이라도 ‘그러지 말걸’하고 생각하는 것이 두려운 것이었다. 게다가 제 사무실에서 이러는 것 또한 그의 취향은 아닌 듯했다. 나는 괜찮은데. 유리는 눈을 깜박였다. 그러나 그의 말도 맞았다. 준비되지 않은 관계는 당황을 불러온다.

쪽, 소리가 났다. 에넌이 유리의 뺨에 가볍게 입을 맞춘 것이다. 에넌은 그대로 장난스럽게 유리에게 속삭였다.

“제 어머니는 단 하루의 밤으로 저를 가졌다고 합니다.”

유리가 몸을 굳혔다. 남자가 꺼낸 말은 뜻밖이었다. 에넌의 말은 조곤조곤하게 이어졌다.

“장소가 준비되었다고, 기분이 준비되었다고 해서 모든 것이 완벽하다고 표현하지는 않을 거예요. 저는 당신이 충동 때문에 원하지 않는 결과를 안게 되길 바라지 않습니다.”

원하지 않는 결과. 남자의 말 덕에 그녀는 자신이 가장 중요한 어떤 것을 잊고 있었다는 것을 깨달았다. 남자는 사생아였다. 충동 때문에 생긴 원하지 않는 결과는, 남자 자체를 뜻하는 것이었다. 그의 어머니도, 아비도 원하지 않았던 결과.

두 사람 사이에 만약 아이가 생긴다면 어떨까. 에넌 라이언하트는 당연히 유리와 결혼할 것이다. 그녀를 안고, 자신의 모든 것을 안겨주기를 마다하지 않겠지. 그러나 그런 것은 모두 유리가 준비되었을 때야 비로소 행복이라는 이름이 붙을 수 있는 것이다. 한순간의 충동으로 돌이킬 수 없는 결과가 생긴다면.

유리는 이번에야말로 조금 숙연한 기분이 됐다. 그러니까, 사실은 전생부터 지금까지 합쳐서 나이 오십이라고 해도 무방한 그녀보다 에넌이 몇 배는 성숙한 인간이었던 것이다. 물론 그거야 에넌 라이언하트 본인도 사생아로 태어나 온갖 고생도 하고 잡소리도 들었던 것이 크겠지만…….

"……고마워요."

"고맙다뇨. 제가 고맙습니다."

에넌이 유리의 손을 잡아 손등에 입 맞췄다. 아무리 그래도 사랑하는 여자가 대놓고 유혹하는 앞에서 이런 생각을 할 수 있는 인간이란 흔하지 않다. 유리는 아쉬워하는 대신, 정말로 자신이 제대로 된 남자를 만났다는 사실에 기뻐하기로 했다. 멀쩡하고 잘생긴 것도 고마워 죽겠는데.

"오늘은 시간이 늦었으니 성의 객실을 빌려 주무시도록 하시죠. 어차피 내일 오찬도 폐하와 들기로 했으니. 괜찮겠습니까?"

"네에."

유리는 빙그레 웃고는 에넌의 손을 잡고 일어났다. 팽개쳐놓은 재킷을 팔에 걸치고, 에넌의 집무실을 나서는 데에는 얼마 걸리지 않았다. 어두운 성의 복도를 남자와 함께 걸으며, 유리는 마음이 둥실둥실 뜨는 것 같은 행복감에 잠겼다.

결과적으로 어떻게 되었는가 하면…….

유리는 눈을 떴다. 동쪽 성에서 여왕의 방 다음으로 큰 방은, 채광이 아주 잘 됐다. 햇볕이 잘 들었고 당연한 수순처럼 바깥에서 새 지저귀는 소리가 들렸다. 침구도 폭신했음은 물론이다. 성의 침구는 대부분 수가 잔뜩 놓인 자가드로 되어 있었지만, 유리가 발렌시아 성에 온 이후로 모두 면실크나 린넨으로 바뀌어 있었다.

유리가 덮은 침구도 면실크였다. 볼에 부드럽게 닿는 촉감이 황홀했다. 야, 누가 짰는지는 모르지만 정말 잘 짰지요? 그렇게 생각하며 유리는 옆을 쳐다봤다. 언제나 홀로 잠들던 유리에게는 영 낯선 온기가 있었기 때문이다.

붉은 머리의 잘생긴 남자가 거기에 있었다. 눈을 감고, 수마에 사로잡힌 채로. 평온하게 잠든 얼굴은 황홀하도록 멋져서, 유리는 기분이 좋아졌다. 히죽히죽 웃으며 그 얼굴을 감상하고 있노라니, 예전에 아스완에 가면서 '잠자는 것만 하루 종일 구경해도 완전 재미있겠네.'하고 생각하던 것이 기억났다. 유리의 예상은 완벽히 들어맞았다. 진짜 완전 재미있었다.

유리는 이불을 얼굴까지 올려 덮고 숨죽여 웃었다.

미쳤나 봐. 진짜 좋다.

본래라면 홀로 자야 했을 일이다.

그러나 왜 그렇게 되었냐면……. 유리는 어젯밤을 떠올렸다.

성의 당번 시녀들은 친절했고, 여왕이 사랑해 마지않는 재단사가 이래저래 집에 돌아가기 애매하니 방을 달라는 말에 기꺼이 고개를 끄덕였다.

문제는 여왕의 손님이 생각보다 많았다는 것이다. 당연했다. 수확제 기간이었고, 몇몇 대영주가 동쪽 성의 객실을 차지하고 있었다. 애초에 동쪽 성은 여왕이 온전히 쓰기 위해 증축한 곳이므로 쓸 만한 객실이 많지 않았다. 서쪽 성 역시 엄청나게 붐볐다. 결과적으로 잘 곳이 없었다.

유리는 어깨를 으쓱하고 돌아가려 했지만, 에넌이 그를 붙잡았다.

"……하나 비어 있는 방이 있긴 합니다."

"어딘데요?"

"그게……."

에넌의 얼굴이 불타는 고구마가 됐다.

"이런 상황에 말씀드리기는 뭐하지만……. 제 방입니다."

"……예?"

에넌은 근처에서 난처한 표정을 짓고 있는 시녀들을 보더니 숨죽여 말했다. "잠만 잘 겁니다, 잠만!" 유리는 허, 하고 어이없이 웃었다.

어쨌든 여왕의 유일한 동생이다. 동쪽 성에 방이 없을 리 만무했다. 심지어 여왕이 쓰는 것 다음으로 넓은 방이다. 평소에 에넌은 여왕을 경호하는 기사단의 숙사 쪽을 쓰고 있었지만, 여왕은 언제나 에넌을 위해 두 번째로 큰 방을 비워 놨다. 실제로 에넌도 가끔 정말 피곤하면 그곳을 이용하곤 했다.

"……침대가 넓고 커서 두 사람이 자기에는 나쁘지 않을 겁니다."

"흐응."

유리가 심술궂게 웃었다. 에넌은 얼굴이 한층 더 빨개졌지만, 결과적으로 별다른 트러블 없이 두 사람이 에넌의 방에 들어가는 데는 성공했다. 시녀들이 발 빠르게 에넌의 방을 한 번 더 손질하고, 두 사람이 갈아입을 옷을 내어놓고 나갔다. 처음에는 좀 어색했지만, 유리는 곧 네 명은 자도 될 것 같은 커다란 침대에 놀라 그 위로 뛰어들며 분위기가 확 바뀌었다.

에넌이 그녀를 귀엽다며 쓰다듬고, 이래저래 옷을 갈아입으며 약간 어색한 분위기가 되었다가 다시 또 침대 위에서 밤새도록 이런저런 이야기를 나눈 것이 어제 새벽.

누가 먼저 잠들었는지는 알 수 없었다. 유리의 마지막 기억은 다음 날 쎄시아가 뭐라고 할지, 그동안의 일들에 대해 설명하라면 뭐부터 이야기해야 할지 에넌과 말을 나누던 것이었다.

'내가 먼저 잠들었나?'

아마 그럴 것이다. 에넌은 평소에도 잠을 길게 자지 않는다고 했으니. 유리는 손을 뻗어 남자의 머리카락을 쓸어 올렸다. 이마 위로 보이는 눈썹뼈가 움찔거렸다.

"일어나요."

"으음."

남자는 여전히 눈을 감고 자는 척했다. 왜 자는 척하는지 알아챘냐면, 남자는 누가 봐도 잠이 깬 것이 뻔히 보이는 손동작으로 유리를 제게 끌어당겼기 때문이다. 유리는 못 이기는 척 이불 속으로 끌려들어 갔다. 남자가 유리를 품 안에 당겨 안고 코를 목덜미에 묻었다.

"좋은 냄새……."

"뭘 좋은 냄새예요. 우리 어제 씻지도 않고 잤는데."

"아닙니다……."

에넌이 웅얼거렸다.

"유리한테는 항상 좋은 냄새가 나요."

"무슨 냄샌데요?"

"아기 냄새 같은 것……."

아기 냄새? 유리가 궁금해했지만, 남자는 잠이 덜 깬 듯 길게 하품했다. 이윽고 뜨인 푸른 눈이 초점을 찾고, 유리를 바라봤다.

"잘 잤습니까."

"덕분에요."

"저도요."

에넌이 기분 좋게 유리의 머리를 감싸 안고 제 가슴에 묻었다. 유리도 남자를 꽉 마주 안았다. 그럼에도 불구하고 하반신은 죽 뒤로 빠져 있어서……. 유리는 어젯밤의 일을 잠시 떠올리고 킥킥거렸다.

"왜 웃습니까."

"그런 게 있어요."

생각해보니 유리는 남자의 밑위 치수를 알고 있다. 아주 예전에 제가 남자의 바지를 만들면서 오, 장난 아닌데, 하고 감탄했던 것이 자동으로 떠올랐다. 결국 유리는 키들키들 웃으며 에넌의 가슴에 제 얼굴을 부볐다.

"어쩐지 굉장히 음흉하게 들리는 웃음인데요……."

"나중에 이야기해 줄게요."

연인의 망중한은 길지 않았다. 공작이 어제 성에서 잤다는 이야기는 당연히 시녀들에게 들어갔기 때문이다. 담당 시녀들이 문을 두들겼다. 에넌과 유리는 후다닥 떨어졌고, 에넌은 까치집이 된 머리로 시녀들에게 간략하게 오늘의 일정을 알려주었다.

여왕 폐하와 오찬이 있다는 이야기에 시녀들은 곧 식사를 준비하겠다고 고하고는 물러갔다. 유리는 그사이 공작의 방에 딸린 화장실 문을 열어보고 감탄하고 있었다.

"우와."

"뭡니까."

"에넌 화장실 제 방만 하네요."

"원하시면 유리 방으로 쓰셔도 됩니다."

이 남자가. 쓸데없이 농담이 늘었네. 유리가 한쪽 눈썹을 들어 올리자 에넌이 피식 웃었다.

"거기 뜨거운 물 나옵니다."

"……진짜요?!"

"아마도요. 제가 오늘 여기서 잔단 이야기가 전해졌으면 아마 상수부에서 뜨거운 물이 나오도록 해 놨겠죠."

유리는 반신반의하며 도자기 욕조에 설치돼 있는 뜨거운 물 쪽 수도를 틀었다. 처음에는 얼음처럼 차가운 물이 나오더니, 곧 김이 펄펄 나는 뜨거운 물이 쏟아져 나왔다.

"대박 사건."

"편하게 씻고 나오십시오."

"에넌!"

"예?"

"저 공작 할래요!"

……지위 상승 욕구라는 것은, 그러니까 틀면 뜨거운 물 나오는 상수도 같은 것으로도 발현될 수 있는 것이다……. 에넌은 피식피식 웃으며 문을 닫았고, 유리는 곧 훌훌 옷을 벗고 물을 틀었다. 그야 여왕 정도 되면 시녀들이 옆에 붙어서 온갖 목욕 시중을 들겠지만, 저 공작이 그런 걸 좋아할 리도 없고. 화장실에는 온갖 씻을 도구들이 즐비해 있었다. 덕분에 유리는 아주 오랜만에 뜨거운 물에 몸을 담그고 감격할 수 있었다.

온갖 좋은 향신료와 소금 같은 것들로 몸을 씻고 나오니 식사가 방 안에 준비돼 있었다. 그리고 난처한 얼굴의 에넌과 일렉사 백작부인도 있었다. 유리는 헉, 하고 놀랐다가 허둥지둥하며 무릎을 굽혔다.

"아, 안녕하세요. 일렉사 백작부인!"

"……예. 평안하셨습니까. 어제 각하 혼자 주무신 것이 아니었군요?"

"그게, 어쩌다 보니……."

부인은 유리를 보고 눈썹 한쪽을 들어 올릴 뿐, 천연덕스러운 얼굴로 고개를 까딱했다. 그러나 유리는 알 수 있었다. 일렉사 백작부인이 아주 큰 오해를 하게 되었을 거라는걸. 에넌의 말에 의하면 백작부인은 자신이 여자인 것도, 에넌과의 사이도 알고 있을 것이다. 그런데 두 사람이 한 방에서 자고 나온 것을 목격당했다는 건…….

유리는 난감한 심정이 됐다. 그렇지만 '저희 안 잤어요!'하고 해명하는 것도 좀 웃긴 꼴이다. 백작부인의 뒤에는 시녀 두어 명이 서서 방의 커튼을 걷고, 분주하게 차를 우려내고 있었기 때문이다. 그러거나 말거나 백작부인은 에넌 쪽을 바라보고 말을 이었다.

"오늘 폐하가 오찬을 좀 당기셨습니다. 두 시간 후입니다. 이래저래 각하와 하실 말씀도 들으실 것도 많으신 듯하더군요."

"어……. 감사합니다."

에넌이 머리를 긁었다. 부인은 유리 쪽으로 고개를 돌리며 말을 이었다.

"유리 클로드, 그대도 마찬가지입니다. 폐하께서 오찬에 그대를 초대했다는 이야기도 들었습니다. 그대도 조금 일찍 들어오시도록."

"예에……."

유리도 어물어물 답했다. 부인은 별말 없이 무릎을 살짝 굽히고는 물러갔다. 시녀들도 마찬가지였다. 식사를 시중들기 위한 시종이 있었으나, 에넌은 그마저도 물렸다. 곧 두 사람만 남게 되자마자 에넌은 한숨을 쉬었다.

"……오해하셨겠죠?"

"완전."

"아. 부인이 오실 줄은 정녕 몰랐는데……."

"뭐 어때요. 오해하시라지."

유리는 입맛을 다시면서 차에 손을 뻗었다. 연한 녹색 빛을 띠고 있는 차는 맛이 좋았다. 오찬 시간을 당겨놔서인지 식사는 간결했다. 빠르게 식사를 마친 후에 시녀들이 가져다준 옷으로 갈아입었다. 에넌은 유리가 지은 셔츠를 몇 벌 가져다 놓은 참이었기 때문에 유리만 갈아입으면 됐다. 시녀들이 가져다준 것은 유리가 유행시킨 딱 달라붙는 바지로, 여왕의 기사단 정복 중 가장 작은 사이즈를 골라왔다는 설명이었다.

자신이 만들었으니 불편할 리 없었다. 다만 여왕의 기사단 정복이기 때문에 가장 작다 해도 아무래도 유리에게는 컸다. 여왕의 기사쯤 되면 다들 덩치가 크고 기골이 장대하기 마련이다. 유리는 바짓단을 걷으며 투덜댔다.

"이런 남자들이 천지빼까린데 레스타는 대체 나한테 어떻게 남자로 변장시킬 생각을 했는지."

"귀여우니 됐습니다."

"정말 그렇게 생각하세요?"

유리는 소매도 걷었다. 에넌은 그 모습을 보고 피식피식 웃으며 다가와 이마에 입을 한번 맞추고는 물러났다.

~※~

여왕은 두 사람과 하는 오찬을 상당히 기다린 모양이었다. 한 시간이나 당긴 오찬 자리에 두 사람이 들어서기도 전에 이미 자리에 앉아 눈을 빛내고 있었으니 말이다. 여왕은 훌륭한 청자의 자세로 만반의 준비를 다 하고 있었다.

일렉사 백작부인은 덤이었다. 여왕의 뒤에서 정말 조금도 변하지 않는 딱딱한 표정으로 서 있었지만, 이 정도는 이미 각오한 참이다. 게다가 마틸다도 있었다. 유리는 상당히 긴장했으나, 결과적으로 제 이야기를 상당히 길게 할 수 있었다.

유리의 이야기가 펼쳐질 때마다 마틸다는 대경실색한 표정을 지었지만, 여왕이 있었기에 내색하지 않았다. 여왕의 표정은 계속 흥미진진하게 변했다. 어린 소년으로 변장해 삯마차를 타고서도 어른들에게 해코지당하지 않기 위해 계속 마부의 옆에서 식사를 챙겼다는 이야기에 여왕은 손뼉을 쳤다.

"열세 살 어린아이가 훌륭하지 않은가!"

"예에……. 뭐."

레스타의 상점에 가서 버티고 선 다음 제 상품을 봐달라는 이야기에는 "패기가 좋다!"며 깔깔 웃었고, 결국 레스타가 그녀를 파격적으로 기용한 것에 관해서는 높은 평가를 내렸다.

"그 남자도 그렇게 섬세하게 생겨서는 굉장히 과감하군?"

"……귀족이 아니라서 안 됩니다."

일렉사 백작부인이 여왕의 말을 잘랐다.

"내가 왜! 아무 말도 안 했어!"

"한 번 좌절된 꿈을 다시 키우는 것은 자유지만, 그 청년은 작위가 없기 때문에 애초에 폐하의 상대로 자격조차 안 됩니다."

"내가 작위 주면 되지 않소?"

"유리 클로드가 기다리고 있습니다."

여왕의 항의에 일렉사 백작부인은 능숙하게 말을 잘랐다. 유리는 눈을 굴리다가 다시 이야기를 시작했다. 이야기가 전부 끝났을 때 얼추 식사도 끝났다. 모두의 앞에는 차가운 셔벗이 하나씩 놓여 있었고, 유리는 셔벗을 퍼먹으며 여왕이 청혼한 앞에서 암담했던 심정까지 간략하게나마 얘기할 수 있었다.

"자, 그럼 이제 다음 이야기를 해야겠군."

"다음 이야기요?"

쎄시아가 눈을 빛냈다.

"그대 말이야."

유리는 입을 다물었다. 유리의 성별을 공개하느냐 마느냐 하는 이야기일 것이다. 쎄시아가 말을 이었다.

"오늘 아침에도 조금 고민했다. 그대가 에넌의 방에 묵었다는 이야기를 보고받고 어떤 옷을 보낼지 말이야."

"어……. 옷이라면."

뭐지?! 여왕님도 내가 각하 방에서 잔 거 아나? 우리 완전 여왕님 공인 그……그런 사이 된 건가? 보낸다는 옷은 뭐지? 설마 임부복 같은 거 아니겠지, 근데 이 여왕님은 그런 농담 아무렇지 않게 할 만한 사람이긴 하고…….

유리가 필사적으로 머리를 굴리는데, 쎄시아는 의외로 담백하게 대답했다.

"치마를 보낼지, 바지를 보낼지 말이야."

"……아."

"……무슨 생각을 한 건가?"

쎄시아가 퍽 재미있다는 듯 물어서, 유리는 허둥지둥 대강 둘러댔다. 쎄시아는 어깨를 으쓱했다.

"뭐, 그대가 여태까지 남자로 나를 속였다는 건 꽤 재미있는 이야기가 되겠지. 그대를 처벌하라는 자도 수두룩할 거고 말이야. 그래서 말인데……. 말을 좀 맞추는 게 어떨까."

"말을 맞춘다고요?"

에넌이 눈을 껌벅였다. 쎄시아는 어깨를 으쓱했다.

"적당히 남들에게 납득시킬 수 있는 이유가 필요하겠지. 벨름의 젊은 여성 재단사를 쓰기에는 너무나 파격적인 기용이기에 남자로 둔갑시킨다거나……."

"……몇몇 사람은 납득할 수 있을 것 같긴 합니다만."

"안 됩니다."

가로막은 것은 일렉사 백작부인이었다. 모두 의아한 눈초리로 쳐다보는 가운데, 부인이 설명했다.

"그럼 폐하마저 세간에서 남자의 능력을 여자보다 훨씬 높이 산다는 것을 인정하시는 셈이 됩니다. 폐하를 낮춰보는 사람들이 의기양양해서 날뛰겠지요."

"……맞는 말이군."

에넌이 첨언했다.

"……그럼 제가 그랬다는 건 어떨까요? 폐하에게 재능 있는 재단사를 소개시키기 위해서 여자였던 유리를……."

"그것도 안 돼. 맥락은 같아. 게다가 아무리 공작이라도 나를 속였다는 책임은 져야 하겠지."

쎄시아가 고개를 저었다. 모두 셔벗을 앞에 놓고 고민했다. 셔벗이 다 녹았을 때 유리가 중얼거렸다.

"……그냥 제가 폐하를 속였다고 하면 안 되나요?"

"유리. 그러면 그대는 정말로 목을 베여야 해."

"그, 뭐 그건 그냥 적당히 폐하가 저를 예뻐하셔서 좀 벌을 줄여주시는 걸로……."

그때 에넌이 턱을 괴었다.

"괜찮지 않습니까?"

"뭐가?"

"적당히 폐하가 유리의 재능을 높이 사서 벌을 다른 걸로 바꾸었다는 거요."

"이를테면?"

에넌이 어깨를 으쓱하며 유리 쪽을 넘겨다봤다.

"유리. 당신이 한다고 했던 것들 중에 뭐가 있었죠?"

"예? 어, 그야……. 학교하고요."

유리가 손가락을 꼽기 시작했다.

"일단은……. 재단사를 양성하는 학교예요. 제가 패턴을 그리는 방식은 약간의 요령과 공식이 필요해서, 적어도 1년 이상은 배워야 해요. 왜냐하면 간단한 산수부터 가르쳐야 하니까. 1년에서 3년가량의 교육과정을 소화해낼 수 있는 학교를 지으려고 했죠."

"그리고요?"

유리 또한 말하며 에넌이 어떤 말을 하려는지 눈치챘다. 그래서 유리는 조금 신난 말투로 첨언했다.

"그렇게 학교로 재단사들을 양성해서, 기성복을 만들어낼 거예요. 섬유는 아직도 사람들이 직접 손으로 짜니까 섬유 값이 비싼 것은 어쩔 수 없지만, 사람들에게 옷을 맞추는 지금의 방식으로는 너무 효율이 나빠요. 사람들의 평균을 적당히 내서, 사람들이 보편적으로 입을 수 있는 옷을 만들어야죠."

"……그렇지만 사람들이 남들과 같은 옷을 입으려고 할까?"

쎄시아가 고개를 갸웃했다. 유리는 미소 지었다.

"그야 폐하처럼 특별한 분들은 그러지 않으실 테지만, 생각보다 멋 부리는 것에 집착하는 사람들은 많지 않답니다. 게다가 제가 고객층으로 삼는 건 평민들이거든요."

"평민을 고객으로 삼겠다고? 돈이 안 되지 않나?"

그녀는 고개를 저었다.

"아뇨. 평민들이야말로 가장 중요한 고객이에요."

유리는 광산 사건으로 고객층이야말로 자신이 가장 먼저 바꿔야 할 것이라고 생각했다. 여태까지 유리는 사치재를 팔아서 돈을 벌었다. 그러나 그것들은 수요가 많지 않고, 쉽게 무너진다. 들어가는 자본이 큰 만큼 회수를 하지 못한다면 그대로 손해로 직결되는 것이다.

그러나 평민들을 대상으로 하는 것은 다르다. 보다 많은 사람들이 적은 금액의 상품이라도 사가는 고객이 된다면, 유리는 리스크를 줄일 수 있다.

게다가 평민들은 대부분 기능 때문에 옷을 산다. 그렇기에 평민 여인들은 줄을 넣어 조인 자루 같은 옷을 입고 일하고, 남자들은 불룩하고 불편한 바지를 입는다. 귀족 여인들이야 유구하게 코르셋을 조이며 불편한 가운과 드레스를 입지만, 코르셋을 조여 줄 사람이 없는 평민 여인들은 코르셋도 잘 입지 않는다.

"적당한 기능을 갖추고 보온과 방한, 통풍이 된다면 그것보다 더 좋은 옷은 없을 거예요. 게다가 의상실에서 맞출 필요도 없죠. 따로 맞추지 않으니 단가도 떨어지고요. 그것만으로도 제법 팔릴 겁니다."

"그렇지만 그건 아주 많은 사람에게 팔 수 있을 때의 이야기지."

"그래서 여왕 폐하에게 제가 감사하고 싶은 겁니다. 예전이라면 불가능했겠지만, 발렌시아는 이제 하나의 국가죠."

쎄시아도 유리의 말을 바로 이해했다. 국가 규모로 팔아버린다는 말이렷다.

"……이 모든 건 목숨을 바쳐 국가에 봉사하라는 폐하의 말씀이 있으면 되겠죠."

"아하하하하, 그렇군. 내가 원하던 그림도 완성하고 말이야?"

유리가 어깨를 으쓱했다.

"저를 붙잡고 싶어서 결혼도 감수하셨던 분 아니십니까."

"건방진 놈."

쎄시아가 입술을 끌어올렸다.

"괘씸해 죽겠으니 역시 몸으로 갚으렴."

"그러지요."

유리가 셔벗 수저를 들고 과장된 몸짓으로 허리를 숙였다. 숨죽인 웃음이 곳곳에서 터져 나왔다.

"그리고 그것 외에도 네게 묻고 싶은 게 있다, 유리."

"예?"

"오늘 오찬을 너와 들기 전에, 나를 찾아온 이가 하나 있었지."

"무엇입니까?"

"잠시만."

쎄시아가 손을 들어 마틸다를 불렀다. 마틸다는 고개를 끄덕이고 문 쪽으로 다가갔다. 문 쪽에 대기시켜놓은 인원이 있었던 듯했다. 유리는 별생각 없이 그쪽을 쳐다봤다가, 눈을 크게 떴다.

아이비였다.

"이런, 아이비!"

"유리. 안녕하세요."

최근 수도로 올라온 이후 거의 만나지 못했던, 그리고 밴딧의 말에 의하면 연락 두절이어서 찾을 수가 없었던 아이비 스투리싱이었다. 그러고 보니 밴딧의 부탁으로 아이비를 만나러 갔어야 했는데! 만나러 가기도 전에 먼저 유리 앞에 나타난 아이비는 거의 얼굴이 반쪽이 된 채 빙그레 웃고 있었다. 유리는 놀라 일어났다.

"얼굴이 왜 이래요?!"

"그게……. 제가 일을 좀 하는 바람에."

"일이요? 또 생리 중에 일한 거 아니고요?"

"유리. 나는 그렇게까지 악덕 군주는 아닌데."

쎄시아가 흠흠 하고 헛기침을 했다. 유리는 머리를 긁으며 물러났으나, 여전히 의문감은 있었다. 아이비는 유리와 쎄시아의 사이에 자신이 들고 있던 것을 내려놓았다. 이건……. 유리가 눈을 크게 떴다. 자신이 만들었던, 해면으로 만든 생리대였다. 탐폰.

"아이비, 이건……."

"다름이 아니라 제가 이걸 좀 써 봤는데……."

거기까지 말하고 아이비는 에넌 쪽을 슬쩍 쳐다보곤 얼굴을 붉혔다. 아무래도 남자 앞에서 이런 이야기를 한다는 것이 아직도 영 쑥스러운 듯했다. 그러나 쎄시아가 에넌을 물리려 하자 아이비는 고개를 저었다.

"괜찮습니다. 부끄럽거나 수치스러운 일도 아닌데요, 뭐."

"그런가."

"아무튼, 설명을 드리자면. ……쓸 만한 물건이라 유리 대신 제가 조사를 좀 하게 되었습니다."

"조사요?"

"이걸 어떻게든 고급품으로 생산해 보겠다는 거다."

쎄시아가 대신 설명했다.

"오늘 오전에 스투리싱이 내게 면담 신청을 했지. 그야 뭐 직접적으로 면담을 하는 일은 별로 없긴 하지만 유리, 그대와 함께 아스완에 갔던 문관이니 뭔가 있을 거라고 생각했지."

"운이 좋았습니다. 유리 덕이 크고요."

아이비는 발렌시아로 돌아오자마자 월경이 들이닥쳤다고 설명했다. 그 과정에서 유리가 주었던 물건을 생각해내고, 나름대로는 비장하게 그것을 사용했다.

해면으로 만든 탐폰.

해면은 바짝 마르면 제법 딱딱해진다. 그것을 유리는 돌돌 말아 실로 두어 번 묶은 다음, 종이에 다시 한 번 말아 말렸다. 그다음 해면이 다 마르면 종이를 풀어낸다. 표면이 거칠어 그대로 삽입하기는 어려우므로 겉에는 목화솜을 얇게 펴 쌌다. 그렇게 만든 것을 손가락으로 눌러 삽입했다.

"그야 처음에는 그곳에 뭘 넣는다는 것 자체가 좀 거부감이 드니까……. 실패도 좀 했습니다만. 일단 한 번 성공한 다음에는 꽤 만족스럽더군요."

유리는 눈을 동그랗게 떴다. 이렇게나 자세하게 리뷰를 해 줘?

"그야 첫날에는 좀 걱정이 돼서 속옷을 좀 두텁게 입었습니다만……."

정작 유리는 아이비의 이야기를 들으면서 에넌을 곁눈질했다. 정말 괜찮아요, 당신? 남자 앞에서 이런 이야기를 해도? 그러나 아이비는 곧 유리의 눈빛을 이해한 듯, 활짝 웃었다.

"저도 유리 옆에서 이것저것 많이 배웠거든요."

한마디로, 유리 옆에서 이래저래 일하다 보니 별로 그런 것에는 부끄러움을 타지 않게 되었다는 말이다. 쎄시아가 턱을 괴고 에넌 쪽을 향해 짓궂게 물었다.

"뭐, 여자가 생리하는 거 모르는 것도 아니고. 괜찮지?"

"……모른다고 대답하면 재미있을 것 같긴 하지만, 그러면 꽤 시간이 지체될 테니 계속하시죠. 숙녀분들께서 괜찮다면 저도 괜찮습니다."

에넌이 어깨를 으쓱했다. 아이비는 미소 짓고 말을 이었다.

"아무튼, 그날 두어 번 해면으로 만든 이 물건을 갈아 써 봤습니다만, 핏물이 새지 않더군요. 좋은 물건이라고 생각했습니다. 그리고 제가 폐하께 알현을 청한 이유는, 슬슬 알아채셨을 거라고 생각하지만……."

"이걸 팔아 보려는 거다."

쎄시아가 웃었다.

"아이비는 두 번의 생리를 하는 동안 이 물건을 써 봤지. 그리고 그동안은 아스완에 다녀온 경험을 바탕으로 꽤 자세한 보고를 써 왔더군. 아스완 지역에서 해면이 나는 해변과, 해면을 채취할 수 있는 곳을 대강이나마 알아본 것은 물론이고……. 대량생산 가능성까지 따져 와서 상당히 놀랐어."

그랬어? 유리는 놀란 눈으로 아이비를 바라봤다. 아이비의 움푹 패인 볼은 아마 그래서가 아닐까, 이제야 짐작되는 부분이었다. 그걸 한 달이 좀 넘는 동안 혼자 하고 조사했으면 아마 꽤 고생했을 것이다.

"그렇지만 대량생산은 아마 힘들 텐데요……."

"맞아. 하지만 대량생산을 할 필요도 없지."

쎄시아가 해면을 흔들며 웃었다.

"유리. 뭔가 착각하는 모양이지만 그대 말을 듣고 이런 걸 바로 사타구니에 쑤셔 넣을 만큼 머리가 이상한 여자들은 대륙을 통틀어 봐도 아마 여기 있는 사람들이 전부일걸."

"……아."

유리는 그제야 이곳 여자들의 정조관념에 대해 떠올렸다. 생리라는 건 언급하기도 어렵고, 게다가 생식기에 뭔가를 넣고 빼는 건 더 그렇겠지.

이런 물건을 써 보고, 이건 되겠다고 생각해서 자신을 갈아 넣어 보고서를 올리는 여자. 그게 제법 쓸 만하다고 생각해서 직접 팔아 보니 마니 하는 여왕. 그런 이야기를 얼굴색 하나 변하지 않고 들으며 차를 따르는 노부인과, 조금 불안해 보이기는 하지만 잠자코 듣고 있는 젊은 여인. 유리는 마틸다를 보고 싱긋 웃었다. 마침 눈이 마주친 마틸다는 난처해 보이긴 했지만 마주 웃었다.

"아스완의 여인들은 아마를 말아 이미 비슷하게 쓰고 있지요. 젊은 처녀들은 잘 쓰지 않지만, 나이가 있거나 아이를 낳은 부인들은 많이 사용한다는군요."

아이비의 말을 받은 건 쎄시아였다.

"많이 만들 필요 없어. 이런 물건이 있고, 여왕이 쓰고 있다는 것을 알려주기만 하면 돼."

쎄시아의 말뜻은 분명했다.

"유리 덕분에 나도 알아차린 게 있지. 사람들은 변화를 싫어해. 낯선 것은 더더욱 싫어하지. 그걸 권하는 게 젊은 여왕이라는 건 아마 대부분의 사람들에게 거부감부터 심어줄 거야."

"아니……."

"아니야, 에넌?"

부정하려는 에넌에게 쎄시아가 놀리듯 말했다. 에넌은 잠시 생각하다가 고개를 저었다. 쎄시아의 말이 맞았다. 적어도 이 자리에 있는 사람들은 그걸 이해하고 있는 사람들이었다.

"기간 사업으로 하긴 어차피 힘들어. 대량 생산도 할 수 없지만, 여왕이 직접 나서서 여자들의 사타구니에 스스로 손가락을 넣으라는 이야기를 했다가는 이 나라고 할지라도 반발이 아마 거셀 거다."

모두 눈알을 굴리며 서로를 바라봤다.

"그런 게 있다는 것만 알려주면 돼. 선택은 다들 알아서 할 거야. 그저 다른 선택지를 만들어주는 게 내가 할 일이야. 그렇지 않아?"

쎄시아가 싱긋 웃었다.

"……맞습니다."

의외로 쎄시아의 말에 대답한 것은 마틸다였다. 쎄시아의 뒤에서 있던 그녀는 자신에게 시선이 모이자 조금 민망한 듯했지만, 말을 멈추지는 않았다.

"저만 해도 솔직히 제가 사용하고 싶지는 않지만……. 나이를 먹고 아이를 낳은 후라면 한번 사용해 보고는 싶어요. 게다가 뭐랄까."

마틸다는 침을 꼴깍 삼켰다.

"저는 이런 것을 여왕 폐하가 고민하셨다는 것이 놀랍고……. 친근합니다. 아마 장기적으로는 좋은 효과를 볼 수 있겠죠."

"그런가. 하지만 내가 고민한 것은 아냐. 유리가 고민한 것이지."

"원래 이런 것들은 지배자의 이름으로 기억되기 마련이니까요."

일렉사 백작부인이 눈썹을 치켜올렸다.

"어쨌든 유리 클로드를 혹독하게 부려먹으시는 것으로 벌을 마무리 짓겠다는 거군요."

"그렇지."

여왕이 이를 드러내고 웃었다. 쎄시아는 유리가 그런 거짓말을 했다고 해서 화가 나지는 않았다. 유리가 자신이 꽤 어여삐 여기는 자인 데다가, 자신이 결혼까지 생각했던 이여서는 아니다. 그냥 지나가는 재단사였다 하더라도, '여자인데 남자라고 속였다고? 저런. 안타깝네.' 정도로 지나갔을 것이다.

그러나 어쨌든 이건 좋은 핑계였다. 쎄시아는 기회를 놓치지 않는 사람이었고, 덕분에 유리 클로드는 꼼짝없이 쎄시아에게 붙들려 앞으로 당분간은 계속 부려먹힐 것이다. 쎄시아의 미소를 보고 유리가 흠칫했다. 쎄시아는 그것도 좋았다. 저 작은 새 같은 처녀애는 쎄시아가 이렇게 웃을 때면 겁을 먹은 것을 감추지 못했는데, 그것이 퍽 귀엽기 그지없었다.

'……혹시 나도 그런 취향인가?'

제 동생이 언젠가 했던 고민이 쎄시아의 머리를 스쳐 지나갔지만, 그녀는 그 생각을 그저 흘려보냈다. 어차피 내 것도 아닌데 고민해봐야 뭐 해.

"이렇게 되니 그 광산 문제가 고맙기까지 하군. 유리에게는 퍽 안된 일이지만, 단순히 칼레의 고용 디자이너가 되었다며?"

"어, 예……."

"그럼 더더욱 유리를 빼내 오기 쉬워지지 않았겠어?"

"아이고, 여왕님……."

유리가 죽는 소리를 냈다. 그저 자나 깨나 주변 사람 부려먹을 생각만 하는 게, 발렌시아 국민들에게는 참으로 훌륭한 여왕이겠지만 주변 사람에게는 너무나 곤란한 상사다.

재미있는 건 이 순간 유리를 구해준 것은 누구도 아닌 에넌이었다는 것이다. 마틸다의 신호로 들어온 시녀들이 접시를 내갔다. 쎄시아가 일어서려는 찰나, 에넌이 쎄시아를 불렀다.

"그런데, 누님. 찬물 끼얹는 소리이긴 하지만 여쭙고 싶은 게 있습니다."

"뭐지? 말해봐."

"유리가 꼭 여자라는 걸 대대적으로 밝힐 이유는 없지 않습니까?"

쎄시아의 눈썹이 들썩였다.

"무슨 소리야? 그럼 앞으로도 남자인 척하고 다니라고?"

"아뇨, 그게 아니라."

에넌은 손을 내저었다.

"아까 누이가 치마를 보낼까, 바지를 보낼까 하는 이야기를 했을 때 생각한 건데 말입니다."

"음."

"꼭 유리가 치마를 입을 필요는 없지 않습니까?"

그 자리에 있던 여인들이 멈칫했다. 유리는 눈을 동그랗게 떴다. 에넌이 말을 이었다.

"남자인 척할 필요야 당연히 없습니다. 그렇지만 유리가 굳이 성에서 '제가 남자입니다!'하고 광고하고 다닌 적도 없지 않습니까?"

"허어."

쎄시아가 눈을 찡그리면서도 웃으며 팔짱을 끼었다. 그 몸짓이 그녀가 퍽 재미있는 이야기를 대할 때의 태도라는 걸 에넌은 아주 잘 알고 있었다.

"누님도 바지를 입고 다니시는데, 유리야 말할 것도 없죠. 유리는 내키는 대로 드레스든 바지든 입고 다니면 됩니다. 유리가 드레스를 입고 싶은 날엔 드레스를 입고 성에 오겠죠."

아하하하, 쎄시아는 결국 웃음을 터트렸다. 내내 표정이 없던 일렉사 백작부인도 이번에야말로 헛웃음을 삼키며 말했다.

"그리고 왜 드레스를 입었냐고 묻는 사람에게는 깜찍하게도 '모르셨나요?'하고 되물으면 되겠군요. 마치 저런 표정으로."

모두의 시선이 유리 쪽으로 향했다. 유리는 눈을 동그랗게 뜨고 입을 벌리고 있다가, 제게 시선이 모이는 순간 당황했다. 참으로 깜찍했다. 일렉사 백작부인의 말처럼.

"그야 단딜리온 재상이나, 저희 측근들쯤 되면 사정을 이해하지 않을 수 없고……. 가까운 사람들이 아니라면 그저 '머리를 짧게 깎고 바지를 입었다고 해서 여태까지 남자인 줄 알았다는 건가요?'하고 치워버리면 그만 아닐까요?"

"기가 막히군, 에넌."

쎄시아가 웃음을 그치고 말했다.

"물에 술 탄 듯, 술에 물 탄 듯 지나가자는 거군."

"뭐, 딱히 그런 것 때문에 고민해 본 건 아닙니다. 그렇지만 누님이 처음에 그렇게 말씀하실 때부터 뭔가 걸리적거리는 기분이 들었거든요."

에넌이 유리 쪽을 바라봤다. 바다같이 깊은 눈을 보고 유리는 조금 쑥스러워졌다.

"유리. 이제부터 드레스를 입을 건가요?"

"어……."

"이제부터 여자니까……?"

"아니요……?"

유리의 확신 없는 대답에 아름다운 연인이 웃었다.

"그렇지요?"

생각해보면 그렇다. 유리가 여자이니 마니, 를 굳이 남에게 말하고 다닐 필요가 무엇이 있겠는가.

"유리는 그냥 일을 하면 됩니다. 하고 싶은 걸 하고, 누군가 물으면 그때 설명하면 되죠. 일부러 대대적으로 사실은 여자였다, 같은 이야기를 할 필요는 없을 것 같군요."

"이놈."

쎄시아가 유쾌하게 웃었다. 에넌의 말이 맞다. 다들 할 필요 없는 고민을 하고 있었다는 걸 에넌의 말에 깨달았다. 유리가 여자인 걸 여왕이 알았으니, 모두들 알라는 식으로 굳이 동네방네 이야기할 필요는 없다. 치마만 입고 다닐 필요도 없다. 여왕도 바지를 입고 다니는데 그게 뭐?

"좋아. 부려먹되, 유리는 지금까지처럼 대합시다. 끝."

"부려먹되, 가 좀 걸리긴 하지만요……."

두 사람의 대화에 결국 유리가 웃고 말았다. 녹은 셔벗이 담긴 유리잔에 차가운 물방울이 맺혔다 떨어졌다.

"1년."

"안 됩니다."

"……2년!"

"폐하."

"고얀 놈."

쎄시아가 왕좌의 손잡이를 꾹 움켜쥐었다. 유리는 실로 조마조마한 마음으로 그 광경을 쳐다보고 있었다. 유리의 옆에는 레스타가 서 있었고, 쎄시아 발렌시아는 레스타와 유리를 내려다보는 위치에 앉아 있었다.

"폐하께서는 발렌시아의 백성들을 위하는 마음뿐이신 걸 알고 있습니다. 그렇지만 저도 발렌시아의 백성이라는 것을 알아주셨으면 합니다."

"……싫은데?"

"말씀은 그렇게 하시지만, 공정한 처분을 내려주실 것을 알고 있습니다."

레스타가 빙글빙글 웃었다. 언제부터 저렇게 여왕 앞에서 당당하게 거래를 하는 사람이었는지 유리는 묻고 싶었다.

그러니까 시작은, 유리가 아무리 그래도 도저히 칼레의 피고용인에서 벗어날 수는 없다고 말한 것이었다.

쎄시아 발렌시아는 "단순 고용인이 되었다면 이제 내 고용인이 되면 되지 않느냐?"라고 말했고, 유리는 고개를 흔들었다. 아무리 그래도 오래 함께해온 세월이 있고, 아스완의 광산 건도 있다. 물론 레스타도 그것은 자신이 감안했던 손해이며 유리가 죄책감을 느낄 필요도 없는 것이라고 말해주었지만, 원래 사람 마음이라는 게 그렇게 합리적으로 움직이지는 않는다. 적어도 유리는 여왕을 위해 일하면서도 자신이 칼레에서 몇 년은 더 일하기를 바랐다.

그러나 쎄시아는 유리의 이런 결정을 못마땅해했다.

"민간 상인으로 있으면 내가 마음껏 부려먹을 수가 없지 않느냐!"

……이런 이유다.

그래서 결국 유리의 마음을 달래기 위해 레스타에게 일종의 프리미엄 같은 것을 지불해 주겠다고 나선 참이었으나……. 이 레스타가 영 만만한 사람은 아니었던 것이다. 레스타는 싱글벙글 웃으며 여왕에게 그녀가 유리의 빚을 사는 대신 세금 감면 혜택을 늘려달라고 말했고, 지금에 이르렀다.

"5년의 세금 감면 혜택과 항구 정박세 면제. 여기서 조금도 물러설 수 없습니다."

"네놈……. 만만한 자가 아니구나."

그렇게 말하는 여왕의 말투는 어쩐지 조금 즐겁게 들렸다. 레스타 역시 고개를 기울이며 웃었다.

"폐하가 귀애하시는 재단사를 누가 발굴했는지 생각해 보시면 답이 나오지 않을까요."

참나. 쎄시아가 웃으며 한숨을 내쉬었다.

"좋아. 5년."

"감사합니다."

레스타가 과장된 몸짓으로 인사를 했으나, 쎄시아는 말을 이었다.

"그리고 네놈에게 자작위를 내려주지."

"……예?"

"나는 내가 귀애하는 재단사를 발굴한 남자가 꽤 마음에 들었으니 말이다?"

레스타의 얼굴이 굳었다. 유리도 어휴, 하는 심정이 됐다. 물론 귀족 작위를 내려주는 것은 보통의 경우에는 정말로 크게 감사할 일이지만 이 경우에는 좀 다르다. 쎄시아 발렌시아는 귀족들이 수익사업을 하는 경우, 특별한 경우가 아니면 평민들보다 세금을 더 크게 물렸기 때문이다. 레스타의 경우는 귀족 작위를 받으면 세금 감면 혜택 따위는 없었던 것이나 마찬가지가 될 수도 있다. 쎄시아가 심술궂게 웃었다.

"왜, 짐이 내려주는 작위가 싫은가."

"황공합니다."

레스타는 전혀 황공하지 않은 표정으로 쎄시아에게 고개를 숙였다. 유리는 불안하게 쎄시아를 바라봤고, 여왕은 그런 레스타를 잠시 바라보다가 웃음을 터트렸다.

"농담이다. 짐은 그렇게 나쁜 사람이 아냐."

"……예."

되게 나쁜 사람 같은데요……. 유리가 속으로 생각했다. 쎄시아는 손가락을 세워 들고 흔들었다.

"세금 감면 혜택은 아무리 생각해봐도 안 돼. 지금도 충분히 길다."

"……."

"여왕님 납품점 간판에 세금 감면 혜택까지 받아놓고 기간까지 연장하면 분명 불만이 터져 나올 것이다. 그대의 수완만 생각해봐도 그렇지. 발렌시아의 아타락시아를 그렇게 크게 지어놓고도 세금 한 푼 안 냈다지."

그야 화폐 통합 전의 화폐로 공사대금을 지불했으니 그럴 것이다. 생각해보면 쎄시아 입장에서는 레스타에게 더 이상 세금 감면 혜택을 길게 연장해 줄 하등의 이유가 없었다. 지금도 레스타는 충분히 그 혜택을 편법적으로 써먹고 있었고, 막말로 왕의 명령이라며 유리를 빼 오는 것도 가능했다. 그저 쎄시아가 대단히 합리적인 왕이기 때문에 레스타와 협상 비슷한 것을 해주는 것이다.

"항구 정박세 면제는 주겠다. 칼레는 지금 해상무역으로 흥하고 있다지. 향후 5년간의 항구 정박세를 면제하겠다."

"고맙습니다."

레스타가 허리를 숙였다.

"대신 그대에게 한 가지 과제를 주지."

"무엇입니까."

"그대는 꽤 커다란 염색 공방을 가지고 있다지?"

"예."

쎄시아에게 허리를 숙이는 레스타의 머리카락은 지금은 은색에 가까운 회색이었다. 쎄시아는 그 머리카락을 한동안 주시하다가, 레스타에게 손가락을 까닥였다.

"가까이 오라."

"예."

곧 쎄시아가 나직하게 레스타에게 뭐라 뭐라 말했다. 홀이 워낙 커서, 근처에 서 있던 시녀들은 그들의 말을 들을 수 없었다. 쎄시아의 말을 듣던 레스타는 미묘한 표정이 되어 뒤쪽에 서 있던 유리의 얼굴을 쳐다봤다. 유리가 씩 웃었다.

3
여자의 가족들이 좋아하는 것

겨울의 발렌시아는 정말로 가만히 방 안에 앉아 있어도 입김이 나올 정도로 추웠다. 유리가 사는 저택은 땔감을 아낌없이 땠지만, 벽난로가 있는 방을 제외하면 온몸을 오그리고 있어야 할 정도였다. 말로만 듣던 발렌시아의 추위가 이 정도구나……. 유리는 집을 정돈 중인 하녀들에게 미안함을 느끼며 어깨를 움츠렸다.

이렇게 추운 날 집의 대청소를 하고 싶지는 않았다. 그렇지만 내일은 달이 가장 긴 날이었고, 유리는 오늘 저택을 청소해야 할 일이 있었다. 으. 왜 하필 지금 같은 날이람. 유리는 입속으로 투덜거리며 저택에서 두 번째로 큰 방을 다시 한 번 점검했다. 침대도 깨끗하고, 방도 따뜻하고.

이 방을 덥히기 위해 오늘 새벽부터 땔감을 사정없이 땠던 걸 생각하면 영 만족스럽지 않았다. 유리는 봄이 되면 이번에야말로 온

돌 같은 걸 고민해보겠다고 결심했다. 아궁이에 불을 때서 바닥을 덥혔던 거 같은데. 뭐더라. 아궁이와 바닥이 연결돼 있는 구조였나. 그냥 연결된 건 아닐 텐데. 그러나 유리의 상념은 얼마 가지 않아 깨졌다. 하녀 하나가 문을 두들겼기 때문이다.

“저, 유리 님. 누가 찾아오셨는데요.”

“벌써 오셨어?”

“아뇨, 그게 아니라…….”

“유리 님!”

하녀 뒤에서 불쑥 얼굴을 내민 것은 반가운 얼굴이었다. 유리는 눈을 동그랗게 뜨고 상대를 반겼다.

“밴딧?”

“저 좀 도와주세요!”

약 이틀 만에 보는 얼굴이었다. 그러니까, 얼마 전 에넌을 만났을 때 잠깐 봤었다. 밴딧은 발을 동동 구르며 하녀를 피해 방 안으로 들어왔다. 하녀는 눈치 빠르게 문을 닫고 사라졌다.

“웬일이에요?”

“여자들은 뭐 좋아합니까?”

“……뭐라고?”

“아니 아니, 여자들의 가족이요!”

밴딧의 말에 유리는 눈을 부릅떴다. 여자라니. 밴딧이 여자 운운할 거리는 단 한 가지뿐이었다. 아이비다.

❧

발렌시아는 추운 곳이라 한겨울에는 그리 큰일이 없는 한 사람들은 모두 외출을 하지 않았다. 다만 달이 가장 긴 날이 있었다. 뭐 설날 같은 거다. 벨름이야 달이 가장 긴 날은 그냥 그런 날이 있어~ 하고 지나갔지만 추운 지방은 좀 다른 모양이었다. 달이 가장 빠르게 뜨고 질 때는 늦게 지는 날. 이날은 가족과 친척들이 일찍 모여 따뜻한 식사를 나누어 먹고 나뭇가지를 태우며 건강을 기원하는 것이 발렌시아의 관습이었는데…….

아이비가 자신의 집에 밴딧을 초대했다는 것이다.

"우와. 밴딧. 성공했네요."

"아니, 저도 그런 줄 알았습니다만!"

밴딧이 난처한 얼굴이 됐다.

"생각해 보니 이거 사전점검이 될 수도 있는 거 아닙니까?"

"당연한 소리를 하고 있어요, 왜."

유리는 어이없이 웃었다.

밴딧과 아이비가 그렇고 그런 사이가 된 지는 좀 됐다. 아이비는 아스완에 다녀온 이후로 해면 생리대에 관한 보고서를 쓰느라고 한 달이 조금 넘는 시간 동안 밴딧은 신경도 쓰지 않고 두문불출했더랬다. 그때 밴딧은 자신이 차인 줄 알고 발을 동동 굴렀지만……. 어쨌든 이래저래 해서 두 사람은 다시 가끔 저녁도 먹고 산책도 같이 하는 사이가 된 모양이었다.

아이비가 딱히 크게 결혼 생각이 없는 것을 알았기에 퇴근하면 토끼 같은 자식새끼들과 사랑스러운 아내가 반겨주는 광경이 로망이었던 밴딧은 그 로망을 싹 지워버리고는 큰 보챔 없이 아이비를 만났다. 가끔 꽃을 안겨주고, 바쁘게 일하고 있노라면 간식도 챙겨주고. 그 정도라도 만족한다는 밴딧을 보고 다들 참 조신하다고 박수를 쳐주었는데.

그런데 난데없이 아이비가 달이 가장 긴 날의 가족 식사에 밴딧을 초대했다는 것이다. 그것도 불과 이틀 전에.

밴딧은 문자 그대로 발을 동동 구르고 있었다.

"아이비 양은 저한테 그냥 편하게 와서 식사하면 된다고 했습니다만……."

"절대로 편하게 식사 못 하죠, 그거. 음."

"그러니까요! 저 어떻게 해야 합니까? 뭘 해야 하죠?"

유리는 눈알을 굴렸다.

"……석고대죄?"

"예?"

석고대죄가 뭔지 모르는 밴딧이 눈을 찡그렸다. 따님을 넘보아서 죄송합니다! 하고 엎드리기라도 하라는 유리 나름의 농담이었지만 생각해 보면 이곳 사람들은 그런 거 모르지……. 유리가 피식피식 웃었다.

"뭘 하긴요. 그냥 가서 따님과 좋은 친구입니다 하고……."

"친구 아닌데요!"

"……그럼 사귀는 사이입니다 하고……."

"……사귀는 사이도 아닌 것 같은데요……."

대번에 밴딧이 풀이 죽었다. 유리는 놀라 눈을 부릅떴다.

"사귀는 사이 아니에요?"

"그게……."

짐작은 대충 갔다. 밥도 먹고 산책도 하지만 딱히 뭔가 그렇고 그런 사이로 발전할 만한 마땅한 계기는 없었던 모양이다.

'그야 밴딧이 밀어붙이지 않는 한 그러기는 참 어려웠겠지만……. 아이비의 성격을 생각하면 밀어붙이는 순간 차일 것 같았겠지…….'

그러니까 그냥 밥 먹고 산책하는 친구 사이 정도가 두 사람의 현재 사이를 정의하는 말일 수 있겠다. 유리는 허허, 웃었다.

"뭐 그런 날 가끔 친구들 불러서 가족이랑 밥 먹는 사람들도 있긴 있죠……."

가족들이 모여 밥 먹는 날이라지만 간혹 친한 친구들을 식사 자리에 초대하는 경우도 있다. 게다가 밴딧은 유리가 알기로는 가족이 없다. 딱히 캐묻지는 않았지만, 지나가는 말로 집에 딸린 식구가 없어서 어쩌고 하는 이야기를 들은 적이 있다.

밴딧은 지금 허둥지둥하고 있지만 사실 별 이야기가 아닐 수도 있다. 아이비는 단순히 집에 가족이 없는 친구를 위해서 새해 첫날 가족 식사 모임에 같이 밥이나 먹자고 친구를 부른……. 그런 상황일 수도 있다는 거군.

'이럴 줄 알았으면 평소에 아이비한테 밴딧 어떠냐고 물어나 볼걸.'

작금의 비극은 유리 본인이 상당히 목표지향적인 인간이라 본인이 바쁘면 남의 사정을 굳이 캐묻지 않는 사람이라는 것에서부터 기인했다. 밴딧 또한 아이비와 연락이 안 된다고 발을 동동 굴렀을 때를 제외하고는 아스완에서부터 제 연애는 제가 알아서 하는 타입이었다.

그렇지만 짐작이 가는 부분이 없는 건 아니다. 아이비는 일단, 자신의 가족들에게 아무 남자나 보여줄 만한 사람은 아니다.

"뭐 아이비 양이 딱히 별 이유 없이 밴딧을 불렀을 것 같진 않은데요?"

"……그런가요?"

"그야."

유리는 어깨를 으쓱했다.

"아이비 양 가족들이 툭하면 아이비 양에게 좋은 남자 붙잡아서 시집가라고 한다면서요. 궁성에 들어간 이후로는 괜찮은 남자 관리라도 제발 데려오라고 안달을 한다던데."

"……진짜요?"

"제가 아이비 양의 가장 유력한 신랑감 후보였다면 믿으시겠어요?"

유리의 너스레에 밴딧이 입을 닫았다가 잠시 후 웃음을 터트렸다.

"정말입니까?"

"저 아이비 양 집에 딱 한 번 초대받아서 가 봤는데, 그날 분명히 아이비 양 댁에 아무도 없다고 들었는데 모든 가족을 다 봤어요……."

정말 그랬다. 유리는 수확제가 끝나고 아이비의 집에 초대를 받았다. 초대도 우연한 기회에 이루어졌는데, 아이비 집의 요리사가 구웠다는 과자를 먹고 유리가 눈을 반짝거리자 그녀가 티타임에 유리를 초대했던 것이다.

유리는 별생각 없이 아이비의 집에 갔다가 대문에서부터 인품 좋은 스투리싱 씨를 만나야 했다. 스투리싱 씨는 덩치가 좋은 호인이었는데, 자신을 보자마자 악수를 청하는 바람에 유리는 아무 생각 없이 웃으며 손을 잡았고……. 스투리싱 부인도 튀어나와 유리를 반겼었다. 유리는 그 후에 아이비가 튀어나와 "뭐 하시는 거예요, 정말! 그분은 여자분이라고요!"라고 말한 후에야 부부가 자신을 신랑감으로 탐내고 있다는 것을 알아차렸더랬다.

"거기도 바지 입고 가셨습니까?"

"귀찮잖아요."

유리가 어깨를 으쓱했다. 밴딧이 으하하하, 하고 웃었다.

"그야 새삼 유리 님이 드레스 입고 거길 갔다고 생각하면 그게 더 웃깁니다만."

"웃겨요?"

"잘못했습니다."

밴딧의 미덕은 빠른 사과였고, 유리는 "다음에 올 때 사거리의 스텟 씨 과자점에서 설탕 쿠키."라고 관대한 처분을 내렸다. 밴딧은 제 상관의 연인이 내린 빠른 용서에 굽실굽실하며 "열 개 사 오겠습니다!"하고 답해 웃음을 자아냈다.

수확제 이후 수도를 작게 뒤흔든 이야기가 있었다. 여왕이 귀애하는 그 재단사, 유리 클로드가 알고 보니 여자였다더라 하는 이야기다. 몇몇 사람은 대경실색했으며, 몇몇 사람은 여왕을 농락한 것 아니냐며 화를 냈다.

그러나 그 여왕이 정작 별말이 없으니 딱히 그녀에게 직접적으로 뭐라 하는 자는 없었다. 게다가 하루에 세 시간을 자니 마니 한다는 여왕의 밑에서 하루하루 비쩍 말라가는 유리 클로드를 동정하는 자들도 있었다.

모두들 유능한 관리는 붙들고 놔주지 않는 여왕의 성정을 잘 알고 있었고 - 물론 그 인식에는 호호 할아버지가 되어도 장원의 흙 한번 밟지 못하는 불쌍한 단딜리온 재상이 가장 큰 몫을 했다 - 심지어 유리 클로드를 이래저래 써먹으려고 일부러 여왕이 남장시킨 것이 아니냐는 이야기도 돌았다. 모두들 '그 여왕은 그럴 수 있다'며 고개를 끄덕였다. 그 유리 클로드를 데려온 것이 여왕의 남동생인 에넌 라이언하트라는 말은 신빙성을 더했다.

그리고 그런 소문이 돈 뒤에도 유리 클로드는 여전히 남자들의 옷을 입고 입성했다. 자신이 만든 짧고 귀여운 퀼로트를 입고 빨빨거리며 동쪽 성과 서쪽 성을 오가는 그녀에게 시녀들은 여전히 땅

콩 한 알, 과자 한 쪽이라도 쥐여주곤 했다. 예전에는 일등 신랑감이라서 그랬다지만, 지금은 왜? 하고 유리가 고개를 갸웃거리면 시녀들은 입을 모아 말했다.

"귀엽고 불쌍해서요……."

그럼 겨우 다섯 시간 자고 성으로 다시 들어온 유리 클로드는 어쩐지 넋이 나갈 것 같은 표정으로 감사하다고 고개를 숙이고 땅콩 주머니를 챙기곤 하는 것이다…….

어쨌든 그런 이야기들은 성에서야 모르는 사람이 없었지만, 성에 드나들 일이 없는 사람들은 아무래도 요원한 이야기다. 아이비의 부모님들은 성에 갈 일이 없으니, 바지를 입고 있는 유리를 보고 남자애구나 하는 것도 무리는 아니다. 집에 놀러 오는 사람이 그 유명한 유리 클로드라는 건 알지만, 아직 그녀가 여자라는 건 몰라 생긴 해프닝이었다.

"아무튼 남자잖아요. 아이비 양이 차나 마시자고 잠깐 부른 것도 아니고, 가족들하고 식사하자고 불렀다면서요. 부모님들이 그런 분인데 아이비 양도 나름대로는 각오를 하신 거 아닐까요."

"그렇……. 그렇겠죠?"

"그럼요. 저를 믿어요. 그나저나……."

유리가 턱을 괴었다.

"이대로 가실 거예요?"

"……문제 있습니까?"

"아주 많이?"

밴딧은 제 차림새를 내려다봤다. "그래도 제법 깨끗한 재킷과 바지인데……." 유리가 손가락을 흔들었다.

"평범하잖아요. 게다가 성에서 일하실 때 자주 본 옷이고."

"그야 제 월급이 평범하니 옷도 평범한 건 당연한 거 아닙니까."

밴딧이 어깨를 으쓱했다. 유리가 눈을 찡그리며 웃었다.

"좋아요. 제가 서비스할게요."

"예? 아니, 괜찮은데."

"밴딧. 아직 아이비에게 만나자고 안 했죠?"

"어……. 예."

"오늘 하세요."

"예?"

밴딧이 펄쩍 뛰었다. 유리는 허리에 손을 짚고 말했다.

"그럼 이대로 그냥 밥 가끔 먹는 친한 친구 하실 거예요?"

"……어, 아뇨."

"오늘 멋지게 입고 가서 아이비 양에게 말하세요. 친구 말고 더 좋은 거 하자고."

"더 좋은 거요……."

밴딧이 한숨을 쉬었다.

"할 수 있을까요."

"뭐, 안 되면 어쩔 수 없고."

"정말이지, 자기 일 아니라고 아무 말이나 하십니다……."

"그럼 말든가요. 내 옷 완전 비싼데 공짜일 때 입으시지?"

"……부탁드립니다."

밴딧이 비장한 눈빛을 하고 유리에게 말했다. 유리는 빙그레 웃었다.

마침 유리의 집에는 유리가 알리슨을 주려고 만들어놓은 재킷과 바지가 있었다. 밴딧 또한 상당히 몸이 날렵한 축이라 덩치가 좀 있는 알리슨의 옷은 맞지 않을 거라고 생각했지만, 웬걸. 밴딧의 꽉 짜인 몸은 알리슨의 재킷을 제법 괜찮게 소화해냈다.

"셔츠가 없는 게 안타까운데."

"뭐, 저야 셔츠는 일상적으로 찢어먹으니까 굳이 비싼 거 안 주셔도 됩니다. 있는 거 입고 가도 되고요."

밴딧이 씩 웃었다. 네이비색 재킷은 질 좋은 자가드로 만들어 제법 따뜻한 데다가 트임이 두 개나 있어 밴딧의 넓은 어깨와 등을 강조했다. 유리가 만족스러운 표정을 지었다.

"아, 역시 남자는 근육이야."

"저 멋있단 얘기지요, 그거?"

"그럼요. 최고."

유리가 엄지 두 개를 들어 보이며 밴딧을 칭찬했다. 재킷 아래 입은 바지 또한 같은 재질이었다. 신축성이 없어 걱정했지만, 이 또한 밴딧에게 잘 맞았다. 길이가 조금 밴딧에게는 길긴 했으나, 유리는 잽싸게 단을 접어 넣어 시침질해 밴딧에게 맞췄다.

"다음에 가지고 와요. 길이 맞춰줄게요."

"아이고, 감사합니다."

밴딧이 으스대며 유리의 방을 걸었다.

“꽃이라도 사가면 좋을 텐데, 겨울이라…….”

“어쩔 수 없죠. 이 겨울에 꽃이 있는 게 더 이상한 일 아니겠습니까.”

“그러면 디저트 종류는 어때요? 아까 얘기했던 사거리에…….”

유리와 밴딧이 아이비에게 사갈 선물을 위해 머리를 맞대고 있을 때였다. 똑똑, 누군가 문을 두들겼다. 플럼이었다.

“언니! 각하 오셨어.”

“어라. 에넌이?”

“각하요?”

유리와 밴딧이 눈을 동그랗게 뜨는데, 문 사이로 익숙한 붉은 머리카락의 남자가 뒷짐을 지고 들어왔다. 환하게 웃는 미남자, 에넌이었다.

“유리, 저……. 어라. 자네가 여기 웬일인가?”

“아이고야, 각하. 이런 날까지 봬야 하다니.”

달이 가장 긴 날은 발렌시아 전체가 쉬는 날이었고, 밴딧이 투덜거리자 에넌도 픽 웃어버렸다.

“내가 할 말이야. 그것도 내 연인의 방에서 부관을 보게 될 줄은 몰랐는데? 이거 마치 통속 소설 같지 않나?”

“아, 그거 좋네요. 공작 각하에게서 연인을 빼앗은 멋진 남자, 그 이름은…….”

“작작하세요.”

유리가 밴딧의 옆구리를 찔렀다. 밴딧이 낄낄 웃으며 옆으로 물러났다.

"웬일이세요?"

"그야……."

에넌이 미소 지으며 뒷짐 지었던 손을 풀어 앞으로 내밀었다. 그 손에는 리본이 묶인 상자가 들려 있었다. 유리와 밴딧의 눈이 둥그레졌다.

"이게 뭐예요?"

"풀어 보십시오."

에넌의 손이 상자를 받쳤고, 유리는 빠르게 리본을 풀어냈다. 상자 안에는…….

"이걸 받은 유리 얼굴이 보고 싶어서 왔답니다."

……꽃이 들어 있었다. 작은 꽃바구니에 소담스럽게 꽂은 꽃들이 옹기종기 꽂혀 있었다. 에넌은 빙그레 미소 지었다. 한겨울에 꽃바구니를 받은 제 연인의 얼굴이 보고 싶어서 이런 날 갑작스레 달려왔노라고 이야기하는 미남은 평소였다면 엄청난 환대를 받을 것이었으나…….

"대박!"

……에넌은 조금 다른 종류의 환대를 받았다. 자신이 사랑하는 연인은 그 꽃바구니를 보자마자 얼굴색을 바꾸더니, 에넌 라이언하트를 한 번 끌어안고 "이거 어디서 났어요?!"하고 출처에 대해 캐묻기 시작했던 것이다. 보통 자신의 연인은 선물을 받으면 이런 걸 어

떻게 사 왔어요, 같은 질문을 하기는 하지만, 이건 어째 좀 종류가 다른 질문 같은데……. 에넌은 턱을 긁으며 대답했다.

"누님의 온실에서 가져왔다고 하면 싫어하실까요?"

여왕의 정원과 온실은 아름답기로 유명했다. 특히 발렌시아의 혹한에도 끄떡없는 온실 안의 꽃들이 흰 눈이 덮인 정원을 배경으로 어우러져 있는 광경은 일품이었다. 그러나 정작 여왕 본인은 그 꽃에는 큰 관심이 없었고, 여왕의 정원사는 관심에 목말랐다. 그나마 최근 연인이 생겨 꼬박꼬박 꽃을 가져가는 공작이 정원사의 가장 큰 친구였다.

오늘은 달이 가장 긴 날이었고, 에넌 라이언하트가 온실에 방문하자 그렇잖아도 온실을 정돈 중이던 정원사는 그를 반겼다. 제 연인에게 줄 꽃이 혹시 남았느냐 묻는 공작에게 정원사는 "마침 오늘 온실의 장미를 솎던 중이었습니다요!"라며 잘라낸 장미 줄기들을 안겼다. 마침 성 안에 장식할 잎을 가지러 왔던 화훼부의 시녀가 작은 꽃바구니로 만들어 준 것은 덤이다.

"그 꽃 좀 남았대요?"

"어, 아마……. 오늘 내내 온실을 정돈할 거라고 했으니 그럴 겁니다. 장미 송이들을 좀 솎는다며 많이 가져가라고 했지만, 화훼부에서는 너무 큰 꽃다발은 쌀 상자가 없다고……."

이 겨울에 꽃을 생으로 들고 나왔다간 얼어버린다. 꽃바구니가 상자 안에 들어가 있던 것도 마찬가지다. 유리는 그 말에 밴딧의 등을 짝, 하고 때렸다.

"가요, 밴딧!"
"아니, 여왕 폐하의 온실인데……."
"음, 밴딧. 뭔지는 모르지만 내 이름 대게."
"그래도 됩니까?!"
밴딧이 펄쩍 뛰었다. 에넌이 씩 웃었다.
"상업 거리 술집에서 내 이름 대고 외상은 잘하면서 그건 왜 안 되겠나?"
"거기 대해서는 아주 할 말이 많지만, 나중에 말씀드리겠습니다! 저 갑니다!"
"가세요!"
밴딧은 잽싸게 문밖으로 뛰었다. 유리는 안심이 되지 않는지, 문 바깥까지 그를 배웅하고 돌아왔다. 돌아온 유리가 본 것은 제 방에서 작은 꽃바구니를 어디에 놔둬야 가장 예쁠까 하며 방을 돌아다니는 에넌 라이언하트였다. 유리는 픽 웃으며 손을 내밀었다.
"뭐 해요?"
"음, 내 연인이 자고 일어나서 꽃을 보는 게 좋을까, 아니면 문가에 놔두어서 들고 날 때마다 꽃을 보는 게 좋을까 고민하는 중입니다."
"답은 식당이죠."
"식당이요?"
"오늘 날도 날인데, 식사하면서 다 같이 보면 좋잖아요."
유리가 에넌의 손에서 바구니를 빼앗아 책상 위에 올려둔 후, 돌아서 에닌의 손을 잡아당겼다.

"고마워요, 진짜 예뻐요."

"뭘요. 그런데 무슨 일입니까, 정말."

에닌은 유리를 가볍게 포옹한 후 물었다.

"밴딧이 입은 옷도 유리가 만든 것 같던데."

"알아보겠어요?"

"그런 재킷은 발렌시아에서도 유리만 만들지요."

에닌이 빙그레 웃었다. 밴딧이 입은 옷 뒤의 트임을 알아본 것이다. 등이 넓은 애인을 만나는 제 연인은, 남자들의 재킷에 트임을 달기 시작했다. 그것도 밑이 트인 것이 아니라, 등에 시접을 주어 트이는 식이다. 그게 또 의외로 엄청나게 편해서, 에닌도 그런 재킷을 몇 벌 가지고 있었다. 물론 다 유리가 만든 것이다.

"그게, 밴딧이 오늘 아이비에게 초대받았대요."

"이런, 덜떨어진 줄만 알았더니."

누구에게나 다정한 남자는 제 부관에게만 유난히 가혹했다. 유리가 까르르 웃으며 에닌의 상박을 가볍게 두들겼다. 밴딧이 아이비에게 초대받았지만 이게 대체 어떤 의미의 초대인지 몰라 안절부절못했고, 뭘 입어야 할지도 몰라 유리에게 쳐들어왔고, 결국 유리는 옷도 주고 사귀자고 하라는 응원까지 해주고 내보냈다는 이야기를 듣고 에닌은 눈썹을 치켜올렸다.

"제 주변의 모든 사람들이 참 당신을 알뜰하게 써먹는군요."

"그런가요?"

"저만 빼고."

유리가 까르륵 웃으며 에넌의 품에 안겨들었다. 이제는 꽤 길어 꽁지 정도는 묶이는 북슬북슬한 머리카락이 에넌의 턱 끝에 닿았다. 에넌은 그 머리카락에 입 맞추고 물었다.

"뭐, 그 심정을 이해 못 하는 건 아닙니다만."

"무슨 심정이요?"

"사랑하는 여자의 가족을 만나게 된 남자의 심정?"

에넌이 너스레를 떨었다. 유리가 장난스럽게 웃었다.

"뭐예요."

"저도 모르는 건 아니니까요. 언젠가는 유리의 가족을 만날 날을 기대하고 있답니다."

"그러신가요?"

언젠가 그럴 일이 있기야 하겠지만 아직은 요원하다. 날이 날이니만큼 유리 또한 가족들을 부르고 싶었으나 벨름에서 발렌시아는 아주 멀다. 게다가 연중 서늘한 벨름에 있던 이들에게, 한겨울의 발렌시아로 오라는 것은 고문에 가까운 일이다. 지금 와 있는 알리슨만 해도 아타락시아의 일이 없었다면 발렌시아에 오지도 않았을 거라고 매번 투덜거렸다. 그래서 유리는 오늘 플럼과 알리슨, 두 사람과 함께 저녁을 먹을 참이었다.

그러면 에넌은? 유리는 에넌을 바라봤다. 에넌은 보기 드물게 단정한 차림새였다. 유리가 만든 재킷과 셔츠, 바지. 갈색 부츠는 평소에 신던 허름한 것이 아니라 각반까지 채워진 날렵한 것이었다.

"안 추워요?"

"괜찮습니다."

말과는 달리 남자의 손은 잔뜩 곱아 있었다. 유리는 차가운 손을 끌고 난로 앞에 남자를 앉혔다. 유리의 방은 저택에서 가장 따뜻했고, 에넌은 거절하지 않고 난로 앞에 앉았다.

"폐하와 저녁을 드시나요?"

"단달리온 재상도 함께입니다. 대영주 몇도 함께죠. 가족도 아닌데 말입니다."

에넌이 천연덕스럽게 농을 던졌다. 유리가 까르륵 웃었다. 그렇다. 달이 가장 긴 날이고, 가족과 함께 식사하는 날이라지만 여왕에게 예외란 없었다. 쎄시아 발렌시아는 오늘도 저녁 식사 시간에 일할 참이었다. 에넌도 예외는 아니었다.

"같이 저녁이라도 먹으면 좋을 텐데 말입니다."

"오늘 같은 날, 저희 부모님하고요?"

"그야……."

에넌은 어깨를 으쓱했다. 에넌은 유리가 부모님을 벨름으로 불렀다는 이야기를 듣고, 진지하게 유리에게 '자신도 한 번쯤은 봬야 하지 않느냐'고 물은 적이 있었다. 그러나 유리는 강경히 고개를 내저었다. 에넌이 싫어서도, 그를 보여주기 싫어서도 아니다. 알리슨을 비롯한 제 부모님이, 이렇게 훌륭한 애인을 보고 나서 할 소리가 어쩐지 귀에 선명하게 들리는 것 같았기 때문이다.

"이럴 때는 폐하 마음이 어느 정도는 이해가 간다니까요……."

"막상 제 누이는 잠깐 유리에게 다녀온다니까 '은근슬쩍 거기 눌러앉아서 엉덩이 비비고 새벽이슬 내리기 전에는 돌아올 생각도 하지 마'라고 하시던데요."

쎄시아 나름대로는 잠이라도 자고 오라는 명령일 것이다. 유리는 콧방귀를 뀌었다.

"참나. 폐하는 항상 말이 다르셔. 저한테는 '남자 놈들은 다 믿을 수 없으니 에넌 놈이 손만 잡아도 발로 차 버려!'라고 하셨다고요."

"……그러셨습니까?"

"네. 제가 폐하 동생 아니냐고 물었더니 본인은 혈육이라고 평가 기준을 낮추지는 않는 공정한 군주라고……."

두 사람 모두 숨죽여 웃었다. 말은 그렇게 해도 쎄시아는 두 사람에 대해 크게 걱정하지는 않을 것이다. 어느 정도냐 하면, 유리가 에넌의 방에서 자고 나왔다는 이야기를 들었던 날에도 보고를 올린 일렉사 백작부인에게 '불쌍한 내 동생, 찬 바닥에서 자느라 입이 돌아갔겠군'하고 답한 후 다른 이야기로 넘어갔다던가.

그리고 에넌에게 입버릇처럼 하던, 애를 낳아오라는 말도 뚝 끊겼다. 여왕 나름의 배려일 것이다. 유리 클로드가 에넌 라이언하트와 그렇고 그런 사이라는 이야기는 아직은 그렇게 크게 퍼지지는 않았지만, 그래도 알 사람들은 대강은 짐작하고 있는 이야기다. 그런 상황에서 유리가 받을 압박을 걱정한 것이겠지. 유리는 피식 웃었다.

정작 나는 그런 건 신경 쓰지도 않는데.

"그러고 보니 머리, 넘기셨네요?"

"……아."

유리의 말에 에넌이 멋쩍게 머리카락을 어루만졌다. 평소에는 대강 쓸어 넘겨놨지만, 오늘 에넌은 머릿기름을 발라 머리를 그럴싸하게 넘겨 놓은 상태였다. 훤칠한 얼굴이 한층 더 돋보였다.

"평소에는 그렇게 넘기라, 넘기라 해도 잘 넘기지도 않으시더니."

"잘 보여야죠."

"누구에게요?"

"글쎄요, 제가 사랑해 마지않는 사람에게?"

유리가 피식 웃었다.

"플럼 사랑하세요?"

"……사랑해 마지않는 사람의 가족도 물론이지요."

못 이기겠군요. 에넌이 한쪽 눈을 장난스럽게 찡그려 보였다. 그 얼굴조차 너무 잘생겨서, 유리는 에넌의 얼굴을 끌어당겨 뺨에 키스했다. 입맞춤이 그 한 번으로 끝나지는 않았다. 뺨, 코, 턱, 입술……. 연인은 난롯가에서 애정을 한껏 담은 키스를 나눴다.

니겔 굴랍 카움은 거들먹거렸다.

"제가 해냈습니다."

물론 그가 해낸 것은 굉장한 일이었으나, 유리는 니겔이 거들먹거리는 걸 그대로 보아 넘기는 성격은 아니었다. 그래서 유리는 쏘아붙였다.

"당신이 아니라 레스타겠죠."

"에이. 레스타 님의 공방이 저를 거들고 제가 해낸 것 아니겠습니까."

"조용히 해요. 저 아직 광산 망한 거 응어리 안 풀렸거든요."

"이런. 그래도 이걸로 유리의 응어리도 풀리겠죠."

좀 시무룩해지라고 한 소린데, 남자는 여전히 유들유들했다. 그 태도가 너무 얄미워서 유리는 손을 세워 니겔의 등을 때렸다. 짝. 니겔이 엄살을 피웠다.

"거 참. 유리는 준남작이죠? 저는 작위로 따지면 백작인데, 이거 하극상으로 고발해도 됩니까?"

"고발하세요."

"고발하면요?"

"라이언하트 공작부인 돼버릴 거야."

"나참."

"거짓말 아님. 어? 막 나 공작부인 돼버린다. 어?"

에넌 라이언하트와 그녀가 결혼하면 당연히 니겔보다 높은 사람이 된다. 에넌이 자리에 없으니 가능한 협박이었다. 니겔은 그만 웃어버렸다.

니겔 굴랍 카움이 수도 발렌시아까지 온 것은 겨울의 추위가 조금 가시고 있을 때였다. 유리는 아무리 불을 때도 쉬이 따뜻해지지 않는 집에 투덜거리다 오랜만에 찾아온 니겔의 방문에 쾌재를 부르며 성 앞의 호텔에 니겔 방을 잡으며 자신의 방 하나를 더 잡아버렸다. 진작 왜 이 생각을 못 했지?! 하며.

니겔이 들고 온 물건들은 유리가 꽤 오래 기다려왔던 것이고, 그 물건이 꽤 쓸 만한 것이라는 판단이 들면 그때부터는 정신없이 바쁠 예정이었다.

그 결과로, 니겔은 제 바로 옆방에 묵고 있는 유리를 바라보며 빙글빙글 웃었다.

남이 때주는 군불의 맛은 말로 다 할 수 없는 것이었다. 아, 따뜻하다. 유리도 털가죽을 두르고 호호호 웃었다.

"라이언하트 공작부인 어쩌고 하시는 거 보니 결혼하실 생각은 있나 봅니다? 그런데 왜 안 하고 계십니까?"

"말해 뭐해요. 당신도 비슷하지 않아요?"

유리가 부루퉁한 얼굴로 니겔을 바라보다 덧붙였다.

"아, 당신은 계속 결혼하자고 을러메는 타입이니 반대인가."

"이런. 저를 무슨 결혼에 목숨 건 사람으로 아시는군요. 저는 깨끗이 물러났답니다."

"……물러나요?"

니겔이 미소 지으며 말했다.

"아직 못 들으셨군요. 저 토너먼트에서 떨어졌습니다."

"토너먼트라면……."

마상 시합 같은 건 아닐 거고. 설마. 유리가 눈을 동그랗게 떴다.

니겔이 유쾌하게 웃었다.

"예. 아스완 후의 신랑감 토너먼트에서 보기 좋게 탈락했답니다."

"……그거 진짜 열리는 거였어요?"

"유감스럽게도요."

지난해 유리가 아스완에서 떠나기 직전. 아르시노에는 무슨 심경의 변화인지 자신의 신랑감을 아스완 전역, 나아가 발렌시아 대국 전체에서 뽑겠다고 나섰다. 에넌을 왜 포기했는지는 모를 일이지만 그녀 또한 아마 결혼해서 아스완의 대영주 자리를 물려줄 아이를 낳아야 한다는 압박감에 시달렸으리라고 유리는 추측하고 있었다. 여기나 저기나. 하여튼 여자들이 무슨 씨암탉인 줄 아나. 유리는 그렇게 생각하며 니겔의 답을 기다렸다.

"기껏해야 두 달간 사람을 모았으니 그렇게 많지 않을 거다 싶었는데……. 생각보다 제 아르시노에와 결혼하고 싶었던 자들이 많았던 모양입니다. 천 명이 가깝게 남아스완에 모였죠."

"천 명이요?!"

"물론 나이도 재산도 신분도 개의치 않는다고 했으니 그럴 수 있었겠습니다만."

니겔은 아스완에서 있었던 일에 대해 떠벌렸다. 아르시노에와 결혼하겠다고 나선 신랑감만 천여 명. 이제 갓 열 살이 된 어린 소년부터 나이 팔십이 먹은 노인까지 다양했다. 심지어 여자도 있었다. 아르시노에는 그 많은 인원을 보고, 토너먼트 형식으로 신랑을 뽑겠다고 했다. 그 하메드가 펄쩍 뛰었으나, 아르시노에는 완강했다.

"뭐야. 싸웠어요?"

"그런 건 아닙니다. 그저 여러 가지를 했죠."

"뭐요?"

"이를테면 문제를 푸는 식이죠."

아르시노에가 처음 낸 문제는 '아스완의 주인은 누구인가?'였다고 한다. 거기에 아르시노에라고 답한 육백여 명이 우르르 떨어졌다. 답은 쎄시아 발렌시아였다. 유리가 콧소리를 내며 흥흥 웃었다. 그녀다운 문제였다. 아스완의 주인은 쎄시아였다. 그걸 잊고 아르시노에와 결혼한 뒤, 아스완이 자기 것인 양 구는 남자는 곤란했다.

"니겔은요?"

"절 뭘로 보시고. 저는 그다음 문제도 통과했답니다."

"다음 문제가 뭐였는데요?"

"아스완의 전통 음식인 피타빵을 만드는 거였죠."

피타빵은 안이 동그랗게 비어 있는 빵이었다. 밀가루와 물, 소금 정도만 있으면 간단했지만, 의외로 그런 것을 만들 수 있는 이가 몇 없었던 모양이다. 거기서 또 백 명도 안 되는 남자가 추려졌다.

"그렇지만 저는 세 번째에서 떨어졌어요."

"세 번째는 뭔데요?"

"체력 테스트였죠. 에잇!"

유리는 까르르 웃었다. 아스완의 궁전을 가장 빠르게 돌아오는 열 명 정도에게만 기회가 주어졌다고 한다. 니겔은 자신이 아스완 궁전을 돌아볼 기회가 몇 번이나 있었겠냐며, 체력 단련은 자신의 일이 아니라고 열변을 토했다.

"저는 돈을 벌어오고 통치를 하는 사람입니다. 체력을 과시할 수 있는 처지가 아니라고요."

"그렇지만 건강한 남자와 결혼하고 싶다는데 누가 말릴 수 있겠어요? 그래서, 우승자는요?"

"그게……. 없습니다."

"없어요?"

유리가 눈을 동그랗게 떴다. 니겔은 장난스럽게 웃었다.

"마지막 질문에서 모두가 우르르 떨어졌다는데, 아무도 그 질문이 뭔지 말해주지 않습니다. 뭐……. 다들 아르시노에가 결혼하기 싫어 그런 토너먼트를 연 것이 아닌가 하고 있지만……. 올해도 한 번 더 연다더군요."

"엑, 그렇군요……."

이왕 신랑을 뽑을 거라면 멋진 사람이었으면 좋겠다. 본격적으로 에닌과 연애하면서 유리가 아르시노에에게 갖게 된 감정은 복합적이었다. 죄책감부터 미안함, 그리고 그녀의 행복을 기원하는 마음까지. 그래서 남몰래 니겔과는 절대 결혼하지 말기를 빌고 있기도 했다. 물론 눈앞의 니겔에게는 비밀이다.

"아무튼, 저의 슬픈 근황은 여기까지 하고."

니겔이 짝짝 손뼉을 쳤다. 하인들이 상자를 몇 개 날라 왔다. 유리는 손을 모으고 그 상자들을 다소곳하게도 기다렸다. 곧 유리 앞에 나무 상자 세 개가 놓였다.

"본래 레스타 님께 먼저 보여드리려 했습니다만, 레스타 님은 워낙 바쁜 분이라 얼굴을 뵙기도 힘들더군요. 칼레는 원래 그렇게 바쁩니까?"

"저도 한창때는 일주일에 한 번도 얼굴 못 봤어요."

"그렇군요. 저도 비슷하게 바쁜데, 칼레만큼 돈을 벌면 참 좋겠습니다만……."

니겔은 말이 많았고, 유리는 여느 때라면 기꺼이 니겔의 수다를 들어줬겠지만, 지금은 마음이 급했다. 입가에 손가락을 가져다 대고 '쉿, 그만 닥치고 물건이나 보여주세요!'라는 사인을 보내는 유리를 보고 니겔은 투덜대면서도 상자를 열었다.

"이게 바로 그 물건입니다."

"……대박."

니겔이 가져온 것은 실로 흉물스러운 물건이었다. 그러니까, 남들이 보면 다 큰 처녀총각이 대체 무엇을 가운데 두고 있냐고 식겁할 만한 것. 니겔이 연 상자에서는 모형 성기가 나왔다. 그러나 중요한 것은 그게 아니었다. 중요한 건, 모형 성기와 함께 굴러 나온 반투명한 물건.

"이걸 유리는 뭐라고 불렀죠?"

"콘돔이요."

"예, 뭐 그렇군요. 아무튼. 제법 그럴싸한 물건이 나왔습니다."

니겔은 천연덕스럽게 그 물건을 들어 모형 성기 위에 씌웠다. 돌돌 말려 있던 고무가 제법 탄력 있게 그 위에 씌워졌다. 유리는 눈을 반짝이며 그 광경을 봤다. 고무는 상당히 둔탁하기는 하지만 꽤 유리가 아는 것과 유사한 모양을 갖췄다. 유리는 모형 성기를 붙잡고 "야호!"하고 소리 질렀다.

니겔이 한 달 전쯤 유리에게 서신을 보냈다. 폐하가 지시하신 것에 힘입어 유리가 원했던 것이 제법 괜찮은 형태로 완성된 것 같다고. 그리고 니겔이 직접 발렌시아로 물건을 가지고 온 것이, 바로 어제의 일이다. 니겔은 즐거워하는 유리를 보고 싱글벙글 웃으며 말했다.

"여왕폐하께서 보내주신 분들이 상당히 도움이 되었습니다만……. 정말 궁금한 게, 폐하는 여기 유황이 들어가면 늘어난다는 걸 대체 어떻게 아셨답니까?"

"그게, 정글에 계실 때 알게 되셨대요."

쎄시아 발렌시아는 정글로 진군할 때 현지민들이 루브라고 부르는 것에 관해 알게 됐다. 그때는 그냥 신기한 것이 있다고 생각하고 말았는데……. 쎄시아가 그것을 던져놓은 것은 창고의 화약고였다. 하필 조금 새어 나와 있던 유황이 루브 조각과 만났고, 다음 날 루브는 끈덕하게 녹아 유황 상자에 붙은 채 발견됐다.

유리가 발렌시아로 와서 쎄시아에게 이야기한 것은 해면뿐만은 아니었다. 유리는 해면을 가지고 여자들이 선택할 수 있으면 족하다고 말한 쎄시아에게, 자신이 발견하고 고민하는 것에 대해 이야기했다.

'폐하, 저는 피임도 선택할 수 있으면 좋겠어요.'

쎄시아가 흥미를 가진 것은 당연했다. 유리가 보여준 고무 조각에 쎄시아는 '본 적이 있다'며 감탄했다. 그리고 유황과 맞닿았을 때 녹아버린 고무 조각의 기억도 떠올렸다.

유리가 아는 한, 약품을 가장 잘 다루는 것은 레스타의 염색 공방이었다. 쎄시아가 그날 레스타에게 속닥인 것도 그 내용이었다. 레스타가 가장 아끼는 디자이너를 쎄시아가 빼어가려는 것은 물론, 염색 공방까지 써먹으려는 데에 레스타는 기가 차 했지만……. 권력이 깡패다. 거역할 수 있을 리 없다.

그렇다 해도 쎄시아가 해면 판매권을 아타락시아에 주기는 했다. 그 또한 쎄시아가 원한 것이었다.

"어차피 아타락시아는 여왕님 납품점이잖아? 그럼 해면도 나한테 납품한다는 걸로 해둬. 여왕님이 이런 걸 쓴다고 하면서 손님들에게 권하면 좋겠지."

"……정말 편하신 대로 저희 상점을 이용하시는군요……."

"어라. 정말 편한 대로 이용할 거면 세금 혜택도 주지 않고 썼겠지. 게다가 내가 유리의 빚을 샀으니, 따지고 보면 내 지분도 칼레에 있는 것 아닌가? 나는 공정한 군주라니까?"

쎄시아의 미소에 레스타는 혀를 찼다.

"정말이지……."

"뭐?"

"아닙니다. 제가 비슷한 사람을 하나 알고 있어서요."

그렇게 말하고 레스타가 쳐다본 것은 유리였다. 그러니까 이 부분에 관해서는 유리는 정말 레스타에게는 할 말이 없긴 하다. 어쨌든 유리 또한 레스타를 아주 알뜰히도 써먹었으므로…….

그렇게 돼서 레스타의 염색 공방 장인들 몇이 아스완으로 파견됐다. 북아스완의 왕자에게 살뜰한 대접을 받은 공방 장인들은 루브와 수많은 약품을 섞었고, 드디어 그럴싸한 물건이 개발됐다. 유리가 아는 것처럼 엄청나게 얇은 고무는 아니지만 그래도 돌돌 말리고, 잘 늘어난다.

"물도 넣을 수 있습니다. 많이는 아니지만."

"……거기 누가 물을 넣겠어요?"

"글쎄요. 사막에서 조난당한 사람?"

니겔이 싱긋 웃으며 콘돔을 흔들었다.

"어쨌든 이 물건을 꽤 여러 명이 실험해 봤습니다. 실험 방법이야 말 안 해도 아시겠고……."

"……굳이 설명 안 해주셔도 될 것 같아요."

콘돔을 실험하는 거야, 뭐 당연히 그렇고 그런 종류의 일이다. 유리는 뒤늦게 민망해졌다. 이제 와서 민망해하는 것도 웃기지 않나 싶었지만. 니겔은 개의치 않고 설명했다.

"좀 더 유연하게 만드는 방법도 있겠지만, 이게 제가 떠날 때는 가장 괜찮은 물건이었습니다. 계속 약품의 배합을 시도해보고 있으니 더 좋은 물건이 나올 가능성도 있겠죠."

"그렇군요……."

"가죽 주머니나 돼지 방광을 쓰는 것보다는 훨씬 괜찮은 반응이었습니다."

니겔은 상자 하나를 더 열었다. 그 안에는 고무로 만든……. 그러니까 콘돔 시제품들이 있었다. 니겔은 그것들을 꺼내 유리의 손에 쥐여주었다.

"만져 보시죠."

아무리 그래도 이렇게 여러 개를 한꺼번에 남자가 쥐여주니 기분이 참 그렇다. 심지어 장소도 호텔이다……. 그러나 니겔은 유리의 민망함을 모르는 듯 눈을 껌벅였다. 유리는 니겔의 무언의 재촉에 그 돌돌 말린 것들을 늘려봤다. 약간 노란 고무가 펴져서 제 손 안에서 기다란 형태를 갖췄다. 유리는 피식 웃었다. 쎄시아가 박장대소를 하며 좋아할 것이 눈에 그려져서다.

"폐하가 좋아하시겠죠?"

"저야 여왕 폐하를 모르니 뭐라 말씀드리기 어렵죠."

니겔이 어깨를 으쓱했다. 그러나 유리는 확신할 수 있었다. 쎄시아 발렌시아는 이 물건을 좋아할 것이다. 그것도 아주 많이.

유리의 확신은 그대로 맞아떨어졌다.

"임신을 막는 물건이라니, 온 동네 꼰대 늙은이들이 뒤로 넘어가는 꼴이 실로 볼만하겠구나!"

쎄시아 발렌시아는 박장대소를 하며 좋아했다. 손은 끊임없이 박수를 치고 있었다. 혹시 물개세요? 물론 입 밖으로 내어 묻지는 않았다. 유리는 그 정도의 예의는 있었다. 정확히는 여왕의 옆에서 눈을 부라리고 있는 단딜리온 재상 때문이지만.

"아직 확실한 것은 아닙니다. 충분한 기간을 두고 실험해보아야 할 것입니다. 뭣보다 임신이라는 것은 최소한 3개월은 지나야 확인이 가능하니까요."

유리는 니겔과 함께 쎄시아를 접견했다. 보통 때였다면 쎄시아의 집무실에서 봤겠지만, 카움 소영주라고 불리는 니겔이니만큼 쎄시아는 굳이 사자의 홀에서 니겔과 유리를 만났다.

니겔이 미소 지었다. 아마 제 잘난 얼굴에 어느 정도는 자신감이 있었을 것이다. 그러나 쎄시아는 니겔의 얼굴 따위는 별 흥미도 없다는 듯 가지고 온 물건만을 재촉했다. 남자의 미소에 약간 금이 가는 것을 유리는 고소한 마음으로 지켜봤다.

쎄시아는 니겔에게서 받은 물건에 물을 채워보고는 아이처럼 좋아했다. 니겔이 미소 지어 보였을 때와는 사뭇 다른 반응이었다.

"눈으로 당장 확인이 가능한데 뭐 어떠냐. 그렇지, 유리?"

"예, 그럼요."

단딜리온 재상이 저를 무시무시하게 째려보고 있는 것만 빼면요. 유리는 등골에 식은땀이 흐르는 것을 느끼며 속으로만 중얼거렸다. 아니나 다를까. 단딜리온 재상이 험, 하고 헛기침을 했다.

"임신을 막는다니요. 남녀간 사랑의 자연스러운 결과물을 인간의 힘으로 막는다니……. 그것도 저런 해괴한 물건으로. 안 될 말입니다."

"안 될 거 뭐 있소?"

"……분별없이 교합하는 남녀들이 나올 겁니다!"

단달리온 재상이 결국 짜증을 냈다. 그러나 쎄시아는 눈을 깜박거리며 가증스럽게도 미소 지었다.

"내가 원하는 게 그건데?"

"……폐하."

"아, 분별없이 교합하고 싶다. 아무 놈이나 만나도 결혼 걱정 안 해도 되게."

여왕 폐하의 교양 없는 말에 니겔 굴랍 카움은 놀란 표정을 지었다가, 킥킥 웃어버렸다. 유리는 난처한 얼굴이 됐고, 단달리온 재상만 얼굴이 붉으락푸르락했다.

"농담이오, 재상."

"……하실 농담이 있고 하지 말아야 할 농담이 있습니다, 폐하."

"뭐 그야 나도 재상의 말에 동의하는 축이지만."

쎄시아가 턱을 괴고 미소 지었다.

"세상의 모든 자식들이 자연스러운 사랑의 결과물은 아니지 않소?"

"……."

"지금의 모든 커플들이 분별 있는 교합을 하고 있지도 않고."

조카의 말버릇에 재상이 한숨을 쉬는 것은 이제 새삼스럽지도 않았다.

"재상. 이제 슬슬 내가 하는 일들에 그만 반대해도 좋을 것 같아."

"폐하."

"나를 사랑하니 그러는 것이지요, 이모부?"

갑작스러운 여왕의 습격에 단딜리온 재상은 고개를 쳐들었다가, 입을 닫았다.

"남들이 가지 않는 길만 골라서 가는 조카가 퍽 못 미덥고 걱정되실 수 있겠지. 그렇지만 나는 그렇게 갈 거야. 뭣보다 이제 같이 늙어가는 처지 아니오?"

"……제 나이 반밖에 안 되는 분이 말은 잘하십니다."

"그 말 잘하는 조카에게 매번 꼬박꼬박 말대답당하니 내 이모부의 속이 걱정되오. 그만하시오. 어쨌든 그놈의 분별없는 교합에 대한 걱정을 빼면, 이게 꽤 괜찮은 물건일 수도 있다는 건 재상도 동감하지요?"

"……예."

재상은 한참이나 어물어물하다 결국 못마땅한 표정으로 대답했다. 쎄시아는 만족스러운 표정으로 웃었다.

"그러면 됐소. 이건 얼마나 생산이 가능한가?"

니겔이 퍽 그럴싸한 몸짓으로 고개를 숙이며 말했다.

"안정적으로는 1년 정도는 주셔야 할 것 같습니다. 배합 비율을 아직 실험 중이어서요."

"고개를 들어. 짐은 눈을 보이지 않는 자와는 말하지 않네."

검은 머리의 남자는 눈을 들어 쎄시아와 눈을 맞췄다. 장난기와

교활함을 머금은 새카만 눈에 쎄시아가 싱긋 웃었다.

"니겔 굴랍 카윰. 북아스완의 왕자라더니 과연 그렇게 불릴 만하군. 제법 미남이 아닌가."

"감사합니다."

니겔도 마주 미소 지었다. 그 얼굴은 영주의 그것이라기보다는 마치 상인 같아서 쎄시아는 피식 웃었다.

"아스완의 대부호라더니 그 재능이 상업에 있는 모양이지."

"저의 조부 때부터 대를 내려온 미천한 재주로 간신히 벌어 먹고 살고 있습니다."

"그대의 조부는 그런 재주가 없었을 텐데, 내가 알기로는."

니겔의 조부는 북아스완의 재산을 정확히……. 말아먹었다지. 쎄시아도 그 이야기를 알고 있는 게 분명했다. 니겔은 여전히 싱글벙글 웃으며 표정 변화도 없이 답했다.

"동화 같은 연애담으로 후대의 자손에게 인생에 대한 강력한 동기를 부여하셨지요."

……사랑에 목숨 거느라 아들 손자 놈들이 목숨 걸고 돈 벌게 만들었다는 이야기를 저렇게도 하는구나. 유리는 혀를 내둘렀다. 그러나 니겔의 말은 끝나지 않았다.

"저 또한 그 피를 이어받은 것이 맞는 것 같습니다."

"음?"

"이렇듯 아름다우신 폐하를 보니, 저도 전 재산을 걸어서라도 폐하의 마음 한 조각이라도 얻고 싶다는 충동에 사로잡히는군요."

"우와, 지조 없어……."

유리는 저도 모르게 감탄사를 내뱉었다. 니겔은 유리의 말에도 꿈쩍하지 않고 쎄시아 쪽만 향해 내내 웃고 있었다. 이야 아르시노에만 보는 외길인생이랄 때는 언제고 저렇게……까지 생각하다가 유리는 흠칫했다. 외길인생이라고 한 적은 없나? 생각해 보면 저 좋을 때만 들이댔나?

쎄시아는 입술을 끌어올리고 웃었다.

"저런. 내 친구의 재산을 삼킨 아스완의 덧없는 부와 내 마음을 바꾸고 싶은 생각은 없다네."

"예?"

"그대의 광산 덕분에 내 유리가 엉엉 울고 슬퍼했었지."

야, 사기꾼 새끼야, 꺼져, 라는 말을 참으로 고상하게 하는 것이렷다. 단딜리온 재상이 유리 쪽을 슬쩍 쳐다봤다.

너 재산 말아먹었었니?

예.

천둥벌거숭이처럼 이리저리 설치더니 내 그럴 줄 알았다.

노재상의 눈빛에 유리는 조금 울컥했지만, 짬이든 신분이든 저쪽이 우위니 어쩌겠나. 참는 수밖에.

그러든 말든 쎄시아의 말에 니겔은 멋들어진 몸짓으로 대답했다.

"이런. 아스완의 부는 덧없다는 말씀은 틀렸다고 할 수는 없습니다. 사막의 부는 그런 것이죠. 그렇지만 누구나 사랑만큼은 얻어간답니다. 유리 클로드를 보시지요."

재 재산 말아먹었어도 공작은 건졌잖아.

니겔의 말뜻에 유리는 얼굴을 구기고 니겔을 노려봤다. 쎄시아가 킥킥 웃었다.

"그래. 아스완에 사내놈 둘을 보내 놨더니 눈이 맞아 왔다고 해서 식겁하기는 했지."

"아이러니하게도 사막에서 온 저는 멀고 먼 북부에서 사랑을 찾은 것 같군요."

"북부 여자한테 관심 없다면서요."

"이런, 유리. 어찌 폐하를 북부 여자라 부르십니까. 온 발렌시아 대륙이 폐하의 것. 발렌시아의 폐하는 아스완의 폐하이시기도 하답니다."

니겔이 유리를 돌아보며 웃었다.

물에 빠져도 입만 동동 뜰 인간……. 유리는 기가 막혀 입을 닫았다. 쎄시아가 피식피식 웃었다.

"내가 적에게 포위됐을 때 그대를 꼭 옆에 두고 싶군."

"이 니겔은 미약하지만 무예에도 재주가 있……."

"아니. 얼마 만에 상대방에게 고개를 숙일지 궁금해서. 레테의 왕이 아르시노에를 포위했을 때 그대는 꿈쩍도 하지 않고 알-카움에 웅크려 있었다지."

"한때나마 백성을 다스리는 군주의 입장에 있었으니까요. 저의 선택을 이해하실 것입니다."

한마디를 안 진다. 유리는 혀를 내둘렀다. 쎄시아도 더 이상 대화를 이어나갈 마음은 없었는지, 손을 내저었다.

"아무튼 잘 들었고, 이만 알현을 끝내도록 하지. 유리는 나와 차 한잔 마시고 가고."

"예."

"나중에는 미천한 저에게도 부디 폐하와의 한때를 누릴 수 있는 영광이 오기를 바랍니다."

"죽기 전엔 그럴 수 있겠지. 물러가게."

끝까지 한마디 하고 가는구나. 니겔이 싱글싱글 웃으며 물러갔다. 사자의 홀은 동쪽 성의 3층이었고, 정원 대신 테라스가 있었다. 날이 추워 테라스의 덧창만 열어놓고 유리창은 닫은 채로 창가에 시녀들이 테이블을 놓았다. 여왕은 털 망토를 두른 채로 소파에 깊숙이 앉았다.

"추워……."

"발렌시아는 정말 춥긴 하네요, 폐하. 저는 발렌시아에서 겨울을 처음 나는데 성에 올 때마다 정신이 하나도 없답니다."

"발렌시아의 곰들이 전부 씨가 마른 이유는 이 혹독한 추위 때문이지. 사냥꾼들이 곰만 보이면 잡아 가죽을 벗기니 그럴 수밖에. 그대는 따뜻하게 입었는가?"

유리가 자신의 어깨를 들어 보였다. 유리 또한 회색 털로 된 망토를 두르고 있었다. 쎄시아가 웃었다.

"에넌이 준 것이군?"

"헉. 어떻게 아셨어요, 폐하?"

쎄시아의 말에 유리가 놀란 표정을 지었다.

"그 애의 창고에 있는 것들 중 반쯤은 내가 준 거란다. 나머지 반은 그 애가 벌어온 것이지만, 내가 그 목록을 모르지 않지. 그 회색 털가죽은 익숙하군. 몇 년 전 호수를 건너기 전에 나타난 거대한 회색 늑대를 에넌이 화살을 쏘아 머리에 명중시켰단다."

"그런 말은 안 하시던데."

"그 애는 그런 자랑을 잘 안 하지. 기껏해야 추우니 입으라고 하지 않았겠느냐."

쎄시아의 말이 정확했다. 에넌은 한겨울이 되기 전, 질 좋은 털로 만들어진 망토와 옷들을 한 아름 싣고 왔다. 발렌시아에서 첫 겨울을 나는 유리가 걱정된다는 이유다. 그밖에는 별다른 말을 하지 않아 그냥 사 온 줄 알았는데. 유리가 입을 헤 벌렸다.

"폐하는 정말 각하를 잘 아시는군요."

"그래. 그 애가 너를 왜 사랑하는지도 잘 알지."

갑작스러운 말에 유리가 볼을 빨갛게 붉혔다. 쎄시아는 그게 귀여워 몸을 굽히고 웃었다.

"묻고 싶은 게 있어 너보고 남으라고 했단다."

"예."

"그 애와 결혼할 거니?"

"……아."

예상해본 적 없다고 하면 거짓말일 것이다. 유리는 이 남매가 결혼에 얼마나 예민하게 구는지 알고 있었다. 정확히는 이 남매의 주변인들까지 모두가.

여왕은 결혼해 후계자를 낳으라는 말에 매일매일 시달리는 나머지 제 동생이 아이를 낳으면 왕관을 물려주겠다고 염불처럼 외우고 다녔다. 유리와 에넌이 연애를 하고 있다는 것을 알게 된 다음부터는 그런 말은 요만큼도 꺼내지 않았지만……. 그 덕분이랄까. 오히려 그래서 더 여왕은 조심스럽고 예민해 보였다. 에넌의 결혼 이야기를 꺼내지 않는 것은 다분히 의식적이었다.

그렇다면 제 연인은 어떠한가. 유리는 에넌이 수확제 연회 날 제게 했던 말을 기억하고 있었다.

당신이 완전히 준비되기를 바랍니다.

표면적으로는 유리를 배려한 말이지만, 그건 아마 남자 나름의 콤플렉스가 반영된 말이기도 할 것이다. 남자는 사생아였고, 누구도 원하던 아이가 아니었다. 그의 어머니는 그가 태어났기 때문에 죽었다. 모두가 축복하는 결합을 하고 싶은 에넌의 마음이 그 말에 녹아 있었다.

"사실 잘 모르겠어요."

그래서 유리는 솔직하게 대답했다. 별 상관없는 사람이 물었다면 에이, 언젠가는 하겠죠. 하고 넘길 것이다. 그러나 쎄시아에게는 그럴 수 없었다. 그녀는 유리가 가장 솔직하게 제 흉금을 털어놓을 수 있는 사람 중 하나였기 때문이다.

……그렇게 무서워했던 때를 생각해보면 아주 놀라운 일이긴 하다. 시녀가 쟁반에 찻물과 찻잔 등을 날라 왔으나, 쎄시아는 손을 내

저어 시녀들을 물렸다. 애초에 차가 중요해서 유리를 남게 한 것이 아니기 때문이다.

"왜?"

여왕은 다정하게 물었다. 유리는 무릎에 손을 올린 채 머뭇거리다가 대답했다.

"폐하."

"그래."

"저는 폐하를 아주 좋아해요."

"고맙군."

"폐하가 조금만 일찍 더 저의 군주가 되셨더라면, 저는 남자가 되지 않아도 됐을 거예요. 아이비, 마틸다……. 정말 많은 여자들이 일하고 있잖아요. 폐하부터가 그렇고요."

"그래."

그게 쎄시아에 관한 감사의 말이라는 것은 여왕도 알고 있었다. 쎄시아는 물끄러미 유리의 초록색 눈을 바라봤다. 그 눈은 복잡한 상념을 담고 있었다. 이래도 될까, 무례한 말은 아닐까 하는 눈.

"폐하. 저는 각하와 결혼해서도 제가 하고 싶은 것을 할 수 있을까요?"

쎄시아가 들으리라 정확히 예상했던 물음이었다.

쎄시아는 유리를 좋아한다.

그건 유리 클로드가 귀여워서이며, 재치 있어서이기도 하다. 재능이 넘치고 강단도 있다. 그러나 그 모든 것을 합친 것보다 훨씬 큰 이유가 있다.

유리 클로드는 자신이 하고 싶은 것을 위해서라면 어떤 일도 마다하지 않는 사람이기 때문이다.

그건 행동력이 있다, 실천력이 높다 정도로 설명되지 않는다. 행동력으로 따지자면 대륙에서 쎄시아를 이길 사람은 없다. 결혼하기 싫어 대륙을 통일하는 사람이 세상에 어디 있단 말인가.

다만 쎄시아는 그 행동력에 제동을 거는 수많은 타협점들을 알고 있다. 대부분의 사람들은 인생을 살며 자신이 진정으로 하고 싶은 일을 한 번쯤은 꿈꾼다. 그 꿈이 이뤄지지 못하는 이유는 여러 가지다. 경제력, 주변 상황, 신분……. 정말 많은 것들이 한 사람을 가로막는다. 그런 것들은 피할 수도 없다. 어떻게든 타협하고 뛰어넘어야 하기 마련이다. 가끔은 자기합리화도 필요하다. 주변이 아니라 스스로를 설득시켜야 할 때도 있다. 그리고 그 모든 것들은 발렌시아에서 남자보다 여자에게 더욱 가혹하게 작용한다.

쎄시아는 지금 이 시각에도 코르셋을 여미며 좋은 결혼을 하기 위해 웃는 여인들을 알고 있다. 자신과 같이 바지를 입지 않는다고 해서 비난하고 싶은 생각도, 가엾이 여기고 싶은 생각도 없다. 그녀들도 분명 매 순간 힘겨운 싸움을 하고 있다는 것을 알고 있기 때문이다. 삶의 무게는 모두에게 동일하지 않다. 한 종류로 뭉뚱그릴 수 있는 인생들이라고 해서 가벼운 것은 아니다.

그리고 유리 클로드는 뭉뚱그릴 수 없는 인생을 산다. 그건 남들보다 배는 무거운 짐을 지고 훨씬 높은 벽을 뛰어넘었기 때문에 가능한 것이다. 쎄시아는 그래서 유리를 좋아했다. 남의 벽을 치워주는 것이 제 꿈인 사람이 몇이나 있을까.

유리가 재차 입을 열었다.

"저는 각하를 좋아해요. 각하의 손을 잡고 올랭피아를 거니는 생각을 해보지 않은 건 아니에요. 그렇지만 제가 각하와 결혼했을 때, 저는 과연 유리 클로드로 남아 있을 수 있을까요?"

이미 많은 것을 감수하고 타협하고 뛰어넘어오며 구축해놓은 굳건한 유리의 성은 앞으로도 탄탄하게 남아 있을 수 있을까.

유리는 쎄시아에게 얼마 전의 일을 털어놨다.

추위 때문에 호텔로 도피했지만, 결국 제 가족의 생난리를 피하지는 못한 것이다. 유리의 호텔 도피는 딱 일주일 만에 막을 내렸다.

누구 때문에? 알리슨 때문에.

유리가 잘 지내는지 확인할 겸, 아타락시아의 일도 볼 겸 명절을 쇠러 왔던 알리슨은 아직도 발렌시아에 있었다. 정확히는 벨름에 유리의 부모님을 보살피러 갔다가, 벨름 아타락시아 본점의 보고를 하러 발렌시아에 와 있던 참이었다. 상업 거리를 지나던 알리슨은 성의 마차에서 내려 호텔로 들어가는 유리를 발견했다. 재가 일 끝났으면 집에 오지 어딜 가나 싶어서 알리슨은 유리를 쫓아갔고, 곧 제 여동생이 멀쩡한 집 놔두고 밖에서 자고 있다는 사실을 알고 경악했다.

"너 왜 집에 안 들어와!"

"집에 있으면 추워 죽을 것 같다고!"

"그렇다고 집주인이 밖에서 자?!"

아웅다웅. 호텔 앞에서 다투는 두 청년 – 정확히는 남자 하나 여자 하나 – 을 지나가는 사람들이 모두 흥미롭게 바라봤다. 게다가 유리는 본의 아니게 상업 거리의 유명인사였기에 시선이 더욱 꽂혔다. 유리는 결국 알리슨을 데리고 제가 묵고 있던 방 안으로 들어왔다. 문제는 방 안에 니겔이 가져다 놓은 물건들이 즐비했다는 것이다. 알리슨이 본 적도 없는 온갖 해괴한 물건과…….

모형 성기에 알리슨은 어쩐지 부친의 심정이 되어 뒷목을 잡았다. 내 여동생이 혼자 호텔에서 자는 것도 당황스러운데! 방에서 발견된 이 해괴한 물건은 뭐람!

"너 이러고 살아?!"

알리슨은 분연히 외쳤다. 자고로 오빠가 여동생에게 하는 너 이러고 사니, 라는 말에는 상황에 따라 백만 가지 뜻이 따르기 마련이지만 그중에 긍정적인 뜻은 열 손가락도 채 안 된다.

"그래서?"

"……폐하 이름 팔았어요."

설명을 듣던 쎄시아가 킬킬 웃었다. 유리는 입술을 비쭉 내밀고 말을 이었다.

어쨌든 유리에게 성을 주신 위대하신 여왕 폐하의 이름을 팔아치우고서야 알리슨은 겨우 그 해괴한 물건들이 제 여동생의 취미가 아니라 일종의 복지사업이라는 것을 이해했다. 그렇지만 그게 피임하는 물건이라니. 혼기가 꽉 찬 여동생에게, 그것도 벨름에 계신 유리의 부모님에게 '우리 애 좀 잘 돌봐줘요'란 당부를 받은 알리슨이 할 말은 뻔했다.

"너 그렇잖아도 플럼에게는 이야기를 들었어. 나는 처음에 네가 좋은 남자를 만났다고 기뻐했는데……. 혹시 그 공작님하고 결혼 안 할 거야?"

"……."

결혼할 거니, 도 아니고 안 할 거니란다. 유리가 어물거리며 답을 못하자 알리슨은 한숨을 쉬었다.

"그렇잖아도 플럼이 그런 식으로 얘기하기에 대강 짐작은 했지."

"플럼이 그래?"

"걔는 너한테 물어보라더라. 공작님도 네 눈치만 보고 있을 거라고."

플럼 요놈의 계집애! 하고 싶었지만, 플럼도 별달리 할 말은 없었을 것이다. 유리는 한숨을 쉬었다.

"오빠……. 나 사업도 있고……. 하려던 것도 있고……. 당분간은 못 해."

"무슨 사업? 그 광산 사업 망했다며?"

"아, 아직 다 망한 건 아니거든! 광맥 몇 개 남긴 남았는데……."

남긴 남았지만 레스타가 갚아서 그것도 다 레스타 거 됐다. 유리는 알리슨의 눈을 피하며 기어들어 가는 목소리로 말했다. 알리슨은 어쩐지 유리의 엄마가 된 것 같은 심정이 되어 가슴을 치고 싶어졌다. 내 똑똑한 동생! 똑똑한 줄 알았는데 오늘은 대왕 멍청이 같네!

"그런 게 다 무슨 소용이야? 올랭피아가 다 그 공작님 거라며!"

"아, 내가 이럴 거 같았다……."

"그게 무슨 뜻이야?"

"무슨 뜻은요. 저는 오빠를 매우 사랑하지만. 알리슨 오빠에게 그리 큰 기대를 하고 있지는 않다는 뜻이죠."

알리슨은 크게 한숨을 쉬었다. 제 여동생이 이렇게까지 말하면 그는 유리에게 뭐라고 해야 할까.

알리슨은 항상 제 여동생 중에서도 유리가 가장 어려웠다. 그것은 다른 동생들과 달리 자신이 유리에게 크게 신세를 지고 있기 때문이다. 물론 유리의 사고방식이 범인들과 다른 것도 크게 한몫했다.

론다에서 온 제 여동생은 좋은 남자를 만나는 것에도, 결혼해 아이를 낳고 가족을 만드는 데도 별 관심이 없었다. 어릴 적부터 홀로 벨름에서 고아로 자라, 저와 같은 처지의 아이들을 필사적으로 먹이고 기른 알리슨에게는 참으로 이해하기 어려운 사고방식이었다. 여자들이라는 존재에게 가장 큰 행복이란 그런 것이 아닌가?

어쨌든 작금의 상황에서 알리슨에게는 잘못이 없었다. 잘못이 있다면, 알리슨이 너무나 전형적인 발렌시아 인이라는 것이었다. 유리의 불행은 전형적이지 않은 발렌시아 인들만 여태껏 만나와서, 요령 넘치게 제 오빠를 대하지 못했다는 것이고.

본래 처세술이라는 게 생판 남한테는 잘 발휘되는데 제 가족에게는 영 꺼내 보이기 어려운 법이다. 결국 유리는 짜증을 냈다.

"아 여왕님도 나한테 그런 거 안 물어보는데 오빠가 왜 나한테 그래!"

쎄시아는 표정을 구겼다.

"유리. 나는 오빠가 없지만……. 그런 나라도 알겠군."

"……네."

"그렇게 얘기하면 더 화가 났겠는데."

유리가 한숨을 푹 쉬었다.

"저희 오빠 내일 벨름으로 돌아간대요. 삐져가지고."

"이런."

여왕이 씁쓸한 미소를 지었다.

물론 알리슨이 "너 그렇게 말하면 나 집에 갈 거야!"라는 짧고 깔끔한 문장으로 두 사람 사이의 말다툼을 종결시킨 것은 아니다.

"아, 튕기는 것도 작작해! 그러다 그 공작님도 질려서 떠나갈 거라고!"

공작님 절대 안 그래, 라는 말에 알리슨은 "결혼하기 전에는 남자들 다 입안의 혀처럼 살살거려!"라고 대꾸했다. 아니 지금 나한테 결혼을 하라는 거야 말라는 거야. 제 동생을 너무나 걱정한 나머지 – 이 경우에는 그것이 가장 비극적인 포인트다 – 앞뒤가 안 맞는 말을 해대는 알리슨에게 유리도 가시 돋친 말로 대꾸했다.

"그렇잖아도 머리 아파 죽겠는데, 만나자마자 왜 자꾸 이런 말만 하는 거야?"

거시적으로 보지 않아도 당장 닥친 문제는 많다. 유리는 지금 아타락시아에 이름을 두고 있다. 유리가 빠지면서 생기는 손해는, 글쎄. 레스타라면 충분히 메꿀 수 있을 것이다. 그러면 그다음 문제. 유리가 만들던 많은 드레스와 해면과 고무 사업은 어떻게 될까요?

에넌은 절대로 유리에게 그것들을 그만두라고 하지 않을 것이다. 그러나 유리가 라이언하트 공작부인이 되었을 때, 라이언하트 공작부인이 하는 사업들은 유리 클로드가 하던 사업처럼 꼼꼼하고 단단하게 남아 있을까?

사람들은 공작부인에게 아이나 낳으라고 하지 않을까? 올랭피아 영지에나 신경 쓰라고는 하지 않을까? 혹은 공작부인이 영리사업을 한다고 색안경을 끼고 보지는 않을까? 여왕이 비호하는 공작부인의 상점은, 쎄시아의 공정함까지 해치지는 않을까?

유리는 그런 것들을 생각하기만 해도 머리가 터질 것 같았다. 당장 알리슨이 유리를 붙잡고 하는 "너 언제 결혼할 거야?"라는 말에 대답하지 않을 만한 이유들은 너무나 많았다.

결혼 안 하고 싶은 이유를 대라면 백만 가지인데, 결혼하고 싶은 이유는 단 하나다.

그 남자를 사랑해서.

사랑을 하는 것은 절대로 나쁘지 않다. 그러나 그 사랑을 하기 위해 감수해야 하는 것이 너무나 많다. 유리의 딜레마는 그것이었다. 하고 싶은 걸 하는 순간, 해야 하는 일들이 너무 많아진다.

쎄시아는 그게 싫었다.

"불공평하군."

"그렇지요?"

반대의 경우라면 괜찮을 것이다. 에넌이 뭔가를 한다면, 결혼 때문에 그만두라는 소리를 듣지는 않을 것이다. 그게 발렌시아의 사람들이 가지고 있는 가치관이다. 유리가 시무룩하게 말했다.

"저 솔직히 말해도 돼요?"

"그래."

"저 가끔 공작님이 좀 미워요. 왜 공작일까요. 백작 정도만 돼도 좀 괜찮을 거 같거든요."

여왕은 안타깝게 유리의 머리를 쓰다듬었다.

"내가 도와줄 수 있는 게 있다면 좋을 텐데. 아쉽게도 통치의 잔은 사람들의 머릿속까지 바꿔놓지는 못하는구나. 그렇다고 자작 정도로 강등시킬 수도 없고."

"하지 마세요……."

"왜?"

"공작 한 번 만나봤더니 자작은 매력 없어요……."

쎄시아는 결국 웃고 말았다. 울 수는 없지 않은가. 어쨌든 그 와중에 이런 농담을 할 수 있는 유리는, 괜찮을 것이다.

"그럼 다른 걸로 좀 도와줘 보도록 할까."

"뭘요?"

"글쎄. 아침 운동이나 좀 해볼까."

쎄시아가 한쪽 눈을 찡긋했다.

알리슨은 씨근대며 아침이 되자마자 짐을 들고 밖으로 나갔다. 플럼이 불안한 눈으로 짐을 들어다 바깥으로 내려다 놓으면서도 눈치를 봤다.

알리슨은 어젯밤에 저택에 들어오자마자 플럼을 붙잡고 신세타령을 했다. 사람 좋은 알리슨이 죽는소리를 해대는데, 그 소리가 하도 커서 저택에 있던 모두가 알리슨과 유리가 나눈 대화를 전부 알게 됐을 정도였다. 유리는 결국 그날 저녁에도 집에 들어오지 않았고, 알리슨은 더더욱 서운해했다. 멀리서 온 오빠가 집에 간다는데도 화를 풀어줄 생각은 안 하고 모른 체하다니.

물론 알리슨도 자신이 조금 너무했다는 생각은 있었다. 유리가 만나는 남자는 너무 대단한 사람이었고, 아마 자신이 아니라도 유리에게 결혼 계획을 묻는 사람들은 너무나 많을 것이다. 그렇지만 그게 왜? 뭐가 나빠? 알리슨의 상식에서는 나이가 찬 여인은 혼인을 준비하는 게 보통이었다.

그렇잖아도 남들하고 자꾸 다른 길로 가는 여동생이다. 알리슨은 유리가 언제나 항상 행복하길 바랐다. 처음 벨름의 길바닥에서 만났던 조그맣고 되바라진 여자애에게 이런 마음을 품은 것이 신기하기까지 했다. 제 동생으로 받아들인 후에는 언제나 자랑스러웠다. 그렇지만 막상 온 동네방네 여자라고 소문이 난 후에도 여성스럽게 다니기는커녕, 남자애처럼 더벅머리를 하고 바지를 입고 있는 여동생을 몇 년 만에 보니 속상했다. 제 여동생은 누구보다 귀엽고 사랑스러운데!

플럼이 영 미적지근한 표정으로 삯마차를 불렀다고 알려왔다. 제가 사랑하는 또 다른 여동생은 "……언니도 일부러 그런 건 아닐 거야, 오빠. 유리 언니가 좀 원래 매몰찬 것 같은데 속정이 많잖아."라고 알리슨을 위로하기까지 했다. 알리슨은 한숨을 쉬며 플럼에게 웃었다.

"고맙다."

알리슨은 짐을 들고, 털 망토를 단단히 두르고 저택의 대문으로 나갔다. 그리고 조금 당황한 목소리로 물었다.

"저, 플럼? 삯마차를 조금 비싼 걸 불렀니?"

"엥?"

플럼이 눈을 껌벅이며 대문까지 나왔다가 당황했다.

본 적 없는 화려한 마차가 저택의 앞에 서 있었다.

마차는 새벽안개가 낀 길거리에서도 눈에 엄청나게 띄었다. 그야 온통 흰색으로 칠해진 데다가 사방이 금색으로 장식되어 있으니 당연하다. 마차의 겉에는 화려한 장식들이 붙어 있었고, 그 마차를 끄는 말들은 군마 버금가는 늠름함을 띠고 있었다. 마차에 앉았던 마부는 이쪽을 흘끗 보고 실로 세련된 태도로 뛰어내려 인사했다. 그런데 마부치고는 너무 대단히 덩치가 좋지 않나……? 하고 플럼은 생각했다.

어쨌든.

"내가 부른 삯마차는 아닌 것 같은데……?"

"그래?"

두 사람의 대화를 비웃듯 마부가 말했다.

"알리슨 님이시지요?"

"어어……. 예."

"잠깐 타시지요."

"……제가요?"

"옆에 계신 분은 플럼 님이신지요?"

옆에 넋 놓고 서 있던 플럼이 황급히 대답했다.

"예, 예!"

"알리슨 님과, 다른 분이 계신다면 그분도 친절히 모시라는 분부

이십니다."

"분, 분부요?"

알리슨이 눈알을 굴리다가 물었다.

"혹시 공작 각하이신가요?"

마부는 표정 변화 없이 대답했다.

"여왕 폐하십니다."

알리슨이 기절하지 않은 건, 그러니까 여왕의 마차 앞에서 기절했다가는 함부로 그녀의 앞에서 누웠다고 목을 베일지도 모른다는 생각 때문이었다. 어쨌든 유리가 여왕 폐하와 일하고는 있었지만, 그녀가 말하는 여왕 폐하와 알리슨이 알고 있는 여왕 폐하는 상당히 다른 존재였기 때문이다.

유리는 무슨 빵이라도 씹듯이 툭하면 여왕 폐하 이름을 댔지만, 알리슨은 그 모든 게 핑계라고 생각하고 있었다. 유리가 툭하면 여왕 폐하 이름을 대고 도망가고 있다는 정도는 꿰뚫어 보고 있었다.

알리슨은 식은땀을 흘리며 간신히 마차 안으로 들어갔다. 그리고 또 넋을 놓을 뻔했다.

무슨 마차가 이렇게 커?!

마차는 과장을 좀 보태자면 방 하나만 했다. 여기서 자래도 잘 수 있겠다……가 알리슨의 감상이었다. 그러나 알리슨은 그 가운데에서 빛나는 붉은 눈을 마주했다. 홀릴 듯이 아름다운 얼굴, 느슨하게 땋아내린 금발머리. 여왕폐하였다.

플럼이 알리슨보다 빨랐다.

"폐, 폐폐폐폐하를 뵙습니다."

너 언제부터 그렇게 동작이 빨랐어?! 알리슨은 내적비명을 지르고 같이 무릎을 굽혔다.

"두 사람 다 편히 앉아."

예, 편히 앉겠습니다. 그러니까 돌바닥에 꿇어앉을까요? 아니면 마차 바깥에? 그렇게 생각하는 알리슨에게 누군가 방석을 건넸다. 옆을 돌아보니 친절하게도 웃는 시녀가 있었다. 여왕의 존재감이 얼마나 센지, 시녀가 있는 줄도 몰랐다. 알리슨은 그 방석을 마차 바닥에 깔고 무릎을 꿇었다.

"아침부터 놀라게 해서 미안해. 유리에게 그대들을 꼭 만나고 싶다 말했는데, 오늘 돌아간다는 말에 좀 서둘렀더니 통보도 없이 그대들을 불러 앉힌 꼴이 되었지."

"처처처천만의 말씀……."

"고개를 들어. 짐은 고개를 숙인 자들하고는 말하지 않아."

그 말에 두 사람은 빠르게 고개를 들었다. 황홀하도록 아름다운 얼굴이 싱긋 이쪽을 향해 미소를 보내고 있었다.

"내 기사가 많이 놀래켰나 보군."

기사? 두 사람은 서로를 쳐다봤다가 방금 전의 그 마부가 기사라는 것을 깨달았다. 입 밖으로 마부님이라고 말하지 않아서 정말 다행이었다. 그 기사라면 화를 내지는 않았을까? 그러나 여왕은 두 사람이 상황판단을 하는 것을 기다려주지는 않았다.

"내가 찾아온 건 미안하고 고맙다고 말하기 위해서야."

……예? 두 사람은 귀를 의심했다. 여왕 폐하가 우리에게 미안할 일도, 고마워할 일도 없을 텐데. 그러나 곧 둘 다 알아차렸다. 이것은 유리의 일 때문일 것이다. 무슨 일이지. 알리슨은 눈을 끔벅거렸다. 내가 설마 유리 때문에 여왕폐하에게 감사받을 일이 있는 걸까? 대체 뭘까?

쎄시아가 입을 열었다.

"그리 어여뻐하는 동생을 내가 살뜰히 부려먹어 미안하고, 또 이해해주어 고맙소."

이해해? 뭘?

"아무래도 혼기 찬 여동생이 일에만 정신을 파는 것은 오빠로서는 영 마뜩잖은 일이겠지. 그렇지만 알리슨. 그대가 유리를 응원해주었다고 들었소."

"제……가요?"

"그래."

알리슨이 얼떨떨하게 되물었다. 쎄시아가 웃었다.

"나는 나쁜 왕이라서, 능력 있는 자들은 꽤 혹독하게 부려먹지. 그건 여자라도 가차 없어. 이 나도 하루에 두세 시간만 자며 일하는데 여자라고 해서 기용하지 않거나, 일을 덜 시키거나 하지는 않아. 그리고 유리는 그런 나를 이해할 수 있는 유일무이한 사람이야."

쎄시아는 '능력 있는'과 '이해' 그리고 '유일무이'에 유독 힘을 주었다. 얼마나 똑바르게 발음하는지 알리슨의 귀에 마치 칼처럼 사정없이 박혀 들어갔다. 여왕은 말을 이었다.

"론다에서 온 작은 여자아이가 얼마나 뛰어난지, 보시겠소?"

여왕이 마차에서 일어나 두 사람에게 다가왔다. 한 걸음에 불과했지만 그 바람에 털옷으로 가려졌던 여왕의 실루엣이 보였고, 두 사람은 눈을 의심했다.

여왕은 남자들이나 입는 바지를 입고 있었던 것이다. 그것도 날씬한 가죽바지.

쎄시아는 두 사람이 공황에 빠질 틈도 주지 않았다. 가죽바지를 입은 여인은 알리슨의 앞에 한쪽 무릎을 꿇고 앉아버렸다. 알리슨은 황송하다 못해 거의 기절할 것 같은 기분이 되어 넙죽 엎드렸으나, 쎄시아는 알리슨을 일으켜 시선을 맞췄다. 강렬한 붉은 눈이 알리슨의 눈을 응시하곤 확 휘어졌다.

"유리는 그대와 분명 피가 섞이지 않았을 텐데……. 아주 많이 닮았군."

"황, 황공합니다……."

"유리는 내게 바지를 입혔다오."

"그……."

"그리고 수도 여인들의 코르셋을 바꿔주었지. 손수건을 떨어트리면 남자가 주워주길 기다려야 했던 여인들은 이제 몸을 굽혀 제 손수건을 주울 수 있게 되었어. 아스완 후는 유리 덕분에 기록적인 아마 매출을 올렸고. 나는 만성적인 소화불량에 시달려왔는데 유리가 만든 옷을 입은 이후로는 식사를 편안히 할 수 있게 됐어. 다 그대 덕분이야."

"제가 어떻게……."

"유리가 그러더군. 다 알리슨 오빠의 응원 덕분이라고."

알리슨은 눈알을 굴렸다. 제게 바락바락 대들던, 드센 여동생이 그랬다고? 그리고 여왕의 다음 말이 쿵 박혔다.

"나는 가족이 없어."

"……."

"하지만 나도 의형제는 있지. 그대도 아는, 에넌 말이야. 그래서 그럴까. 유리는 가끔 오빠가 자신에게 쓸데없는 잔소리를 한다고 투덜대지만 그래도 한 가지는 알겠더군. 누군가의 응원을 받는 사람이 얼마나 열심히 일할 수 있는지 말이야."

이 자리에 에넌, 하다못해 밴딧이라도 있었다면 그렇게 말했을 것이다.

아, 함락됐네요.

쎄시아 발렌시아는 실로 그럴싸한 전략으로 알리슨을 함락시켰다. 유사가족을 가진 여왕님은, 알리슨을 추켜세우며 자신과 동일시했다. 알리슨은 황공해 죽을 것 같았으며, 동시에 의문에 휩싸였다.

내가 유리를 응원했던가? 비록 어제 싸우긴 했지만, 알리슨은 항상 유리를 자랑스러워했다. 그건 주지의 사실이었다. 알리슨의 얼굴에 조금이나마 미소가 떠올랐다.

"그렇습니까……."

"나의 동생도 아마 유리의 그런 부분들에 매료됐을 거라고 생각해. 이렇게 급히 갈 줄 알았다면 내가 미리 자리라도 만들 것을. 바쁘다는 핑계로 미처 신경 쓰지 못했어."

쎄시아가 퍽 불쌍한 표정으로 눈썹을 누그러트렸다.

"혹시, 무슨 일이라도 있는 것이오? 이렇게 빨리 갈 까닭이……."

"아, 아닙니다!"

알리슨이 황급히 답했다.

"저의 동생이 폐하의 은덕을 입어 바쁘게 일하는 것을 보고, 오빠로서 도움은 되지 못할망정 폐를 끼치는 것 같아서 벨름으로 돌아가려던 참이었습니다."

플럼이 존경스러운 눈으로 알리슨을 쳐다봤다. 오빠 거짓말 진짜 완전 잘한다.

쎄시아는 그 눈빛을 보고서도 못 본 척 말했다.

"이런. 유리는 그렇게 말하지 않았는데. 어제 유리는 나의 성에서 일하다 미처 집에 돌아가지 못했다오. 오빠를 배웅하지 못할 것 같다고 애석해하기에 내가 대신 배웅하겠다, 했지. 그게 이렇게 되었지만……."

쎄시아가 은근하게 물었다.

"그대가 떠나려는 것은 여동생을 아끼는 오빠의 마음에서 비롯된 것이겠지만, 오빠를 사랑하는 여동생의 마음도 헤아려주면 어떨까. 혹시 시간이 허락한다면, 나의 성에 그대를, 그리고 플럼까지 두 사람을 초대하고 싶은데."

그 말이 뜻하는 바는 명백했다. 이번에야말로 알리슨도 빠르게 답했다.

"며, 며칠 더 있겠습니다."

"며칠만?"

"한 달 더……."

그러니까, 순박한 알리슨은 온갖 능구렁이들과 매일 얼굴을 맞대는 쎄시아 발렌시아의 상대가 되기에는 영 부족했다. 그 대영주들을 상대로 시종일관 떠들고 협상하는 여왕이다. 알리슨이 이겨낼 수 있을 리 만무했다. 쎄시아는 마지막으로 쾅 하고 도장을 찍었다.

"감사하오. 노처녀 여왕 아래서 결혼도 하지 못하게 만드는 것 같아 항상 유리에게 미안하다오."

"……천만에요. 그러니까 여, 여왕님께서는 저희들을 위해……."

알리슨이 말을 더듬거리다 얼굴을 붉혔다. 쎄시아는 눈을 찡긋했다.

"유리 또한 발렌시아를 위해 제 개인사도 미루고 큰일을 해 주고 있으니 그대 또한 내 유리를 응원해주시겠지?"

내 유리란다. 알리슨은 묘한 기분에 사로잡혔으나 이내 고개를 끄덕거리고 말았다. 쎄시아는 더 이상 가타부타 말을 붙이지 않고 손가락을 튕겼다. 한쪽만 열리는 줄 알았던 마차의 문이 활짝 열렸다. 저도 모르게 뒤를 돌아본 알리슨은 얼어붙고 말았다. 저택의 정문 안에, 엄청난 상자들이 쌓여 있었던 것이다.

"유리를 보내주어 고맙소. 본디 내 동생이 해야 할 일이겠지만, 아주 중요한 일 때문에 두 사람은 사정상 아직 약혼하기 어렵다오."

약속이라도 한 듯, 갑작스레 나타난 하인 하나가 알리슨에게로 다가와 마차 밖에서 상자 하나를 건넸다. 알리슨은 주저앉은 채로 얼떨떨하게 그 상자를 받아 들어 열어봤다. 상자를 열자, 그 안에서 찬란한 빛무리가 퍼져 나왔다. 무섭도록 번쩍이는, 손가락 한 마디만 한 다이아몬드였다.

"말로 하는 약속보다 때론 눈에 보이는 물질이 더 와 닿을 때가 있지. 약소하지만 받아줘. 내가 미리 주는 선물이라네."

그럴 것이라는 뉘앙스로 충분했다. 유리는 나의 동생과 결혼할 것이다. 약혼을 할 것이다. 그래야 하지만 중요한 일 때문에 조금 어렵다. 물론 그 중요한 일은 오로지 유리가 하고 싶은 일들 때문이지만. 안 중요한 일들은 아니잖아. 그러니까 오빠라는 분, 유리에게 잔소리는 그만해 주세요. 알겠지요?

물론 에넌이 알면 엄청나게 투덜거릴 것이다. 그렇지만 때로는 남들이 등을 떠밀어줘야 하는 일도 있다. 특히 이런 종류의 일에는. 쎄시아가 건넨 다이아몬드는 반지로 만들지 못할 정도로 컸다. 저거 한 알이면 아마 정원이 딸린 작은 저택 하나 정도는 지을 수 있을 것이다. 쎄시아는 그 보석이 조금도 아깝지 않았다. 유리뿐만 아니라, 제 동생의 연애를 위한 일이다.

결혼을 서두르지 않는 유리와, 유리를 존중하는 덜떨어진 동생놈을 쎄시아는 이해하지만, 그런 것이 통하지 않는 사람도 있다. 이럴 땐 그저 웃어른들이 적극적으로 구는 게 최고다. 에넌의 웃어른은, 나지.

알리슨은 정말 기절할 것 같은 표정으로 그 상자들을 보다가 쎄시아에게 절했다.

“걱정하지 마세요, 폐하! 유리에게 아주 멋진 선물을 주셨다고 그대로 전하겠습니다! 폐하의 마음 씀씀이도 제가 감히 짐작하지 못했지만…….”

아마 이걸로 당분간 알리슨은 유리에게 별말 하지 않을 것이다. 결혼이든 뭐든.

군인들과 어울렸던 것이 이럴 때는 도움이 됐다. 어쨌든 유리의 가족들이 철저히 평민의 감각을 가지고 있다면 쎄시아는 그들을 높은 사람의 감각으로 대하는 것이 최고라는 걸 익히 알고 있었다. 여왕폐하가 직접 나서서 얘, 네 동생 부려먹어서 미안해. 그런데 국가의 중대사라서. 이해 좀 해, 하고 말하는데 거기에 대고 불평할 사람은 없을 것이다.

게다가 이런 미인 여왕님이 눈까지 찡긋하는 데야.

쎄시아는 홍알홍알 녹아버린 알리슨을 도로 저택에 들여보내고, 발렌시아 성으로 돌아가며 어제저녁의 유리가 했던 말을 생각했다.
‘아, 누구든 오빠가 나한테 결혼 소리 안 하게 만들어 주면 영혼도 바칠 거예요!’

짜증 안 내게 만들어 줬으니 이제 영혼을 뽑아낼 정도로 부려먹는 일만 남았다. 쎄시아는 다각다각 마차 바퀴가 구르는 소리를 들으며 홀로 생글생글 웃었다.

4
화려한 것이 좋을 수도 있지

칼 같던 겨울바람이 슬슬 둔해지자 각지의 대영주들은 슬금슬금 수도로 나설 채비를 했다. 봄의 대연회 때문이다. 지난봄의 대연회 때는 여왕이 그야말로 홀로 다 해 먹었다. 이번에야말로 대연회에서 돋보여 세력 있는 대영주로 발돋움해야 했다. 혼기를 맞은 청년과 처녀들도 마찬가지였다. 봄의 대연회에서 좋은 상대를 만나고, 사교계에 이름을 떨치리라!

그리고 그 모든 채비는 여왕이 대륙 전역에 일제히 보낸 공문 한 통에 좌절됐다. 엄청난 수식어로 장식된 편지는 요약하자면 이것이다.

봄에 바쁘다.

다들 파종이나 하시오.

대신 여름에 봅시다.

급한 일 있으면 답장으로 용건을 전하시오.

그 외에 봄의 대연회에서 알려줄 일은 서신으로 같이 동봉했소. 바뀐 법도 있고 이거저거 많으니까 읽어보고 문의 사항 있으면 편지 보낼 것.

대영주들은 당황했다. 봄의 대연회를 스킵하고 지나간단 말인가? 정말로?

정말이었다. 여왕은 눈코 뜰 새 없이 바빴다. 발렌시아 바로 옆에 붙은 새 도시구역 때문이었다. 벌판밖에 없던 곳을 새 도시구획으로 정비하고 빈민들을 모조리 이주시켰다. 치안 걱정은 물론이고, 동쪽의 대영지들이 급작스럽게 봄 가뭄이 들어 그쪽에 식량을 보내는 것도 시급했다. 서쪽 해안에서는 해적들이 생겨났다. 여왕은 짜증이 났다.

"내가 지금 춤이나 추고 있어야겠나!"

일렉사 백작부인은 무표정하게 대답했다.

"폐하가 연애 안 한다고 이렇게 매정하게 구시면 삼대에 걸쳐 원한을 살 겁니다."

그래서 여왕이 얼굴도 안 비치는 연회 하나가 작게 열리게 됐다. 구색 맞추기에 불과하지만, 뭇 대영주 가문 부인들이 시집 장가 못 간 자식놈들 때문에 여왕을 원망하기 전에 임시방편으로 여는 것이다. 그리고 그 연회를 여는 사람은…….

"……차라리 저한테 대륙을 한 바퀴 돌고 오라고 명령하십시오."

연회 개최자로 지목된 에넌이 이마를 짚었다. 쎄시아는 그런 에넌을 본 척도 하지 않았다. 해적 때문에 해군 편성 예산안 서류를 들여다보느라 정신이 없었기 때문이다.

"닥쳐. 나 해적 때문에 머리 아파."

"저야말로……. 젠장. 해적을 무찌르고 오라면 오겠습니다."

"너 수영 못 하잖아."

에넌이 신음을 흘렸다.

"수영은 제가 아니라 배가……."

"불쌍한 에넌 라이언하트, 해적의 칼을 피하다 바다에 그 목숨을 버렸네~ 같은 노래가 전 대륙에 걸쳐 불리는 꼴을 나보고 보라고?"

"……."

가능성 있는 말이었기에 에넌은 침묵했다. 쎄시아는 서류에서 눈을 떼지 않은 채 말했다.

"다들 영지 놔두고 딸 아들 수도로 기어 올려 보내고 시집 장가는 나보고 책임지라는데, 나는 바쁘고. 호호 할아버지인 단딜리온 재상이나 일렉사 백작부인보고 청춘남녀들 오는 무도회를 열라고 할 수는 없잖아."

"저는 뭐 다릅니까?"

그제야 쎄시아는 눈을 가늘게 뜨고 에넌을 바라보았다.

"그야 네 인내심 수준이 호호 할머니 할아버지의 것이라는 건 알고 있지."

모르는 사람이 들으면 저 사람이 참 인내심이 많구나, 혹은 참을성이 대단하구나. 아니면 인품이 좋은가보다 할 것이다. 그러나 여왕이 말하는 뉘앙스는 다분히 섹슈얼했고, 불쌍한 여왕의 동생은 얼굴이 새빨개지고 말았다.

"그, 어떻게……."

"뭘 어떻게야? 아무튼 네가 열어. 네 이름으로 열어야 돼."

"저 수도에 저택도 없습니다!"

"하나 사."

막무가내다.

"저택이 뉘 집 개 이름입니까."

"개 한 마리 키울까 보다. 이름은 저택."

"욕해도 됩니까?"

"해도 돼. 대신 하는 순간 저택 사기."

"젠장."

"저택 사는 거다?"

에넌은 신음을 흘렸다. 어차피 저택 사게 될 걸 좀 센 욕 할걸. 그러나 쎄시아는 다른 생각이 있는 모양이었다.

"발렌시아 외곽에 구획 정돈하는 김에 저택 한 채 지어놨어. 정원도 있고, 분수도 있고, 연회 홀도 있고, 엄청 넓어. 뒤에는 숲도 하나 있지."

"……그거……."

"어."

쎄시아가 씩 웃었다.

"치안 나빠서 안 되겠어. 네가 가서 살아."

"……부자 되시겠습니다."

동생 사는 집까지 알뜰하게 써먹으니 하는 말이다. 에닌은 한숨을 내쉬었다. 쎄시아가 말하는 구획이란 뻔했다. 빈민촌 사람들이 이주한 구역이다. 쎄시아는 그 구역의 이름을 씨씨라고 불렀다. 여왕의 애칭이다.

빈민들이 가서 사는 구역이니 사람들은 그쪽을 꺼려하고 비하하려고 했다. 그러나 여왕은 제 이름을 붙여버림으로써 사람들이 함부로 그 구역을 비하하지 못하게 만들었다. 그러나 여전히 치안이 나빴고……. 결국 쎄시아는 그곳의 외곽에 제 동생의 대저택을 지어놓은 것이다.

"……어쩐지 희한하게 큰 집이 있다 했습니다."

"뭔 줄 알았는데?"

"관공서라도 되는 줄 알았죠."

에닌 또한 기사들과 그 구역을 돌아본 적이 있다. 그때는 새로 지은 구획에 왜 이렇게 큰 집이 있나 했는데, 이제 보니 제 집이었던 모양이다. 연회 홀까지 지어놨다니 아주 작정한 게 틀림없다.

어쨌든 공작이 살게 될 곳이다. 씨씨 구역은 앞으로 발렌시아 경비대가 가장 주의 깊게 순찰하는 곳 중 하나가 될 것이다. 쎄시아는 어깨를 으쓱했다.

"너만 거기서 사는 거 아니야."

“그러면요?”

“네 부관 결혼한다며?”

“……그건 또 언제 들으셨습니까.”

“며칠 전에. 유리한테.”

에넌은 머리를 긁었다. 밴딧은 결국 어찌어찌 아이비와 결혼 이야기까지 진전시키는 데 성공한 모양이었다. 아이비의 가족들은 흔쾌히 밴딧을 반겨주지는 않은 모양이지만, 아이비가 용케 결혼을 결심했고……. 밴딧은 여름이 되기 전에 결혼식을 올릴 거라며 요즘 잔뜩 들떠서 성 안을 날아다녔다.

“여왕 폐하 선물이라고 전해 줘.”

“……결혼하는 관리마다 집 사주시게요?”

“무슨 소리야. 월세 내라고 해.”

“……진짜요?”

“거짓말인데.”

에넌은 가자미눈을 뜨고 제 누이를 쳐다봤다.

“요즘 심술이 늘어나신 것 같습니다?”

“그래? 착각 아닐까?”

“아닌 것 같은데요……. 카움 소영주 때문입니까?”

쎄시아가 어깨를 으쓱했다. 요즘 쎄시아의 말투가 부쩍 얄미워진 이유를 에넌은 니겔 굴랍 카움에 돌리고 있었다. 그 검은 피부의 호남은 어느 날부터 갑자기 쎄시아에게 호감을 고백하며 내내 쎄시아의 곁을 맴돌았던 것이다. 쎄시아는 그를 썩 마음에 들어 하지는 않았던 것 같지만……. 최근에는 어느샌가 자주 그를 만나고 있었다.

"그는 질이 나쁩니다."

"원래 불량식품이 더 맛있다잖아."

"……누님."

"알아."

쎄시아가 웃었다.

"너 때문인지. 요즘 장사치들이 좋더군."

"……."

"네 걱정이나 해."

"저는 연애합니다."

"아니, 연애 말고. 연회 열었으면 춤도 춰야지."

에넌은 신음을 흘렸다.

"춤이요?"

"안 추려고 했어?"

쎄시아가 눈을 가증스럽게도 동그랗게 떴다.

"미혼 남녀 불러놓고 연회 여는 미혼의 공작님이면 춤도 춰야지."

"미혼 남녀 불러놓고 연회 여는 미혼의 여왕님은 춤 안 추셨잖습니까."

"난 왕이니까 내 맘대로 해도 돼."

"저도 연회 주최자입니다만?"

"넌 왕 아니잖아. 왕 말 들어."

"별명 하나 더 늘리고 싶은데, 괜찮겠습니까?"

"뭔데?"

"반란을 두 번 일으킨 남자."

처음은 아빗사고. 쎄시아가 킬킬거렸다.

"반란 꾸밀 시간에 춤 연습해."

"왜요!"

"유리 작위 줄 거야."

"성심을 다하겠습니다."

에넌의 빠른 태세전환을 보고 쎄시아가 미심쩍게 물었다.

"유리한테 배웠냐."

"누님이 그 놈팡이의 말투를 배우셨듯이요."

에넌이 너스레를 떨었다. 옮았군, 옮았어. 쎄시아는 서류를 책상 위에 가볍게 던지고는 손깍지를 껴 배 위에 올렸다. 참으로 시건방진 포즈가 완성됐다. 왕이니까 괜찮았다.

"준남작위 줘 놨더니 깔보는 놈들이 하도 많아서 안 되겠어."

"누가 들으면 누이가 유리 애인인 줄 알겠습니다……?"

"그러니까 네가 좀 잘 해."

"제가 나서면 유리가 화냅니다."

"유리도 훌륭한 개 주인이 다 됐군. 목줄이 아주 튼튼해."

남매가 너나 할 것 없이 동시에 킥킥 웃었다.

쎄시아가 시켜서이긴 하지만, 유리는 아타락시아를 통해 두 가지를 팔았다. 하나는 해면으로 만든 탐폰이고, 하나는 콘돔이다. 아타락시아가 드디어 타락해 악마의 물건을 팔고 있다는 소문이 번졌다.

그럼 여왕님은? 악마의 물건을 쓰시니 악마인가? 유리의 물음에 다들 입을 다물었으나, 시비가 잦아졌다. 등성한 유리에게 괜히 시비를 거는 할배들이 늘었다. 유리는 들은 체도 안 했지만, 그 광경을 본 시녀들이 쎄시아에게 여러 번 일러바쳤다. 쎄시아는 유리의 작위를 올려주기로 결심했다. 자고로 말이 안 통하는 보수할배들은 소셜 포지션으로 찍어 누르는 게 최고다.

"뭐 주지?"

"화끈하게 후작 하시죠."

"민중의 불꽃에 화려하게 죽음을 맞이하는 여왕이 되겠군."

"통치의 잔 있는데 무슨 걱정입니까."

비아냥에는 비아냥으로. 쎄시아는 메기 같은 입 모양을 하고 비쭉거렸다.

"후작은 안 돼."

"왜요."

"아직 상속법 못 뜯어고쳤어."

에넌이 입을 다물었다. 쎄시아는 책상에 잔뜩 쌓인 양피지를 뒤적거리다가 하나를 찾아내 에넌에게 던졌다.

"이거 봐."

도로와 세금만 정비했다면 쎄시아가 하루에 세 시간 자는 비극은 없었을 것이다. 쎄시아는 대륙법을 통째로 새로 편찬하고 있었다. 덕분에 온갖 대영지에서 법전만 연구하던 학자들이 죄 발렌시아에 있었다.

"상속법 개정은 여름부터야. 그 전에 준 작위들은 유리가 결혼하면 남자 형제한테 귀속돼."

"그런 법이……."

"있더라고. 발렌시아에."

쎄시아는 볼을 긁었다. 지금 발렌시아의 법은 발렌시아가 아빗사의 영지였던 시절, 왕국의 법을 대충 따르고 있었다. 그렇지만 왕국의 법을 대륙 전체에 적용할 수 없었다. 예를 들면 봄의 파종 기간에 남의 볍씨를 훔치면 형량이 더 커졌지만, 서부의 벨름 같은 도시들은 연중 날씨가 일정하므로 형량을 가중할 필요가 없었다. 동쪽의 대영지들은 일부다처제가 아직도 성행했다. 그걸 다 뜯어고치느라 쎄시아는 죽을 맛이었다. 그 와중에 상속법이라니. 설마.

"후작위 줘 놨더니 너랑 결혼하면 엉뚱하게 개 형제나 걔네 아빠가 후작 하는 거라고. 높은 작위 줄 거면 상속법 개정 후에 줘야 돼. 적당히 자작까진 괜찮은데 나머진 곤란해. 아무것도 모르는 평민 출신 후작이 너랑 갑자기 처형 하면서 맞다이 뜬다고 생각해봐."

"맞다이……."

에넌이 신음했다.

"그런 단어는 대체 언제 어디서 배우신 겁니까……."

"그런 게 중요해?"

"저 말고 단딜리온 재상한텐 중요할걸요. 아무튼."

에넌이 눈을 껌벅였다.

"그럼 개정 후에 그녀에게 작위를 주면 작위가 갱신될 거고……."

"그래."

쎄시아의 눈이 빛났다.

"결혼 후에도 작위가 본인에게 귀속되도록 할 거야."

에넌이 헛웃음을 흘렸다. 여태까지 작위는 결혼 상대의 작위가 더 높으면 낮은 작위는 형제들에게 건너갔다. 그러다 보니 엉뚱하게 작위만 가진 귀족들이 늘어나 있곤 했다. 쎄시아가 연금을 없앤 것은 그런 무능력한 이들에게 들어가는 세금을 없애기 위해서였다.

게다가 그 양피지에는 다른 것도 쓰여 있었다. 자식의 성별에 상관없이 그 출생순서에 따라 재산이 상속될 것. 여자도 남자 형제보다 훨씬 많이 상속받을 수 있는 법이었다. 에넌은 흥미진진하게 양피지를 읽어 내렸다.

"여자들이 재산을 상속하다니 천지가 개벽할 일이라는 사람들이 생기겠군요."

"그런 자들은 나도 왕관 쓰고 있는 건 눈에도 안 들어오나 봐."

쎄시아가 어깨를 으쓱했다.

"아무튼 연회 열어. 안 그러면……."

"안 그러면요?"

"유리가 너랑 결혼을 언제 하든지 간에 결혼 직전에 공작위 줘서 너랑 부부싸움 할 때마다 작위로 맞다이 뜨게 할 거야."

아무튼 농담 수위가 부쩍 올라갔다니까. 에넌이 투덜거렸다.

⁂

난데없는 춤 주문에 경악한 것은 에넌뿐만은 아니었다.

"그런 의미에서 저랑 춤추셔야 됩니다."

"제가 왜요!"

"작위 주신답니다."

"아, 그깟 작위. 돈 주시는 것도 아니잖아요."

에넌의 예상외로 유리는 좀 툴툴댔다. 예전처럼 넙죽 받을 줄 알았는데. 에넌은 피식 웃었다.

"자작위부터는 국가기간사업 협조하면 연금 나옵니다."

"얼마요?"

"협조 정도 따라서 다른데 아마 연 10만 싱?"

"애개."

유리가 코를 후비는 시늉을 했다. 어쨌든 연회는 여러 가지 이유가 있었다. 여왕에게 새 저택을 받은 에넌의 집들이 비슷한 느낌도 있었고, 여왕이 열기 귀찮은 미혼 남녀 쌍쌍이 짝짓기 파티를 에넌 이름으로 대신 치르는 것이기도 했다. 그리고 유리가 작위를 받는 것도 이리저리 광고할 예정이었다. 그야 남들은 작위 받았다고 이렇게까지 광고 안 하지만.

"저 예뻐하신다고 광고하고 싶으신 거면 그냥 남들 앞에서 뺨에 뽀뽀나 한 번 해 주시면 되는데."

유리가 투덜거렸다. 에넌이 웃었다.

"제가 해도 됩니까?"

음흉한 속셈이 가득 담긴 말에 유리가 싫은 척 웃으며 에넌의 어깨를 밀었다.

"뭐긴요. 예뻐한다고 광고하려는 겁니다."

요즘 부쩍 희한하게 남자는 얼굴이 두꺼워졌다. 쎄시아가 유리의 집에 들렀다 간 그날 이후로, 알리슨과 알리슨이 잘 얘기해놓은 유리의 부모님은 유리가 뭘 하든 과하게 응원해주었다. 그야 그 여왕님을 한번 보면 다들 그렇게 된다지만……. 확실히 얼굴이 깡패라니까.

"무슨 생각 합니까?"

"음, 폐하 생각?"

"제 앞에 있을 때는 제 생각만 하면 안 됩니까?"

유리가 눈을 부릅떴다가 민망하게 웃어버렸다.

"이런 말도 할 줄 알았어요?"

에넌은 젠체하며 유리를 홀 가운데로 이끌었다.

"조금 적극적으로 나서지 않으면 안 되겠다 싶더군요."

"왜요, 갑자기?"

"요즘 자꾸 누이가 유리를 보고 내 유리라고 한단 말입니다."

남자가 투덜거리면서도 유리의 허리를 손으로 짚었다. 자연스럽게 유리의 손을 마주 잡고, 나머지 손은 에넌의 반대쪽 상박에 가져다 놨다. 하나 둘 셋 하나 둘 셋. 첫 음악은 대부분 같은 박자인데, 그때 한 번만 추고 말 거니까 박자 맞춰서 발을 움직이면 됩니다. 좋아요. 잘하고 있어요.

유리는 능숙하게 자신을 리드하는 미남이 신기했다.

"이런 거 언제 배웠어요?"

"예전에 배웠습니다. 누이가 어린 시절 배울 때 키가 맞는 상대가 저뿐이었죠."

열다섯 살의 쎄시아와 열한 살의 에넌을 상상했다. 귀여워서 코피가 나오려고 했다. 유리는 킥킥 웃으며 에넌의 품에 얼굴을 묻었고, 에넌은 곤란한 표정으로 유리를 안아 올렸다.

"이런. 한 스텝 돌기도 전에 이래버리면 언제 배우려고요."

"내일?"

"내일은 시간도 없으면서."

둘 다 바빴다. 유리는 여왕에게 계속 계속 부려먹혔다. 에넌은 제게 주어진 새 저택을 단장해야 했다. 저택 단장 같은 건 안주인이 있으면 좋았겠지만, 그렇지 않아서 일렉사 백작부인이 도와주고 있었다. 여왕 대신 연회를 열어야 하는 입장이니 특별히 도와주는 거라던가.

그나마 연회 홀이 가장 먼저 단장되어 에넌이 둘러보러 온 참에, 유리도 시간을 내어 이곳으로 온 것이었다. 오늘은 긴 치마를 입은 유리를 보고 에넌이 빙그레 웃었다.

"잘 어울립니다."

"그래요?"

"저는 저와 춤추기 위해서 일부러 입고 온 줄 알았습니다."

"알았으면 바지 입었죠. 그쪽이 몇 배는 편한데."

"그런가요?"

"아, 물론 연회 때는 치마 입을 거지만."

에넌의 표정이 미묘해졌다.

"유리. 저 때문에 그러는 거면 굳이 노력 안 해도 됩니다."

"네?"

"연회 때 바지를 입어도 된다고요."

제 팔에 올라앉은 유리의 갈색 속눈썹이 팔락팔락 움직였다. 에넌의 연인은 가끔 생각에 잠길 때면 표정이 없어지는 순간이 있었다. 에넌은 이럴 때마다 괜히 초조해지곤 했다. 자신이 뭔가 잘못한 것 같아서. 혼날 것만 기다리는 꼬마 남자애 같은 기분이 드는 것이다.

"음, 제가 바지를 입길 바라시나요?"

유리가 평온하게 물었다. 에넌은 어쩐지 등골이 서늘했다. 어쩐지 기시감이 드는 질문이었다. 그러니까……. 그, 작년쯤에 이런 일이 있었던 것 같은데. 맞다. 제가 겉모습이 중요하냐고 투덜댔던 그때의 이야기다. 말을 잘 골라 하지 않으면 혼날 기세였다. 그렇지만 섣불리 거짓말을 하면 더 혼날 것이다. 에넌은 머뭇머뭇 말했다.

"바라는 건 아닙니다. 그저 유리가 편안했으면 좋겠어요."

"음, 저는 물론 편한 걸 좋아하지만요, 에넌."

유리는 에넌의 어깨를 두들겨 내려놔달라고 부탁했다. "에넌이 이렇게 절 들어 올리는 걸 저는 좋아하지만, 가끔 꼬마 여자애가 된 것 같은 기분이 들 때도 있다니까요." 유리가 슬쩍 투덜거렸다. 에넌은 죄를 지은 기분으로 유리의 눈치를 봤다.

"정원도 정비 중이랬나요?"

"예. 정원은 좀 정신이 없을 겁니다. 흙을 다 엎어놔서……."

"그럼 저택 안을 좀 걸을까요?"

유리가 에넌의 팔을 잡아당겼다. 기분이 상한 것 같지는 않았다.

"에넌. 제가 그때 얘기했지요? 아름답게 꾸미는 게 나쁘냐고."

"예."

"사실 저는 꾸미는 걸 남에게 강요하는 건 나쁘다고 생각해요."

저택은 아직 채 모양을 갖추지 않은 채였다. 유리창들에는 커튼이 하나도 붙어 있지 않았고, 바람을 막기 위한 태피스트리 하나 없었다. 그레이트 홀의 한쪽에는 바닥을 깔기 위한 장식재가 잔뜩 쌓여 있었다. 에넌은 유리와 만나기 위해 오늘 저택의 공사 인원들을 모두 쉬게 한 참이었기에, 저택 안에는 사람이 별로 없었다. 유리는 그 안을 천천히 걸었다.

"굳이 꾸미고 싶지 않은 사람한테 예쁘게 꾸미는 걸 강요하는 건 좋지 않죠. 남들이 보기 좋으라고 내가 번거로운 건, 글쎄요. 내 귀찮음을 감수한 예쁨이 내게는 무슨 의미가 있겠어요."

"그렇군요."

"그렇지만 반대로 말하자면, 내가 편해지자고 남들이 불편해진다면 그것 또한 무슨 의미가 있겠어요?"

"……."

유리는 에넌의 손을 잡고 계단을 올랐다. 카펫이 아직 깔리지 않은 바닥을 걸을 때마다 타박타박 발소리가 났다.

"저는 물론 지금도 바지를 입어요. 그건 제가 남자로 보이길 바라서가 아니라, 그게 편하고 움직이기 쉽기 때문이죠. 하지만 모두가 아름답게 성장한 곳에서 저 혼자 편해지자고 바지를 고수한다면 폐하는, 그리고 에넌은 꽤 재미있는 이야기를 들을 거예요."

"……."

"저는 저 하나 편해지자고 두 분이 불편한 이야기를 듣는 게 싫어요."

"저도 마찬가집니다."

창문 사이로 햇볕이 들었고, 뽀얀 먼지가 빛을 타고 유리의 머리카락에 앉았다. 에넌이 유리의 이마를 부드럽게 쓸어내렸다.

"제가 듣는 이야기들을 신경 쓰느라 유리가 불편함을 감수하고 코르셋을 입고, 소화불량에 시달린다면 저는 싫을 겁니다."

"그래요? 고마워요."

유리가 뒷짐을 지고 웃으며 뒤로 걸었다. 저택의 복도에는 장애물이 많았기에 에넌은 "조심하세요."하고 손을 뻗었으나 유리는 요령 좋게 이리저리 피해가며 잘도 걸었다. 그게 퍽 개구진 남자아이 같이 보이기도 했다.

"그런데 각하가 하나 모르시는 게 있어요."

"뭡니까?"

"저 예쁘게 꾸미는 거 좋아해요."

유리가 머리카락을 꼬며 웃었다.

"예쁜 옷 만드는 사람이 꾸미는 거 좋아하는 건 당연하잖아요."

"……그럼 다행입니다만……."

"제가 그 많은 드레스를 만들면서 제 옷은 한 번도 만들어 본 적이 없다고 생각하세요?"

유리가 보기에 에넌은 걱정이 너무 많았다. 유리에게 너무 조심스럽게 구는 나머지 적당히 넘겨버릴 일도 모두 조심해버린다. 에넌이 한때 모두에게 다정한 남자라고 생각했다. 그런 남자는 연인이 생겨도 똑같지 않을까? 싶었지만 모두에게 다정한 남자는 유리를 그야말로 불면 날아갈 듯 쥐면 꺼질 듯이 굴었다.

"그리고 예전에도 말했지만, 제 일이 뭔지 좀 생각해 보시라고요."

"……그렇군요."

유리는 장난스럽게 빙글 돌았다. 통이 그리 넓지 않은 치마가 유리의 움직임을 따라 펄럭였다.

"여왕 폐하도 안 나오시는 판에 제 이름값 유지하기가 얼마나 힘들지 상상이나 해 보셨어요? 게다가 아스완 후도 안 오신다 하시지, 아타락시아에는 요즘 제가 이름만 걸어놓고 안 온다는 소문이 퍼졌다고요. 그거야 맞지만! 저도 제 몸값은 유지해야 할 것 아니에요?"

"어떻게 유지하려고요?"

"얼마나 큰 선전이 되겠어요? 그 선머슴처럼 다니던 유리 클로드가 드레스를 입으니 저렇게 예쁘다니!"

……까지 얘기하고 유리는 슬쩍 에넌에게 눈치를 주었다. 답은 정해져 있고 당신은 그 말만 하면 됩니다. 에넌이 웃었다.

"원래 예쁩니다."

정답. 유리는 허리에 손을 짚고 웃었다.

"백점 만점 드릴게요."

"영광입니다."

"어쨌든 그날은 예쁘게 하고 갈 거예요. 기대하시라고요."

"그래요, 그 전에 할 일이 있는데……."

에넌은 보기 드물게 악마처럼 웃었다. 유리는 왜 저러는지 이해할 수 없어 눈을 크게 떴다.

"예쁘게 입고 자랑하려면 춤을 추셔야 합니다."

"……아. 맞다. 젠장."

"자작위도 자랑하셔야 하고요."

"……그냥 저 바지 입을까요?"

"유리. 하나 말해두자면, 바지 입으면 스텝 틀린 거 더 잘 보입니다."

아, 망할. 그거 언제 다 배워요? 유리가 탄식을 흘렸다. 그럼 가실까요. 에넌은 유리의 말을 들은 체도 하지 않고 그녀를 이끌었다. 그 사이 얼마나 걸어왔는지, 연회 홀까지 가는 길이 멀고도 멀었다.

봄의 대연회가 취소되었다는 것은 어쨌든 수도에 모여 있는 귀족들에게는 실망스러운 소식이었다. 대영주들이야 영지를 다스리느라 일일이 수도에 다녀갈 필요가 없어 쾌재를 불렀으나, 혼맥이 필요한 이들은 조금 다르다. 심지어 대영주들조차도 아내와 자식들은 수도에 보내놓는 경우가 많았다.

그래서 다들 내심 불만이 많았다. 수도의 봄 축제는 개최한다지만, 그야 평민들이나 즐거울 일이다. 귀족들에게는 최고의 하이라이트가 사라져 버린 것이다.

대신이라긴 뭐하지만, 라이언하트 공작이 새 저택을 지은 기념으로 연회를 연다는 것이 그나마 다행이었다. 여왕 대신 귀족들을 달래보려는 것이 명백했기에 다들 눈 가리고 아웅 하는 심정으로, 부유한 공작이 3일 내내 연다는 연회에 참석하기로 했다.

그런데 새로 생긴 공작의 저택이 씨씨 구역에 있다니! 모두들 연회장에서 여왕을 진심으로 욕했다.

"아니, 공작님쯤 되면 발렌시아 중앙에 저택을 지어도 되는 거잖아요?"

"그야 여왕님이 시키셨겠죠. 그 라이언하트 공작이잖아요. 절대 충성."

"아무리 그래도 너무 속 보이는 거 아니에요? 씨씨 구역이면 평소에는 돈을 줘도 가지 않을 텐데. 잔뜩 치장하고 마차를 타고 가다가 강도들한테 털리기라도 하면 어떻게 해요?"

그야 발렌시아 경비대가 축제 기간에는 두 배로 경호를 강화할 거라는 소식을 접하고서도 하는 이야기들이다. 다들 어떻게든 여왕의 험담을 하고 싶어 안달이 나 있었다.

"사교계 같은 건 절대로 안 만드실 거라더니, 우리들의 여왕님은 정말로 실천력 하나는 대단하셔요."

"누가 뭐래요. 모른 척하고 슬쩍 살롱이라도 여시면 좋을 텐데."

"꼭 본인이 계실 필요 없잖아요. 살롱이야 열어 두면 자연스레 다들 모이는 것을."

연회 첫날이었다. 공작의 대저택은 봄을 맞아 활짝 열렸고, 정원부터 분수까지 모두 아름답기 그지없었다. 연회는 정원과 회랑, 대연회 홀까지 전부 망라해 열렸다. 그야 발렌시아에 모여 있는 귀족들이 다 올 테니 당연한 일이었다. 그 사이에서 곱게 드레스를 차려입고 있는 플럼은 식은땀을 흘리고 있었다.

'언니 괜찮을까…….'

여왕도 이렇게나 무섭게 헐뜯는 사람들이 제 언니라고 가만둘 리 없었다. 아니나 다를까. 누군가가 유리의 이름을 꺼냈다.

"그러고 보니, 그 공작님도 참 취향 희한해요. 그쵸."

"아하……."

나직한 웃음이 흘렀다. 플럼은 벌써부터 울컥하는 기분이 됐다.

이 자리는 유리 클로드가 작위를 받은 것을 축하하는 자리이기도 했다. 여왕은 봄의 축제가 열리는 첫날, 작위를 새로 받는 몇몇 이들만 장엄의 홀로 불러 작위를 내렸다. 축하연도, 도열식도 없었다. 대신 유리의 연인인 라이언하트 공작은 자신이 여는 연회에서 유리 클로드가 자작위를 받은 것을 축하하겠다고 알렸다.

참으로 심보 고약해지는 자리라고 하지 않을 수 없겠다. 그야 미혼 귀족 여성들의 1등 신랑감이었던 라이언하트 공작이 하루아침에 품절되었다는데, 그게 또 다른 1등 신랑감인 유리 클로드라니 일단은 기함할 노릇이다.

처음 시작은 어느 날 치마를 입고 등성한 유리 클로드에서부터 시작됐다. 어느 날 긴 치마 같은 물건을 입고 등성한 유리를 보고 맨 처음에 동쪽 성의 문지기는 눈을 의심했다고 한다. 여왕의 디자이너가 파격적이다 못해 치마를 입기로 한 줄 알았다나. 문지기에게야 높은 분이라 감히 말을 걸지 못했으나, 곧 성으로 들어간 유리를 보고 놀란 문관이 말을 걸었다.

'자네 그 차림새가 뭔가?'

유리 클로드는 기다렸다는 듯이 맞받아쳤다.

'저요? 그냥 입고 싶어서 입었는데요. 왜요?"

'아무리 그래도 그렇지, 남자가 치마라니! 허 참!'

유리 클로드는 그제야 정말 놀랐다는 듯이 답했다고 한다.

'저 여잔데요. 모르셨어요?'

그날 하루 식겁한 이들이 성에 대거 출몰했다. 몇몇 고위 관료들은 여왕에게 달려가 유리 클로드가 여자인 것을 아셨냐고 부르짖었다. 쎄시아 발렌시아는 한쪽 눈을 치켜뜨고 천연덕스럽게 되물었다.

'그걸 이제 알았나?'

소문은 잔잔하게, 그러나 충격적으로 퍼졌다. 게다가 몇몇 시녀를 통해 퍼진 소문이 그야말로 놀라웠다. 그 에넌 라이언하트가 유리 클로드에게 푹 빠져 정신을 못 차리고 있다는 것이다. 그리고 곧 그 소문은 사실로 확인됐다. 라이언하트 공작이 공공연하게 성의 정원에서 유리 클로드의 손에 입을 맞추거나, 유리 클로드를 위해 가죽을 마차 한가득 싣고 그의 저택을 방문했다는 이야기들이 퍼지면서다.

호기심 가득한 아가씨들이 아타락시아를 방문했으나 아타락시아에서 아가씨들을 맞아주는 것은 여왕의 침모 출신이라는 베로니카였다. 베로니카는 생글생글 웃으며 '클로드 님은 요즘 여왕님의 일로 바쁘셔서 아타락시아에서 주문을 받지 않고 계신답니다. 다만 만들어놓은 디자인이 있으니 이 중에서 고르시면 어떠실까요?'라고 안내했다.

그 와중에도 놀라운 것은, 그 디자인들이 모두 실로 아름다워 아가씨들은 결국 한 벌씩은 옷을 맞추고 돌아왔다는 것이다. 요즘 아타락시아에서 수레 짝으로 팔아치우고 있다는 루브 코르셋도 마찬가지다. 탄탄하게 몸을 조여주면서도 잘 늘어나, 아가씨들은 드레스를 입고서도 가뿐하게 몸을 움직일 수 있었다.

뿐만 아니었다. '여왕님이 요즘 제일 좋아하셔요!'라고 적힌 물건은 몇몇 아가씨들의 호기심을 끌었는데, 그게 실로 해괴한 것이었다. 매달 피를 흘리는 때에 그것을 틀어막아 준다나. 다들 그것의 사용법을 점원에게 전해 듣고 기겁을 했으나, 결국 호기심 가득한 몇

아가씨와 부인들이 사 갔더랬다. 그리고 알음알음 몇몇 마니아까지 형성했지만, 아타락시아는 그 물건을 구매한 고객에 관해서는 철저히 비밀을 지켰다.

그러다 보니 유리 클로드는 또다시 귀족들의 새로운 화젯거리로 떠올랐다. 작년에는 새롭고 파격적인 옷들을 만들어내고, 봄의 대연회에서 여왕의 파격적인 모습을 연출한 자로 좌중을 달궜다면, 이번에는 엄청난 스캔들의 주인공이었다. 물론 스캔들이라는 것은 긍정적인 쪽보다 부정적인 쪽이 강하게 마련이다. 그래서 언니 때문에 어쩐지 강제로 참석해 있는 플럼은 언니의 험담까지 생 라이브로 듣고 있었다.

"아니, 정말 저는 어린 남자애인 줄만 알았다니까요. 그렇게 머리를 박박 깎아놓고!"

"저야말로 발육이 좀 덜 돼서 못 먹고 자란 불우한 평민 남자애인 줄 알았죠. 세상에. 여자일 줄 누가 알았겠어요?"

호호호. 플럼은 짜증이 났지만 참았다. 저 아줌마들, 아저씨들 얼굴 다 기억해놨다가 내가 언니한테 이를 거야. 아니, 공작님한테 일러줄 거야! 하는 마음이었다. 그러나 여인들은 옆에 오도카니 서서 이글이글 전의를 불태우는 자두색 머리카락의 여자아이 따위는 신경도 쓰지 않았다.

"생각해 보니 자기 입으로 남자라고 한 적은 없는 것 같긴 하네요. 그렇지만 공작도 참 대단해요. 뭐랄까……."

"비위가 좋다고 합시다. 허허."

"어머나, 백작님 너무하셔."

백작님이라고 했겠다. 플럼은 그쪽 남자를 째려봤다. 유리의 이야기를 좋지 않게 하는 건 대부분 나이가 조금 있는 축이었다. 그야 중년층에게 더욱 파격적으로 다가왔기 때문이리라.

"아니면 혹시, 라이언하트 공작은 그런 취미인 걸까요? 어린 남자애를 좋아하는 취미?"

"어머나……. 하지만 그동안 아름다운 숙녀들에게 별 관심이 없었던 것을 보면……."

"그 아르시노에 공주를 모두들 지난해에 보지 않았어요? 그런 절세미녀조차 거절한 남자라고요. 뭔가 문제가……."

더 이상은 못 참아! 플럼은 제 형부가 될지도 모르는 공작 각하에게는 정말로 미안하지만, 뭐라도 집어던져야겠다고 생각하고 주변을 둘러봤다. 그러나 플럼이 산통을 깨기도 전에 - 정말로 다행이게도, - 누군가의 목소리가 거기 끼어들었다.

"아아. 문제가 있긴 있죠."

근처에 있던 이들이 일순간 조용해졌다. 그 목소리는 라이언하트 공작을 안다면 대부분 알고 있는 사람의 것이었기 때문이다.

"우리 각하는 자기 험담을 각하의 집에서 하는 분들까지도 참 상냥하게 대해주는 나머지 연회에까지 초대해주실 만큼 좋은 분이라는 게 가장 문제라고 생각합니다, 저는."

밴딧이었다. 오늘따라 멋지게도 차려입은 밴딧은, 유들유들하게 웃으며 백작이라고 불렸던 남자에게 멋들어지게 인사했다.

"안녕하세요, 백작님?"

"밴딧 경……."

"백작님의 안부는 제가 공작님께 꼭! 전해드리겠습니다. 고마우시죠?"

"아, 저, 그 안 그래도 되네."

"아, 물론."

느닷없이 밴딧의 시선이 이쪽으로 향했다. 어? 플럼은 눈을 깜박였다. 밴딧이 씩 웃었다.

"제가 안 전해도 이쪽 아가씨가 유리 클로드 자작님께 전해드리겠죠."

"……아앗."

온갖 시선이 플럼 쪽으로 쏠렸다. 플럼은 저도 모르게 얼굴을 홍당무처럼 붉히고 말았다.

"플럼 양. 여기서 뭐 하고 있어요?"

"저는 그냥……."

"아, 언니 나오는 거 기다렸구나!"

사람들의 눈이 의혹으로 물들었다. 설마. 밴딧은 거기에 쐐기를 박았다.

"맨날 콩꼬투리처럼 언니에게 붙어 있더니. 오늘은 클로드 자작님과 개별 행동인가 보죠?"

"……언니가 바빠서요……."

플럼은 기어들어 가는 목소리로 말했다. 밴딧이 웃으며 플럼을 부드럽게 에스코트했다.

"자자, 이런 곳에 있지 말고 저쪽 중앙으로 가시죠. 왜 이런 구석에 있어요? 이런 곳은 남의 욕이나 하는 밴댕이들이나 좋아할 법한 곳이라고요."

말에 가시가 있었다. 플럼은 저도 모르게 킥킥 웃다가, 밴딧의 어깨 너머로 백작님이라던 남자와 눈이 마주쳤다. 남자는 무서운 눈으로 이쪽을 노려보고 있어서 플럼은 저도 모르게 쫄아버렸다.

"저기, 괜찮아요? 그렇게 말해도……."

겨우 그쪽 사람들과 떨어졌다 싶어지자마자 플럼은 밴딧에게 숨죽여 물었다. 밴딧이 미소 지었다.

"상관없어요. 우리 각하가 다 이겨요."

"……그게 무슨 어린애 같은 소리예요."

"하하. 농담입니다. 거기 있는 분들은 다 귀족이지만, 연금을 받지 못하는 분들이에요. 발렌시아를 위해 한 일이 하나도 없는 분들이란 말씀. 당연히 권력도 없지요. 각하에게 한마디라도 붙여보고 싶어 안달이 난 사람들이랍니다."

밴딧이 쾌활하게 말하며 플럼에게 과일술을 가져다줬다. 플럼은 고개를 저었다.

"저 그거 먹고 전에 숙취로 죽는 줄 알았어요. 다시는 안 마시겠다고 맹세했다고요."

"이런! 성인식을 제 생각보다 일찍 하셨군요? 어른이 되려면 으레 거치는 과정이랍니다!"

밴딧이 워낙 천연덕스럽게 말해서 플럼은 결국 과일술을 받아들였다. 플럼이 술을 한 모금 마시자 밴딧이 말을 이었다.

"오늘은 혼자 왔어요?"

"아뇨, 알리슨 오빠하고 같이 왔는데……."

"왔는데?"

"여긴 자기가 있을 곳이 아니라면서 도망갔어요……."

유리를 축하하는 자리다. 실로 커다란 용기를 내어 이 대저택까지 왔지만, 정원부터 연회장까지 가득한 귀족들을 보고 질리고 만 모양이다. 게다가 어떤 아리따운 아가씨는 알리슨에게 말까지 걸어서, 알리슨은 얼굴이 빨개진 채로 더듬거려 플럼의 좋은 놀림감이 됐다.

그런 사정을 대강 들은 밴딧이 킥킥 웃었다.

"뭐, 여기가 워낙 험한 곳이긴 합니다만."

"험한 것보다, 못된 사람이 너무 많아요."

"원래 그렇습니다. 클로드 자작님 주변만 좋은 사람이 이상할 정도로 많은 거라고요. 뭐 사람들은 끼리끼리 모이는 법이니 그렇겠지만."

"그런가요?"

"그럼요."

"그럼 저도 좋은 사람이에요?"

플럼의 물음에 밴딧은 눈을 동그랗게 떴다가, 엄지를 척 들었다.

"제가 아는 한 가장 사랑스러운 아가씨죠!"

"……아이비 양에게 이를 거예요."

"이런, 그것만은 좀 참아주십시오."

밴딧이 너스레를 떨었다. 중앙 연회 홀 쪽으로 걸어가니 아까보다 훨씬 화려한 차림새의 사람들이 늘었다. 게다가 반 이상이 아타락시아 제품이라는 걸 플럼은 알아봤다. 유리가 아타락시아에 가는 날이 줄어든 지금도, 레스타는 제법 장사를 잘 하고 있는 모양이었다.

"아이비 양은 왜 안 왔어요?"

"그게 무척 오고 싶어 했는데요."

밴딧이 슬쩍 플럼에게 속삭였다. 플럼이 놀라 눈을 부릅떴다.

"……정말요?"

"예. 그렇습니다."

"불쌍한 아이비 양에게 연민을 보낸다고 꼭 전해주세요."

"이런! 그게 왜 불쌍한 일입니까?"

"글쎄요. 밴딧 경의 자아 성찰이 필요할 것 같네요."

플럼은 장난스레 비아냥대며 술을 쭉 들이켰다. 과일술이라고 해도 도수가 좀 있어서, 한 잔을 다 마시니 목구멍에서 술 냄새가 났다. 가볍게 고개를 흔들고 나니 밴딧이 혀를 차며 플럼의 손에서 술잔을 받았다.

"좋은 어른은 그렇게 술 한 잔을 한 번에 마시지 않는답니다. 알아두세요."

"그럼요?"

"병나발을 불죠."

플럼이 밴딧과 킬킬댔다.

"언제 결혼하세요?"

"본래는 초여름에 하려고 했는데 조금 앞당기려고 합니다."

"초여름도 얼마 안 남았는데……."

"좀 많이 코앞이죠. 곧 초대장이 자작님 앞으로 날아갈 테니 꼭 와주셔야 합니다. 알았지요?"

"음, 과일술을 병째 준비해놓으신다면 꼭 참석하도록 하죠."

"그 클로드 자작님의 동생이라 그런가. 거래할 줄 아시는군요."

누군가가 밴딧과 플럼의 대화를 들었는지, 순식간에 알은체를 했다. "이런, 밴딧 경. 오랜만일세! 이런 자리니 만나는구만." "그러게 말입니다. 안녕하십니까!" "실례지만 자네와 이쪽 아가씨의 이야기를 좀 들었다네. 그, 클로드 자작님의 동생이시라고?"

순식간에 플럼은 뻣뻣하게 굳었다. 놀란 플럼을 보고 밴딧이 난처해 하며 그 사람에게 뭐라 말하려고 할 때였다. 그때까지 연회장 한켠에서 잔잔한 음악을 켜고 있던 연주가들이 곡을 바꾸었다. 행진곡이었다. 밴딧이 빠르게 말을 바꾸었다.

"오, 연회가 시작되려나 보군요. 플럼, 클로드 자작님을 보러 조금 더 가까이 갈까요?"

청년은 플럼의 어깨를 부드럽게 밀어 중앙 쪽으로 몇 걸음 걸었다. 이런 타이밍이라니. 제 언니에게 감사하고 싶어지는 순간이었다. 몇몇 귀족들이 걸어들어오고, 플럼도 익숙한 남자가 보였다. 붉은 머리의 훤칠한 미남은 오늘도 엄청나게 잘생긴 얼굴을 온 동네에 과시하며 가장 눈에 띄는 곳에 서 있었다.

"공작님!"

"이런, 플럼. 그리고……."

에넌이 플럼을 보고 반가워하다가, 그 뒤의 밴딧을 보고는 픽 웃었다. 둘 다 웃음이었지만, 모양새가 확연히 달랐다.

"새신랑이군."

"그렇습니다."

밴딧이 과장된 모습으로 인사했다. 에넌의 주변에 몰려들어 있던 귀족들이 눈을 껌벅이다가 의례적인 축하 인사를 건넸다. 개중에는 밴딧을 아는 이도, 모르는 이도 있었지만, 밴딧은 개의치 않고 변죽 좋게도 그 모든 이에게 맞인사하며 제 결혼이 한 달도 남지 않았다고 선전해댔다.

"존경하옵는 공작님 덕분에 제가 이렇게 경사도 맞고. 예? 그야 공작님을 보필하다가 만난 분과……. 하하하."

플럼도 피식피식 웃었다. 그렇다. 밴딧과 아이비가 결혼을 앞당긴 이유가 있었다. 속도위반 결혼. 밴딧의 말에 의하면 거의 아이비에게 멱살을 잡고 끌려가는 것과 같은 과정이었다고 했다. 그야 연애는 두 사람만의 일이니 자세히 전해 들을 수는 없었으나, 적어도 아이비가 선택했다는 것만은 확실했다.

그 고무 뭐시기가 있는데, 아이비가 작정하고 피임했다면 아이가 생길 리 없잖아. 플럼의 생각이었고, 그 추측은 거의 맞아들어갔다.

물론 아이가 생긴 것은 몇몇 사람만이 아는 비밀이다. 어쨌든 아이비는 앞으로도 계속 폐하 밑에서 일할 사람이었고, 말이 너무 많이 도는 것은 아무도 원하지 않았다. 하지만 쎄시아는 크게 즐거워하며 아이비에게 포상휴가를 빌미로 한 출산휴가를 내리기로 약속했다고 들었다.

"근데, 언니는 언제 와요?"

플럼이 에넌에게 속닥거렸다. 에넌이 빙그레 웃었다.

"저도 궁금합니다."

"각하한테도 말 안 했어요?"

"아마 첫 춤 전에는 올 테지만, 정확한 시간은 모르겠군요."

그렇게 말하는 에넌의 표정에는 기대감이 가득했다. 플럼은 그런 에넌을 보며 생각했다.

"와, 진짜 오빠……. 아니 언니가 공작님 좋아하는 이유를 알겠네요."

"예전에는 언니라고 부르려다가 오빠라 하더니, 이제는 순서가 바뀌었습니까?"

"아, 놀리지 마세요. 저도 머리 아프다고요. 전 느린 사람이란 말이에요."

플럼이 투덜거리면서도 에넌에게 말했다.

"공작님 아주 잘 생겼어요."

"감사합니다."

오늘의 에넌은 짙은 초록색의 재킷을 입고 있었다. 이제는 너무나 당연하게도 유리가 만든 것이었다. 남성 귀족들도 그렇잖아도 모두 에넌을 힐끗힐끗 쳐다보고 있었다. 봄의 대연회에는 지난해의 에넌을 흉내 낸 이들이 엄청나게 많았다. 모두들 검은 벨벳, 혹은 질은 색의 벨벳 위에 금은박을 입히고 짧은 망토가 달린 날씬한 재킷을 입고 왔던 것이다.

그러나 아이러니하게도 에넌은 지난해와는 전혀 다른 재킷을 입고 있었다. 목부터 허리까지 늘씬하게 감싸는 라인은 같으나 그 재질은 반질반질한 면이었다. 유리가 아스완에서 품질관리 도중 새로 짜 본 굵은 면직물이었다. 면실크는 보통 얇고 부드러워 실내복으로 쓰였으나, 이 직물은 좀 굵은 면사를 써서 튼튼하고도 부드러웠다.

"늦봄인데 벨벳을 입어서 뭐 하겠어요? 그건 작년 유행이지."

……라고 작년 유행을 만들어낸 여자가 말했더랬다. 그녀가 만든 건 튼튼하고도 가벼운 투 버튼 재킷. 목까지는 동그랗게 감싼 라운드 칼라, 가슴 부분은 에넌의 넓은 흉곽을 마음껏 드러내는 듯 양쪽으로 넓게 펼쳐진 와이드 라펠이었다. 거기에 같은 재질의 천으로 감싼 버튼을 쫑쫑쫑. 재킷 끝은 통상적으로 은박과 금박으로 감싸 문양을 수놓지만, 과감하게 생략했다. 대신 검은색 파이핑을 끝에 둘러 아름다우면서도 차분하고 우아한 느낌을 냈다.

재킷은 허리의 조금 아래에서 끊겼다. 덕분에 에넌의 탄탄하고 두툼한 몸이 그대로 드러났다. 지난해에 에넌이 입었던 날씬한 바지는 이제는 수도의 남자들이 모두 입는 유행이었는데, 바지만큼은 에넌도 큰 변화를 주지 않았다. 덕분에…….

'언니 취향하곤…….'

플럼은 민망해하면서도 제 형부가 될 사람을 슬쩍슬쩍 훔쳐봤다. 남성미가 아주. 끝내줘요. 탄탄한 허벅지가 그대로 다 보였다. 요즘 왕성에 드나드는 아가씨들이 '여왕의 기사들 허벅지 훔쳐보는 재미가 끝내준다'고 속삭이는 것을 여러 번 들은 참이었다.

아무튼 눈알 튀어나오게 잘생기고 몸 좋은 남자가 저런 옷을 입어주니 연회장에 있는 대부분의 아가씨들의 표정이 밝았다. 사람들이 에넌 주변에 몰려 있는 것도 이해할 만했다.

"언니는 아마 공작님하고 비슷한 옷을 입고 올 거예요."

"그래요? 유리가 뭘 입고 올지 알고 있습니까?"

"네. 저 본 적 있거든요."

플럼은 유리의 작업실에 있는 귀엽고 사랑스러운 원피스를 떠올렸다. 짙은 녹색의 원피스는 귀족가의 어린 아가씨들이 입을 법한 옷이었다. 다른 사람이 주문한 물건이 아니다. 유리가 자신을 위해 만들었던 원피스. 아마 잘 어울릴 것이다. 에넌이 입은 재킷과도 색이 비슷했다.

플럼이 소곤소곤 속삭이자 에넌의 얼굴이 스르르 풀어졌다. 남자는 플럼의 언니를 생각할 때마다 영 무방비한 표정이 되곤 했다. 왕국에 하나밖에 없는 공작님에게 이런 표정을 짓게 하다니. 플럼은 가끔 이럴 때면 제 언니가 참으로 신기했다.

"그나저나 새집이 예뻐요."

"그렇습니까?"

"맨날 언니하고 성에서만 만나시더니. 이제 여기서 만나시겠네요."

플럼은 느물느물 웃었다. 에넌은 흠흠, 하고 헛기침을 했다.

"꼭 그렇지는……."

"두 사람 무슨 얘기 해요?"

익숙한 목소리가 에넌과 플럼 사이에 끼어들었다. 플럼은 반가운 표정으로 뒤를 돌아봤다.

"언……니?"

본래는 언니! 하고 반가워하려고 했는데. 뒤를 돌아본 플럼에게는 뜻밖의 광경이 펼쳐졌다. 분명 제 언니인데, 그런데. 플럼이 아는 모습은 아니었다. 언니 – 유리 – 가 배시시 웃었다.

"헤헤. 플럼 오늘 예쁘네."

"와."

플럼이 감탄사를 내뱉었다. 유리가 민망한 듯 볼을 부풀리고 대꾸했다.

"왜."

"언니 완전 사기꾼……."

"……죽는다."

유리 클로드는, 그러니까……. 음. 사람이 열심히 꾸미면 이렇게까지 되는 건가? 그러니까, 사람 얼굴이 막 달라지고 그런 지경까지? 플럼이 혼란스러워하는 표정이 되자, 유리가 코를 찡그렸다.

"여왕님 시녀들 솜씨야."

"아니 그래도!"

"유리."

그때 남자의 목소리가 들려서, 자매가 둘 다 시선을 돌렸다. 그리고 둘 다 웃고 말았다. 재킷 바깥으로 드러난 목선부터 얼굴, 귀 끝까지 발개진 남자가 유리를 바라보며 세상에 이런 감격이 없다는 얼굴을 하고 있었기 때문입니다.

"오늘 예쁩니다."

"고마워요."

유리가 빙그레 웃으며 귓가에 늘어트린 머리카락을 뒤로 넘겼다. 뒤로 넘겨……. 플럼은 놀라운 눈으로 계속해 그 동작을 바라봤다. 그렇다. 유리 클로드의 곱슬머리가 귀 뒤로 자르르 넘어간 것이다!

유리는 언제나 짧게 자른 머리카락을 하고 있었다. 곱슬곱슬한 머리카락은 항상 아무렇게나 삐쳐 있었다. 그러나 그 삐죽머리들은 오늘만은 곧고 부드럽게, 한 방향으로 넘겨져 있었다. 여왕님의 시녀들이 새벽부터 유리를 붙잡고 인두로 지진 결과였다. 햇볕에 타는 것도 아랑곳하지 않고 돌아다녀 항상 약간은 거칠었던 피부도 오늘은 여왕님처럼 곱다.

"힘들었어요."

어느새 다가온 마틸다가 중얼거렸다. 플럼은 시선은 유리에게 고정한 채, 마틸다의 손을 잡아당겨 꼭 쥐었다. 힘들었을 그녀들에게 경의를 표하는 동작에 가까웠다.

"대박 사건이다, 정말……."

"머리카락이 짧다 보니 목도 허전하더라고요……. 장신구도 다 맞췄어요."

오늘의 연회는 어지간하게 꾸며야 하는 수준은 아니었다. 유리는 빠르게 마틸다에게 도움을 청했다. 마틸다는 몇몇 시녀들과 오늘 휴가를 냈다. 쎄시아는 일렉사 백작부인에게 마틸다가 휴가를 낸 목적을 전해 듣고 실로 흥미로워했다. "그냥 봄의 대연회를 예정대로 열 걸 그랬나? 나도 궁금한데!" 결국 유리는 한 번 더 여왕의 앞에 같은 모습을 하고 나타나기로 약조까지 해야 했다.

플럼의 예상과는 달리 원피스를 입지는 않았다. 유리는 맨다리를 드러내고 오는 것이 부적절하다고 생각했다. 정확히는, 어린 소녀 같은 모습이 부적절하다고 생각했다.

여왕과 공작이 비호하고 있으니 모두들 그러려니 하고 애써 넘어가긴 했지만, 어쨌든 귀족들은 아직도 유리를 원숭이 보듯 쳐다보곤 했기 때문이다. 여왕이 귀애하는 재단사 유리를 공작이 사랑한다는 것은 엄청난 흥밋거리였다.

유리도 에넌이 자신 때문에 어떤 소리를 듣고 있는지 알고 있었다. 남자를 좋아하는 모양이지요. 여자라고 하더라도 그렇게나 말괄량이 같은……. 말괄량이라는 말은 너무 우아한 표현이지요, 같은 조롱들. 거기서 미성숙한 어린 소녀 같은 모습을 보여주는 것은, 공작의 취향에 이상한 소문을 덧붙여주는 것밖에 되지 않는다. 에넌은 소문 따위는 상관없다고 말했다. 유리 또한 에넌이 이상한 취향을 가지고 있어서가 아니라, 유리가 유리이기 때문에 좋아한다는 것을 알고 있었다.

그러나 세상에는 반드시 자신의 눈으로 뭔가를 확인해야 믿는 사람도 있다. 그런 사람들을 위해 이렇게나 노력해야 한다는 것이 또 다른 누군가에게는 이해 안 되는 일일 수도 있다. 그러나 유리는 그것이 반드시 필요하다고 믿었다.

한쪽으로 넘겨 연출한 짧은 머리카락. 잔뜩 드러낸 귀밑에는 실로 아름다운 줄 귀걸이가 늘어트려져 있었다. 플럼의 새끼손가락만 한 굵기와 길이를 가진 금귀걸이는 수백 개의 작은 잎사귀가 연결된 모양이었는데, 그 사이사이로 깨알만 한 초록색 페리도트 수십 개가 찰랑거렸다. 덕분에 가느다랗고 흰 목선이 아낌없이 드러났다.

화장은 며칠 전부터 여왕의 시녀 중 가장 대단한 손기술을 가진 시녀가 몇 번이나 지우고 다시 해 보고를 연습한 끝에 완성한 역작이었다. 평소의 또랑또랑한 눈은 그대로지만, 가지고 있는 힘이 달랐다. 날카롭게 그려낸 눈썹과 오뚝한 콧대. 부드럽게 다물린 입술에서는 앳된 모습이라고는 찾아보려야 찾아볼 수 없었다. 붉은 입술은 여왕의 그것보다는 색이 연했으나, 싱그럽게 피어난 장미봉오리와 같았다. 장미석을 박박 갈아 만든 가루를 바른 뺨이 복숭앗빛으로 물들어 완벽히 어울렸다.

그리고 옷은……. 플럼은 이쪽을 힐끗거리는 귀족 아가씨들의 시선을 눈치채고 미소 지었다. 어깨부터 가슴 바로 위까지 모두 드러냈지만, 과하게 노출했다는 느낌은 전혀 없었다. 가슴 라인부터 어깨를 지나 뒷목, 그리고 다시 반대편 어깨와 가슴으로 돌아 이어지는 라인에는 빳빳하고 우아한 레이스 칼라가 장식돼 있었다. 가운데는 흰 산호로 만든 단추들이 빈틈없이 채워져 있다. 조이는 부분이라고는 하나도 없이 물 흐르듯 부드럽게 흘러내리는 면실크 블라우스.

어차피 큰 가슴을 드러내는 종류의 성숙미는 유리에게는 절대로 시도할 수 없는 머나먼 산과 같다. 그렇다면 아예 옷 자체의 품을 크게 만드는 것이 나았다. 우아한 블라우스의 소매 끝단 또한 칼라와 같은 종류의 레이스로 꾸며져 유리의 거친 손을 감추어줬다. 그리고 허리를 꽉 조이는 아름다운 치마.

……바지?

플럼이 이마를 좁혔다. 유리가 입은 하의는 에넌이 입은 것과 같은 재질로 된 짙은 녹색의 치마였다. 아니, 바지인가? 플럼이 유심히 제 아래를 내려다보자, 유리가 픽 웃었다.

"치마바지야."

이것은 고래상어다……가 아니고! 플럼이 눈을 동그랗게 뜨자 유리가 답했다.

"바지인데, 치마처럼 통을 부풀린 물건이야."

"……대박 사건."

유리는 내친김에 빙글, 돌아 보였다. 도톰한 치마폭이 팔랑 뜨면서 안쪽이 슬쩍 들여다보였다. 통이 길어 잘 보이지는 않았으나, 분명 안쪽은 바지였다. 대박 사건. 플럼이 중얼거렸다.

"언니, 나도 만들어줘……."

"그럴 거 같아서 열 벌 만들었다."

유리가 손가락을 꼽았다.

"여왕님 세 벌, 나 세 벌, 백작부인 한 벌, 마틸다 한 벌……."

"저도요?"

마틸다가 눈을 동그랗게 떴지만, 유리는 대답하지 못했다. 에넌이 그 손을 그대로 붙잡아 자신에게로 끌어당겼기 때문에다. 에넌은 심호흡했다가 속삭였다.

"안 되겠습니다. 다시는 연회에 당신을 부르지 말아야겠어요."

"네? 왜요?"

나 지금 완전 예쁜데? 유리가 고개를 갸웃하는데 에넌이 말을 이었다.

"……저만 볼 겁니다."

어머, 어머, 어머, 어머, 어머. 주변에 둘러서 있던 귀족들이 대경실색했다.

저게 그 에넌 라이언하트 맞아요? 공작의 껍질을 뒤집어쓴 다른 사람 아니고?

마틸다가 뺨을 감쌌다. 유리는 화장한 보람도 없이 달궈진 뺨을 식히느라 한참을 고생해야 했다.

어쨌든 봄의 대연회 대신 열린 연회다. 명목상으로는 그 공작의 저택 완공 축하 연회다. 핑계가 좋았다. 미래의 공작부인이 될지도 모르는 데다가 여왕이 그렇게나 예뻐하는 재단사라니. 그렇게나 감쪽같이 자신들을 속였다고 투덜대던 이들도 하나둘씩 유리의 곁으로 모여들었다. 유리는 능숙하게 사람들을 대하며 연회장을 돌아다녔다. 우아하면서도 가벼운 몸놀림에 사람들이 놀라워했다.

가장 사람들이 놀란 것은 아무래도 유리 클로드의 달라진 모습이었다. 항상 박박 깎은 머리로 궁성을 돌아다니던 그, 아니 그녀가 저렇게나 우아하다는 것을 다들 보면서도 당황스러워했다.

"공작의 취향이 남색이라더니……. 훌륭하잖아요?"

"그렇지만 머리카락은 볼품없지 않아요?"

"아니, 그렇지만 아주 편해 보이는걸요."

여름의 발렌시아에서 아마 저 짧은 머리는 아주 시원할 것이다. 지독히도 가난한 여인들이 머리카락을 팔기 위함이 아니라면, 발렌시아에서 짧은 머리는 가당치도 않았다. 그렇지만 이상하게도.

"아주 아름답군요?"

볼품없어 보이기는커녕, 새로웠다.

"이런 게 연출이라는 거죠. 바보들."

마틸다가 음흉하게 웃었다.

"정말이지, 저 머리카락을 펴기 위해 고생한 것을 생각하면……. 하지만 보람차군요."

새벽부터 치른 고생을 생각하며 마틸다는 부인들의 칭찬을 귀담

아들었다. 옆에 있던 플럼이 나직하게 속삭였다.

"마틸다 언니."

"네?"

"언니, 조금 여왕님 같아요."

"어머……. 칭찬으로 들을게요."

마틸다가 웃었다. 칭찬 아닌데. 플럼도 생각했지만, 굳이 말하지는 않았다. 예전의 마틸다에게는 칭찬이 아니었을 수도 있지만, 오늘의 그녀에게는 칭찬일 수도 있다.

게다가 오늘 유리는 이상하게 키가 커 보였다. 다리는 긴 스커트에 가려져 잘 보이지 않았지만, 끝이 날렵한 신발은 아가씨들의 호기심을 자극했다.

"저어, 클로드 자작님."

아직 그녀의 지위는 공표되지 않았으나 다들 그녀를 클로드 자작이라 불렀다. 유리가 고개를 기울이자 아가씨 하나가 용기를 내어 물었다.

"신으신 신발이 많이 독특한 듯한데, 혹시 보여주실 수 있나요?"

"아, 이거요?"

유리가 생글생글 웃으며 치맛단을 들어 보였다. 아가씨들이 눈을 깜박였다.

"아스완에서 나는 고무를 덧댄 신발이에요."

"아하……?"

평소 신고 다니던 천 신발보다는 훨씬 굽이 높았다. 아가씨들이

신은 굽이 있는 가죽 구두와 비슷했다. 하지만, 굉장히 가벼워 보였는데……? 의문에 대답이라도 하듯, 유리가 팔짝 뛰어 보였다.

"밑단이 말랑거려 아주 편하답니다!"

"……자작님인지 상인인지 모를 일이다……."

플럼이 낮게 중얼거렸다. 그렇다. 플럼의 언니는 이런 곳에서도 훌륭하게 장사를 해내고 있는 것이다. 게다가 오늘은 여왕님이 없기 때문에 그녀야말로 스포트라이트를 차지하기 아주 좋았다. 아가씨들이고 기혼의 부인들이고 할 것 없이 유리에게 호기심을 드러냈다.

작위를 받긴 했으나 유리는 그동안 퍽 많은 사람들과 교류를 쌓아놓은 데다가, 그 자리에 있는 이들치고 아타락시아에 들러 옷 한 벌 안 지은 사람이 없어서 가능한 일이었다.

"아타락시아 본점에 샘플을 전시해놨으니, 오셔서 신어 보시고 마음에 들면 주문하세요!"

또 누군가는 유리가 입은 블라우스를 칭찬했다.

"아주 우아하고 편안해 보이는군요!"

"감사합니다!"

누군가는 유리가 입은 바지를 감탄하며 바라봤다.

"치마처럼 보이지만……. 아주 편하겠군요? 실내복으로 입어도 좋을 것 같아요."

"외출하셔도 아무 문제없죠."

"하긴……. 요즘 슬슬 치마를 부풀리는 것도 질리긴 해요."

유리가 입은 바지, 혹은 치마는 허리에서 그대로 선이 떨어지는 물건이었다. 언뜻 보기에는 영 볼품없어 보일 수도 있었다. 그러나 최근 부인들은 슬슬 잔뜩 부풀린 버슬과 파팅게일에 질린 참이었다. 다 유리 때문이다. 유리는 고무로 만든 코르셋을 유행시키면서, 아타락시아에서 주문받는 드레스들에 한결같이 파팅게일을 빼버렸기 때문이다.

종 모양의 실루엣은 가벼운 샤를 받쳐 넣는 것으로 대신했다. 굵고 힘 있는 나무 섬유를 성글게 짜서 만든 직물이다. 가볍기도 하거니와, 조금만 주름잡아도 드레스를 부풀리는 속치마 대신 입기 아주 좋았다.

게다가 이런 자리에 유리 본인이 엉덩이에 아무것도 대지 않은 옷을 입고 와 버리니, 모두들 어쩐지 제가 입은 드레스를 버겁게 느꼈다. 누가 봐도 편해 보인다. 심지어 그 옆에 있는 남자가 그 에넌라이언하트다.

'어쨌든 그녀들의 가치가 최고의 신랑감이라면, 있는 걸 활용하는 게 최고 아니겠어?'

유리는 그렇게 생각했다. 켈리 아만틴의 코르셋에서 느낀 것은, 유리가 발렌시아 사람들의 머리를 당장 고칠 수는 없다는 것이다.

당장 당신들의 생각을 고쳐요! 라고 말한다면 오히려 반감만 불러일으킬 뿐이다. 여자가 지닐 수 있는 최고의 인생은 좋은 남자를 만나 행복한 신부가 되는 것, 이라고 생각하는 사람들. 그리고 유리는 대륙 최고의 신랑감을 옆에 끼고 있다.

발렌시아 대국에서 가장 잘생기고 멋진 데다가 부유하며, 매너까지 좋은 남자 옆에 선 여자가 입은 옷.

수식어가 길지만 뭐, 이런 걸 이용해서라도 조금씩 유행이 바뀌고 생각이 바뀐다면 더할 나위 없다. 때맞춰 에넌이 다가왔다. 사람들이 앞다퉈 길을 비켜주었다.

"유리."

"네에."

"조금 있으면 연회가 시작합니다. 제 자리 쪽으로 같이 갈까요."

"그래도 될까요?"

에넌은 환하게 웃었다.

"당신이 없으면 어떤 자리도 제게는 의미가 없답니다."

아가씨들이 입을 가리고 서로의 어깨를 찰싹찰싹 때렸다.

대박 사건 대박 사건. 미쳤다, 라이언하트 공작님, 저런 말도 할 줄 아네. 야, 저거 에넌 라이언하트 가죽 뒤집어쓴 다른 사람 아닐까? 아니면 유리 클로드는 사실 재단사가 아니라 약제사 같은 거 아니야? 뭔가 약을 타서…….

달콤한 말에 수만 가지 상상이 펼쳐졌다. 그러거나 말거나 에넌은 팔을 내밀었고, 유리는 가볍게 손을 얹었다. 그 자리의 모든 사람들이 눈에 힘을 주었다. 유리의 손가락을 보기 위해서다.

반지 없어 아직 반지 없어.

에이, 아직 안 준 거겠지.

얼마 전에 클로드 자작 탈탈 털렸다매.

그거 여왕님이 변제해줬다며!

에이. 공작이 자기가 변제해주기 민망해서 여왕님 이름으로 해줬다는 말도 있던데?

뒤로 온갖 말이 오갔다. 에넌이 중심 자리로 걸어가며 속삭였다.

"역시 이런 건 제 체질에 안 맞는다고 생각했는데……."

"했는데요?"

"조금 재미있네요."

유리가 키득키득 웃었다. 그때였다.

"어머나, 저건 누구죠?"

"타페앙 후 부부네요?"

"세상에, 아름다워라."

숙덕거림은 순식간에 퍼져나갔다. 유리와 에넌도 그쪽을 바라봤다. 자신들이 파티의 주인공이라도 된 듯 뒤늦게 도착한 두 사람. 타페앙 후 부부였다.

가장 먼저 눈에 들어온 것은 황금으로 장식된 옷깃이었다. 다소 나이가 있는 두 부부는 흰색 벨벳에 금으로 치장한 옷을 입고 있었다. 물론 거기까지만이라면 주변의 다른 귀족들과 크게 다를 것은 없다. 그러나 결정적으로, 두 사람의 옷깃에 달린 것은 모두 진짜 황금 장식이었다.

발렌시아 왕국이 등장하기 전까지 대륙에서 가장 부유하고 컸던 타페앙 왕국의 제후 부부는 그 재력을 마음껏 뽐내기로 결심한 것이 분명했다. 귀한 옥과 보석이 아낌없이 타페앙 후작의 옷 위를 장식하고 있었다. 잔뜩 부풀린 바지 위에도 금실 자수가 화려하게 놓여 있었다. 신발에는 엄청난 크기의 루비를 박았다. 흰색을 선택한 이유는 분명했다. 그 비싸고 엄청난 장식들을 돋보이게 하기 위해서였다.

타페앙 후작 부인 또한 마찬가지였다. 금색 머리카락을 아슬아슬해 보일 정도로 높이 올렸다. 기실 두 사람이 시선을 모을 수 있었던 이유는 타페앙 후작 부인의 머리 덕분이라고 해도 과언이 아니었다. 타페앙 후작 부인은 머리카락 위에 아름다운 성을 올려놓고 있었다.

성.

성이었다.

정확히는 흰색 성 모형. 유리는 눈을 부릅떴다.

"어머나, 타페앙 성이로군요!"

두 부부와 친해 보이는 누군가가 다가가 감탄하며 칭찬했다. 타페앙 후작 부인의 머리 위에는 타페앙 성의 미니어처가 그대로 올라가 있었던 것이다. 작은 숲과 나무, 그리고 성을 덩굴처럼 휘감고 있는 타페앙 후작 부인의 머리카락 맨 위에는 파랑새도 한 마리 앉아 쉬고 있었다.

엄청난 머리 장식이었다.

게다가 입은 드레스는 여왕이 지난해 봄의 대연회에서 입은 것과 비슷하지만 조금 달랐다. 흰색으로 된 실크는 아름답게 주름져 있는 것이, 필시 아타락시아의 주름을 흉내 낸 듯했다. 그야 도자기로 쪄내는 건 아타락시아만의 기술이기는 하지만, 누군가 따라 하는 것은 시간문제라고 생각했던 터라 유리는 크게 신경 쓰지 않았다.

다만 타페앙 후작 부인은 역시 쎄시아처럼 몸을 온통 드러내는 옷은 입을 수 없었던지, 엄청나게 부풀린 드레스를 입었다. 보통의 드레스들은 입은 사람의 발걸음을 방해하지 않기 위해 발목 부근에서 밑자락 단이 끊긴다. 그러나 후작 부인은 드레스 밑자락을 온통 질질 끌고 다니고 있었다. 아름답게 퍼지는 레이스가 바닥에 끌려 엄청난 모습을 만들어내고 있었다. 그야 화려하고 멋지지만…….

'저러면 드레스는 단 한 번 입고 못 입잖아…….'

흰 레이스를 바닥에 하루 종일 끌고 다니면 당연히 닳고 찢어진다. 그러나 타페앙 후작 부인은 그런 것 따위는 신경도 쓰지 않는다는 듯, 턱을 들어 올리고 부채질하고 있었다. 부채 또한 전부 타조 깃털로 만들어져 있어 타페앙 후작 부인의 화려함에 질식할 것만 같았다.

유리는 지난봄의 대연회에서 만난 두 사람을 기억하고 있었다. 두 사람은 쎄시아의 드레스에 연신 마음에 들지 않는다는 듯 내내 혀를 찼다. 호수변의 연회에서도 타페앙 후작 부인은 여왕에게 다가오기는커녕 내내 배를 타다가, 저녁 연회 때는 돌아가 버렸다. 마지막 날의 대연회에서도 바지를 입은 여왕의 모습에 해괴망측하다며 혀를 찼다. 그렇지만 타페앙 후작 부부 같은 사람들은 워낙 많았기에 그리 크게 신경 쓰이지도 않았다.

그러나 아마 두 사람은, 이번의 연회에서 존재감을 드러내기 위해 잔뜩 버르고 온 모양이었다. 특히 타페앙 후작 부인은 유리를 보고는 콧대를 잔뜩 세우는 것이, 다분히 그녀를 의식하고 있는 것 같았다.

"두 분 오랜만입니다."

두 사람에 다가간 것은 유리가 잘 모르는 사람이었다. 홀로 온 중년의 부인……. 누구지? 마틸다 덕분에 그녀가 누구인지 유리는 알 수 있었다.

"론다 영주님이시군요."

"저분이 론다 영주님이세요?"

유리가 놀라 마틸다 쪽을 바라봤다. 마틸다가 고개를 끄덕였다.

"그 수완으로 이름 높은 분이죠. 타페앙 왕국 시절 론다는 타페앙 왕국의 후의에 기대어 경영될 수 있었던 영지니까……."

타페앙 후작 부부는 론다 영주에게 인사하고는 곧장 에넌 쪽으로 걸어왔다. 응당 이곳의 주인에게 가장 먼저 인사하기 위해서였다. 론다 영주 또한 뒤를 따랐다.

"에넌 라이언하트 공작을 뵙소."

"오랜만에 뵙습니다."

에넌이 빙그레 웃으며 두 사람을 맞았다. 묘한 광경이었다. 거의 장식이 없다시피 한 젊은 공작과 자작, 그리고 사뭇 반대되는 화려한 후작 부부. 이 멋진 저택의 주인이 후작 부부라고 해도 이상하지 않을 상황이었다.

그렇게 생각한 것은 한두 명이 아닌 모양이었다. 몇몇 사람이 수

군거렸다. 그러나 에넌은 표정 하나 변하지 않고 정중히 인사했다.

"누추한 곳까지 찾아와 주셔서 감사합니다. 타페앙 후 부부의 방문은 라이언하트 공작저의 기쁨이 되겠군요."

"축하합니다. 그나저나……."

타페앙 후가 유리 쪽을 바라봤다. 유리는 자신이 인사할 차례라는 것을 깨닫고 입을 벌렸다.

"유리 클……."

그러나 인사는 이어지지 않았다. 타페앙 후는 유리의 말을 잘라버린 것이다.

"좋은 소식이 들리더군요. 축하하오, 공작."

그 자리의 모두가 얼굴을 굳혔다. 통상적으로 이 경우 아무도 타페앙 후를 나무라기는 어렵다. 자신보다 신분이 낮은 자의 인사를 받지 않는 것은 어느 정도는 용납되기도 하기 때문이다.

그러나 그건 아주 무례하거나, 사이가 좋지 않은 경우에만 해당되는 말이기도 하다. 타페앙 후는 당황한 주변을 무시했다.

"좋은 소식이라니, 무엇을 말씀하시는지요?"

놀랍게도 에넌은 눈썹 하나 꿈틀하지 않고 말을 이었다. 타페앙 후가 허허, 웃었다.

"그야 드디어 연인을 만났다는 소식 아니겠소."

유리의 이야기였다. 유리는 잠시 눈알을 굴렸다. 자신을 무시하는 줄 알았는데, 아닌가? 혹시 내가 그 중간에 끼어들면 안 됐던 건가? 그렇게 생각하며 마틸다 쪽을 슬쩍 쳐다봤는데, 마틸다는 티 나지 않게 살짝 고개를 흔들었다. 타페앙 후의 말이 이어졌다.

"물론 상당한 말괄량이라는 말을 들었소만, 그야 라이언하트 공작이시니 슬기롭게 다스렸겠지요."

대번에 눈에 쌍심지를 켠 것은 유리뿐만은 아니었다. 플럼, 마틸다, 밴딧까지. 그러나 에넌은 미동도 없이 답했다.

"슬기롭게요."

"공작은 현명한 분이니 말이오. 아, 인사하시게."

뭐라 대답할 틈도 없이, 타페앙 후작이 내내 옆에 서 있던 남자 하나를 인사시켰다. 남자는 발렌시아식의 화려한 옷을 입고 있었는데, 타페앙 후작 부부보다는 확실히 떨어졌으나 그 사용한 재질들이 범상치는 않았다. 남자는 고불고불한 머리를 흔들며 정중히 인사했다.

"가드너 크런트리입니다. 타페앙 후의 후원을 받아 옷을 만들고 있습니다."

"호오, 옷을요."

"예에. 비루한 재주이지만, 타페앙 후께서 높이 사 주셔서."

남자는 꽤 멋을 냈다. 1년 전의 발렌시아라면 제법 멋쟁이라는 소리를 들었을 것이다. 에넌은 별말 없이 고개를 끄덕였다. 타페앙 후가 거들먹거렸다.

"요즘 수도에 왔더니 깜짝 놀랐지 뭡니까. 부유한 여왕 폐하께서 솔선수범하시니 그렇겠지만, 역시 연회복이라는 건 화려한 맛에 입는 것이라."

"그렇습니까."

"그렇지요. 공작께서 초대한 자리에도 초라하게 올 수는 없는 법이라, 이쪽의 크런트리가 애써주었습니다."

타페앙 후작부인이 호호 웃으며 부채로 입을 가렸다. 크런트리는 또다시 고개를 숙였다.

"귀족으로서 평민들에게 모범을 보이는 것은 좋은 일이지만, 역시 아름다운 것을 포기하는 건 안타까운 일이죠."

후작 부인은 미소 지으며 노골적으로 유리를 아래위로 훑었다.

"그야 아름다운 라이언하트 공작 정도 되면 옷이라는 것은 별 의미 없이 여기실 법도 하지만요."

이제는 쌍심지 정도가 아니었다. 모두 눈에서 불꽃을 튀겼다. 타페앙은 예로부터 압도적인 재력을 가지고 있는 왕국으로 유명했다. 발렌시아 대국이 들어선 뒤에도 부유한 타페앙은 쎄시아가 부과하는 엄청난 세금에도 끄떡없었다. 그런 재력을 앞세워서 수도의 유행, 나아가 유리를 깔아뭉개고 있는 것이다.

"이 크런트리를 만나고 저는 미의식 있는 디자이너가 얼마나 훌륭한 일을 해낼 수 있는지 알게 되었답니다. 제 머리 위의 성을 보세요. 제 입으로 말하기는 뭐하지만, 하나의 예술품 같지 않나요?"

"그렇군요. 아름답습니다."

유일하게 에넌만이 눈에 잔잔하게 미소를 띠며 타페앙 후 부부를 응대하고 있었다. 그러니 아무도 섣불리 나서지 못했다. 에넌의 칭찬에 타페앙 후작부인이 아주 만족스러운 눈빛으로 턱을 치켜들었다.

"라이언하트 공작께서 칭찬하시니 크런트리 또한 복된 날이겠군요. 크런트리."

"예."

"라이언하트 공작께 아름다운 옷을 만들어드리도록 해요. 나의 선물이 될 테니 아낌없이 보석과 비단을 쓰도록 해."

"분부대로 하겠습니다."

타페앙 후작이 허허, 하고 넉살 좋게 웃었다.

"내 그렇잖아도 공작이 셔츠 한 벌만 입고 다니는 것이 마뜩잖았지요. 이제는 대국의 정세도 안정되었으니, 주변인에 대한 배려도 이제 적당히 하셔도 될 듯합니다."

한마디로 디자이너 지인 있다고 억지로 입어주지 말고 예쁜 옷 입어, 라는 소리다. 플럼이 결국 견디지 못하고 나서려고 했으나, 마틸다가 플럼의 손을 잡았다. 유리의 동생이긴 하지만, 그녀는 엄연히 따지자면 평민이다. 이런 자리에서 함부로 나섰다간 경을 칠 것이다.

"그렇게 생각해주시니 감사할 따름입니다."

에넌이 답했다. 플럼은 배신감 넘치는 눈으로 에넌을 바라봤다. 형부 미쳤어요?! 우리 언니 욕하잖아요! 그러나 에넌의 말은 끝나지 않았다.

"크런트리의 옷이 퍽 궁금하군요."

"황공합니다."

크런트리라는 남자가 고개를 숙였다. 후작이 한술 더 떴다.

"역시 뭐든지 간에 남자들이 훨씬 잘 하기 마련이죠. 여기 크런트리로 말할 것 같으면 타페앙에서 벌써 10년 넘게……."

"어머나, 서운해라."

끼어든 것은 론다 백이었다. 타페앙 후가 눈썹을 치켜뜨며 론다 백을 맞았다.

"론다 백."

"그렇게 말씀하시면 여자의 몸으로 론다를 통치해온 저는 약간 섭섭하답니다?"

상대를 본 타페앙 후가 씩 웃었다.

"뭐, 론다 백의 분투는 나로서도 아주 높이 사고 있소만."

뒤에 생략한 말은 충분히 예상할 수 있었다. 론다는 가난한 영지. 여자가 아무리 영지를 경영해봐야 그 정도 아니겠나, 하는 것이었다. 아름답게 치장한 론다 백이 빙그레 웃었다.

"그리고, 이 자리에 계시지 않은 여왕 폐하께서도 퍽 섭섭하시겠는걸요?"

"흠, 그야……. 여기 있는 라이언하트 공작의 훌륭한 보좌 덕도 크지요."

그제야 타페앙 후는 눈치를 보는 시늉을 했다. 그러나 그의 말은 다분히 여러 가지 의미를 담고 있었다. 통치의 잔 덕에 대륙을 통일했잖아? 그런 걸 온전히 그녀의 공이라고 할 수 있겠어?

그때, 에넌이 입을 열었다.

"그런데, 궁금한 것이 있습니다."

"말씀하시오. 내 대답할 수 있는 거라면 기꺼이 대답해 드리리다!"

"당신은 어떤 생각을 가지고 옷을 만들지?"

질문은 타페앙 후가 아닌 크런트리에게로 쏟아졌다. 크런트리가 당황해하며 고개를 숙이고 대답했다.

"저는, 높으신 분들의 미의식에 맞추어 보다 아름답고 우아하며, 미의 극상을 추구하는……."

"그러니까, 아름다운 옷을 만든다는 거군?"

"예에……."

크런트리가 몸을 낮추며 미소 지었다. 에넌이 턱을 만지작거렸다.

"타페앙 후 부부께서 입으신 옷은 아주 아름답네. 멋지군. 내가 봐도 놀라울 정도야. 아마 자네는 두 분의 주문을 받아 상의한 후 만들었을 테니, 이것이 타페앙 후 부부의 고아한 미의식이시겠지. 그렇지 않나?"

"예에. 그렇습니다."

"그래. 그러면 내게는 어떤 옷을 만들어 줄 생각인가?"

"그, 공작 각하께서 원하시는 옷의 재질이라든가, 모양새를 말씀해 주시면……."

에넌의 입술이 휘어졌다.

"나의 미의식은 궁금하지 않나?"

"예? 물론……."

크런트리가 말을 이으려 했으나 에넌은 그의 말을 잘랐다.

"제 아비의 목을 직접 자른 자의 미의식은 어떨 것 같나?"

쌍심지를 켰던 이들까지 말을 잃었다. 모두의 눈에 켜졌던 헤드라이트들이 하나둘씩 꺼졌다. 대신 당황한 눈으로 에넌을 바라봤다. 에넌은 환하게, 정말 아름답게 웃으며 말을 이었다.

"아름다움이란 무엇인가?"

"……각하."

"말해 보게. 자네가 생각하는 아름다움이란 무엇인가?"

천사와 같은 얼굴로 말하는 에넌 라이언하트였으나, 그의 심기가 아주 불편하다는 것은 모두가 알아차렸다. 타페앙 후작은 이마를 찡그렸으나, 그 또한 자신이 심했다는 것을 뒤늦게 알아차린 터다.

"말하기 어렵나?"

"그것이……."

"크런트리."

"예에……."

"나는 아름다움은 사람의 삶에서 중요하다고 생각하지 않았네만, 최근 생각이 조금 바뀌었다. 자네가 만든 옷들은 아주 아름답고 화려해. 보는 사람의 눈을 사로잡지."

심기가 불편했던 게 아닌가? 모두가 눈을 껌벅였다.

"사람의 삶에서 아름다운 것은 꼭 필요해. 보는 사람의 마음에 위안을 주고, 때로는 살아갈 용기나 동기를 만들지."

"……."

"그렇게 내게 말한 사람이 있다."

그게 누구인지 말하지 않아도 모두가 알 수 있었다. 타페앙 후가 유리 쪽을 쳐다봤다. 유리는 얼굴이 벌게진 채로 에넌을 바라보고 있었다. 그러나 에넌은 여전히 온화한 얼굴로 크런트리에게 말하고 있었다.

"그 사람은 입는 사람이 만족할 만한 옷을 만들고 싶어 하지. 편하고, 아름다운 옷. 자네와 비슷한 생각일 수도 있겠군."

"……."

"그렇지만 사실 나는 가끔 생각한다네. 눈에 보이는 아름다움보다 진실로 중요한 것이 있지 않을까? 하고. 물론 그렇게 말했다가 그 사람에게 혼나기는 했지만, 여전히 그렇게 마음 깊은 곳에서는 생각하고 있어."

"각하."

타페앙 후가 불편한 듯 입을 열었다. 에넌은 미소 지으며 타페앙 후 쪽을 바라봤다.

"타페앙 후. 호의는 정말로 감사합니다. 저는 타페앙 후께서 저를 위해 아주 크게 신경 쓰셨으며, 또한 오늘의 타페앙 후 부부의 연회복에는 정말로 큰 칭찬과 감탄을 보냅니다."

"……."

"그렇지만 괜찮습니다. 타페앙 후의 미의식에 맞는 재단사가 있는 것처럼, 제게도 저와 꼭 의견이 맞는 재단사가 있으니 말입니다."

"그렇습니까. 그렇다면 어쩔 수 없지요."

"예에."

실로 우아한 축객령이었다. 라이언하트 공작이 부드럽게 손을 뻗어 타페앙 후와 악수했다. 타페앙 후 부부는 에넌에게 인사하고 물러났다. 그제야 근처의 모두가 탁, 하고 긴 숨을 내뱉었다. 유리는 거의 울 것 같은 표정이었다. 에넌은 타페앙 후 부부가 완전히 물러나 연회장의 한쪽에서 다른 이들의 인사를 받는 것을 확인한 뒤에야 유리를 돌아봤다.

"유리, 미안합니다."

"에넌."

"본의 아니게 곤욕을 치르게 해 버렸군요."

"아니, 아니에요."

유리는 얼굴이 새빨개져 고개를 흔들었다. 에넌이 손을 뻗어 유리의 머리카락을 정돈했다. 손길 끝에 진하디진한 애정이 녹아 있어, 누구나 두 사람이 깊이 사랑하고 있음을 알 수 있었다.

"그때 당신은 내게 눈에 보이는 것은 중요하다고 말했지만, 나는 사실 아직도 그렇게 생각한답니다. 눈에 보이는 것보다 더 중요한 것이 분명 있노라고. 못되었지요?"

"아뇨, 에넌."

유리는 눈을 꾹 감았다 떴다. 타페앙 후의 무례함에 에넌은 그만의 방식으로 무례함을 감싸 안았다. 어쩌면 그만이 돌려줄 수 있는 방식일 수도 있었다. 화려하게 차리고 온 이들에게 당신들이 아는 것보다 훨씬 중요한 것이 있으며, 그것을 자신은 온전히 누리겠노라고 선언한 에넌 라이언하트를……. 어떻게 사랑하지 않을 수 있을까.

"필요한 말이었어요."

"그렇습니까."

"네에."

유리는 에넌의 상박을 붙잡고 타페앙 후 부부 쪽을 바라봤다. 어느새 사람들이 타페앙 후 부부 쪽으로 몰려들고 있었다. 그렇게나 화려한 옷을 입었으니 당연하다. 에넌에게 그런 이야기를 들었다 해도, 눈치가 없는 자들은 아마 에넌이 어떤 말을 했는지 모를 것이다. 그리고 안다고 해도 그들의 모습은 눈길을 사로잡았다.

"제 가치만이 옳은 세상은 없어요, 에넌."

"……."

"누군가에게는 그들이 옳고, 아름답고, 이상형이겠죠."

"그렇게 생각합니까?"

"네. 저는 다만 사람들에게 또 다른 선택지를 만들어 보여줄 수 있다는 것으로 족해요. 당신 말마따나……."

유리가 에넌의 푸른 눈동자를 바라봤다. 그 안에는 유리가 상상도 못 할 만큼 넓고 깊은 다정함이 일렁이고 있었다.

모든 사람들이 나를 옳다고 하지 않아도 괜찮다. 누군가는 유리의 옷이 초라하다고 할지도 모른다. 화려한 옷이 좋고, 비싸고 눈알 튀어나올 만큼 장식이 주렁주렁 달린 것이 불편해도 예쁘다고 좋아하는 사람들이 있을 것이다.

그것을 유리가 감당하거나 화내거나 슬퍼하거나 분해할 필요는 없다.

자신이 옳다고 생각하는 길을 끝까지 쭉 가는 것으로 충분하다.

"보이는 것보다 더 중요한 것이 제게도 있거든요."

연인이 숨죽여 웃었다.

플럼은 생각했다. 우리 형부 짱이다!

연회가 열리는 3일 내내 타페앙 후 부부는 보란 듯이 엄청난 옷들을 입고 왔다. 그들이 연회의 주인공 같다고 말하는 사람까지 나타나자, 몇몇 사람들은 에넌에게 그들의 험담을 하기도 했다. 그러나 에넌은 신경 쓰지 않았다. 유리도 마찬가지였다.

여왕이 없으니 자연스레 시선이 타페앙 후 부부에게 몰렸다. 유리와 에넌의 옷을 신기해하는 사람들도 많았으나, 타페앙 후 부부의 옷에 매료된 이들도 많았다. 어쨌든 허리를 잔뜩 졸라매고 온통 화려하게 장식해놓았으니, 그쪽에 익숙한 이들은 '역시 여성미를 강조하는 쪽이 더 좋다'는 소리를 하기도 했다.

연회는 아무 이상 없이 끝났다. 하루하루 날들이 흘러갔다.

"예상대로랄까……."

"네."

"신기하네요."

유리와 아이비는 아타락시아 바로 옆 골목에 세워진 커다란 의상실을 보며 말했다. 두 사람은 그 의상실 건너편의 찻집에서 차를 마시고 있었는데, 의상실은 바로 크런트리의 것이었다.

간판부터 화려했다. 금박을 잔뜩 새겨 넣은데다가 엄청나게 멋진 글씨로 '가드너 의상실'이라고 쓰여 있다. 그리고 아타락시아처럼 통유리는 아니었지만, 상점의 전면에는 쇼 윈도우 같은 것을 설치했다. 쇼 윈도우 안에는 역시 엄청나게 화려한 옷들. 허리를 꽉 조이고, 엉덩이는 부풀렸으며 보석을 잔뜩 박은 것들이다.

"가드너면 정원사를 해야 하는 거 아니에요?"

"뭐, 옷이 보석의 숲 같기는 하네요."

유리가 웃었다. 아이비는 약간 성을 냈다.

"기껏 유리가 멋지고 편한 옷들을 만들었는데!"

가드너는 귀족만 공략하지는 않았다. '평민 아가씨들도 저렴하지만 화려하게!'를 내걸고, 보석 대신 나무로 깎은 틀 위에 아름다운 실크를 올리거나 벨벳을 올려 보석처럼 보이게 하는 기법을 썼다. 그래도 비싸긴 했지만, 평민 아가씨들이 큰마음 먹고 사면 사지 못하는 가격은 아니었다. 아타락시아와 비슷한 전략이다.

금실을 쓰기도 했다. 가슴을 잔뜩 드러내고 그 위에 금실로 자수를 놓은 드레스를 보고 있으면 아무래도 눈을 빼앗길 수밖에 없는 것이다.

"뭐 어때요. 화려한 것을 좋아하는 사람도 있는 거지요."

유리가 찻잔의 티스푼을 빙글빙글 저었다. 요즘 발렌시아에는 찻집이 유행하고 있었는데, 여왕이 살롱을 열지 않으니 생긴 것이었다. 여왕은 사교계니 뭐니 하는 것들을 귀찮아했다. 자연스레 수도에 머무르는 귀족들이 눈치를 봤다. 라이언하트 공작 또한 미혼이니 살롱이 열릴 리 만무했다. 몇몇 귀족들이 아타락시아를 찾아오기도 했지만, 유리는 예전처럼 아타락시아에 항상 있지 않았기 때문에 역시 교류가 불가능했다.

그러던 귀족들은 발렌시아의 상업 거리에 주목했다. 상업 거리에는 수많은 식당들이 있었고, 그중에서도 고급스러운 몇몇 식당들이 귀족들의 교류의 장이 됐다. 상인들도 마찬가지였다. 여왕은 발렌시아 개국에 공헌하지 않은 귀족들에게 연금을 끊었으니 귀족들은 하루빨리 사업을 벌여야 했다. 상인들은 투자자가 필요했다. 서로의 이해가 맞은 귀족과 상인들이 상업 거리에서 만났다. 점점 식당과 찻집이 늘어났다. 유리가 앉아 있는 것도 그런 찻집 중 하나였다.

"심지어 줄을 서잖아요?"

"저것도 광고 효과인 거지요."

크런트리는 자신의 의상실에서 예약을 받지 않았다. 광고 효과를 노리는 것이었다. 크런트리의 의상실에서 옷을 맞추고 싶은 여인들이 줄을 섰다. 귀족들도 대부분 하녀들을 대신 줄 세웠다. 의상실 앞에 매일 사람들이 줄을 서 있으니 다들 궁금해서 기웃거렸다. 가뜩이나 시선을 끄는 옷들이니 모두들 가서 구경했다. 자연스레 매출이 늘었다.

"아타락시아는 매출 괜찮은가요?"

"에이, 아시면서."

유리가 눈웃음쳤다.

"칼레가 있잖아요. 저 정도는 끄떡없어요. 게다가 아타락시아는 저런 옷을 만들지 않으니까, 손님을 빼앗기기는 했지만, 별 상관은 없죠."

"뭣보다 고정 고객님이 계시고."

"예."

유리가 고개를 끄덕였다. 여왕, 쎄시아였다.

쎄시아는 요즘 본격적으로 아타락시아의 옷들만 입고 다녔다. 유리가 입은 블라우스와 치마바지 또한 쎄시아가 가장 사랑하는 옷이 됐다. 유리가 입었을 때는 청순해 보이던 블라우스는 쎄시아가 입으니 엄청나게 화려해 보였다.

유리는 조금 슬픈 기분이 됐다.

"가슴……."

가슴이 없는 유리의 궁여지책이었는데, 쎄시아가 입으니 엄청난 모습이 됐다. 가슴부터 어깨, 등라인까지 온통 감싸는 레이스 칼라 덕분에 박력이 대단했다. 어떻게 보석 하나 안 달고 그렇게 화려하고 멋있냐고……?

"역시 될놈될 안될안……."

"예?"

"아, 아니에요. 혼잣말을 좀 했어요."

아이비가 픽 웃었다. 유리는 빠르게 말을 돌렸다.

"그나저나 엄청나게 바쁠 텐데, 제게 시간을 이렇게 내주어도 돼요?"

"그럼요. 다른 사람도 아니고 유리인데."

밴딧과 아이비의 결혼식은 고작 3일을 남겨두고 있었다. 아이비는 결혼식이 코앞임에도 불구하고 매일 왕성에 출근하고 있었는데, 그 일렉사 백작부인이 제발 들어가 쉬라고 하는데도 고개를 내젓는 모양이었다.

"몸 괜찮아요?"

"그럼요. 생각보다는 버틸 만해요."

"버틸 만……."

"음, 좀 짜증이 쉽게 나고, 팔다리가 쉽게 부어서 서 있기도 앉아 있기도 힘들고, 소화도 안 돼서 매일 속이 뒤집히는 정도?"

"……별로 안 양호한데요."

"아마 더 심해지겠죠?"

그렇게 말하며 아이비는 싱긋 미소 지었다. 유리는 묘한 기분이 됐다. 아이비의 배는 아직 납작했지만 그녀는 어쨌든 임산부였다.

아이비의 임신 소식은 모두에게 무시무시한 여파를 가져왔다. 플럼은 듣자마자 밴딧의 머리를 쥐어뜯어 놓을 뻔했다고 한다. 언제부터 그렇게 친했는지는 모르지만……. 아무튼 아이비의 집에서는 굉장한 반응이 돌아왔다는데, 기뻐하면서도 밴딧의 멱살을 쥐는 어머니와 패닉이 된 아버지 같은 풍경이었다나.

아이를 가져 결혼하는 커플은 사실 쉬쉬해서 모를 뿐, 꽤 많았다. 아이비 정도 되는 하급 귀족은 특히 더 그랬다. 자유연애가 성행한 지는 좀 됐고, 발렌시아의 경우 쎄시아가 승승장구하던 시절에 이미 자유연애가 유행했다니 말 다 했다.

그렇지만 아이비가 그렇게 결혼하는 것은 굉장히 의외였다. 유리는 조심스럽게 아이비에게 상자를 내밀었다.

"저, 이거 선물이에요."

"뭔가요? 열어봐도 되나요?"

"그럼요!"

"어머나."

아이비는 보기 좋게 세공된 상자를 받아 열어보고 감탄했다. 사파이어 캐보션. 유리가 아스완에서 니겔에서 받은 것이었다.

"제가 아는 풍습 중에서는 새신부에게 파란 것을 선물하는 풍습이 있거든요. 제가 가진 파란 것 중에서 가장 좋은 것이에요."

"세상에, 유리. 너무 예뻐요. 그치만 엄청나게 비쌀 텐데……."

"아이비에게 그런 게 아깝겠어요?"

유리가 윙크했다. 아이비는 감동한 얼굴로 사파이어를 꺼내 햇빛에 비추어 봤다.

"엄청나게 크고 예쁘네요. 이걸 어떻게……."

"본래는 제가 세팅하려다가, 역시 받는 사람이 마음에 들어야 하지 않을까 싶어서 그냥 드리게 됐어요. 나누어서 반지를 만들어도 예쁘겠죠?"

"정말 고마워요."

아이비는 상자 안에 소중하게 사파이어를 집어넣고 꼭 쥐었다. 유리는 슬쩍 눈치를 보다가 입을 열었다.

"그런데 아이비."

"네에."

"저 뭐 하나만 물어봐도 돼요?"

"음? 유리는 언제든지요."

아이비가 눈을 깜박였다. 유리는 그 뒤로도 한참 망설이다가, 겨우 말을 꺼냈다.

"왜 결혼을 결심하게 됐어요?"

"뭐야. 그런 걸 물어보려고 그렇게 고민한 거예요?"

예상외로 아이비는 시원스럽게 웃었다.

"전 한참이나 고민하기에, 혹시 밴딧을 사랑하나? 싶었다고요."

"그럴 리가요!"

아이비가 하하 소리를 냈다. 유리는 얼굴이 빨개졌다.

"저, 아이비는 발렌시아에서 오래 일하고 싶다고 했잖아요. 여왕님께 오래 봉공하고 싶다고……."

"그랬죠."

"그렇지만, 결혼하면……."

"음."

아이비의 표정이 장난기를 머금었다.

"유리가 내게 그런 소리를 할 줄은 정말 몰랐는걸요."

"……."

"저는 유리 덕분에 결혼할 결심을 했는데."

"예?"

유리가 놀라 눈을 크게 떴다. 아이비는 환하게 웃으며 말을 이었다.

"뭐, 맞아요. 밴딧이 제게 처음에 접근할 때는 그냥 좋은 사람이지만, 결혼은 하지 말아야지 하고 생각했답니다. 유리도 아시다시피 저희 부모님은 굉장히 보수적인 분들이니까요. 아마 결혼하고 아이를 낳으면 일 같은 건 그만하고 집안일에 집중하라고 하셨겠죠."

"……."

"그렇지만 저는 유리를 보고 생각한 게 있어요. 유리는 그런 건 신경 쓰지 않잖아요."

"어……."

그런가? 유리가 눈알을 굴렸다.

"유리가 공작님과 어떻게 연애하게 됐는지 다 말해주었잖아요. 저는 그때 유리의 말이 정말 신기했어요. 왜 저는 여태까지 이건 하면 저건 못한다고 생각했을까요? 둘 다 할 수도 있는데. 저도 하고 싶은 건 다 하고 싶어요, 유리."

"아……."

아이비가 배를 어루만지며 눈을 내리깔았다.

"저는 결혼 같은 건 하고 싶지 않았던 사람은 아니에요. 사랑하는 사람을 만나서 행복한 가정을 꾸리는 것도 제가 하고 싶은 일이랍니다. 다만 그것보다 더 하고 싶은 일이 많을 뿐이죠. 그러면 그걸 다 하면 되는 거예요."

어릴 적부터 아이비가 들어왔던 이야기. 사랑하는 사람을 만나서 좋은 아내가 되렴. 반감이 들었지만, 그것이 싫은 일은 아니었다. 선택지가 그것밖에 없는 걸까? 하고 의문을 가졌을 뿐. 더 하고 싶은 일이 있었던 것이지, 그러고 싶지 않은 건 아니었다.

"아마 힘들겠지만, 괜찮을 거예요. 여왕 폐하가 계시잖아요."

"아이비."

쎄시아는 아이비가 결혼한다는 말에 크게 기뻐하면서도 그녀를 걱정했다. 유리와 같다. 그러나 아이비는 시험해보고 싶었다. 자신이 어디까지 할 수 있는지. 아이비의 도전은 적어도 친구들에게만은 응원받으리라.

"그리고 밴딧도 제게 그런 삶을 강요하지는 않으리라고 생각해요. 그 라이언하트 공작님의 바로 옆에 있는 사람이잖아요?"

아이비는 밴딧이 싫지 않았다. 오히려 좋았다. 밴딧은 자신에게 여자가 뭐 하러 이런 일을 하냐고 묻지 않았고, 오히려 아이비를 만나서 기쁘다고 말했다. 매번 성 안에서 만날 때마다 기뻐했고, 아이비에게 힘드냐고 묻기는 했으나 그만두라고 말하지는 않았다. 아스완으로 가는 길, 마차 안에서 밴딧은 오만 가지 이야기를 했다. 토끼 같은 자식새끼와 여우 같은 아내를 만나 좋은 가정 꾸리고 사는 것이 제 꿈이라고.

그러나 아이비를 만나기 시작하고 나서, 밴딧은 아이비에게 그런 말을 단 한 번도 하지 않았다. 아이러니하게도 그게 아이비가 밴딧과 결혼하기로 한 이유였다.

"공작님이요?"

하지만 유리가 눈을 동그랗게 뜨고 물었을 때, 아이비는 빙그레 웃기만 했다. 그런 이야기까지 다 할 필요는 없다. 제 눈앞의 친구 또한 그런 것들에 고민하는 여인이다. 그렇지만 이런 종류의 결심은 스스로 해야 하는 것이다. 아이비가 백날 이런 이야기를 해 봐야 자신이 답을 찾기 전까지는 어떤 이야기도 와닿지 않는다.

그래서 아이비는 능글맞게 답했다.

"밴딧이 갓난애를 안고 집무실에서 달래며 근무해도, 최소한 밴딧에게 '부인은 집에서 뭐 하고?!' 같은 구박은 안 하시지 않겠어요?"

웃음이 터졌다. 아이비는 스리슬쩍 한술 더 떴다.

"그리고 이런 말 하면 제가 되게 나쁜 사람 같기는 한데요."

"뭔데요?"

아이비는 장난스럽게 배를 두 손으로 가렸다.

"아가 귀 막아."

"뭐예요?"

"밴딧은 부모님이 안 계셔서 제가 편해요."

숨죽인 웃음이 터졌다. 지나가던 사람들이 흘깃흘깃 두 사람을 쳐다보며 걸어갔다.

5
여왕 쎄시아의 반바지

초여름이 다 되었다. 발렌시아 사람들의 옷이 점점 가벼워지던 참이다. 여왕은 오랜만에 작은 식사 자리를 마련했다. 연회 비슷하기는 하지만, 동쪽 성의 회랑 정원을 개방하고 그 안에서 저녁을 먹는 정도였다. 여왕의 친구들이 모였다. 그중에는 물론 유리도, 에넌도 있었다. 단딜리온 재상과 일렉사 백작부인, 그리고 레스타도 있었다. 그 외에도 몇몇 내무대신들과 귀족들이 있었다.

저녁이지만 기온이 따뜻해서 음식들은 차가운 것이 주류를 이뤘다. 여왕은 "일주일 동안 술 끊었으니 오늘은 21잔을 마시겠다!"고 말했다가 단딜리온 재상의 차가운 눈빛에 시무룩해졌다.

"아니, 하루에 석 잔이라며!"

"그게 7일 동안 참았다가 몰아서 21잔을 마셔도 된다는 의미는 아닙니다."

"그러면 내가 억울하지 않소!"

"뭐가 억울합니까!"

"억울해!"

자리에 모인 사람들은 모두 여왕의 이런 모습에 익숙한 자들이었다. 결국 마틸다가 웃음을 참으며 차갑게 식힌 젤리를 내놓고 나서야 여왕이 겨우 진정했다.

"뭐야, 이건?"

"발포주 젤리입니다."

"술 맛 나?"

"주방장 말로는 그렇다는군요."

쎄시아가 스푼으로 젤리를 떠 음미한 후, 말했다.

"주방장에게 금화 열 닢을 내려."

여왕의 반응을 보고 모두가 젤리를 한 스푼씩 떠서 맛봤다. 젤리 안에는 발포주의 톡 쏘는 맛이 훌륭하게 재연돼 있었으며, 더불어 상큼한 맛도 났다. 유리 또한 젤리를 먹고 감탄했다. 이런 건 어떻게 만드는 걸까?!

그러나 어쩐지 낙담한 듯한 사람도 있었다.

"이런."

바로 유리의 연인, 붉은 머리의 미남이었다. 에넌 라이언하트는 유리가 맛있게 젤리를 먹는 모습을 보더니 어쩐지 실망한 듯 신음했다. 유리가 물었다.

"왜요?"

"아닙니다. 맛있습니까?"

"예!"

"다행입니다. 유리는 먹는 것도 귀엽습니다."

"……꼭 그렇게 습격처럼 칭찬해야 해요?"

"그러면 예고하고 할까요?"

"아뇨. 완전 좋으니까 맨날 그렇게 해주세요."

"예, 알겠습니다."

만담인지 뭔지 알 수 없는 두 사람의 대화에 여왕이 투덜댔다.

"에넌."

"예."

"꼴 보기 싫다."

"언제는 연애하지 않는다고 뭐라 하시더니. 어느 장단에 맞춰 춤을 춰야 합니까?"

여왕이 픽 웃으며 입꼬리를 올렸다. 제 동생은 말솜씨가 유려한 애인을 만나더니 퍽 비아냥대는 것이 늘었다.

"재상."

"예."

"역시 왕관을 넘기고 내가 은퇴하는 게 나을까?"

재상은 스푼을 들고 젤리를 뜨다 말고 이마를 찡그리더니 답했다.

"솔직히 말하면 반대하고 싶습니다만, 그게 라이언하트 공작에게 가장 싫을 일이라는 점에서는 지금만은 찬성하고 싶군요."

웬일로 농담을 다 했다. 모두가 재상의 농담에 눈을 크게 떴다가 숨죽여 웃었다.

"니겔 굴랍 카움은 오늘 불참인가?"

"잘 모르겠습니다. 보통 불참하실 때는 전갈을 주시는데."

일렉사 백작부인이 고개를 숙였다. 니겔은 봄 내내 아스완에 가 있다가, 얼마 전 다시 발렌시아에 온 참이었다. 그는 아르시노에에게 구혼하던 것은 까맣게 잊은 듯이 여왕에게 끊임없이 구혼했으나, 여왕은 그를 상대도 하지 않아 왔다. 그래서 여왕이 니겔을 찾는 것을 모두가 신기하게 여겼다.

"니겔도 부르셨어요?"

"음. 오늘은 편한 자리니까 말이지."

쎄시아가 웃었다. 오늘 쎄시아는 유리가 만들어 준 실내 가운을 입고 있었다. 말이 가운이지, 가운 형식으로 끈을 여며 긴 드레스처럼 만드는 옷이었다. 랩 드레스라고 부르는 물건이었고, 이제 궁의 사람들은 쎄시아가 몸매를 드러내는 옷을 입는 것에 하도 익숙해져서 민망해하지도 않았다.

"그런 자가 하나쯤 있으면 재미있잖아."

"귀찮아하셨잖아요?"

"난 뻔뻔한 자도 좋아하거든."

쎄시아는 빙글빙글 웃었다. 재상이 눈을 부라렸다.

"그자는 안 됩니다."

"이런, 재상."

여왕이 한숨을 쉬었다.

"사실은 나를 결혼시키고 싶지 않은 것 아니오?"

"그럴 리가 있겠습니까?"

"그게 아니라면."

여왕이 보란 듯이 손을 꼽았다.

"내게 접근하는 남자들마다 이놈도 안 된다 저놈도 안 된다. 매번 안 된다고 하는 이유가 뭐요?"

"그렇게 아무에게나 구혼하는 남자를 폐하의 옆에 둘 수는 없단 말입니다."

"재미있잖아."

쎄시아가 깔깔 웃었다.

"나름대로의 이유로 구혼하고 있다고. 어쨌든 그도 알-카움을 위해 구혼하는 것 아니겠소? 자신의 영지를 위해 돈 많은 여자라면 일단은 구혼하고 보는 게 제법 웃겨. 자기가 잘생긴 것도, 뻔뻔하다는 것도 잘 알고 있어서 더 재미있다고."

"설마……."

유리가 침을 삼켰다. 정말 그 남자가 마음에 든 건 아니겠지? 그러나 쎄시아는 어깨를 으쓱했다.

"물론 그대의 조카는 재미있다고 결혼하는 멍청이는 아니니까 안심하시오, 재상."

"……결혼하기 싫어서 대륙을 정복한 분이 하실 말씀은 아닌 것 같습니다."

작은 웃음이 물결처럼 퍼졌다. 식사는 간단했고, 식탁이 치워졌다. 긴 의자들이 사자의 홀에 준비됐고, 저마다 쿠션을 깔고 드러눕거나 앉았다. 여왕은 격식을 차리는 걸 싫어했다. 온갖 이야기들이 지나갔다. 아이비의 배가 산만해졌다는 이야기, 밴딧이 요즘 매일 덕분에 일찍 퇴근한다는 이야기부터 올랭피아가 어쩌고 하는 이야기, 단딜리온 재상의 영지에서 세금이 예년보다 더 많이 거둬졌다는 이야기와 마틸다가 키우던 강아지가 부쩍 컸다는 이야기까지 온갖 화제가 지나갔다.

"참, 그러고 보니 요즘 터무니없이 화려한 게 유행이라며?"

여왕이 잠깐 생각났다는 듯 물었다. 일렉사 백작부인이 고개를 끄덕였다.

"그렇습니다. 타페앙 후 부부가 유행시켰는데……. 요즘 발렌시아의 보석상들이 재미가 좋다더군요."

"그런가."

"어쨌든 요즘 귀족 여러분들이 재미가 없는 건 사실이니까요."

파티도 적고, 들어오는 돈도 적다. 그러면 아끼면 그만이련만. 특권 계급들은 언제나 남들과 다르고 싶어 했다. 그러던 중 눈에 들어온 크런트리의 옷은 그들이 좋아할 품목이었다.

"도로 코르셋을 꽉 조인다니. 난 그런 건 시켜줘도 안 할 텐데. 주먹만 한 다이아를 달아놓은 드레스라도 안 입을 거야."

"그야 폐하는 다이아몬드 따위는 창고에 엄청나게 많으시니까 그렇지요. 그것만 가진 사람들은 과시하고 싶은 법입니다."

"그런가."

일렉사 백작부인의 말에 쎄시아가 고개를 갸웃했다.

"유리, 장사는 어떤가."

"뭐, 아타락시아 매출이야 저는 이제 잘 모르죠."

유리가 웃었다. 자리에 앉은 레스타가 대신 답했다.

"크런트리와 아타락시아의 노선이 다르니 매출에는 큰 타격은 없습니다. 다만 칼레에서 취급하는 사치품들이 조금 매출이 줄었습니다만……."

"보석상들이 저마다 크런트리에 물건을 대려고 난리라더군요. 게다가 폐하까지 맞물려서……."

"나?"

쎄시아가 눈을 동그랗게 떴다. 레스타가 부드럽게 미소 지었다.

"지난해 구휼 때 워낙 아름다우셔서, 그때의 폐하의 모습을 그린 그림이 불티나게 팔렸다고 합니다."

"그런가. 그게 무슨 상관인데?"

"그때 하신 루비 목걸이와 귀걸이가……."

"아하?"

쎄시아가 유리 쪽을 쳐다봤다. 유리는 어깨를 으쓱했다.

"남 좋은 일 시켜준 셈이죠."

그렇다. 루비 광산 때문에 유행을 시키려던 화려한 보석 장신구들. 쎄시아에게 입혀 내보낸 덕에 크게 유행하게 됐다. 그러나 정작 유리는 투자한 아스완의 광산이 망하는 바람에, 발렌시아의 보석상들만 신이 났다는 이야기다.

“그만한 유색 보석들은 워낙 사치재라서 아마 당분간 유행이 계속될 겁니다. 일단 한 번 보석을 산 귀족들은 계속해서 세팅을 바꿔 하고 나올 테니까요.”

“저런. 내 유리가 아깝게 됐군.”

“검은 벨벳을 그만큼 팔아치웠으니, 보석은 손 털렵니다, 저는.”

유리가 짐짓 손을 내저었다.

“욕심이 과하면 큰일 나는 법이에요.”

“이런, 유리. 이리 와.”

쎄시아가 눈썹을 누그러뜨리며 팔을 벌렸다. 유리는 기꺼이 쎄시아에게로 다가가 안기며 훌쩍이는 시늉을 했다.

“내 유리는 광산 한 번으로 깨달음이라도 얻은 모양이지?”

“훌쩍훌쩍. 말이 5억 싱이지 보통 사람이었으면 파산이었다고요.”

“그래, 욕심이 적은 건 좋은 법이지.”

쎄시아가 제 옆에 유리를 앉히고 유리의 고불고불한 머리카락을 손가락 끝으로 말아 쥐었다. 유리의 머리는 또 자라, 그 곱슬곱슬한 볼륨감이 제법 손맛이 좋았다. 쎄시아는 손끝에 닿는 부드러운 감촉을 즐기며 웃었다.

“하지만 짐의 사업에는 욕심을 부려주길 바라.”

“폐하.”

“응?”

"부자 되실 거예요……."

이렇게나 알뜰히 저를 부려먹으니 말이죠, 라는 의미가 담긴 유리의 말에 쎄시아가 킥킥 웃었다.

"재상. 품질 관리는 어떻게 됐지?"

"면실크를 말씀하시는 거라면 아스완의 품질 관리는 성공적입니다. 그 외에도 다른 남부에서도 면실크 관리가 꽤 잘 되고 있죠. 아스완만큼은 아니지만, 내년에는 아스완에서 면실크 장인들이 다른 곳으로도 파견될 예정이니 마음 놓으셔도 됩니다."

"사람이 일일이 짜는 거니까 말이야. 역시 본인이 직접 내려간 곳의 품질을 따라갈 수는 없는 걸까."

그렇게 말하며 쎄시아가 유리의 머리카락을 쓰다듬었다. 그 감촉이 간지러워서 유리가 어깨를 움츠렸다.

"도로 정비도 그러고 보니 시작하셨지요?"

"그래."

쎄시아가 지금 가장 크게 추진하는 사업 중 하나가 도로 정비였다. 대륙의 도로를 모두 정비하고, 커다란 길들을 이어 남쪽 끝에서 북쪽 끝까지, 동쪽 끝에서 서쪽 끝까지 이으려는 심산이다. 그렇게 되면 가장 작고 오지에 있는 영지에서도 발렌시아까지 오는 것이 어렵지 않아질 것이다.

"봐둔 곳은 있는가?"

"아직 잘 모르겠어요."

유리가 머뭇거렸다. 유리가 재봉학교를 만드는 것은 아직 좀 나

중 일이다. 도로 정비가 어느 정도 진행되면 유리는 그중에서도 교통이 제법 괜찮은 곳에 학교를 차리고 싶었다. 처음에는 발렌시아에 차리려 했지만, 발렌시아는 그렇잖아도 수도이기 때문에 복잡하다. 게다가 날씨가 너무 들쭉날쭉했다. 여름에는 죽도록 덥고, 겨울에는 죽도록 춥다.

"벨름 정도의 날씨라면 좋을 텐데……."

"안 돼. 벨름은 너무 멀어."

여왕이 엄한 얼굴로 말했다. 에넌이 투덜거렸다.

"말할 사람이 좀 바뀌지 않았습니까?"

"불만이면 네가 먼저 하지 그랬어?"

"예에, 예에."

발렌시아에서 벨름은 꼬박 말을 달려 한 달 거리다. 여왕은 불편하다며, 적어도 발렌시아에서 보름 내외의 거리로 갈 것을 명했다. 그러면 후보는 어디가 있을까. 유리는 사실 생각해 놓은 곳이 없는 건 아니었으나 굳이 입 밖에 내지는 않았다. 아직은 먼 훗날의 일이기 때문이다. 사람 일은 모르는 것이다.

그때였다.

"니겔 굴랍 카움 님이 오셨습니다."

자리에 있던 사람들이 눈을 깜박거렸다. 이제야 왔다고? 발포주 잔을 들던 여왕이 눈썹을 들썩이며 말했다.

"들어오라고 해."

"예."

문이 열렸다. 익숙한 검은 피부의 남자는 문이 열리자마자 쾌활하게 성큼성큼 들어왔다.

"폐하, 늦어서 죄송합니다! 본래대로라면 아름다우신 폐하를 뵙기 위해 오전부터 궁 앞에서 동동걸음을 쳐도 모자랄 지경이지만……."

"본론만 해."

"네. 기쁜 일이 있어서 늦었습니다. 그야 폐하께서는 저의 사업에는 요만큼의 관심도 없으시겠지만, 저로서는……."

"본론만 하라고. 뭔데?"

쎄시아가 웃으면서도 약간 짜증을 내자, 니겔이 씩 웃었다.

"클로드 자작님."

"예? 저요?"

"일어나십시오."

"왜요?"

유리는 궁금해하면서도 일어섰다. 니겔이 웃으며 팔을 활짝 벌렸다.

"제게 입 맞추셔도 됩니다!"

라이언하트 공작이 쎄시아 발렌시아에게 물었다.

"제가 가진 면책권은 어느 선까지 허용됩니까?"

"백작까지만 돼. 재 백작이니까 아슬아슬하네."

"목을 치겠습니다."

"나가서 해. 여기 치울 사람들이 불쌍하지 않아?"

"아, 살려주십시오!"

니겔이 너스레를 떨었다. 웃음이 터졌다. 곧 진정한 니겔이 가져온 소식은 놀라운 것이었다.

"큰 광맥을 찾았습니다."

"얼마나요?"

"제가 죽을 때까지 캐도 다 못 캐는 광맥입니다."

"대박."

니겔은 오늘 오후에 아스완에서 온 소식 때문에 연회에 늦었다. 소식이라 함은, 다름 아닌 광맥이 없어서 망한 줄 알았던 광산에 새로운 광맥이 발견됐다는 것이었다.

광산이 무너지고도 니겔은 계속해서 그곳의 복구와 재채광을 명했다. 몇십 년 동안 계속해서 묵혀 온 광산이다. 광맥이 끊겨 있다면 진작 알았어야 했다. 루비 광산, 사파이어 광산, 에메랄드 광산.

유리가 투자했던 광산들이었다. 팔십여 개의 광산들 중 광맥이 남아 있는 곳은 네다섯 곳뿐이라고 알려졌으나, 니겔은 포기하지 않았다. 여왕 폐하가 귀애하던 유리 클로드 자작이 아스완에 투자했다가 크게 말아먹었다는 소문 때문에 니겔 또한 애먹었던 것이다.

유리의 빚은 칼레가, 나아가 여왕이 변제했으나 니겔은 그럴 수도 없었다. 알-카움에 투자했던 이들 대부분은 유색 보석 광산에도 어느 정도의 기대를 걸고 있었다. 그러나 유리 클로드의 소식이 전해지자 채권자들은 불안해했다. 대출 회수에 나선 이들도 있었다.

더 이상 돈 나올 구멍은 없었고, 니겔은 마지막 희망을 걸었다.

그리고, 기적적으로 광맥이 다시 발견됐다.

무너진 광산을 복구하는 과정에서 막혀 있던 폐광이 뚫렸다. 그 쪽은 진작 광맥이 끊겼다는 이유에서 폐광이 된 지 오래였으나, 모래폭풍에 그쪽도 온통 망가져 복구를 해야 했다. 아예 폐광을 무너트려 평지로 만들어버리자는 의견이 대세였고, 날을 잡고 폐광을 터트렸다.

그리고 폭발하고 남은 곳에서 다이아몬드 광맥이 발견된 것이다.

다이아몬드뿐만 아니었다. 이틀 후에 끊긴 사파이어 광산의 지층 조금 아래에서 커다란 사파이어 광맥이 또 발견됐다. 모래산 전체를 관통하는 큰 광맥이었다.

거기까지 듣고 유리는 소리 질렀다.

"니겔!"

"예!"

"뽀뽀해도 돼요?!"

"예!"

물론 에넌 라이언하트가 그 자리에 있었기에 두 사람의 입맞춤은 이뤄지지 않았다. 공작이 노려보는 가운데 두 사람은 얼싸안고 춤을 췄다. 쎄시아가 웃으며 악단을 부르라고 농담을 할 정도였다. 레스타가 침착하게 배당금을 따졌다.

"얼마입니까?"

"30억 싱입니다!"

"30억!!"

유리가 듣더니 으아아아아! 하고 소리 지르며 발코니로 달려나갔다. "으아아아! 엄마! 나 로또 됐어!" 밤의 나무에 앉아 있던 새들이 화들짝 놀라 푸르르르 날았다. 그 말뜻은 아무도 몰랐으나, 어쨌든 그녀가 대박이 났다는 것은 분명해졌다.

쎄시아가 피식피식 웃었다.

"따지고 보면 유리가 대박 난 건 아니지 않나?"

빚은 모두 칼레가 변제했고, 심지어 그 빚을 여왕이 샀으니 말이야라고 쎄시아가 고개를 갸웃했다. 레스타가 마주 웃었다.

"뭐, 여기서 배당금 안 주고 칼레가 다 먹는다고 하면 제가 너무 나쁜 사람이겠죠."

"그렇다고 해서 내가 먹는다고 해도 나도 너무 나쁜 사람이 되는 거지?"

여왕이 답하자마자 유리가 다시 달려들어 와서 울상을 지었다.

"근데 생각해 보니까 제 돈 아니잖아요. 여왕님 축하드……."

"이건 나보고 나쁜 사람 하라는 뜻인가?"

쎄시아가 유리를 내버려 두고 레스타에게 물었다. 레스타가 후, 하고 미소 지었다.

"유리. 다 네 돈이야."

"그렇지만……."

"내가 변제한 5억 싱을 회수하면, 칼레는 내게서 가져간 세금 혜택을 뱉어야 하겠지?"

쎄시아의 말에 유리가 눈을 깜박였다. 레스타는 팔짱을 끼었다.

"그깟 5억 싱보다는 장기 혜택이 몇 배나 중요하죠."

"어……."

"배당금은 네 것이 되겠군."

유리의 눈이 커졌다. 어쨌든 쎄시아도 레스타도 마냥 남 좋은 일만 하는 사람들은 아니었지만, 그렇다고 저렇게 소리 지르며 달려나간 귀염둥이에게 '그거 네 거 아냐'라고 말할 사람들도 아니었던 것이다. 그때 유리가 다시 소리 질렀다.

"대박!"

또 뭐가 대박. 다들 궁금해하는데, 유리가 니겔의 소매를 쥐었다.

"보석 언제 가져올 수 있어요?!"

"예? 그야 뭐……. 소식이 왔을 때는, 견본 보석을 곧 보내겠다고 했으니 아마 일주일 안에 견본이 올 겁니다."

"니겔 우리 그거 팔아요!!"

유리의 말에 모두가 아, 하고 박 터지는 소리를 냈다. 그렇다. 수도의 보석상들이 지금 모두 보석이 없어서 못 파는 때다. 단딜리온 재상이 무표정하게 중얼거렸다.

"타페앙 후가 남 좋은 일만 했군요."

"뭐, 꼭 남 좋은 일은 아니죠. 그들도 명성이 높아졌으니."

"타페앙 후가 명성 높이려고 크런트리를 데리고 온 건 아닐 테니 말입니다."

일렉사 백작부인이 흉흉하게 웃었다. 아마 유리보다 훨씬 나은 재단사가 있다고 과시하고 싶었을 것이다. 수도의 유행을 쥐고 있다는 자신감도 가지고 싶었겠지. 여왕이 유행을 주도하는 꼴도 퍽 보기 싫은 모양이었다. 지난해 봄의 대연회에서 일렉사 백작부인이 전해 들은 이야기들은 실로 오만방자한 것이었으나, 쎄시아는 굳이 그들을 신경 쓰지 않았다. 이번에도 엄청난 옷을 입고 왔다는 이야기에는 깜찍한 짓을 했다고 감탄하던 차였다.

"이러니저러니 해도 결국 남 좋은 일만 해준 셈이군."

"이 일을 알면 그들이 얼마나 배가 아플지."

쎄시아가 키득거렸다. 유리는 제자리에서 동동거리고 있었다. 얼마나 신이 나는지 가만히 있을 수 없는 모양이었다.

"루비도 팔고, 사파이어도 팔고! 견본으로 온 보석이 있으면 가지고 다니며 계약을 맺어요! 공급 계약! 수도의 보석상들은 지금 보석이 없어서 미쳐버리려고 할걸요!"

"독점 계약이 아니고요?"

"언제 독점하고 있을 거예요, 그걸? 무조건 팔아야죠!"

니겔이 어깨를 으쓱했다.

"소식이 들려오자마자 죽어라고 광산부터 돌리라고 했으니 공급은 어렵지 않을 겁니다. 판매 루트야 애초부터 유리에게 어음을 발급받았을 때, 아타락시아에 독점 공급하기로 했으니 그 부분은 유리가 알아서 하시고……."

그리고 니겔은 고개를 돌려 여왕의 앞에 무릎을 꿇었다.

"저는 기쁜 소식도 전했으니, 이제 폐하와 오붓한 시간을 누려 볼까 합니다."

쎄시아가 눈을 가늘게 뜨며 웃었다.

"유감스럽지만 나는 시간 약속 늦는 자와는 데이트하지 않아."

"윽."

니겔이 가슴을 부여잡으며 마음 아픈 척했다.

"아름다우신 폐하의 하얀 피부 밑에는 파란 피가 흐르는 듯하군요. 그러나 이 니겔 굴랍 카움, 좌절하지 않겠습니다."

"그래, 그래."

"아, 맞다."

니겔이 몸을 돌렸다.

"유리, 선물입니다."

"선물이요?"

유리는 니겔에게서 작은 종이에 싸인 것을 받았다. 이게 뭐지? 그것을 풀어보기도 전에 니겔이 빙그레 웃으며 다시 몸을 돌려 쎄시아에게 커다란 나무 상자를 진상했다. 쎄시아도 고개를 갸웃했다.

두 사람이 동시에 그것을 열었다. 니겔은 화려한 몸짓으로 고개를 숙이며 말했다.

"제 마음을 담은 핑크 다이아몬드입니다."

유리의 것은 엄지손톱만 한 흰 다이아몬드, 쎄시아의 것은 밤톨만 한 핑크 다이아몬드. 유리는 식겁했다가 금세 쌍심지를 켰다.

"뭐예요, 이게!"

"아, 유리한테 드린 건 그냥 그동안 마음고생 하셨다고 드리는 겁니다. 그것도 새 광맥에서 나온 거 맞아요."

"내가 주주인데 왜 나는 종이예요?!"

"내용물이 중요하지, 포장이 뭐 중요합니까?"

그렇게 말하는 니겔의 뒤에서 쎄시아가 다이아몬드를 들어 불빛에 비쳐 보는 모습이 다 보였다. 유리는 우씨, 하고 볼을 부풀리면서도 다이아몬드를 꺼내 손바닥 위에 올려놨다. 이쪽도 엄청나게 크고 비싼 다이아몬드 맞았다. 아마 이걸로 작은 집 한 채는 살 수 있을 것이다. 그렇지만, 그런데…….

"폐하, 폐하에게 드리기 위해 온 대륙을 수배했답니다. 그 핑크 다이아몬드로 말할 것 같으면……."

아무래도 저 앞에서 떠들고 있는 니겔이 좀 얄미운 것이다. 유리는 니겔의 엉덩이를 아무래도 발로 차버리고 싶다는 생각이 들었지만, 손바닥 안의 다이아몬드를 보고 마음을 진정시켰다. 납작하고 동그란 다이아몬드는 정말 크고 예뻤다.

"와."

유리는 그 다이아몬드를 어루만져 보고는 손바닥 채로 찹, 하고 이마에 붙였다. 옆에 있던 레스타가 풉 하고 웃어버렸다. 다이아몬드를 이마에 붙인 채로 유리는 어깨를 으쓱댔다.

"신난다!"

그 모습을 보고 웃지 않는 사람이 없었다. 단딜리온 재상도 영 마음에 안 드는 듯했지만, 결국은 미소를 띠고 말았다. 이마에 다이아몬드를 붙이고 으쓱거리는 자작이라니.

그러나, 단 하나 미묘한 표정을 하고 있는 사람이 있었다. 에넌이었다.

유리는 다이아몬드를 붙이고 "예쁘죠?" 하려다가 앗, 하고 이마에서 떨어지는 다이아몬드를 받아냈다. 다이아몬드가 굴러떨어질 뻔해서 한바탕 트위스트를 춘 것은 여담이다. 니겔이 대강 싸준 종이를 보고 미묘해진 표정의 에넌이 제 손수건을 대신 건넸다.

"고마워요!"

그 다이아몬드를 돌돌 말아 손수건에 싼다. 저택 한 채가 돌돌 말려 유리의 뒷주머니에 쑤셔 넣어졌다.

"유리, 조금 있다가 잠깐 같이 갈 수 있을까요? 아."

에넌이 유리에게 동행을 청한 건 그때였다. 그러나 때마침 일렉사 백작부인이 일어났다. 파티는 여기까지. 밤이 깊었기 때문이다.

"지금 같이 나가면 되겠네요!"

"그래요. 잠깐 제 집무실에 들를 일이 있으니 같이 갔다 가지요."

"그럴까요?"

쎄시아가 가장 먼저 사자의 홀을 나갔다. 어딜 가든 여왕이 가장 먼저 나가기 마련이다. 쎄시아는 손을 살래살래 흔들며 유리와 에넌에게 인사하고, 따라가려는 니겔을 물렸다.

"아스완의 남자들은 모두 이렇게 엉덩이가 가벼운가?" "폐하에게만 그렇답니다. 이 니겔의 마음을 빼앗아놓고, 평범한 아스완 남자 취급을 하시다니……." "시끄럽다. 헛소리는 다음에 해. 피곤하다."

여왕이 물렀음에도 쫄레쫄레 그녀를 쫓아가는 니겔의 목소리가 조그마해졌다. 그다음은 재상이었고, 일렉사 백작부인이었다. 유리도 에넌과 함께 자리를 떠났다. 레스타를 바라봤지만 레스타는 어깨를 으쓱했다.

"나도 만날 사람이 있어서."

레스타가 이 왕성에 만날 사람이 어디 있다는 거야? 유리는 고개를 갸웃했지만, 그게 그의 배려심이려니 하고 에넌의 팔짱을 끼었다. 에넌의 집무실은 사자의 홀에서 그리 멀지 않았고, 두 사람은 곧 집무실에 도착했다.

방금 전까지는 수많은 사람들과 함께 있었는데. 그 커다란 방은 소음 하나 없이 고요했다. 환기 때문에 집무실의 창문은 열려 있었다. 에넌이 책상을 뒤적이는 동안, 유리는 발코니로 통하는 문을 열었다. 이쪽의 정원은 정원이라고 할 것도 없었지만, 유리는 이곳이 좋았다. 어디에든 제 연인의 체취가 배어 있었다.

"유리."

"음?"

"사실 이게 주고 싶어서 불렀습니다."

유리가 고개를 돌리자, 그 앞에는 묘한 표정의 에넌이 작은 상자를 들고 있었다. 그 상자는 늘 에넌이 제게 건네곤 하는 간식 박스와 비슷하게 생겼다. 뭐지? 캐러멜인가? 발렌시아 성의 주방장이 그러고 보니 또 새 간식을 만들었다고 했는데. 유리가 입을 열었지만, 에넌이 빨랐다.

"젤로인데."

박스 안에 든 건 동그랗고 탱글탱글한 젤로. 유리는 픽 웃었다.

"이래서 아까 젤리 나왔을 때 그런 표정이었군요?"

"제가요?"

"네. 뭔가 마음에 안 드는 얼굴이었는데."

선물로 젤로를 준비해뒀는데, 식사에 젤리가 나와버리니 조금 짜증이 나기도 했을 것이다. 그러나 에넌은 고개를 저었다.

"좀 비슷하지만……. 다릅니다."

"네?"

"그 안에."

"음?"

유리는 에넌이 든 박스 안을 가까이 다가가 내려다봤다. 유리의 눈이 화등잔만 해졌다.

"어……."

"유리."

에넌이 다정하게 웃었다.

"전 참 니겔이 싫습니다. 꼭 제가 뭔가 하려고 하면 초를 치거든요. 하필 이런 날 당신에게 다이아를 줄 게 뭡니까."

젤로 위에 귀엽게 장식되어 있는 것은 설탕공예가 아니라, 다이아몬드 반지였다.

반지는 심플했다. 유리 본인이 장식적이거나 화려한 것을 별로 좋아하지 않는 것을 고려한 것이었다. 다이아몬드는, 글쎄. 에넌은 정말 많이 고민했다.

유리의 눈처럼 아름다운 새싹색의 에메랄드를 할까? 아니면 그녀가 좋아하는 쎄시아의 빨간 눈처럼 붉은 루비?

보석 같은 건 아무 의미 없다고 생각할 수도 있었다. 유리는 평소에도 보석을 찾는 사람은 아니었으니까. 그래도 에넌은 그녀에게 좋은 것을 해주고 싶었다. 맛있는 것, 예쁜 것, 사랑스러운 것.

밴딧은 에넌에게 일렀다."그 맛있는 것과 예쁜 것, 사랑스러운 것을 모두 아우른 것이 보석입니다. 가장 비싸잖아요. 그런 것뿐만 아니라, 세상에서 가장 비싼 것을 당신에게 주어도 아깝지 않다는 뜻이에요. 무조건 비싼 것을 해야 합니다."

에넌은 조금 망설였다. 유리가 한 번도 갖고 싶다고 말한 적 없는 물건이었다. 밴딧은 그 말을 듣고 에넌을 거의 조져놨다.

"인간아! 보통 사람들이 자고 일어나서 갑자기 '아, 보석 갖고 싶다'고 말하는 거 봤습니까? 보석은 인간 욕망의 디폴트입니다. 그냥 언제나 항상 갖고 싶은 겁니다! '와, 오늘따라 갑자기 숨 쉬고 싶네?'라고 말하며 새삼스레 숨 쉬는 사람 봤습니까?"

"……."

"말했잖습니까. 보석은 모든 걸 아우르는 비싼 것입니다. 그야 보석보다 최상급이 있긴 하죠. 돈이요. 그렇지만 돈 주면서 프러포즈하는 남자 봤습니까? 보석은 돈의 다른 말인 겁니다! 그 아가씨 돈 엄청 좋아하잖아요!"

그제야 에넌은 조금 납득했다. 자신은 유리가 좋아하는 게 뭘까,

라고 고민하기는 했지만, 평소 그녀가 유독 찾던 것만 고민했던 것이다. 게다가 밴딧의 말은 정확했다. 유리는 항상 노래하듯 말했다. 돈 왕창 벌어서 개꿀 빨고 싶다고. 그 개꿀이라는 게 뭔지는 모르지만 유리가 항상 추구하는 것은 돈이었다. 그런 맥락에서 본다면 보석은 적절했다. 밴딧이 말을 이었다.

"좋고 비싼 거요. 가장 작고 반짝거리는 거요. 별도 달도 따준다는 말은 보석을 사주겠다는 말의 로맨스 버전입니다. 잊지 마세요. 여자에게 결혼 신청을 할 때는 무조건 비싸고 좋은 것을 주어야 합니다. 로맨스 소설 흉내 낸답시고 '그녀는 특별하니까 보석보다 다른 것을 좋아할 거야!'라는 생각 따윈 하지 마세요. 알겠습니까?"

어쨌든 결혼한 사람의 말이다. 그것도 엄청난 역경을 딛고. 에넌은 밴딧에게 신기한 듯 물었다.

"자네 언제부터 이렇게 변했나?"

"변했다고요? 제가요?"

"그래. 자네는 그저 평범하고 조신한 아가씨 만나서 살고 싶다며? 이런 걸 고민하는 사람은……."

"각하한테 그런 소리를 듣고 싶진 않은데요?"

밴딧이 팔짱을 끼고 피식피식 웃었다.

"1년 전의 저에게 누가 와서 '야, 라이언하트 공작님이 1년 후에 너한테 와서 여자한테 프러포즈를 어떻게 해야 하는지 상담할 거야'라고 말한다면 저는 그를 당장 감옥에 가두고 고문할 겁니다."

"왜?"

"각하쯤 되는 사람에 대한 헛소문을 퍼트리는 건 국가내란죄거든요."

그 와중에도 농담은 잊지 않았다.

어쨌든 그렇게 조언을 구해가며 고르고 고른 다이아몬드였다. 수도 발렌시아의 모든 보석상을 다 뒤졌다. 타페앙 후가 하필 화려한 유행을 선도한 직후여서, 수도의 유색 보석들이 씨가 말랐다. 그렇지만 역시 다이아몬드만큼은 워낙 비싼 보석이라 구하기가 엄청나게 어렵지는 않았다.

발렌시아 북쪽의 광산에서 발견했다는 새끼손톱만 한 다이아몬드. 그 가격은 거의 유리가 살고 있는 저택만 했다. 다이아몬드를 더 커 보이게 하기 위해 주변에 자그마한 다이아몬드를 빙 둘러 세팅해 더욱 커 보였다. 아마 유리가 가격을 알면 제 등을 때릴지도 모른다고 에넌은 벙글벙글 웃으며 생각했다.

문제는 니겔이었다. 에넌은 오늘 니겔이 유리와 쎄시아에게 보석을 선물했을 때 아주 당황했다. 그야 니겔은 유리에게 그 큰 다이아몬드를 세팅도 없이 종이에 싸서 던졌지만. 가치로 보면 에넌이 준 것보다 훨씬 나갈 것이다. 그래서 에넌은 짜증이 났다.

하여간 그자는 제게 매번 이런 식으로 엿을 먹였다. 니겔이 알면 박장대소를 할 만한 생각이었다. 아마 자신이 드디어 그 패륜아에게 한 방 먹였다고 좋아하겠지. 그러나 어쨌든 지금은 니겔을 신경 쓸 때가 아니었다. 에넌은 한참이나 눈치를 봤다. 주지 않으려고도 생각해봤지만, 그런 건 자신에게 맞지 않았다.

반지를 세팅한 것이 쿠션이 아니라 젤로인 것도 한몫했다. 에넌이 유리에게 포도 젤로를 양보하지 않았으면 두 사람은 만나지 않았을지도 모른다. 조금은 의미를 부여하고 싶었다. 그렇지만 오늘 반지를 건네지 않으면 젤로는 다시 만들어야 한다. 에넌은 빠르게 결심했고, 유리에게 상자를 내밀었다.

"에넌, 이거……."

유리가 말을 하려다 말고 에넌을 바라봤다. 남자는 언제나와 같은 다정한 눈빛이었지만, 오늘은 조금 달랐다. 에넌은 푸른 눈으로 유리를 내려다보며 웃었다.

"당신이 오늘 받은 다이아보다는 작군요. 이럴 줄은 몰랐는데."

"……."

"그렇지만 저는 역시 오늘 당신에게 이걸 드려야겠다고 생각했답니다."

유리의 시선이 상자 안으로 다시 향했다. 누가 봐도 웨딩 링이다. 혹은 프러포즈 링. 유리의 새끼손톱만 한 다이아몬드가 박혀 있었다. 아니, 그러니까……. 유리는 당황해 에넌과 반지를 번갈아 바라봤다. 에넌이 애매한 미소로 말했다.

"아무래도 니겔을 어딘가에 좀 묻어야겠습니다. 정말 작아 보이는군요."

"아, 아니에요. 에넌. 그러니까……."

유리는 최대한 말을 골랐다. 아무리 그래도 이건 임팩트가 달랐다. 에넌은 지금 뭔가를 오해하고 있었다. 니겔 따위가 이 순간을 망칠 수는 없었다.

죽인다. 니겔 죽일 거야.

유리는 정말로 원망스러운 기분이 됐다. 엄청난 다이아몬드를 가지고 온 니겔도 원망스럽고, 로또 됐다며 소리를 자신도 원망스러웠다. 그런 걸 받았다고, 심지어 이마에 붙여가며 그렇게 호들갑을 떨어댔으니 에넌이 풀이 죽은 게 분명했다.

그렇지만 유리에게는 니겔이 가지고 온 큰 다이아몬드 따위보다, 에넌이 주는 것이 백 배는 기뻤다. 에넌이 아마 젤로만 담긴 상자를 줬더라도 더……. 좋지는 않지만! 물론 나는 돈을 좋아하니까! 유리는 머리 한 구석에서 갑작스레 솟아오르는 상인 유리의 자아를 꾹꾹 눌렀다.

야, 다이아몬드보다 젤로가 좋을 리가 있냐!

그치만 에넌이 준 것은 그냥 간식거리가 아니었고, 유리는 마음이 벅차올랐다. 일단 유리는 머리 한쪽에서 춤추는 상인 유리의 자아를 머릿속의 뒷동산에 묻었다. 그리고 입을 열었다.

"에넌, 니겔이 다이아몬드가 아니라 대륙을 다 가져다준다고 해도 니겔과는 연애하지 않을 거예요."

유리의 말에 에넌은 멈칫했다가 벙긋 웃었다.

"그렇습니까."

"니겔이 저도 미워요. 당신에게 초를 쳐서가 아니고요."

유리는 코를 찡그리며 궁얼거렸다.

"당신이 풀 죽게 해서 싫어요. 정말 분위기 파악이라고는 요만큼도 하지 못하는 사람이네요."

"……이런 말 뭐하지만, 당신이 그렇게 말해주니 조금은 기쁩니다."

에넌의 눈이 환해졌다.

"분위기가 이렇게 돼서 좀 멋쩍긴 합니다. 이런 보석을 이제 얼마든지 가질 수 있는 사람에게 주려니 영 민망한 선물이 되었군요."

"……역시 니겔을 죽이고 올까요?"

"하하."

그러지 말라고 말리지 않는 점이, 에넌이 지금 얼마나 짜증이 났는지 알게 해 주는 부분이다. 유리는 상자를 든 에넌의 손을 감싸 쥐었다. 맨손의 감촉에 에넌이 얼굴을 붉혔다.

"많이 고민했습니다."

"네에."

"유리."

"네."

"미리 말해두지만, 당장 대답을 바라는 것은 아닙니다."

"그래요."

"제 누이는, 당신이 가지고 온 물건들에 관해 그렇게 말했죠. 유리는 당장 여자들이 유리가 제안한 물건들을 선택하라고 강요하지 않는다고. 가능성으로 충분하다고요."

쎄시아는 여성들에게 피임하기를 강요하지도, 해면으로 사타구니를 틀어막으라고 말하지도 않았다. 그저 그 물건들이 대륙의 어딘가에서 팔리고 있다는 것, 누군가는 그런 방법을 선택할 수도 있다는 것을 알기만 한다면 상관없다고 말했다. 에넌은 그 말을 곱씹다가 가슴을 쓸어내렸다. 쎄시아 발렌시아가 남자였다면 – 정확히는 유리가 쎄시아를 좋아했다면 – 자신은 유리를 빼앗겼을 것이다. 아니, 애초에 가질 수도 없었을 것이다. 이렇게나 여자 마음을 관통해버리는 제 누이를 어떻게 이겨낼까.

그러나 동시에 에넌은 쎄시아에게 깊이 감사했다. 쎄시아는 자신이 어떻게 유리의 곁에 있을 수 있는지 힌트를 준 것이나 다름없었다. 에넌은 말을 이었다.

"유리."

"네."

"저는 당신이 하고 싶은 것은 뭐든 했으면 좋겠습니다. 그리고 당신이 하고 싶고 할 수 있는 것들의 선택지 중에, 저와의 결혼도 있기를 바랍니다."

유리는 숨을 삼켰다. 에넌은 여태까지도 그랬지만, 한결같이 다정하고 따뜻한 눈으로 유리에게 속삭였다.

"사랑합니다."

"……."

"언제든 당신이 저와 결혼하고 싶다고 생각할 때, 내게 오기를 바라요. 당신이 가장 편안하게 선택할 수 있는 길들 중 하나에 제가 있을 테니까요."

유리가 이를 악무는 것이 보였다. 에넌은 자신의 연인이 생각보다 쉽게 감동하는 사람이라는 것을 알고 있었다. 아마 그녀는 곧 눈이 그렁그렁해질 것이다.

그렇게 되기 전에 마저 말해야 했다.

"당신의 생일, 연회 날, 혹은 당신을 제가 처음 만난 날……. 많이 생각했지만, 역시 특별한 날이 아닌 쪽이 낫겠더군요. 당신이 나의 프러포즈에 어떤 의미도 부여하지 않기를 바랍니다. 그저 당신이 젤로가 먹고 싶어 베이커리를 찾았던 것처럼, 누군가 곁에 있었으면 좋겠을 때 평범하게 이 반지를 끼고 저를 찾길 바라요."

"……."

"그렇다고 저 또한 여상하게 당신을 대할 거라 생각하진 마세요. 당신의 평범함이야말로 제 가장 큰 기쁨이 될 테니까요."

"에넌."

"유리. 저와 결혼해주십시오."

결국 유리의 눈은 축축해졌다. 얼굴은 온통 새빨갛게 달아올라서 아기 같았다. 간신히 눈물이 나오는 것을 참으려고 입술은 꾹꾹 깨문 참이었다. 에넌이 윙크했다.

"대답은 무기한입니다."

"십수 년이 걸려도요?"

"수십 년이 걸려도요."

제 연인의 손이 재킷 깃을 쥐었다. 에넌은 그 손길에 몸을 숙이면서도 상자를 옆의 책상에 내려놨다. 더 이상 상자는 중요하지 않았으니까. 곧 부드러운 입술이 에넌의 입술에 닿았다. 에넌은 팔을 벌려 힘 있게 그녀를 마주 안았다. 자그마한 몸이 에넌의 팔 안에 가득 찼다.

"수십 년은 싫어요……."

입술이 닿은 채 그녀가 웅얼거렸다. 에넌이 피식 웃었다.

"그래요, 뭐……. 제가 당신을 안아 올릴 수 있는 기력이 남아 있을 때 대답해주시면 좋겠군요."

에넌의 말에 유리가 잽싸게 입술을 떼고 투정했다.

"아이, 정말. 그렇게 말하니까 되게 나쁜 사람 같잖아요, 제가."

"나쁩니다."

"제가요?"

"나쁘죠."

제 마음을 이렇게나 빼앗아 가 놓고, 그러면 안 나쁩니까? 에넌이 속삭였다. 유리는 대답 없이 에넌의 품을 파고들었다.

있잖아요.

예.

역시 그날 젤로를 사러 가지 말았어야 했어…….

왜요?

제 장래희망이 이렇게 산산이 부서질 줄이야…….

무슨 장래희망이요?

남국에서 미남이랑 물장구나 치며 방탕하게 노는 꿈…….

그러니까, 매번 말하는데 저도 미남이라고 생각합니다.

저 사실 말할 거 있는데요.

예.

제가 말한 미남은 복수형이에요.

예?

미남 하나만 만나고 싶진 않았다고요. 미남들한테 둘러싸여……. 아앗. 간지러워요. 앗, 하지 마, 앗.

키득키득. 웃음소리가 밤공기 속으로 흩어졌다.

本

본래 남들이 질투할 만한 소문이 훨씬 빨리 퍼지는 법이다. 유리 클로드 자작이 돈벼락을 맞았다는 소문은 누가 먼저라고 할 것 없이 앞다투어 냈다. 유리가 번 배당금을 모조리 학교 설립에 부어 넣었다는 이야기도 함께 따랐다. 덕분에 유리는 가는 곳마다 투자 비결을 질문받아야 했다. 유리는 배시시 웃으며 도망치는 일들이 늘었다.

날이 좋았다. 봄의 대연회를 스킵해버린 덕분에, 쎄시아는 한여름이 되기 전에 성대하고 특별한 연회를 열어야 하는 딜레마에 빠져 버렸다. 본디 동쪽 성의 회랑 전부를 개방하고, 성의 앞마당까지 여는 연회를 계획했으나 이래저래 별로 특별해 보이지 않아 기각됐다. 그러던 와중 마틸다가 들고 온 아이디어가 있었다. 더우니 호수 옆에서, 봄의 대연회 때 피크닉처럼 열었던 낮의 연회를 더욱 성대하게 열자는 것이다.

호수에는 커다란 배를 띄우기로 했다. 니겔 굴랍 카움이 한몫 거들었다. 아스완식의 커다란 배에 흰 가제보를 설치하고 등을 켜겠다고 했다. 연회는 통상적으로 밤에 열린다. 아마 아주 멋있을 것이다. 호수 옆의 드넓은 잔디 위에는 테이블을 깔기로 했다.

그리고 여왕의 드레스가 가장 문제였다. 유리는 여왕에게 물었다.

"어떤 것을 입고 싶으세요?"

"편한 거."

"편한 것도 종류가 있잖아요."

"네가 만들어주는 거면 아무거나."

"폐하, 요즘 성의 없으세요……."

유리의 말에 쎄시아가 콧방귀를 뀌었다.

"유리. 내가 에넌에게 너 같은 자를 구해오라고 한 건 조금이라도 덜 결정하고 싶어서야. 알아서 잘할 놈을 구해올 게 아니면 에넌쯤이나 되는 사람을 육 개월이나 밖으로 내돌릴 이유가 없잖아."

한마디로 드레스에 할애할 판단력 같은 건 유리에게 외주 주겠다는 이야기다. 그리고 쎄시아는 한마디 더 덧붙였다.

"설마하니 제 신부를 구해올 줄은 몰랐지만."

그 말에 유리의 얼굴이 새빨개졌다.

"신, 부라뇨……."

"뭐야. 아냐?"

쎄시아가 고개를 갸웃했다.

"그 애가 반지를 샀다는 말을 들었는데."

"……여왕님 혹시 저희 집 스푼 개수도 알고 계시는 건 아니죠?"

쎄시아가 킥킥 웃었다. 유리는 고개를 절레절레 저었다.

여름밤 연회를 2주 정도 남겨놓은 참이었다. 여왕도 유리도 바빴고, 드레스를 상의할 시간도 굉장히 촉박했다. 이것도 겨우 낸 시간이었다. 유리는 요즘 쎄시아가 지나치게 제게 시간을 안 준다고 투덜대던 참이었다. 이것도 저것도 척척 만들어오니, 어쩐지 옷 만드는 데 본래 그 정도로 짧은 시간이 걸린다고 생각하는 것만 같았다.

'여왕님이라서 폐하께만 집중하는 거지, 본래는 한 달은 걸리거든요!'라는 말에 쎄시아는 즐거워하며 '좋아, 앞으로도 나한테만 집중해!'라며 농담을 걸었다.

이윽고 유리에게 자초지종을 들은 쎄시아는 부드럽게 미소 지었다.

"그 애다운 이야기군."

"그런가요?"

"그 애는 항상 기다렸으니까."

"어……. 남의 선택을요?"

"아니."

여왕이 고개를 저었다.

"자신이 뭔가를 욕망하기를."

욕망이라는 말에 유리의 얼굴이 또 귀까지 빨개졌다. 그러나 여왕은 그 얼굴을 못 본 체하며 말을 이었다.

"그 애는 항상 뭔가 가지고 싶은 것이 없는 아이였지. 왜인지는 잘 몰라. 물어본 적도 없어. 굳이 물어보고 싶지 않았고. 나는 그 애와 반대로 항상 뭐든 갖고 싶은 사람이었어. 하고 싶은 건 해야 직성이 풀리는 성격이지. 그런데 그 애가 처음으로 뭔가 갖고 싶은가 보구나."

"……."

"조심해."

쎄시아의 말에 유리가 눈을 깜박였다.

"뭘요?"

"그런 사람이야말로 한번 붙잡히면 벗어날 수 없지."

여왕이 붉은 입술을 말아 올리며 웃었다.

"신중하게, 급하게 굴지 않고 때를 기다려서……. 네가 자신의 옆에 오는 날. 그날이야말로 그 애 인생의 최고의 날이 될 거야."

"난 또. 무슨 감금이라도 하는 것처럼 말씀하시네요……."

유리가 투덜거렸으나 여왕은 피식거리기만 했다.

"감금에 가깝지. 내 입으로 이런 말 하는 것도 뭣하지만, 유리. 그대도 아마 다른 남자는 절대로 만날 수 없을걸. 앞으로도 쭉."

"엑."

"어떤 남자를 만나더라도 만족하긴 어려울 테니까."

여왕이 깔깔 웃었다.

"아무튼 월척을 낚았구나."

덕분에 유리는 새빨개진 얼굴로 여왕의 새 치수를 쟀더랬다. 여왕은 유리가 가지고 온 디자인화를 보고 어김없이 마음에 들어 했다.

-⁂-

발렌시아의 여름밤은 꽤 괜찮다. 산에서 불어오는 시원한 바람이 낮의 열기들을 온통 내몰아 버리는 것이다. 그렇다고 해도 선선한 수준은 아니었지만, 연회를 열기에는 나쁘지 않았다.

연회에는 얼음과 시원한 음식들이 아낌없이 베풀어졌다. 여왕의 얼음 창고에서 내온 커다란 얼음들을 한쪽에서 요리사들이 열심히 깼다. 귀족들은 얼음을 받아다가 그 위에 시럽을 뿌려 입에 넣었다. 아이스크림 같은 건 여왕이나 누릴 수 있는 사치라는 걸 유리는 다시 한 번 절감하며, 마음속으로 결심했다. 죽을 때까지 여왕님 옆에서 권력의 단물을 빨아야지!

그때였다. 양손에 얼음이 담긴 유리잔을 든 에넌이 다가왔다. 주변에는 그를 따르는 열댓 명의 귀족들과 함께였다.

"유리."

"앗, 각하."

"오늘도 예쁩니다."

"……제가 예쁘다는 말은 좋은 거라고 말씀드리긴 했지만, 그렇게 볼 때마다 무슨 훈련된 매뉴얼처럼 말씀하실 거 있나요?"

에넌이 얼굴을 붉혔다. 에넌은 요즘 유리를 볼 때마다 예쁘다, 사랑스럽다, 귀엽다 칭찬하곤 했다. 유리는 훈련의 성과로군, 하고 만족했지만, 에넌은 고개를 가볍게 흔들었다.

"아닙니다."

"뭐가요?"

"그……."

에넌의 얼굴이 방금 전보다 더 새빨개졌다. 근처에 있던 이들이 눈을 동그렇게 떴다. 기실 에넌에게는 아직도 패륜아니 뭐니 하는 별명이 붙어 있었기에, 그를 잘 모르는 이들에게는 상당히 놀랍고도 당황스러운 광경이었다. 게다가 에넌의 덩치도 한몫했다. 어쨌든 그는 아름답고 멋진 얼굴 외에도, 전쟁터의 맨 앞에 세워놓으면 제법 그럴싸해 보이는 모습이었던 것이다.

그래서 그런 그가 조그만 여자 앞에서 어쩔 줄 몰라 하는 모습은 퍽 신기하게도 보였다. 에넌이 훅 감싸면 그대로 품 안으로 사라져 버릴 만큼 작고 평범한 여자다. 그런 여자 말 한마디에 뻘뻘 땀을 흘리는 남자라니.

"……볼 때마다 더 예뻐집니다."

"……."

……말세다. 모두가 그대로 눈이 동그래져 얼굴을 발갛게 붉히는 여인을 보며 그렇게 생각했다. 야, 연애 안 하는 사람 억울해서 살겠냐. 여기 있어 봐야 두 사람의 들러리나 될 것이었다. 몇몇 귀족들이 웃으며 물러갔다. 결국 어찌저찌 둘만 남았다. 근방에서 연인을 구경하는 이들이 좀 남아 있긴 했지만, 그럭저럭 방해꾼은 없어진 셈이다.

에넌이 다시 얼음잔을 권하자 유리는 그제야 휴, 하고 한숨을 내쉬며 잔을 받아들었다.

"각하는 정말 나빠요."

"무슨 소립니까."

"그 얼굴로 코를 후벼도 설렐 텐데. 그런 얼굴로 자꾸 그런 말 하면 제 심장이 막 박살 나요."

에넌이 가볍게 웃었다. 유리는 얼음잔을 든 채로 머리만 콩, 하고 에넌의 어깨 한쪽에 박았다.

"각하도 볼 때마다 잘생겼어요."

"그렇습니까."

"각하 얼굴 볼 때마다 속 안 좋아요."

"왜요?"

"너무 좋아서 먹은 거 다 토할 거 같아요."

"……그건 보통 안 좋을 때 그렇지 않습니까?"

"좋아서 토하는 경우도 있어요."

"그런가요."

두 사람의 모습은 제법 눈길을 끌었다. 부모가 약혼을 정해 준 공식적인 연인이라고 해도, 대부분 남들 앞에서는 손도 잡지 않았기 때문이다. 그러나 두 사람이 자유연애로 연인이 되었다는 것은 많은 사람들이 알고 있었고, 에넌의 어깨에 머리를 슬쩍 기댄 여인의 모습은 생각보다 괜찮아 보였다.

심지어 그 라이언하트 공작이다. 스물일곱 살이 될 때까지 연애

한 번 안 해봤다던. 나이가 든 부인들도 눈살을 찌푸리기는커녕 결혼 적령기에 겨우 연애에 돌입한 공작에게 약간은 흐뭇한 눈길을 보냈다. 그 상대가 평민 출신 자작이라고 해도, 뭐 어떤가. 그녀가 제법 괜찮은 사람이라는 건, 아타락시아에 들러본 여인들은 모두 알고 있었다.

쎄시아는 조금 후에 나타날 것이다. 그녀가 나타나면 아마 또 재미있는 이야기들이 이곳에서 꽃을 피울 것이다. 유리는 자신이 준비한 이벤트를 기다리며 에넌에게 말을 건넸다.

"각하."

"예."

"저 반지 하나 했어요."

반지? 에넌은 눈썹을 들어 올리며 유리의 손을 봤다. 유리는 에넌에게 기댄 채 왼손만 들어 올렸다. 그 손가락에는 빨간 루비 반지가 있었다. 알이 크고, 육각형으로 세공돼 있는. 에넌은 습관적으로 예쁘다, 고 말하려다가 눈을 크게 떴다. 익숙한 물건이었다. 니겔이 아스완에서 제게 준. 그리고 에넌이 유리에게 건네준 루비다.

유리는 에넌의 어깨에 기댄 머리를 떼지 않았다. 지금 에넌의 얼굴을 보면 수줍어서 말을 제대로 하지 못할 것 같았기 때문이다.

"……지금 당장 각하와 결혼하겠다고 할 순 없어요."

"예."

"그렇지만 제가 아마 결혼한다면 각하밖에는 없을 거예요."

에넌은 이를 악물었다. 속에서 이상한 충만감이 차올랐기 때문이다. 너무 좋아서 토할 것 같다는 말이 뭔지 알 것 같았다. 유리는 말을 이었다.

"폐하가 그러셨어요. 앞으로 제가 다른 남자를 만난다고 해도, 각하만큼의 사람은 만나지 못할 거라고. 근데 폐하가 그리시지 않아도 저도 알아요. 그렇지만 그건 각하가 저를 배려해줘서, 저를 생각해줘서, 각하가 지닌 조건이 좋아서가 아녜요. 물론 얼굴이 잘생겨서도 아니죠."

마지막 말을 하며 유리는 킥킥 혼자 숨죽여 웃었다. 그리고 다시 호수를 바라보며 말을 이었다.

"제가 다시 태어난다고 해도 각하만큼 사랑하는 사람이 없을 거라서예요."

……사람만 없었어도 에넌은 유리를 끌어당겨 안았을 것이다. 에넌은 찢어지려는 입을 간신히 악물며 주먹을 쥐었다. 꾹 쥔 주먹 안이 미치도록 간지러웠다.

"각하."

"예."

"제가 생각해보니까요. 결혼하는 여인들은 왕국에서 가장 좋은 옷을 입고 결혼하잖아요?"

"그렇습니다."

"그런데요, 발렌시아에서 제일 옷 잘 만드는 사람은 저더라고요……."

웃음이 나왔다. 그런 걸 생각하고 있었나.

"아이비의 드레스를 만들다가 깨달았어요. 제 웨딩드레스를 제가 만들 순 없잖아요. 그런 신부가 어딨어요. 물론 있겠지만은!"

"……공작부인쯤 되는 사람이라면 자신의 웨딩드레스를 직접 만들지는 않겠지요?"

공작부인, 이라고 말하며 에넌은 좋아서 혀를 깨물 뻔했다. 침착한 물음에 유리가 몸을 흔들며 웃었다.

"그러니까, 제가 더 열심히 가르칠 테니까 제 옷을 제 학교의 졸업생이 만들어줄 수 있을 때까지만 기다려 주세요. 아시겠지요?"

"……당신이 가르친 사람이라면, 당신의 옷을 만들 수도 있겠지요. 아주 아름답게."

유리는 학교를 짓기로 했다. 배당금이 있기에 가능한 일이었다. 쎄시아의 지원도 받았다. 설립지는 올랭피아의 중심에서 조금 떨어진 작은 도시였다. 발렌시아와도 그리 멀지 않다. 얼마든지 유리는 올랭피아를 드나들 수 있을 것이다. 에넌도 마찬가지다. 학교는 겨울을 지나 내년 봄에 문을 열 것이다. 첫 학생의 졸업까지는 3년. 수십 년이라도 기다리겠다던 마음이 무색하게 조급해졌다.

"그때까지는, 당신이 준 반지는 아껴 놓을게요."

에넌의 가슴이 펄떡 뛰었다. 당신. 당신이라고 했다. 에넌은 결국 참지 못하고 유리의 얼굴을 들여다봤다. 유리가 눈을 동그랗게 떴다. 그 말간 눈을 보고 에넌은 유리가 정말 별생각 없이 그렇게 말했다는 걸 깨달았다.

……괜찮다. 몇 년 후면 지겹도록 들을 수 있을 말이다. 에넌은 환

하게 웃었다.

-⁂-

봄의 대연회 대신이니만큼 각지의 영주들이 대부분 왔다. 물론 지난해보다는 좀 적었다. 그때야 원년이니까 많이들 왔겠지만, 너무 먼 영주들은 두 해쯤은 건너뛰어도 된다. 쎄시아가 그렇게 정했다. 그래서 그런지, 동쪽의 광대한 영지를 가진 페이 우 같은 영주들은 이번에 보이지 않았다. 물론 그 보수적인 사람은 아마 쎄시아가 보기 싫어서 오지 않았을 수도 있다.

쎄시아는 아름답게 틀어 올린 머리카락을 손으로 꼬았다. 시녀들 몇 명이 불안하게 쎄시아를 바라봤다. 귓불에 귀걸이를 달아주던 일렉사 백작부인이 가볍게 한숨을 내쉬었다.

"춥지는 않으십니까."

"아니, 괜찮아. 날이 딱 좋군."

"그래도……."

"부인."

쎄시아는 정면에 시선을 고정한 채로 일렉사 백작부인에게 말했다.

"나는 오늘 얼어 죽어도 뭔가 덮지는 않을 테니 걱정 그만하시오."

웃음 섞인 말에는 단호함이 박혀 있었다. 일렉사 백작부인은 고개를 가볍게 숙여 보였다. 연회에 참석한 수많은 아가씨들은 어쨌든 쉴 곳이 필요했고, 수많은 가제보들을 잔디 위에 쳐놓은 참이다. 쎄시아 또한 그 가제보 중 하나 안에 들어앉은 참이었다. 여왕이 꾸미는 모습을 보여줄 수는 없어 가제보의 커튼을 모두 내려놓았다. 그러나 일렉사 백작부인은 가제보의 커튼이 무슨 소용인가, 하고 생각했다.

여왕이 다리를 다 내놨는데.

시녀들조차 민망해 쎄시아를 쳐다보지 못하고 있었다. 쎄시아 발렌시아는 무릎 바로 아래까지 오는 짧은 모슬린 바지를 입고 있었다. 지난해 여름에 그녀가 입었던 긴 바지를 잘라놓은 것이었다.

유리는 그것을 반바지라고 불렀었다.

"더우니까 그냥 바지를 좀 자르시죠."

"그래."

막상 제안한 유리가 당황할 정도로 쎄시아는 싱겁게 승낙했다. 모두가 눈을 껌벅거렸다. 쎄시아는 입을 열었다.

"지난해 여름에 그대가 내게 준 바지를 입고 참 편했지만, 여전히 더웠지. 바지를 다 걷어 올리고 싶을 때가 한두 번이 아니었다. 나도 그렇게 더울진대, 드레스를 입은 내 관리들과 시녀들은 어땠겠어?"

"……."

"그대가 아마로 드레스를 만들어 그나마 다들 시원한 여름을 보냈다지만, 여전히 드레스 아래는 더웠지. 다들 앉아서 드레스를 몰래 펄럭이다가도 남들의 눈에 띌까 봐 다시 드레스를 내리는 모습이 참 안쓰러웠지. 그런데 재미있는 건 뭔지 알아?"

아주 더웠던 여름날, 쎄시아는 정원의 분수를 켜라고 명령했다. 물이 솟구치면 조금이라도 더위가 가실까 싶어 그리한 것이었다.

그리고 쎄시아가 본 것은, 팔다리를 다 걷고 맨발로 돌아다니는 정원사들이었다.

여왕의 정원사들은 모두 남자였다. 그들은 분수를 켜기 위해 신발을 벗고 나섰다. 처음에는 물에 젖을까 봐 다리를 걷은 줄 알았다. 그러나 분수가 켜지고 나서도 그들은 여전히 다리를 걷고 정원에서 일을 했다. 그 옆으로 긴 소매를 꽉꽉 여민 귀족 여인들이 지나가다가, 여왕 쪽을 보고 인사했다.

평민이라서 그럴까? 지켜야 할 예의가 많지 않아서? 라고 생각했지만 아니었다. 이틀 후 쎄시아의 눈에, 서쪽 궁의 정원에서 다리를 걷고 크로켓 게임을 하는 관리들이 보였다. 식사를 한 후 잠시 쉬는 시간이었을 것이다. 그들은 모두 귀족 신분이었고, 다리를 걷고 팔도 걷은 채 셔츠 한 장만 입고 게임에 열중하고 있었다. 그래서 쎄시아가 서쪽 성의 회랑에서 그들을 지켜보고 있는 것은 꿈에도 몰랐다.

그리고 쎄시아는 알아챘다. 에넌이 셔츠 한 장만 입고 돌아다니는 것과, 자신이 드레스를 꽉꽉 챙겨 입고 다닌 것의 갭을. 성 안에서건 밖에서건 편안한 셔츠 한 장과 바지만 챙겨 입고 다니는 라이언하트 공작에 대해 사람들은 묘한 분이라고 평할 뿐, 무례하다거나 비난하지 않았다. 그러나 쎄시아는? 그녀는 어떤 자리에서건 드레스를 입고 머리를 빈틈없이 틀어 올린다.

자신을 찾아오는 이들에게 예의를 차리는 것은 나쁘지 않은 일이다. 자신뿐만 아니라 사람들을 안심시키는 것도 좋은 일이다. 그러나 나의 불편함이 남들을 안심시키는 도구가 되어서는 안 되지 않을까. 쎄시아는 고심했다. 왜 한여름에도 여자들은 살갗을 보이면 안 되는가. 장차 남편에게만 보여줘야 해서?

하지만 나는 결혼하지 않을 건데?

그러면 나는 영원히 아무에게도 내 속살을 보여주지 않고 꽁꽁 싸매고 살아야 하나?

쎄시아는 그러지 않을 것이다. 여름이건 겨울이건, 남자든 여자든 제 마음대로 할 수 있어야 한다.

"방종이 아니야. 자유지."

유리가 제안한 것은 다양했다. 그중에는 허벅지까지 다 내놓는 것도 있었지만……. 쎄시아는 빙그레 웃고는 종아리를 드러내는 바지를 골랐다.

"급진적인 것도 좋지만 그건 지도자의 미덕은 아니지."

"탁월하십니다."

유리가 웃고, 제게 맡기라고 단단히 일렀더랬다.

그 결과로, 쎄시아의 맨 종아리는 지금 발렌시아의 산바람을 맞고 있었다. 편안하게 단추로 여민 실크 블라우스. 물론 주름 잡힌 레이스와 리본 장식이 달려 화려함을 잃지 않았다. 가운데에는 니겔 굴랍 카움이 바친 핑크 다이아몬드 브로치를 달았다. 꼭 진주가 없어도, 엄청나게 장식하지 않아도 그 장식 하나로 여왕의 부유함은 증명됐다.

허리에는 실크 리본을 몇 겹이나 겹쳐 감았다. 아스완식이었다. 그 아래, 푸른색으로 물들인 모슬린 반바지에는 핀턱이 다섯 줄씩 장식돼 있었다. 잘록한 허리 아래의 엉덩이까지 빈틈없이 감싼 다음, 엉덩이산의 끝에서 일자로 떨어지는 넓은 바지. 핀턱 중간에는 흰 못난이 진주가 줄지어 달려 있다. 그리고 그러난 맨 종아리와, 발목까지 감싸는 실크 스타킹. 편하기 그지없었다.

"아마 바깥에 있는 사람들은 내가 바지 정도는 입을 거라고 생각하고 있을 거야."

"지난해에도 입으셨으니까요."

"어떤 영주들은 진귀한 구경을 했다고 제 영지에 가서 떠들었다지."

여왕의 사타구니……. 그 말을 떠올리고 일렉사 백작부인의 표정이 굳었다. 그러나 쎄시아는 피식피식 웃었다.

"이번에는 더 진귀한 구경 시켜주니 좋겠네, 다들. 돌아가서 할 말이 많겠군."

"……."

"아스완의 그 소영주님은 안 돌아가실 것 같은데요."

마틸다가 일렉사 백작부인의 굳은 표정을 풀어보고자 농담을 던졌다. 그제야 자리에 있던 시녀들의 얼굴이 풀어졌다. 몇은 삐져나오는 웃음을 참기도 했다. 니겔 굴랍 카움. 그자의 끈덕짐은 엄청나서, 어제도 "북부의 여인과 남쪽의 남자가 만나서 결합한다면 대륙의 경사가 아니겠습니까!" 같은 헛소리를 지껄였던 것이다. 물론 쎄시아는 "음, 그건 나도 궁금하네. 가서 어디 누구 하나 만나서 애를 낳아보든가 말든가 해."하고 여지를 조금도 주지 않았다.

"그런데, 그분 정말 여왕님을 사랑해서 그러시는 걸까요? 저는 잘……."

누군가 여왕에게 말을 흘렸다. 쎄시아가 작게 웃음을 터트렸다.

"당연히 아니지."

"그런가요?"

"그렇지만 재미있는 자야. 제가 다스리는 도시의 영지민들을 위해서라면 그 한 몸 바쳐 여왕에게 주겠다는 거 아닌가."

쎄시아는 그런 자들을 좋아한다. 그러니 니겔 같은 자도 무례하다 내치지 않고 제게 딸랑거리든 말든 내버려 두는 것이다. 그렇지만.

"하지만 역시 난 한 여자만 바라보는 남자가 좋아."

"그렇습니까."

"물론 나는 한 남자만 바라보진 않을 거지만."

일렉사 백작부인이 그제야 웃었다. 쎄시아도 씩 웃었다. 어쨌든 여왕님의 침대를 차지하려면 어지간한 남자로는 안 될 것이다.

"다 되었습니다."

시녀 하나가 쎄시아의 발에 구두를 신겼다. 얇은 실크 스타킹이 다 보이는 샌들이었다. 쎄시아는 일어섰다. 스타킹으로 감싸인 발끝에 스치는 풀들의 감촉이 생경했다. 앉아 있느라 구겨진 바지를 서둘러 시녀가 뒤에 붙어 솜씨 좋게 자그마한 인두로 다렸다. 쎄시아가 양손을 들었고, 시녀 둘이 레이스로 된 장갑을 씌웠다. 장갑 위에는 화려한 반지들이 자리했다.

시녀들이 신호를 보내자, 가제보 바깥에서 시종들이 천을 걷었다. 바깥은 어느새 해가 져 어둠이 자리했으나, 환한 불빛들이 엄청나게 그 위를 메우고 있었다. 수많은 사람들이 자신만 기다리고 있다. 쎄시아는 미소 지었다.

"갈까."

그녀의 머리 위에 단단히 고정된 왕관은 쎄시아가 아무리 경쾌하게 걸어도 흔들리지 않았다. 잔디밭 위로 쎄시아가 걸었다. 산바람이 종아리를, 어깨를, 귓가를 흔들었다. 쎄시아는 기분이 좋아졌다.

날이 좋았다.

마리아 체슬린은 올랭피아의 여학교에 올해 가장 먼저 입학신청서를 낸 학생이었다. 입학식을 두 달이나 남겨두고 그녀는 엄청난 탈출을 감행했다. 집에서 몰래 가출한 것이다.

제 아버지는 갓 열다섯 살이 된 마리아에게 슬슬 약혼을 해야 하지 않겠느냐고 말했고, 마리아는 반항하듯이 학교에 입학하겠다고 말했다.

아버지는 대경실색했고, 어머니는 울었다. 이제 개교한 지 3년이 된 클로드 여학교는 온갖 소문이 가득했다. 반사회적인 사상을 가르친다는 소문부터, 남자들을 무시하고 깔보는 법을 가르친다는 이야기가 그득했다. 그러나 어머니는 결국 아버지 몰래 입학신청서를 내주었다.

입학식을 두 달 남겨두고 마리아에게 돈을 챙겨준 것도 어머니였다. 집안에서 가장 과묵한 하인 짐과 함께였다. 마리아는 온갖 고생 끝에 올랭피아에 도착했다.

가장 먼저 해야 할 일은 교복을 맞추는 것이었다. 클로드 여학교는 교복을 무료로 주었지만, 대신 입학 두 달 전에는 치수를 학교 측에 제출해야 했다. 그것을 위한 줄자가 입학안내서와 함께 제 집으로 배달됐으나, 아버지가 찢어버린 덕분에 마리아는 치수를 학교에 제출하지 못했다.

그래서 마리아는 올랭피아에 도착하자마자 가장 먼저 학교의 입학처로 향했다. 입학처의 직원은 마리아의 이야기를 듣더니 입학명부를 확인하고, 그녀를 근처의 의상실로 보냈다. 학교와 가맹한 의상실에서 교복을 맞추어 준다고 했다.

의상실은 그리 크지 않았다. 작은 2층 건물. 제대로 된 쇼윈도 룸도 없었다. 마리아가 사는 체슬린 영지에는 이것보다 훨씬 큰 의상실이 열 개는 됐다. 마리아는 그 클로드 여학교의 부설 의상실이 이렇게 작다는 데 놀랐지만, 곧 안쪽이 깨끗하고 깔끔한 것을 보고 안심했다.

치수를 재는 개인실에서 얌전히 기다리니 곧 한 여인이 들어왔다.

곱슬곱슬한 머리카락을 하나로 묶고, 화장기가 하나도 없는 키가 작고 젊은 사람이었다. 그녀는 웃으며 "교복 치수를 재러 오셨다고요? 이쪽에 서 보세요."하고 말했다. 마리아는 얌전히 단 위에 섰다.

"실례할게요. 재킷을 좀……."

아. 마리아는 얼굴을 붉히며 재킷을 벗었다. 곧 그녀는 얇은 가운 차림이 됐다. 여인은 빙그레 웃고는 마리아의 몸을 둘러 쟀다. 허드렛일을 하는 듯한 소녀가 여인이 불러주는 치수를 받아 적었다.

"가슴 80, 허리 58."

마리아의 얼굴이 발개졌다. 어쩐지 제 치부를 들킨 듯한 기분이어서다.

"허리가 좀 굵죠."

"어머? 아니에요. 무슨 소리를요."

여인이 웃었다. 마리아는 괜히 민망해 묻지도 않은 소리를 늘어놨다.

"어머니가 코르셋을 조이랄 때 좀 조였어야 하나 봐요. 근데 역시 저는 편한 게 좋아서 몰래몰래 고무 코르셋만 입고 그랬더니……."

"그러셨어요? 그래도 충분히 가는걸요."

"그런가요?"

"요즘은 모두 그런걸요."

"그렇죠?"

마리아의 얼굴이 환해졌다. 여인이 웃었다.

"저도 코르셋을 안 하는걸요."

"맞아요. 제 친구들도 그래요. 사실 요즘 코르셋 입는 사람들은 저희 어머니 정도뿐이니까……."

그 와중에도 여인의 손은 쉬지 않았다. "엉덩이 87, 밑위……." 자신의 다리 사이로 들어오는 여인의 손에 마리아는 화들짝 놀랐다. 가랑이 길이도 재는 거야?!

"여기도 재야 하나요……?"

"어머, 그럼요."

"그, 왜요……?"

마리아가 기죽은 목소리로 묻자, 여인이 빙그레 웃었다.

"안 그러면 바지를 만들 수 없는걸요."

"……바지요?"

"어머, 모르셨어요?"

여인이 눈을 동그랗게 떴다. 초록색 눈이 마치 유리알같이 반짝반짝 빛났다.

"클로드 여학교의 교복은 긴 바지예요."

"……정말요?"

마리아가 당황해 물었다. 여인의 표정도 심각해졌다.

"정말 모르셨구나. 입학 안내서에 다 쓰여 있는데, 혹시 못 보셨나요?"

입학 안내서는 아버지가 다 찢어 버렸다. 마리아는 풀 죽은 목소리로 여인에게 그렇게 털어놨다. 여인은 저런……. 하고 마리아의 이야기에 안타까움을 표했다.

"그러면 제가 제안드릴 수 있는 부분이 있긴 해요."

"예?"

"간혹 정말로 바지만은 못 입겠다는 분들이 한두 분은 계시거든요. 그러면 저희가 긴 치마를 만들어드리기도 해요. 다만 이쪽은 비용이 좀 발생하는데……."

"어, 아뇨, 아뇨, 아니에요!"

마리아가 손을 내저었다. 당황한 여인에게 마리아는 서둘러 변명하듯 말했다.

"바지를 입기 싫다는 말은 아니에요. 그저……."

"예."

"놀라서 그랬어요."

"그렇구나. 그런 분들 많기는 해요. 가끔 입학안내서를 보고 당황하신 분들의 편지도 온답니다. 정말 바지를 입어야 하냐고."

"음, 저는 조금 달라요."

마리아는 작은 주먹을 꼭 쥐고 답했다.

"저 바지 한번 꼭 입어보고 싶었거든요!"

"……그러셨어요?"

여인이 그제야 안심했다는 듯 미소 지었다. 마리아도 마주 미소 지었다.

"네! 여왕님처럼요. 어릴 때부터, 꼭!"

〈본편 완결〉

외전

정원의 어린이 침입 사건

발렌시아 여왕의 유일한 취미는 음주였다.

취미가 음주라니 말도 안 된다고 할 수도 있다. 그러나 여왕은 모든 걸 가지고 있었다. 진주같이 매끄러운 피부를 가지고 있는 여왕은 겉모습을 가꾸는 데에 큰 취미가 없었다. 애초에 그녀를 가꾸는 것은 시녀들이며, 그녀에게 스스로를 가꾸는 것은 일이나 마찬가지였다.

뭔가를 수집하는 취미도 없었다. 그녀는 대륙의 모든 걸 가질 수 있었다. 대륙 전체가 그녀의 영토이니 그럴 수밖에. 모든 걸 가질 수 있게 되는 순간 모든 것을 탐하는 자도 있다지만, 그녀는 오히려 그런 것들이 귀찮아졌다. 날이면 날마다 다양한 자들이 온갖 핑계를 대어 그녀에게 진귀한 보물이란 보물은 다 가져다 바치니 보물창고에는 자리도 없었다. 제 주변의 이들에게 아낌없이 베푸니, 주변인들은 오히려 더 감읍하며 뭔가를 새로 가져다 바쳤다.

승마? 검술? 몸을 움직이는 것을 그녀는 싫어했다. 발렌시아는 겨울에는 죽도록 추웠고, 여름에는 지옥처럼 더웠다.

결국 그녀는 음주를 택했다. 겨울에는 몸을 따뜻하게 데울 수 있었고, 여름에는 잠시나마 더위를 식힐 수 있었다.

"그러니 술을 가져오너라."

시녀들이 눈치를 봤다. 휴가철이었고, 일렉사 백작부인은 휴가를 간 참이었다.

단딜리온 재상도 자신의 영지를 살피러 성을 비운 지 며칠이 지났다. 덕분에, 쎄시아를 말릴 사람은 아무도 없었다. 쎄시아는 그런 사실을 아주 잘 알고 있었고, 웃으며 시녀들에게 말했다.

"얘들아."

"……예."

"나는 10년 동안 대륙을 정복하기 위해 각지를 떠돌면서 참 좋았단다."

뭔 소리야? 시녀들이 눈길을 나누었다. 여왕은 대부분 그 시절을 지긋지긋해 했다. 덥거나 춥고, 땅에서 자야 했던 시절들. 그런데 뭐가 좋다는 거야?

여왕은 빙그레 웃으면서 말을 이었다.

"군인들은 까라면 깠거든."

말인즉슨, 술 가지고 오라면 가지고 오란 소리다. 시녀들은 어깨를 움츠리고 여왕의 명에 따랐다. 곧 운반돼 온 발포주 두 병과 얼음. 쎄시아는 만족스럽게 웃으며 시녀들을 모두 물렸다. 통치의 잔이 있어 이럴 때는 좋았다. 자고로 제후란 언제나 목숨의 위협을 받는 법이지만, 통치의 잔의 힘 때문에 누구도 그녀를 해칠 수 없었다. 직계혈족이 없으니 더더욱.

그래서 그녀는 홀로 제 투왈렛 룸 앞의 정원에서 카펫을 펴고, 다리를 쭉 뻗고 누워 있을 수 있었다.

오랜만의 쉬는 날이었다. 본디 이 시간쯤에는 항상 서류를 보지만, 이 기회를 놓칠 수는 없었다. 우스운 일이다. 그녀는 만인지상의 왕인데도 이렇게 재상의 눈치를 보고 시녀장의 눈치를 보니.

분홍색의 아름다운 잔에 발포주를 따랐다. 잔의 다리는 드레스 자락 모양이었는데, 자신이 아끼는 상인이 바친 것이다. 해상 무역 중에 좋은 유리 공방을 발견했다나. 차가운 술에 잔 표면에 금세 습기가 맺혔다. 술을 한 모금 마셨다. 여왕에게 진상된 술이라 목 넘김이 좋았다. 크. 쎄시아는 기분이 좋아졌다.

한여름이었다. 분수를 켜라고 할걸. 제 정원에는 작은 분수가 있었으나, 여왕은 정원을 꾸미는 데 별 관심이 없어 항상 꺼 두었다. 아름다운 것은 좋은 것이니 항상 곁에 두고 즐기라던 제 재단사가 잠시 스쳐 지나갔다.

'그러게, 이럴 때는 좀 아쉽네.'

그렇다고 물러간 시녀들을 또 불러 분수를 켜라고 하긴 좀 그렇다. 쎄시아는 아쉬운 대로 누워서 망중한을 즐기기로 했다. 남쪽의 헤카테에서 진상한 카펫은 도톰하고 감촉이 좋았다. 아스완의 면직

물 사업을 두고 보더니, 자신들의 특산물도 봐 달라고 올린 것이다.

여왕이 일을 잘하니 알아서들 기었다. 여왕은 긴 베개에 기대고 누워 카펫이 추운 북쪽에서 돈이 될지, 같은 걸 생각했다. 태피스트리 같은 것의 수요는 꾸준하니 카펫도 그럴 것이다. 그러다가 고개를 흔들었다. 모처럼 쉬려고 했는데 또 일 생각이다.

이럴 때야말로 친구들이 필요한가. 쎄시아는 턱을 괴고 잔을 비우며 생각했다. 여왕에게는 괜찮은 말 상대들이 제법 있었지만, 하필 지금 모두 자리를 비운 참이다. 잘난 얼굴을 가진 의동생은 내팽개쳐뒀던 제 영지를 돌보러 갔다. 사실 영지 따위는 그렇게 큰 관심도 없는 데다가 그의 가신들이 제법 모범적이라 그가 없어도 잘 돌아가겠지만……. 영지가 목적은 아니리라. 여왕의 또 다른 말 상대인 그의 약혼녀가 그 영지에 가 있었기 때문이다.

'나쁜 놈.'

연애 같은 건 쳐다보지도 않던 세월이 거짓말인 것처럼, 제 동생은 사랑에 빠지자마자 아주 그 약혼녀를 물고 빨고 불면 날아갈까 쥐면 터질까 소중히 굴었다. 그 꼴이 아주 눈꼴시다 못해 기가 막혔다.

'역시 법을 바꿔서 내가 결혼했어야 했어.'

쎄시아는 피식피식 웃었다. 그녀가 결혼했어야 한다고 생각하는 주체는, 그녀의 의동생이 아니라 그의 약혼녀다. 쎄시아가 귀애해 마지않는 재단사. 처음에는 남자인 줄로만 알고 깜박 속아 청혼할 뻔했지만, 그녀가 여자라는 걸 알고는 놔 주었다. 그치만, 생각해

보면 내가 왕인데 법 좀 바꾸면 뭐 어때? 쎄시아는 심술궂게 웃었다. 그녀와 결혼했어야 한다는 건 진심은 아니지만, 진심인 척 그들을 놀렸다면 진짜 재미있긴 했을 것이다. 궁금하기도 했다. 언제나 쎄시아를 위해서라면 뭐든 하던 고지식한 의동생은, 만약 쎄시아가 제 약혼녀와 결혼하려고 했다면 어떻게 굴었을까? 하는 것.

뭐 맛은 봤으니 상관없나. 쎄시아는 수확제의 연회장에 흐트러진 모습으로 뛰어 들어와 '제가 유리를 사랑합니다!'라고 말했던 남동생을 생각하고 킥킥거렸다. 벌써 세 해는 지난 일이지만, 아직도 생각하면 눈물 나게 웃기는 모습이었다.

뭐 어쨌든, 두 사람이 연인이 되는 바람에 쎄시아만 조금 억울해졌다. 그녀는 제일 좋은 말 상대 둘을 빼앗겨버린 처지가 된 것이다. 남동생 다음으로 재미있는 말 상대는 역시 그 재단사였으니까.

유리. 남들보다 좀 동글동글하고 자그마한 것만 빼면 평범하기 그지없는 그녀를 떠올리며 쎄시아는 한숨을 쉬었다. 잔을 다시 채우면서 쎄시아는 다른 이들을 생각했다. 제게 유리잔을 바친 상인 또한 재미있는 말 상대임은 틀림없지만, 그는 주로 낮이 아니라 밤에 보곤 했다. 그나마도 쎄시아가 요즘 수면시간을 늘린 참이어서 거의 보지 못했다. 음, 낮에 불러도 상관은 없으려나. 그가 최근에 발렌시아에 있던가? 여왕은 머리를 굴렸다.

그때였다. 심심하던 여왕에게 의외의 말 상대가 등장했다.

처음에는 낮은 담 옆의 풀숲이 바스락거리는 정도였다. 통치의 잔을 가지고 있었기 때문에 쎄시아는 그 소리에 별로 신경 쓰지 않았다. 여왕이 나와서 놀고 있는 줄 모르고 주변을 지나던 사용인 정도로 생각했을 뿐이다.

그런데 불쑥, 풀숲에서 작은 팔이 튀어나왔다.

"끄응."

쎄시아는 눈을 동그랗게 떴다. 웬 어린아이의 팔이었던 것이다. 뭐지? 내가 헛것을 보나? 쎄시아가 알기로 발렌시아 성 안에서는 어린아이를 볼 일이 거의 없었다. 여왕은 빠르게 제 옆을 봤다. 술 한 병이 깔끔하게 비어 있었으나 여왕의 주량을 넘지는 않았다. 게다가 지금 그녀가 마시는 술은 발포주였지, 독주가 아니었다.

그 사이에도 그 팔은 끊임없이 꼼지락거렸다. 여왕은 가만히 그 팔을 두고 봤다. 끙, 끙 소리를 내던 그 팔의 주인이 이내 "윽."하고 머리를 쳐들었다. 풀숲 위로 뿅, 하고 마른 짚풀색의 머리카락이 솟았다.

막 걸음마를 시작한 듯한 어린아이는 반동 때문인지 흙투성이로 풀숲에서 데굴데굴 굴러 나와 여왕의 앞에서 멈췄다.

"허?"

"……."

모로 누워 있던 여왕과 흙투성이 어린애의 눈이 마주쳤다. 그리고 어린애는 입을 벌렸다가 쎄시아를 보고 곧 외쳤다.

"공주님이야!"

쎄시아는 그만 웃음을 터트리고 말았다.

⁂

시녀들은 술 외에도 쎄시아가 집어 먹을 만한 간단한 주전부리를 가져다 놓은 참이었다. 쎄시아는 아이를 제 앞에 앉히고 과일을 집어 주었다. 아이는 카펫 위에 앉아 과일을 넙죽넙죽 잘도 받아먹었다. 아이에게 과일을 먹여주다가 손가락에 아이의 침이 묻었으나 여왕은 개의치 않았다.

"공주님이다……."

"그래, 내가 공주님이다."

쎄시아는 피식피식 웃으며 아이의 볼에 묻은 흙을 털어 주었다. 아이는 신경 쓰지 않고 쎄시아의 손가락에 끼워진 보석 반지를 붙잡고 헤, 하고 입을 벌렸다.

"넌 누구니?"

"밀리……."

밀리? 쎄시아는 고개를 갸웃했다. 그런 이름은 들어본 기억이 없었다.

"혼자 왔니?"

밀리는 쎄시아의 말에 별 관심이 없는 듯, 쎄시아의 치맛자락을 만지작거렸다. 쎄시아가 입고 있는 옷은 얇은 실크로 되어 있어 반짝거렸기 때문이다. 그러나 별 재미가 없었는지, 밀리는 곧 다시 쎄시아의 가슴팍에 손을 뻗었다. 쎄시아의 목에 걸려 있던 긴 진주 목걸이가 차르륵, 소리를 내며 밀리의 손에 쥐였다. 쎄시아는 아이가 하는 짓이 웃겨 가만히 놔두었다.

"공주님."

"말을 해봐 좀. 너 어디서 왔니?"

"……."

밀리는 가만히 쎄시아를 바라봤다. 채 영글지 않은 초록색 눈 속에 담긴 모습이 보였다. 쎄시아를 응시하던 밀리는 이윽고 활짝 웃었다.

"공주님! 예뻐!"

쎄시아는 대번에 기분이 좋아졌다. 그래 내가 좀 예쁘지. 화려한 말로 제 아름다움을 칭찬하는 사람들에게는 이제 익숙하다 못해 지겨움을 느끼던 참이지만, 이렇게 어린 애가 대뜸 저를 예쁘다고 하는 건 또 신선했다. 결국 쎄시아는 아이가 제 머리 위에 얹힌 작은 왕관을 떼어내는 것까지 용인하고 말았다. 쎄시아의 피로를 고려해 은으로 가늘게 만든 작은 티아라는, 쎄시아에게는 귀여운 사이즈였으나 아이에게는 딱 맞았다. 밀짚 머리 위에 올라온 작은 왕관.

아이는 왕관을 쓰더니 히히, 하고 웃었다.

"기분 좋아?"

"응."

아이는 왕관을 쓴 채 다시 손을 뻗었다. 과일을 집어 먹으려 하는 것 같아 두었으나, 그 손이 술잔으로 뻗기에 쎄시아는 기겁을 하고 잔을 빼앗았다.

"이건 술이야. 안 돼."

"술……."

"이거나 먹으렴."

아이는 순했다. 술잔을 쎄시아가 돌려놓고 과일을 입에 갖다 대니 새처럼 받아먹었다.

귀엽군. 역시 남의 애가 최고로 귀여워.

그렇지만 이 애의 부모는 누구지? 쎄시아는 눈을 껌벅였다.

여왕의 정원이 있는 동쪽 성은 다른 곳에서 접근하기 퍽 애매한 곳이다. 서쪽 성에서는 걸어서 한참이나 걸린다. 어른 걸음으로도 차 한 잔 마실 시간 정도는 된다. 이 애가 서쪽 성에서 걸어왔을 것 같지는 않고……. 쎄시아는 밀리의 통통한 다리를 눈여겨보며 생각했다. 아이의 다리는 흙투성이이긴 하지만, 어딘가 다친 것 같지는 않았다. 서쪽 성에서 여기까지 왔다 쳐도, 이런 어린아이 걸음으로는 넘어지기 쉽다.

그럼 동쪽 성이란 이야기인데. 쎄시아는 아이가 신은 신발을 보았다. 부드러운 돼지가죽으로 된 신발은 고급품은 아니었다. 그럼 동쪽 성에서 일하는 누군가의 아이인가?

"얘, 너희 부모님 누구니?"

"아빠!"

"그래. 그러니까 너네 아빠 누구니?"

아이는 눈을 껌벅이다가 웃었다.

"아빠!"

"요놈."

쎄시아는 아이의 옆구리를 간질였다. 아이가 까르륵 웃으며 옆으로 넘어갔다.

"네 아빠가 나타나지 않으면 너를 왕위 계승자로 만들겠다."

"아이이잇."

"내가 못할 것 같지?"

"아빠아아!"

"나는 사실 공주님이 아니라 여왕님이거든? 왕관이 아주 잘 어울리는 것 같으니 너를 왕위 계승자로 만들어서 왕좌에 앉혀놓고 허수아비 왕으로 만들고 남쪽 나라로 떠날 거야!"

"하지 마아아아!"

아이와 쎄시아의 대화는 언뜻 묘하게 이어졌다. 쎄시아는 킬킬거리며 말했다.

"그리고 미남들을 끼고 술이나 마시며 여생을 보낼 거야. 나는 여왕이라 돈도 많거든? 쓸 곳이 없어 내 창고에 쌓여만 있단다. 전 대륙의 술을 마셔 없앨 수도 있는 금액인데 말이야. 내 친구가 이루지 못한 꿈을 내가 네 덕분에 대신 이룰 수도 있겠구나?"

"거 참 무시무시한 계획이로군요."

쎄시아가 뒤를 돌아봤다. 그곳에는 쎄시아가 상상도 못 한 얼굴이 웃으며 서 있었다.

여왕은 등골이 서늘해졌다. 바로 휴가를 떠난 일렉사 백작부인이 거기 있었던 것이다.

"백작부인……. 오늘 휴가 아니오?"

"그렇습니다."

부인이 빙그레 웃었다.

"그런데 대관절 왜……."

"시녀장이 휴가인 틈을 타 시녀들을 겁박해 술병을 내어 오라고 하실 분이 저의 상관이라는 걸 짐작했기 때문이죠."

그 한마디로 쎄시아는 모든 걸 파악했다. 일렉사 백작부인은 휴가를 내어 쉬는 날임에도 불구하고, 자신이 술을 찾으면 전갈하라고 시녀들에게 명했으리라. 아이쿠. 쎄시아는 머리를 짚었다.

부인은 가차 없이 쎄시아가 남겨놨던 다른 술병을 들어 올렸다. 내 술병. 이럴 줄 알았으면 빨리 마실걸. 쎄시아는 얼음물이 뚝뚝 떨어지는 술병을 보고 안타까운 표정이 됐다.

시녀장은 술병을 들고 힐끗 아이에게 시선을 보냈다. 아이는 쎄시아의 품 안에서 헤 입을 벌리고 일렉사 백작부인을 바라보고 있었다.

"그런데, 웬 아이입니까?"

"나도 몰라. 갑자기 나타났어."

"……갑자기요?"

"응. 저기서."

부인은 술병을 뒤의 시녀에게 건넨 후, 쎄시아가 가리킨 풀숲 쪽을 보고 미묘한 표정이 됐다. 아이가 다 헤집어 놓은 풀숲은 상당히 처참한 모습이었다.

"아이가 나무열매도 아닐 텐데……."

"그러게. 얘, 너 어디서 왔니?"

그 사이 카펫 위에서 앉아 멍청히 일렉사 백작부인을 쳐다보던 밀리는 방긋 웃었다.

"위……."

그리고 두 손을 만세하듯 들어 위쪽을 가리켰다. 위? 쎄시아와 부인의 시선이 위를 향했다. 그곳에는 하늘밖에 없었다.

"……역시 왕위계승자로 삼아야겠군. 불쌍한 나를 위해 하늘에서 왕위계승자를 내려주신 모양이야."

"그 농담 안 웃기니 그만하십시오. 대강 짐작은 갑니다."

"짐작이 간다고?"

"예. 두시지요."

부인이 말했다. 쎄시아는 눈을 깜박였다.

"정원에? 애를 그냥 두라고?"

"……."

여왕은 그냥 둬도 상관없다. 통치의 잔이 지켜줄 테니까. 그러나 세 살 미만의 흙투성이 어린애를 여왕의 정원에 두는 것은 문제가 좀 다르다. 아무리 잘 가꿔져 있어도 이 정원은 어린애에게는 조금 위험했다. 부인은 작게 한숨을 쉬었다.

"데리고 가시지요. 마틸다를 시켜 부모를 찾겠습니다."

"그럴까?"

쎄시아가 슬금슬금 일어나 아이를 얼싸안았다. 아이는 작았지만 제법 무거워서, 쎄시아의 허리가 휘었다.

"아이쿠. 이 쪼그만 게 왜 이리 무거워?"

"애 한 번 낳아보지도 못한 분이……."

시녀에게 넘겨주라 하려던 일렉사 백작부인은 제법 자세가 나오는 쎄시아를 보고 눈썹을 들어 올렸다. 쎄시아가 씩 웃었다.

"애는 안 낳아봤지만 안아 본 적은 많지. 코흘리개 시절부터 에넌을 안고 다녔으니."

부인이 피식 미소를 흘렸다. 쎄시아가 아이를 재차 고쳐 안으며 속삭였다.

"네 부모가 누군지는 모르겠지만, 제법 잘 먹이는 모양이구나? 에넌은 못 먹어 종이처럼 가벼웠는데. 이 발렌시아의 왕위계승자를 이리 잘 먹였으니 상을 내려야겠다."

"그만하시래두."

쎄시아가 깔깔 웃으며 아이를 안고 들어갔다. 일렉사 백작부인을 따라온 시녀들이 눈을 동그랗게 떴으나 여왕은 상관하지 않았다.

밴딧은 울고 싶은 기분이었다.

앉혀 둔 아이가 사라진 것을 알아챈 것은 상당히 시간이 지난 후였다.

제 상관인 에넌이 올랭피아에 가 있었으나 밴딧은 살림살이 때문에 발렌시아에 남았다. 에넌이 발렌시아에 없어도 밴딧은 대부분의 일을 에넌의 집무실에서 처리했다. 집무실에는 밴딧뿐이었고, 아이를 데려다 앉혀 놔도 별일은 없었다.

……없을 줄 알았다.

밀레니엄은 이제 막 두 살이 됐다. 두 살짜리 아이가 멀리 가지는 못했을 텐데. 잠깐 한눈을 팔았을 뿐이었다. 밴딧은 에넌에게 직접 결재를 받아야 할 일과 아닌 일을 분류하고 있었고, 그러던 중 헛갈리는 문서 때문에 책상에 코를 박고 있었다. 그러다가 밀레니엄에게 식사를 시켜야 한다는 사실에 퍼뜩 고개를 들었을 때, 아이는 이미 없었다.

밴딧은 식겁해서 응접실 출입문을 보았다. 문은 단단히 닫혀 있었다. 그야 라이언하트 공작의 집무실로 통하는 문 정도면 엄청나게 무겁다. 그 문을 두 살배기 어린아이가 열어젖힐 수는 없다.

"밀리. 밀리? 나오렴. 밥 먹어야지……."

밀리는 웃음이 많았다. 조금 말문 트이는 것이 늦기는 했지만, 밴딧이 하는 말은 모두 알아들었다. 순하기도 했다. 호기심이 많았지만, 어디를 뒤집든 밴딧이 부르면 제깍제깍 제 아비에게 달려와 안겼다.

그러나 밀레니엄의 기척은 없었다.

밴딧은 덜컥 겁이 났다. 밴딧이 일하는 곳은 공작의 집무실 앞 응접실이었고, 응접실은 그리 넓지 않았다. 그러다가 밴딧의 눈에 집무실 문이 들어왔다.

……집무실로 통하는 문은 열려 있었다. 밴딧은 한숨을 내쉬

었다.

"밀리-."

에넌이 없으면 잘 들어가지도 않는 집무실이다. 그러나 오늘 밴딧은 서류를 찾기 위해 오전에 잠시 에넌의 집무실 서재를 뒤진 참이었다. 그러다 문을 깜빡 열어놓은 모양이었다. 밴딧은 문을 열고 들어갔고, 말을 잃었다.

공작의 집무실 앞, 발코니……. 그러니까 정원으로 통하는 문 역시 열려 있었던 것이다. 그리고 공작의 정원은…….

넓다 못해 아주, 많이, 정말, 완전, 개-넓은 동쪽 성의 정원 권역과 통해 있다. 밴딧은 눈앞이 깜깜해졌다.

"밀리!"

제발 제 아이가 가까운 곳에 있기를 바라며 밴딧은 정원으로 뛰어나갔다. 공작 또한 여왕과 같이 제 정원을 아끼거나 가꾸는 스타일은 아니었기 때문에, 그 앞은 낮은 상록수들뿐이었다.

밀리, 밀리! 아빠야!

밴딧이 버럭버럭 소리를 지르는데 버스럭, 소리가 났다.

"밀리?!"

"……저어."

밀리는 아니었다. 공작의 정원으로 통하는 길을 따라 들어온 것은 밴딧도 익히 아는 사람이었다. 일렉사 백작부인의 비서, 마틸다였다.

"마틸다?"

"예."

"무슨 일이십니까?"

"예. 그 집무실 쪽으로 가서 문을 두들겼는데 아무도 대답이 없으셔서……. 그런데 이쪽에서 목소리가 들리기에."

밴딧은 혀를 찼다. 제게 볼일이 있어 공작의 집무실로 왔지만, 자신이 밀리를 찾느라 바깥으로 나와 마틸다가 굳이 이쪽으로 온 모양이었다.

"죄송합니다. 무슨 일이시죠?"

마틸다는 옅게 웃었다. 평소 볼일이 있어 공작의 집무실로 가면 항상 넉살 좋게 웃던 남자다. 결혼을 한 후로는 더 웃음이 많아졌는데, 오늘 그의 얼굴에는 걱정이 가득했다. 지금도 자신에게 무슨 일이냐고 물으면서도 시선은 계속 정원 쪽을 살피고 있었다. 그리고 마틸다는 그 이유를 알고 있었다.

"저기, 혹시 누굴 찾고 계시지 않으신가요?"

"……밀리가 어디 있는지 아세요?!"

밴딧은 눈을 크게 뜨고 마틸다에게 물었다. 마틸다가 웃으며 고개를 끄덕였다.

"예."

밴딧이 크게 한숨을 내쉬었다.

"어디 있습니까?"

"음……. 아마 그렇게 달가운 곳은 아닐 거예요."

밴딧의 머리가 회전했다. 뭐지? 밀리가 돌아다니다가 마구간의 똥통에라도 빠졌나? 그렇지만 마구간은 한참 먼데. 이 근처에서 밴딧이 꺼려할 만한 곳은 딱히 없었다. 아이비의 예전 상관이 있는 사무실 정도인가? 어쨌든,

"어디건 간에 가지 않으면 제 아내가 절 죽일 텐데, 뭐 달갑지 않은 것이 문제겠습니까. 감사합니다. 어디지요?"

"그게."

"예."

"여왕님 투왈렛 룸인데요……."

……그냥 죽을까?

제 아내인 아이비와 그 여왕님. 막상막하의 공포였다. 제 아내가 좀 더 생활 밀착적 공포를 제게 준다면, 여왕님은 태생적으로 무서웠다. 10년 동안 에넌 옆에서 본 가락이 있어 더 그랬다. 밴딧은 머리를 감싸 쥐고 싶은 기분이 됐다.

그리고 마틸다를 따라가 여왕의 투왈렛 룸에 펼쳐진 광경을 보고, 정말로 머리를 감싸 쥐었다.

밀레니엄은 여왕의 왕관을 쓰고, 여왕의 소파 위에 앉아 여왕의 진주 목걸이를 쥐고 잠들어 있었기 때문이다.

"폐하를 뵙습니다."

통상적으로 여왕의 투왈렛 룸에는 남자가 드나들 수 없다. 그러나 이번은 예외였다. 여왕은 아이의 잠을 깨우고 싶지 않았기 때문이다. 긴 소파 한쪽에 앉아서 밴딧이 들어오기를 기다리고 있던 쎄시아가 피식 웃었다.

"그대에게 상을 내리겠노라."

"죄송……. 예?"

"내 뒤를 이을 왕위 계승자를 보내주지 않았나."

밴딧은 여왕의 농담을 다 이해하지는 못했으나, 이게 제 자식이 왕관을 쓰고 있어서라는 것 정도는 즉시 알아들었다. 밴딧은 무릎을 꿇고 머리를 땅에 댔다.

"죄송합니다!"

"이 자식."

여왕이 입술을 말아 올리며 웃었다.

"아이비에게 일러 줄 테다."

"죽을죄를 지었습니다!"

밴딧의 목소리에 아이가 얼굴을 잔뜩 찡그리더니 눈을 떴다. 그리고는 버럭 소리를 질렀다.

"아빠!"

밀레니엄은 제 아빠에게 즉각 뛰어가려고 했으나, 두 살배기가 높은 소파 위에서 수월하게 내려갈 수 있을 리 없었다. 옆에 있던 일렉사 백작부인이 한숨을 쉬며 안아 내려주었고, 아이는 빠르게 밴딧을 향해 뛰었다. 그리고 풀썩, 넘어졌다.

"어이쿠."

그 모습을 보던 여왕이 추임새를 넣었으나, 아이는 울지 않고 도로 일어나 씩씩하게 제 아비에게로 뛰었다. 문제는 아이가 넘어지는 바람에 쓰고 있던 왕관이 바닥으로 떨어졌다는 것이다. 그리고 더 큰 문제는, 아이는 그 왕관을 걷어차 버렸다. 밴딧은 정말 울 수 있을 것 같았다.

"아빠!"

"그래……."

밀레니엄을 안고 밴딧은 허허, 웃었다.

"죄송합니다……."

"나한테 죄송할 건 없지."

일렉사 백작부인이 무표정하게 허리를 굽혀 왕관을 주워들었다. 마틸다가 그 왕관을 닦아 쎄시아의 머리에 씌웠다. 밴딧은 죽고 싶어졌다.

"아이에게 미안해해야지."

"……."

할 말이 없었다. 쎄시아는 턱을 괴고 물었다.

"내가 주는 봉급이 적은가?"

"예?"

"왜 그대가 아이를 데리고 있는지는 짐작이 가능한데. 아이비가 지금 어디 있는지 나도 대강은 아니까. 그런데 아이는 유모가 보는 것 아닌가?"

"아……."

"설마하니 그렇게 대책 없이 결혼하진 않았을 것 같은데, 아이비가."

"그게……."

밴딧이 한숨을 쉬었다.

"휴가철이라 유모도 휴가를 가서요……."

쎄시아가 눈알을 굴렸다. 휴가 중이지만 왕성에 있는 일렉사 백작부인도 픽 웃었다.

"대체 인력이 없었습니다. 집무실에 각하도 안 계셔서 괜찮을 줄 알았는데, 잠깐 서류를 보는 동안 아이가 사라져서……."

"원래 애는 잠깐이라는 게 없는 법이지."

"애 한 번 낳아보지도 않은 분이 참."

일렉사 백작부인이 혀를 찼다. 그러나 그녀도 쎄시아가 어릴 적 에넌을 찾아 발렌시아 성을 이곳저곳 돌아다녔던 것을 알고 있었기에 별말을 더하지는 않았다.

"급하게 아이를 봐줄 만한 사람을 찾아보기 힘들었습니다. 그야 돈을 많이 주면 가능할지도 모르지만, 아내의 출장이 너무 급하게 결정돼서요……."

"나 참."

여왕은 머리를 짚었다.

"유모 휴가가 언제까지인가?"

"어, 사흘 정도 더 남았습니다……."

"부인. 내 시녀 중 아이를 낳은 경험이 있는 자를 한 사람만 사흘 동안 에넌의 집무실에 보내 주게."

"헉, 아닙니다. 폐하. 괜찮습니다!"

"밴딧."

쎄시아가 빙그레 웃었다. 밴딧은 이 여왕님이 그렇게 웃을 때면 아무도 그녀를 거역할 수 없었다는 걸 전쟁 때의 경험으로 이미 잘 알고 있었다.

"밀리가 앞으로의 사흘 동안 한 번만 더 내 눈에 띄면 그때는."

"그때는……."

"밀리를 내 양녀로 삼고 왕위계승자로 만들어버릴 거야. 선택해. 내 시녀……."

"베푸신 은혜에 감사하며 다시는 여왕 폐하의 정원에 아이가 드나들지 못하도록 단단히 감시하겠습니다."

밴딧이 딱 잘라 답했다. 쎄시아는 이마를 찌푸렸다.

"대관절 다들 내 후계자가 왜 이리되기 싫어하는 거야?"

"스스로를 한 번 돌아보시죠."

일렉사 백작부인이 말했다.

그렇게 정원의 어린이 침입 사건은 싱겁게 종결됐다. 서쪽 성의 구석에 작은 관리들 전용 탁아소가 생긴 것은 여담이다.

외전

그 남자의 진심

악마의 불판 기간이 코앞이라 일이 많지 않았다. 쎄시아는 저녁은 간단히 먹고 제 방으로 돌아온 참이었다. 시녀들이 그녀의 머리에서 관을 떼어내고, 머리를 빗겼다. 윤기 있는 곱슬머리는 숱이 많아서, 자기 전에 제대로 땋아놓지 않으면 방해되기 일쑤였다.

잠옷으로 입는 드레스는 그녀의 재단사가 만들어 보낸 랩 가운이었다. 속옷 하나 입지 않은 채 여왕은 가운 하나만 걸치고 내실에 앉았다. 내실 가운데에는 엄청난 꽃들의 더미가 꽃병에 꽂혀 있었는데, 그중 하나의 꽃대를 들어 올렸다. 방금 잘라낸 듯 싱싱한 꽃대에서 향기를 맡고 있자니 누군가가 들어왔다.

"폐하를 뵙습니다."

"응."

쎄시아는 도로 꽃대를 꽂아두고 문 쪽으로 시선을 돌렸다. 거기에는 은색 머리카락에 보라색 눈을 가진 보기 드문 미남자가 서서 허리를 숙이고 있었다. 쎄시아가 웃었다.

"또 머리카락 색이 바뀌었군."

"제 트레이드마크 같은 거니까요."

"머리카락 결이 남아날 일 없겠어."

"감사하게도 머리카락 하나는 튼튼하게 낳아주셔서."

"누가?"

"얼굴도 모르는 제 부모가요."

남자, 레스타는 빙그레 웃으며 걸어들어 오다가 멈칫했다. 엄청난 꽃을 보았기 때문이다. 레스타의 품에도 커다란 화분이 들려 있었고, 그것은 발렌시아에서는 보기 드문 품종의 꽃이었다.

"이런. 제가 한발 늦었군요."

"……그걸 알아?"

쎄시아가 흥미롭게 남자에게 물었다. 보통 여왕의 침실에 들어오는 꽃은 성의 화훼부에서 전담한다. 그러나 남자는 그 꽃을 성 밖의 누군가가 여왕에게 선물했다는 것을 아주 잘 아는 말투로 얘기했던 것이다.

레스타가 싱긋 웃었다.

"폐하의 화훼부는 저렇게 과감한 스타일로 꽃을 꽂지는 않지요."

"그런가?"

"예. 성 내에 장식된 꽃들은 모두 균일한 톤으로 통일돼 있습니다. 그야 성이 모두 같은 색 계열로 장식돼 있어야 내장을 관리하는 자들이 편할 테니까요."

"그렇군. 난 그런 것도 몰랐어. 상인의 눈썰미란."

여왕은 새삼스럽게 제 방에 꽂힌 꽃을 보며 눈을 치떴다. 오늘 낮에 여왕에게 배달돼 온 꽃다발은 하나같이 큼지막하고 화려하며, 어지러운 색들로 뒤덮여 있었던 것이다. 노란색과 보라색, 주홍색과 하늘색……. 열정적인 색이었다. 꽃다발을 선물한 자의 성정만큼.

"상인의 눈썰미라기보다는, 폐하에게 매료된 자의 질투라고 생각해 주시지요."

그 말에 쎄시아는 높게 웃었다.

"거짓말 한번 잘하는군?"

"폐하는 대륙에서 가장 부유한 상인에게 언제나 진실된 말만을 들으시는 유일한 분이랍니다."

레스타가 장난스럽게 허리를 숙였다. 쎄시아는 레스타의 손에서 화분을 받으려 했으나, 레스타는 여왕의 침대 옆에 화분을 내려놨다. 화분 안에는 엄청나게 잎이 크고, 그 안의 꽃인지 잎인지 알 수 없는 대가 긴 식물이 피어 있었다. 여왕은 신기한 듯 앞에 쭈그려 그 식물을 구경했다.

레스타가 설명했다.

"극락조입니다. 아름다운 새를 닮기도 했고, 일설에는 성인의 피 흘리는 발자국에서 피어난 꽃이라는 이야기도 있죠. 이번에 간 곳에서 보고 폐하 생각이 나 가져왔답니다. 본래는 더운 곳에서만 피는 꽃이지만, 발렌시아는 여름이니까요."

"내 생각?"

"박력이 대단하거든요. 아직은 꽃대만 살짝 올라왔지만, 피면 엄청나게 화려합니다."

레스타는 싱긋 웃었다. 여왕도 마주 웃었다.

"카움 소영주입니까?"

꽃을 선물한 자에 대해 묻는 것이었다. 언뜻 들으면 질투 같기도 하지만, 레스타라는 남자는 질투 같은 섣부른 감정을 남에게 허비하지 않는다. 여왕인 자신에게조차도. 쎄시아는 고개를 끄덕였다.

"이젠 제발 아스완에 돌아가 달라고 빌고 싶을 정도로 열심히 보내고 있지."

"이런."

"왜?"

"제게도 그런 말 하실까 두려워서요."

벨름 출신의 남자는 시원시원하게 웃으며 품 안에서 작은 술병을 꺼냈다. 여왕의 눈이 동그래졌다.

"만인지상의 폐하를 뵈면서 화분 따위를 선물이라고 가지고 왔겠습니까?"

화분은 속임수라는 소리다. 레스타가 여왕의 침실에 드나든 지는 꽤 되었으나, 여왕의 건강을 염려하는 일렉사 백작부인은 언제나 그의 손을 매의 눈으로 주시하곤 했다. 그러나 부인도 화려한 화분에 눈을 빼앗겨, 레스타가 들고 온 술병은 눈치채지 못한 모양이었다.

"동쪽 우이 헌의 귀한 명주입니다. 술을 담그고 10년 동안 서늘한 지하에서 꺼내지 않는다죠. 쌉싸름한 맛이 일품이라고 합니다. 독주이니 편히 즐기시죠."

"독주이니 조심하라는 소리가 아니라?"

술병을 받아든 여왕이 반문했다. 레스타는 보라색 눈을 가늘게 뜨며 미소 지었다. 여왕은 흐흥, 하고 레스타의 가슴을 밀었다. 레스타는 그대로 못 이기는 척 침대에 주저앉았다.

"만인지상의 여인에게 건강 조심하라는 소리 한 번을 안 하는군, 그대는?"

"그야……."

레스타가 쎄시아의 손등을 잡아당겨 그 위에 입을 맞추고는 시선을 맞추었다.

"폐하께서 제게 찾으시는 것이 잠깐의 즐거움이실진대. 제가 감히 폐하의 영원을 탐낸다는 인상은 추호도 드리고 싶지 않아서요."

남자의 입술이 쎄시아의 손바닥을 더듬었다. 쎄시아는 아하하, 웃고는 술병을 땄다.

명주라고 하더니 과연 그 명성에 어울리는 맛이었다. 쌉싸름하고 달콤한 향이 목구멍을 넘어가자, 쎄시아는 기분이 아주 좋아졌다. 독하다 해도 목 넘김이 좋았다.

"마음에 들어."

"좋아하실 줄 알았습니다. 발렌시아에 내리자마자 폐하께 술을 드리기 위해 가장 먼저 성으로 왔답니다."

"거짓말."

여왕이 흐흡, 하고 웃었다. 남자가 어깨를 으쓱했다.

"내가 아는 그대는 칼레와 아타락시아를 적어도 두 번은 거치고 나서야 나를 찾아올 자지."

"이런, 그야 칼레는 제 몸과 같은 곳이니까요."

남자의 단정하게 묶어놓은 긴 은발이 흐트러져 있었다. 쎄시아는 술안주 대신 마음껏 남자의 아름다움을 감상했다. 흡족했다.

"제가 빈털터리 무일푼의 남자였다면 폐하도 제게 큰 관심 두지 않으셨을 테고."

"글쎄, 조금 다르지. 그대만큼의 얼굴이라면 두고두고 귀여워하지 않았을까?"

"이런."

레스타가 한쪽 다리를 끌어올려 앉으며 실소했다.

"보잘것없는 폐하의 포로에게 뜻 없는 기대감을 심어주지 마십시오."

"잡힌 적도 없는 포로면서?"

쎄시아가 술을 따랐다. 레스타는 가볍게 예를 취하고 술잔을 목구멍으로 넘겼다. 만족스러운 맛이었다.

레스타가 쎄시아의 말 상대가 된 것은 얼마 되지 않았다. 쎄시아는 머리가 좋은 남자가 좋았고, 거기에 더해 욕심은 적당한 남자가 좋았다. 쎄시아의 조건에 들어맞는 것은 사실 유리뿐만은 아니었던 셈이다. 포로가 되려고도, 된 적도 없는 아름다운 남자는 넘치지도 모자라지도 않게 굴 줄 알았다. 그것이 쎄시아의 마음에 들었다.

"오늘 오후에 재미있는 일이 있었다고 들었습니다."

"아."

쎄시아는 밀레니엄을 떠올리곤 미소 지었다.

"그만한 어린애를 본 것은 아주 오랜만이어서 재미있었다."

"그렇습니까."

"왕위계승자로 삼을까 했는데 그 부모가 아주 극렬히 거부하더군."

여왕이 혀를 찼다. 레스타는 여왕의 유구한 왕위에 관한 농담을 좋아했다. 여왕은 틈만 나면 왕관을 누군가에게 줘버리고 싶어 했다. 물론 줘 버리고 싶어 하는 그 마음과는 별개로 영 무능한 놈들만 제 주변에 가득하다며 투덜댔지만.

"아니, 이 대륙을 다 주겠다는 데 왜 싫어하는 거야?"

"저라도 싫겠습니다."

"뭐야?"

레스타가 웃음을 터트렸다.

"대륙을 주시는 게 아니라, 대륙만큼의 일을 물려주실 테니까요."

밴딧이 질색한 것도 결국은 같은 이유다. 쎄시아는 한때는 하루에 세 시간도 자지 않았을 정도로 혹독히 일하는 군주였다. 군주가 그렇게 일하니 밑에 있는 자들이라고 적당히 일할 수 있을 리 없다. 쎄시아는 그 어깨에 대륙을 짊어지고 있었고, 자신이 짊어진 무게를 가장 잘 알고 있는 여인이었다.

그런 여인이 왕위를 준다고 해서 덥석 넘겨받을 정도로 멍청한 자는 그녀의 주변에 없었다. 그리고 레스타도 마찬가지다. 쎄시아는 술을 한 잔 더 따르며 웃었다. 그런 것을 알고 있는 남자이니 제 주변에 두는 것이다.

잘생긴 남자는 많다. 젊고 적당하게 머리가 돌아가는 남자도 많았다. 그러나 그런 놈들일수록 이상하게도 꼭 쎄시아를 앞에 두고는, 침실에만 들어오면 제가 위인 듯 굴었다. 쎄시아는 그런 놈들을 멍청한 놈으로 분류했다. 한 번은 들였지만, 두 번은 찾지 않았다. 그녀의 침실에 두 번 이상 들어와 본 남자는 거의 없었고, 세 번은 더더욱 없었다. 물론 눈앞의 남자는 경우가 조금 다르긴 했지만.

거기까지 생각한 쎄시아는 여상히 물었다.

"그대의 아이라면?"

"예?"

"내가 그대와 아이를 낳아 왕위를 물려준다면 어찌할 텐가? 그대도 제 자식을 안쓰러워하며 거부하고 보듬을 텐가?"

갑작스러운 물음이었다. 레스타라면 쎄시아의 왕위계승자에 대한 농담 중에도 이런 말은 없었다는 것을 능히 짐작하고도 남을 것이다. 파격적인 말이었다.

그러나 레스타는 조금도 흔들림 없이 말했다.

"저는 독점욕이 강해서 안 됩니다. 폐하를 조금이라도 남들과 공유해야 한다는 사실을 참지 못할 텐데요."

여왕은 재미없다는 표정이 됐다.

"농담이 안 통하는 남자야."

"글쎄요. 저야말로 폐하의 농담이 가장 잘 통하는 남자 아닐까요?"

"뭐 그도 그렇지."

보통의 남자들이었다면 식겁하며 엎드렸을 것이다. 혹은 뛸 듯이 기뻐했을 수도 있지. 극단적인 자들은 당장 그녀를 안고 침대 위로 올라갔을 수도 있다.

그런 의미에서 레스타는 참 쎄시아의 마음에 쏙 드는 말상대였다. 건방지지도, 그녀를 넘겨짚지도 않는다.

술을 한 잔 더 넘겼다. 과연 독주이긴 한지, 여왕은 약간의 취기를 느꼈다. 기분이 좋았다. 내일 아침 제게 풍길 술 냄새에 일렉사 백작 부인이 식겁하겠지만, 그런 것은 신경 쓰고 싶지 않을 만큼 괜찮은 술이었다.

여왕은 의자에 깊게 몸을 묻었다. 레스타는 언제나 피곤한 여왕이 졸고 있다는 것을 알아차리고, 그녀에게로 다가가 목과 무릎 뒤에 팔을 넣었다. 아름다운 여왕은 놀라울 정도로 가벼웠다. 그녀를 들어 올리자 여왕은 자연스럽게 레스타의 목을 끌어안았고, 남자는 여왕을 침대에 눕혔다. 여왕이 레스타를 끌어당겼다. 레스타는 잠깐 고민하다가 여왕의 옆에 모로 누웠다. 그녀는 항상 금방 잠들었기에, 그녀가 잠들 때까지 옆에 누워 있는 것은 그리 번거로운 일도 아니었다.

"……레스타."

"예."

"나는 그대가 앞으로도 그렇게 거짓말쟁이이길 바라……."

"그렇습니까?"

"내게 진심을 바라는 남자 같은 건 옆에 두고 싶지도 않거든……."

여왕의 목소리가 꺼질 듯이 희미해졌다. 수마와 싸우고 있는 것이다. 레스타는 여왕의 목까지 침구를 덮어주었다. 여왕의 붉은 눈이 가늘어졌다가. 끝내 닫혔다. 가지런한 속눈썹은 미동도 하지 않았다. 레스타는 여왕의 얼굴 위에 늘어져 있는 머리카락 한 가닥을 귀 뒤로 쓸어 넘겨주었다.

"그대도 누군가에게는 진심을 다한 적이 있었을까……."

여왕이 중얼거렸다. 레스타는 여왕을 한참 동안 바라보다가, 이내 옅게 웃으며 그녀의 이마에 입 맞췄다. 존경을 담아.

"편히 주무십시오."

훅, 촛불이 꺼졌다.

여왕이 완전히 잠든 뒤 남자는 침실을 나왔다. 침실에서 내실, 그리고 투왈렛 룸과 응접실을 거쳐야 완전히 성의 복도로 나갈 수 있다. 레스타는 그게 쎄시아라는 여인과 비슷하다고 생각했다. 겹겹이 둘러싸인 무적의 여왕. 그 안에는 남들이 상상하는 여리고 연약한 내피 같은 것은 없다. 안에서도 밖에서도 그녀는 언제나 단단했다. 마지막의 마지막까지도 마음을 내어주지 않는.

물론 레스타라고 여왕과 크게 다르지는 않다. 그래서 아마 둘 다 같은 사람을 사랑하고 아꼈을 것이다. 껍질 같은 것도 없이, 안이건 밖이건 숨기는 것 없이 같고 담백한…….

"폐하는 잠드셨습니다."

복도에 서 있던 시녀가 정중히 고개를 숙였다. 레스타도 고개를 숙였다. 들어올 때와 나올 때가 다르지 않았고, 시녀들은 언제나와 같이 레스타를 대했다.

레스타는 곧장 칼레로 향했다. 으리으리한 아타락시아와 달리 칼레의 건물은 본래 발렌시아에 있던 건물을 사용한 터라 그리 화려하지는 않다. 새벽에 돌아온 상단주를 반기는 것은 텅 빈 책상뿐이었다. 피곤했으나 당장 내일 아침에 출발해야 하는 화물들의 리스트를 점검해야 했다. 레스타는 침대에 아쉬운 눈길을 한번 주고, 제 책상에 앉았다. 새벽에 출발하는 화물이 아닌 게 어딘가. 새벽이었다면 발렌시아 성에는 들를 틈도 없었을 것이다.

깃펜을 잉크에 적셨다. 눈에 띄는 것은 없었다. 특기할 만한 것은 고무로 만든 상품들이 계속 발주량이 느는 것 정도다. 유리가 또 좋아하겠군. 레스타는 여상히 생각하며 리스트를 체크해나갔다. 전부 확인했을 때는 어느새 창밖이 희게 밝아져 왔다.

똑똑. 누군가 문을 두들겼다. 누군지 확인하지 않아도 뻔했다.

"들어와."

"좋은 아침입니다, 상단주님!"

비서 스타키였다. 얼음을 띄운 찻잔과 함께 벙글벙글 웃으며 들어온 그녀는 당연한 듯이 레스타의 책상 위를 훑어 화물 리스트를 걷었다.

"가져갑니다?"

"……내가 확인 안 했으면 어쩔 뻔했어?"

"글쎄요, 그럼 짐 챙겨서 나가야죠."

"짐?"

"상단주님이 새벽에 일 안 하는 날은 칼레 망하는 날이니까요."

레스타가 싱긋 웃으며 찻잔을 들어 한 모금 차를 마셨다.

"맛없군."

"이럴 수가. 오늘은 회심의 차였는데!"

스타키는 노래하듯 말하며 서류를 들고 나갔다. 열린 사무실 문 밖으로 스타키가 서류를 누군가에게 건네는 것이 보였다. 보나 마나 오늘 나갈 화물 책임자일 것이다.

레스타는 길게 하품한 후 다시 차를 마셨다. 차가웠다. 스타키가 차를 타는 솜씨는 정말 조금도 늘지 않았으나, 언제나 온도만은 기가 막히게 맞췄다. 더운 날은 이가 시릴 듯 차갑게, 추운 날은 따뜻하게 정도가 아니다. 정신 차릴 만큼만 차가웠으면 좋겠다고 생각하면 딱 그만큼의 온도를 맞춰 왔다. 스타키의 맛없는 차를 삼키는 이유는 단지 그것 하나뿐이었다.

하지만 차가 맛없다고 해서 다른 일도 못 하는 건 아니다. 레스타는 스타키를 벌써 햇수로 5년째 쓰고 있었다. 계산이 빠르고 동시다발적으로 일했다. 가끔 손이 열 개쯤 되는 것 같기도 했다. 뭣보다 부지런했다. 레스타가 자지도 않고 일한다면, 스타키는 최소한만 자는 것 같았다.

물론 그게 집에서만 잔다는 이야기는 아니다. 레스타는 제 사무실 문을 열고 나가려다가 움찔했다. 스타키가 자신의 책상 위에 엎드려 있었기 때문이다. 레스타는 한숨을 쉬고 스타키를 흔들었다.

"스타키. 일어나."

"예? 음……."

얼마 자지도 못했을 텐데 스타키는 얼굴을 흔들며 일어났다. 레스타는 손을 내저었다.

"내 방에서 자. 오전에는 더 이상 큰일은 없으니까."

"괜찮은데……."

"나도 오후에나 다시 나올 거야."

"감사합니다."

레스타의 일정이 없으니 스타키의 일정도 크게 문제는 없을 것이다. 스타키는 넙죽 인사한 후, 잽싸게 일어나 레스타의 방으로 향했다. 레스타의 사무실은 거의 레스타의 집이나 다름없이 꾸며져 있다. 레스타의 침대는 사무실 뒤쪽에 있고, 스타키는 그곳에서 자는데 이미 익숙하다. 어쩌면 레스타보다 스타키가 그곳에서 자는 것이 훨씬 잦을지도 모른다.

남자는 그대로 옆 건물인 아타락시아로 향했다. 아타락시아에서 또 온갖 일을 처리하고 보니 침모들이 출근할 시간이 됐다. 아타락시아 꼭대기의 문을 여니, 익숙한 사람이 그 안에 서 있다가 눈을 동그랗게 떴다.

"베로니카."

"웬일이세요, 상단주님?"

"벌써 나와 있을 줄은 몰랐는데."

베로니카가 웃으며 다가왔다.

"오늘은 중요한 날이니까요."

그럴 만도 하다. 레스타는 오늘 그녀와 함께 관청에 가기로 했다. 한 시간쯤은 눈 붙일 수 있을 줄 알았는데. 그러나 레스타의 속을 베로니카도 읽은 듯했다.

"근데 눈이 왜 이래요. 잠은 주무셨어요?"

"솔직히, 아니."

"나 참."

베로니카가 허리에 손을 짚었다.

"저는 아침이라도 제가 사 드릴까 했는데 잠이 먼저겠네요. 한 시간이라도 눈 좀 붙이세요."

"괜찮다고 하고 싶은데……. 반갑군."

"그러세요."

레스타는 그대로 한켠에 있는 침대에 쓰러졌다. 베로니카가 혀를 차며 뭐라 하는 소리가 들렸으나 거기에 할애할 의식은 이미 저 먼

꿈의 나라로 향한 지 오래다.

베로니카는 작은 침대에 몸을 구겨 넣은 레스타를 보며 혀를 찼다. 남자는 칼레의 제 사무실을 놔두고 꼭 여기에 와서 잤다. 말로는 비어 있는 사무실을 쓸 사람이 없는 데다가, 아타락시아의 일까지 처리하기 위함이라지만 그런 것 가지고는 그 이유가 충분히 설명되지는 않았다.

가끔 제 언니 대신 일을 보러 오는 플럼은 그 모습을 보며 순정남이 따로 없다, 미련하다고 말하곤 했고, 베로니카는 그 말들로 미루어 이유를 짐작하곤 했다.

그리고 동시에 클로드 자작의 남자 보는 눈에 새삼 감탄했다.

베로니카는 어디를 가든 무조건 1등 할 자신이 있었다. 그러니까, '얼마나 쓰레기 같은 남자를 골랐는가' 부문에서. 그녀의 남편은 그녀를 이용했고, 때렸고, 버렸다. 짧은 시간이었으나 베로니카는 쓰레기 같은 남자를 구별할 줄 알게 됐다.

그리고 베로니카가 보기에 레스타는 예쁜 쓰레기다.

클로드 자작이 학교를 설립한 지도 두 해가 지났다. 베로니카는 클로드 자작에게 구원받았으며, 그녀의 옆에 있는 레스타에게 도움을 받았다. 그리고 클로드 자작이 있을 때의 레스타와 없을 때의 레스타는 아주 판이한 사람이었다. 물론 쉴 틈 없이 일하고, 이득을 보기 위해서라면 뭐든지 한다는 맥락은 같다. 그러나 '뭐든지 한다'의 범위가 결정적으로 다른 것이다.

베로니카가 보기에 레스타는 아주 실리적인 남자였다. 이득이 되면 뭐든 하지만, 반대로 제게 이득이 없는 일은 철저히 쳐낸다. 그게 유일하게 적용되지 않는 것이 클로드 자작이었다. 지금만 해도 베로니카의 일을 봐주러 왔지만, 그건 클로드 자작이 베로니카를 신경 쓰고 있기 때문이다. 나아가 베로니카가 클로드 자작 대신 아타락시아의 일을 봐주고 있기 때문이기도 하다.

아마 클로드 자작이 없었다면 베로니카는 지금 침대에 누워 있는 남자의 친절이라고는 손톱만큼도 누릴 수 없었을 것이다. 그건 쓸데없는 일이니까.

남자는 아름답고 친절했다. 그가 지나가면 많은 여인들이 얼굴을 붉혔다. 화려한 머리카락과 옷도 이제는 거의 트레이드마크가 되었다. 자신을 꾸미지 않는 남자들보다 백 배는 낫다고 말하는 여인들이 수십 명은 됐다. 그러나 다들 클로드 자작이 있을 때의 레스타의 얼굴에 속고 있다.

'아직 유리가 떠나간 지 얼마 안 됐기 때문에.'

베로니카는 남자의 잠을 깨우지 않으려 조심하며 차를 마셨다.

클로드 자작에 한해 친절하다. 그것은 언뜻 봐서는 '그게 뭐?'라고 반문할 수도 있다. 나에게만 친절한 내 남자. 얼마나 로맨틱한가. 그러나 그건 아주 잠시뿐이다. 남자란 생물은 그렇게 고르는 게 아니다. 적어도 일생을 함께할 남자로는. 레스타는 욕심이 많았다. 자신의 것이 되지 않을 여자에게 레스타가 신경을 쏟고 친절을 허비하는 이유는 욕심을 버리지 못해서다. 자신의 것이 아니라면 미련을 버릴 줄도 알아야 한다.

베로니카는 클로드 자작이 없는 칼레에서 레스타가 오일소금을 얼마나 값싸게 후려쳐서 사서, 비싸게 팔고 있는지 알고 있다. 클로드 자작은 저렴하고 어린애들도 부담 없이 입을 수 있는 고무 코르셋을 만들었다. 고무 코르셋의 인기가 높아지자 아타락시아에서는 귀족들을 위한 고급형을 만들었다. 고급형 고무 코르셋이 얼마나 비싸졌는지 말도 못한다. 남자는 근본적으로 상인이었다.

자신에게는 친절하지만 그 외의 사람에게는 가차 없다는 것은 그런 뜻이다. 저런 남자를 고르는 것은 아슬아슬한 줄 위에서 줄타기를 하는 것과 같다. 여차하면 실망하기 마련이다.

그래서 베로니카는 저 미련 떠는 남자를 가엾이 여기면서도 영 정이 붙지는 않았다. 클로드 자작은 남자를 아주 잘 골랐다. 누구에게나 다정한 클로드 자작의 약혼자를 생각하며 베로니카는 천천히 차를 마셨다. 어차피 레스타를 깨워 관청에 가려면 한참은 더 남았기 때문이다.

관청의 관리는 레스타를 알아보고 굽신거렸다. 여왕의 총애를 몇 년째 받고 있는 칼레의 상단주는 그 얼굴로도 유명했기 때문이다. 옆에 선 베로니카가 민망할 정도였다.

"부탁하신 서류는……. 여기 있습니다요."

"더 이상의 문제는 없습니까?"

"예예. 죽은 사람이 살아 돌아오지 않는 한이요."

베로니카의 이마가 찌푸려졌다.

"살아 돌아오면요?"

그 말에 레스타의 얼굴빛도 안 좋아졌다. 관리는 세상에 이런 비극은 있을 수 없다는 듯 호들갑을 떨었다.

"그렇다고 해도 부군 되시는 분께서 혼인이 파탄 나는 것에 관해 큰 요인을 제공했다고 봐야 하기 때문에……. 어지간하면 문제가 생길 일은 없을 겁니다."

베로니카의 이혼은 3년을 넘게 끌었다. 베로니카의 남편이 그녀의 돈을 가지고 사라진 지도 한참 됐다. 클로드 자작은 백방으로 사람을 풀어 그를 찾았다. 베로니카의 혼인을 지속하기 위해서가 아니라, 따끔하게 벌을 주기 위해서였다.

그러나 작정하고 사라진 남자를 그렇게 쉽게 찾을 수 있을 리 없다. 게다가 꽤 거액을 가지고 사라진 참이다. 일부러라도 모습을 드러내지 않는 한은 찾기 어려울 것이다.

그래서 클로드 자작은 베로니카의 이혼에 신경을 쏟았다. 적어도 그녀가 이후에는 쓰레기와 얽힐 수 없게 하기 위해서다. 그러나 여자의 이혼은 매우 어려웠다. 베로니카가 '이 정도야?!'라고 당황할 정도로. 대륙의 큰 도시마다 남자를 찾았지만 없었다는 관청의 문서가 필요했고, 남자가 주변에 사기를 친 정황도 필요했다. 증언이 상당수 있었지만, 이혼으로 바로 이어지지는 않았다.

그래도 기다린 보람이 있었다. 관리는 굽신거리며 베로니카에게 이혼이 확정됐다는 문서를 건넸다. 그리고 레스타에게 자신의 동생이 칼레와 거래하고 있다며 잘 부탁한다는 말도 잊지 않았다. 레스타는 빙그레 웃으며 "참고하겠습니다."라고 말했다. 베로니카는 확신했다. 레스타는 아마 이곳을 나가는 순간 관리의 성도 잊어버릴 것이다.

"으아아아!"

관청을 나서자마자 베로니카는 문서를 들고 소리를 질렀다. 지나가던 사람들이 그녀를 쳐다봤지만 상관없었다. 옆에 서 있던 레스타가 빙그레 웃었다.

"그렇게 좋은가?"

"그럼요."

베로니카는 돌아서서 레스타에게 꾸벅 인사했다. 예쁜 쓰레기건 나발이건 자신에게는 은인이다. 응당 인사를 해야 한다.

"고맙습니다. 덕분에 홀가분하게 올랭피아로 갈 수 있게 됐어요."

"그렇군. 학교로 가나?"

"네."

베로니카는 클로드 자작의 학교에서 교사 노릇을 하기로 이미 얘기가 된 참이었다. 오늘 서류를 받자마자 올랭피아로 떠난다. 레스타가 아쉬워했다.

"저녁이라도 먹었으면 했는데."

"마음에 없는 소리 마세요."

"이런, 눈치챘나."

레스타는 턱을 어루만지며 웃었다.

"유리에게 안부 전해주고, 가끔 안 바쁠 때 발렌시아에 들러 달라고도 말해주게."

"네."

"물론 이쪽은 진심이야."

"그럼요!"

베로니카도 마주 활짝 웃었다. 진심인 걸 안다.

그러니까 절대로 전해주지 않을 것이다.

외전

여자의 삶에서 가장 중요한 것

아스완의 아름다운 왕녀님은 나이가 열 살이 되었을 때부터 그 미모로 이름이 높았다. 오죽하면 레테의 왕이 그녀를 탐내 침략했을 정도다.

그러나 정작 아르시노에 본인은 제 외모에 대해 자부심보다는 지긋지긋하다는 생각을 더 많이 했다. 이유는 단순하다. 그 외모로 좋은 일보다는 지겨운 일이 더 많았기 때문이다. 자신을 아내로 삼겠다고 아스완을 전쟁터로 만든 왕부터, 제게 끊임없이 구혼하는 남자들까지.

기실 아르시노에는 자신이 누군가의 전리품 취급당하는 것에 너무나 익숙했고, 그 모든 것이 자신의 외모 탓이라고 생각하고 있었다. 물론 그런 생각을 입 밖에 내 본 적은 없다. 그녀가 그런 말을 하는 순간 주변의 모든 사용인들이 땅에 머리를 찧을 것이 분명하므로.

그래서 아르시노에는 여왕을 처음 만났을 때, 아주 반갑고 또 생경했다.

에넌 라이언하트가 그 검에 레테 왕의 목을 꿰뚫고 왔을 때와는 다른 감정이었다. 자신이 에넌 라이언하트를 보고 사랑에 빠졌다면, 여왕을 보고는 동경하게 됐다.

쎄시아 발렌시아야말로 누군가의 전리품으로 취급당하는 것이 지겨워 대륙을 정복한 여인이었으므로.

쎄시아는 아스완에 도착하자마자 아스완 궁에 당당히 걸어들어왔다. 이미 무릎을 꿇고 기다리던 아르시노에는 젊은 쎄시아 발렌시아를 보고 머리를 땅에 대려고 했다. 대개 정복자들이란 그렇다. 상대를 무릎 꿇리고, 조아리는 것을 보고 쾌감을 느낀다. 에넌 라이언하트의 다정한 성품에 감복한 차였지만, 그 누이라는 여인의 잔혹함 혹은 가차 없음이 이미 대륙 전역에 유명했던 터라 아르시노에는 그녀도 응당 그러리라 생각했다.

그러나 쎄시아는 아르시노에가 머리를 숙이는 것을 보며 손사래쳤다.

"아, 머리 땅에 대지 마. 그런 거 보면 잠자리가 사나워."

아르시노에는 놀라 멍해지고 말았다. 어, 절을 싫어하시면……. 어떻게 하지? 발렌시아식의 인사를 해야 하나? 그러나 아르시노에는 안타깝게도 북부의 예절에 약했다. 이럴 때는 솔직함이 미덕이었고, 그래서 아르시노에는 용기를 내어 말했다.

"송구하오나, 미천한 아르시노에는 북부의 예의를 잘 모릅니다. 하여 분부를 내려주시면……."

그때 쎄시아의 표정은 정말로 이상한 것을 봤다는 얼굴이었다. 그러나 그녀는 아르시노에에게 왜 그러냐고 묻지 않고 다만 손을 내밀었다.

"분부는 됐고, 일어나. 맨 무릎을 모래 위에 꿇고 있다니. 보기만 해도 무섭다."

"예? 예……."

그게 명령이라면 그래야 했다. 아르시노에는 조금의 의심도 없이 쎄시아의 손을 붙잡고 일어났다. 쎄시아는 힐끗 아르시노에를 보고는 다가왔다. 아르시노에가 움찔했으나 쎄시아는 무릎을 굽혀 아르시노에의 무릎에 묻은 모래를 털었다.

"아프겠군. 모래가 무릎에 박혔어."

아르시노에는 맹세코 이런 형태의 친절을 받아본 적 없었다. 모두들 반쯤 벌벌 기며 왕녀님의 일신을 걱정하거나, 혹은 조심스럽게 일러주는 게 다였다. 그래서 제 맨살에 여왕의 손바닥이 닿았을 때 처음에는 놀랐고, 그다음에는 당황했다.

"괘, 괜찮습니다."

그러나 그럭저럭 그런 상황에서 어떻게 말해야 하는지 정도는 알고 있었다. 여왕은 씩 웃었다.

"괜찮긴. 어찌나 오래 앉아 있었는지 모래 자국이 꽤 깊게 났는걸. 이렇게 예쁜 무릎에 무슨 일이람."

예쁜…….

다른 남자가 그런 소리를 했다면 대번에 불쾌해졌을 것이다. 언제나 아르시노에는 자신의 외모를 칭찬하는 이들에게 고마움을 느끼기보다는 불편함을 먼저 느꼈다. 특히 남자들에게. 그래서 아르시노에는 어쩐지 반가움을 느끼는 자신이 이상하고 신기했다.

"폐하야말로……. 이런 누추한 곳까지 오시게 하여 송구합니다."

가까스로 준비한 말을 했다. 여왕은 시원시원하게 이를 드러내고 웃었다.

"누추하지는 않아. 내가 생각했던 것보다 더 더운 것만 빼면."

"많이 불편하신가요?"

"아니. 나란 사람은 좀 이기적이라서."

여왕이 허리에 손을 짚었다.

"발렌시아의 겨울이 되면 아스완의 더위도 그리워질 수 있겠지. 더울 때 마음껏 누려야겠어."

"모쪼록 즐기시기 바랍니다."

그리고 아르시노에는 침대에 앉아 쎄시아를 생각하는 중이었다. 그때의 쎄시아는 정말로 아스완을 마음껏 즐기고 갔다. 음식부터 기후까지 모두 다. 아스완의 남자들을 맛볼 수 없어서 아쉽다는 그녀의 마지막 말은 물론 농담이었으나, 아르시노에는 지금 이 순간 정말로 묻고 싶었다.

'여왕님, 아쉬운 채로 끝나는 것이 차라리 낫지 않았을까요?'

아르시노에가 제 남편감을 찾겠다고 온 아스완에 공고를 붙인 지 세 해째였다. 하메드 장관에게 반쯤 반항하듯이 시작한 것이었으나 아르시노에는 약간의 잔재미도 느꼈다. 그도 그럴 것이, 제가 낸 문제에 이러니저러니 흔들리며 발끈하거나 슬퍼하는 남자들을 보는 것은 퍽 재미있었던 것이다.

나이도, 신분도, 생김새도. 그 어떤 것도 상관하지 않겠다고 아르시노에는 공표했다. 아스완의 아름다운 왕녀가 드디어 에넌 라이언하트의 사랑을 받지 못해 자포자기했다는 소문이 떠돌았으나, 첫해의 시험이 끝나고 나서는 사뭇 소문이 달라졌다. 아르시노에가 누구보다 공들여 제 남편감을 찾고 있는 듯 보인다는 소문이었다.

열 살 어린 소년부터 팔십 먹은 노인까지, 매해 구름처럼 남자들이 아스완 궁에 몰려들었다. 아르시노에는 왕좌에 나른하게 기대어 그들을 내려다봤고, 떨어트렸다. 첫해에는 이 아스완의 주인이 누구냐 물은 뒤 빵을 만들게 했으며, 아스완 궁을 돌아 체력 테스트를 했다. 그렇게 붙은 열 명을 데리고 아르시노에는 모두에게 따로따로 물었다.

모두에게 같은 질문을 한 것은 아니었다. 자신의 신랑감을 찾는 데에 한 가지 질문을 할 필요가 없었기 때문이다. 어린 소년에게는 "네가 가장 좋아하는 것이 무엇이냐?"라고 물었다. 소년은 머뭇거리다가 "왕녀 마마입니다!"라고 답했다. 아르시노에는 빙그레 미소 짓고는 소년을 탈락시켰다. 아스완의 주인이 쎄시아 발렌시아라고 답해 놓고 자신을 왕녀라고 말하다니 어리석지 않은가.

마흔이 넘은 용병 남자에게는 "그대가 빼앗은 목숨이 몇 명이나 되오?"라고 물었다. 용병은 머뭇거리지도 않고 "세 본 적 없습니다!"라고 답했다. 아르시노에는 얼굴을 굳히고 그를 탈락시켰다. 용병이 누군가의 목숨을 빼앗는 것을 탓할 생각은 없다. 그러나 자신이 살아남기 위해 빼앗은 목숨이라면 적어도 숫자는 알고 있어야 한다는 것이 아르시노에의 생각이었다.

아르시노에와 나이가 비슷한 듯한 청년에게는 "그대는 왜 나의 남편이 되려고 하오?"라고 물었다. 청년은 망설이다가 답했다. "아름다운 영주님을 사모하지 않는 자가 어디 있겠습니까?" 아르시노에는 고개를 약간 기울이고 묘한 표정으로 답했다. "유감스럽지만 있었소." 청년 또한 탈락했다.

그런 식이니 아무도 남아나지 않았다. 첫해 우승자가 아무도 없어 하메드 장관이 또 잔소리를 했으나 아르시노에는 손을 내저었다. "내년에 다시 할 것이오." 하메드 장관은 엄청나게 불만스러워했으나 그게 아르시노에가 양보한 최선이라는 것 또한 알았다. 결국 다음 해로 넘어갔으나, 그 해에도 승자는 없었다.

그리고 세 해째.

아르시노에는 이 아스완에 과연 자신의 남편이 될 수 있는 사람이 있을까? 하고 의심하고 있었다. 시녀들이 감겨주고 말려주어 윤기 흐르는 머리카락을 늘어트린 채 침대에 기대 있던 아르시노에는 창을 바라봤다. 아르시노에의 방은 낮은 아스완 궁에서 가장 높은 곳에 있었다. 아스완 궁은 가장 높은 지대에 있어, 영원의 강이 그대로 다 내려다보였다. 영원의 강 위에 달이 떠오르고 있었고, 아르시노에는 달을 바라보다 일어섰다.

도무지 잠이 오지 않았다.

아르시노에는 제 문간에 있던 시녀들을 불러 "예민하여 너희들 걷는 소리에도 잠이 깨니 오늘 저녁은 내 방에 들어오지 말거라."라고 말했다. 시녀들이 물러간 후 아르시노에는 머리카락을 땋아내린 다음 뒤로 올려 돌돌 말았다. 그리고 제 침대 밑에서 상자를 꺼내었다. 그 상자 안에는 평소 아르시노에가 입는 긴 옷이 아닌, 평민들이 입는 짧은 튜닉이 있었다. 아르시노에가 밖으로 나갈 때만 입는 옷이었다.

아르시노에는 아름답고 차분한 성품의 왕녀로 이름 높았으나 그런 그녀에게도 이런 밤은 있었다. 많지 않을 뿐이다. 몰래 나가 영원의 강가를 걷다 보면 마음이 차분해졌다. 최근 몇 년간은 거의 나가지 않았으나, 오늘은 답답해 견디기 어려웠다.

아르시노에는 튜닉으로 갈아입었다. 낡은 튜닉에서는 먼지 냄새가 났으나 어차피 평민들에게서는 비슷한 냄새가 난다. 튜닉과 넣어 놓은 가죽 샌들을 신고, 검은 숄을 머리 위까지 둘렀다.

아스완 궁의 밤은 조용했다. 아르시노에는 차분히 궁을 빠져나왔다. 아르시노에만이 아는 길이 있었다. 어릴 적, 아스완 왕이 살아있고 제 동생이 있을 때 이용하던 길이었다. 아스완 궁은 침입이 쉬운 구조였기에 달아나기도 쉬웠다.

제 동생은 아르시노에와 종종 그 길을 함께 걸었다. 도저히 저항할 수 없는 적군이 온다면, 누나는 이 길로 꼭 도망가야 해! 하고 말하던 동생은 도망치지 못하고 레테 왕의 손에 목숨을 잃었다. 아르시노에는 쓸쓸해졌다.

아스완의 밤은 선선하다. 낮보다 훨씬 날씨가 좋기에, 아스완은 낮보다 밤에 더 분주하다. 영원의 강 근처는 아직도 상인들이 분주하게 돌아다녔다. 좌판들도 늘어서 있다. 아르시노에가 신랑감을 구한다고 공고한 터라, 최근 아스완의 거리는 북적거렸다. 전국에서 몰려든 남자들 때문이다. 그런 남자들이 강가에 모여 도박을 하거나, 술을 마시는 광경은 이맘때에는 흔했다.

좌판은 대부분 간단하게 먹을 것을 팔았으나, 장신구를 파는 이들도 있었다. 아르시노에는 영원의 강 쪽으로 발걸음을 재촉하려다가, 문득 멈춰 섰다. 유리알 펜던트를 파는 좌판 앞에서였다. 유리돌들을 가공해서 펜던트로도, 팔찌로도 팔고 있던 청년 하나가 이쪽을 보고 반색했다. 청년은 북부에서 온 듯, 피부가 희었다.

"아가씨! 예쁜 장신구 보고 가세요!"

아스완에서 가장 귀한 장신구를 할 수 있는 여인이다. 평소라면 그런 유리알 같은 것들은 신경도 쓰지 않을 것이다. 그러나 아르시노에는 그 좌판에서 눈을 떼기 어려웠다. 그 유리알들이 제법 익숙했기 때문이다. 아르시노에는 홀린 듯이 좌판 앞으로 다가가 쪼그려 앉았다.

청년이 싱글벙글 웃었다.

"제 고향의 특산물이에요. 예쁘지요?"

"그렇군요……."

"한번 착용해 보세요. 어……."

청년이 아르시노에 쪽을 바라봐서, 아르시노에는 저도 모르게 숄을 단단히 붙잡았다. 얼굴을 보여주기 싫었다. 아르시노에의 얼굴은 아스완에서 모르는 자가 없었다. 청년은 멋쩍게 웃고는 말했다.

"강바람이 차갑지요?"

"네……."

아르시노에의 손가락이 좌판을 훑었다. 어디서 많이 봤다 했는데……. 자신이 한때 사랑했던 남자가 하고 있던 펜던트와 같았다. 에넌 라이언하트. 아르시노에의 속눈썹이 떨렸다.

"……이런 펜던트는 흔한가요?"

"흔하다뇨! 그럴 리가요!"

아르시노에의 물음에 청년이 눈을 크게 뜨며 손사래 쳤다.

"제 고향에서도 제 스승님만 만들어내시는 유리공예품이랍니다! 이렇게 유리알 안에 색소를 예쁘게 넣어 만드는 분은 제 스승님뿐이에요!"

거기까지 말하고 청년이 씩 웃었다.

"물론 저도요."

"그렇군요. 고향이 어디인가요?"

"어, 제 고향을 아실까요? 제 고향은 디프로그예요."

디프로그……. 아르시노에가 조그맣게 소리를 내어 발음했다. 잘 모르는 곳이었다.

"잘 모르지만, 북부인가 봐요."

아르시노에의 시선이 남자의 팔에 머무른 것을 깨닫고 청년은 씩 웃었다.

"발렌시아에서 동쪽으로 마차를 달려 보름 정도 걸리는 곳이랍니다. 호수가 아주 멋지죠."

"그렇군요. 이거, 얼마인가요?"

아르시노에가 쥔 것은 푸른색 유리알 펜던트였다.

가죽줄에 꿰인 자그마한 유리알을 보고 청년은 환하게 웃으며 말했다.

"아가씨가 고향의 어린 동생과 닮았네요! 동생에게 주는 것 같은데, 까짓거 할인해 줄게요!"

"……제가요?"

아르시노에가 청년을 빤히 바라봤다. 아르시노에는 여전히 머리에 두른 숄을 풀지 않고 있었기 때문이다. 숄은 머리 위까지 올라와, 아르시노에의 얼굴을 반 이상 가리고 있었다. 그제야 청년은 멋쩍은 듯 뒷목을 긁으며 말했다.

"그, 생김새 말고……. 제 동생이 딱 아가씨 정도 나이……."

"……제가 몇 살 정도로 보이시는데요?"

아르시노에는 조금 웃기는 기분이 됐다. 얼굴이 안 보이니 나이를 짐작하기도 어려울 텐데. 물론 젊은 여자라는 건 알 수 있지만,

구체적인 나이를 알아보긴 어려울 것이다. 결국 청년이 두 손을 들었다.

"휴, 잘 안 통하네요. 발렌시아에서 배운 상술인데, 아스완 아가씨들은 만만하지 않아요."

요는 누구에게나 하는 소리라는 것이다. 아르시노에는 그제야 맑게 웃었다.

"아하하. 그런가요."

"예. 그렇지만 동생이 있는 건 진짜예요."

청년이 이를 드러내고 시원스레 웃었다.

"벌써 동생 얼굴 본 지 한참이 되어서, 슬슬 돌아가야겠다 하던 참이죠."

"그렇구나……."

"장사하러 나설 때, 남쪽 끝까지 와 보는 게 목표였거든요. 어쨌든 아스완에는 도달했으니 목표는 달성한 셈이랄까요?"

"멋지네요."

아르시노에가 옅게 미소 지었다. 청년도 빙그레 웃고는 펜던트를 나뭇잎에 싸서 내밀었다.

"본래는 10싱인데, 기분이다! 5싱만 받을게요!"

"……본래 5싱인 건 아니고요?"

아르시노에의 말에 청년이 허를 찔렸다는 표정이 됐다. 아르시노에는 피식피식 웃으며 5싱을 지불하려다 당황했다. 영원의 강을 거닐다 돌아갈 생각이어서, 돈을 가지고 나오지 않았기 때문이다.

"저어……."

"왜 그러시죠?"

"제가 깜박하고 돈을 가지고 나오지 않았어요. 미안해요."

그 말에 청년이 한쪽 눈썹을 들어 올렸다. 아르시노에는 민망해하며 말을 이었다.

"혹시 내일도 이곳에 있나요? 그러면 제가 내일……."

"에이, 그걸 어떻게 믿어요."

하긴 그렇지. 아르시노에가 어깨를 축 늘어트렸다. 그러나 청년은 조금 다른 액션을 취했다.

"기분이다. 팔 내밀어 봐요."

"예?"

아르시노에가 머뭇거리는데, 청년은 거침없이 좌판에서 분홍색 유리알이 달린 팔찌 하나를 집어 아르시노에의 팔에 둘러주었다.

"앗……."

아르시노에가 당황했으나 청년은 빠르게 팔찌를 묶어주고는 씩 웃었다.

"자, 팔찌에 목걸이까지 10싱."

"……어, 돈이……."

"내일 와서 주면 되죠."

청년이 눈을 찡긋했다.

"하지만……."

"아, 미리 말해두는데 이건 발렌시아에서 배운 상술은 아니에요.

제 상술이죠."

"……제가 내일 안 오면 어떻게 하시려고요?"

"으흠, 으흠."

청년이 손가락을 세워 흔들었다.

"아스완에 내려와서 알게 된 게 있는데, 아스완 아가씨들은 모두 선하다는 거랍니다."

"……."

"저는 아스완의 아가씨들을 믿어요."

그렇게까지 말하는데 도리가 없었다. 아르시노에는 피식 웃으며 팔찌를 어루만졌다. 청년이 말을 이었다.

"저는 앞으로 나흘간은 아스완에 머무를 예정이에요. 달이 뜨면 이곳에 있을 테니, 언제든지 제게 돈을 주러 와요. 알겠죠?"

"……네."

결국 수락했다. 아르시노에는 난처한 기분이 됐지만, 한편으로는 조금 재미있었다. 결국 그날은 영원의 강까지 가지 못하고 도로 궁으로 돌아왔다. 침대 위에 누워서 분홍색 유리알을 어루만지면서, 내일 100싱으로 갚아야지……. 하는 생각을 하며 잠들었다.

오랜만에 푹 잤다고 생각하며 아르시노에는 눈을 떴다. 아르시노에가 눈을 뜨기도 전에 시녀들은 그녀를 일으켜 따뜻한 물 안에 집어넣었다. 아침부터 바빴던 이유는 그녀가 오늘은 그녀의 신랑 후보들을 만나야 했기 때문이다.

아르시노에의 신랑이 될 사람을 가리는 일은 이번이 세 해째였다. 첫해보다는 지원자가 줄었으나 그렇다고 적지도 않았다. 접수만 열흘을 넘게 했고, 지원자들은 줄을 서서 아르시노에의 신랑이 되겠다고 호언했다.

시녀 중 하나가 고개를 갸웃하며 아르시노에의 팔에 채워진 가죽줄을 풀었다. 분홍빛 유리알을 들고 “어떻게 할까요?”라고 묻기에 아르시노에는 “내 방에 두어라.”라고 명령했다. 구혼자들을 만나는 자리라고는 하나, 격식을 차려야 하는 자리였다. 아르시노에는 황금과 보석으로 치장되었다. 아스완 전통 복식을 입고, 머리카락을 인두로 곧게 폈다. 빈틈 하나 없는 미인이 완성됐다.

한바탕 치장을 하고 나면 입맛이 없었다. 아르시노에는 말린 과일 한 점을 겨우 넘기고 아스완 궁의 마당으로 나갔다. 하메드 장관이 따라붙어 귀띔했다.

“올해는 칠백여 명의 지원자가 모였습니다.”

그중에는 지난해에 지원했던 자도 있을 것이고, 지지난해에 지원했던 자도 있을 것이다. 아마 두 해를 연속해 도전하고 세 번째인 자도 있겠지. 아르시노에는 그렇게 생각하며 앞으로 나섰다. 마당에는 엄청난 수의 남자들이 모여 있었고, 모두들 수군거렸으나 아르시노에가 나타나자 물을 끼얹은 듯 조용해졌다.

부담스러웠다.

아르시노에는 작게 한숨을 내쉬고 앞으로 나섰다.

"아스완의 아르시노에요."

간결하게 말하는 것은 쎄시아의 영향이었다. 그녀는 이어 말했다.

"오늘부터 내 신랑이 될 사람을 이 중에서 뽑을 것이오. 그러나 우승자는 없을 수도 있소."

돌아오는 답은 없었다.

"하지만 이번에야말로 우승자가 나올 수도 있지."

이번에는 조금 술렁거렸다.

"하루에 한 번씩 질문을 던지고, 인원을 추릴 것이오. 마지막으로 남는 한 명이 나의 남편이 되겠지."

하루 만에 이 모든 남자들을 떨어트릴 수도 있다. 그러나 그래서는 빈축을 산다. 아르시노에는 이 신랑을 뽑는 일조차 고도의 정치적 퍼포먼스라는 것을 의식하지 않을 수 없었다. 자신을 상품으로 내거는 만큼 성의를 보여야 한다. 그렇지 않으면 또, 우리의 왕녀님은 정말 결혼하기 싫은가 봐……라는 소문이 돌 테니까. 혹은, 아직도 그 공작님을 사랑하시는 걸까? 라는 소리를 들을 수도 있다.

누군가 제 눈앞에서 묻는다면 아르시노에는 단연코 아니라고 답할 수 있었다. 그의 목에 걸려 있는 초록색 유리알을 봤을 때부터, 아르시노에의 마음은 빠르게 사그라들었다. 영원히 기다리라면 기다릴 수 있었다. 그러나 가능성 없는 일에 그녀를 걸 정도로 어리석지는 않았다. 기약 없는 집착은 마음을 병들게 한다. 아르시노에는 병들고 싶지 않았다.

그러나 아무도 정작 아르시노에에게는 그런 것을 묻지 않았다. 정면으로 묻는 사람들은 아무도 없었고, 뒤에서만 수군거렸다. 하메드 장관조차 아직도 그 패륜아를 사랑하느냐고 더 이상 묻지 않는다. 클로드 자작과 그가 약혼했다는 소문이 퍼지고서부터 하메드 장관은 종종 제 눈치를 봤다. 아르시노에는 그게 불쾌했다. 동정이라도 해줄 것처럼 쳐다보는 시선들.

왜?

남자의 사랑을 얻지 못하면 동정받아야 하는 걸까?

사랑하는 사람이었다. 아르시노에는 맹세할 수 있었다. 어쨌든 자신은 에넌 라이언하트를 성심을 다해 사랑했다. 그러나 그의 사랑을 대가로 바란 적은 맹세코 없었다. 자신이 사랑한다고 해서 그가 당연하게 제게 애정을 돌려줘야 한다고는 생각해본 적도 없었다. 끝내 그에게 거절당한다는 결과 또한 언제나 아르시노에의 염두에 있었다.

그렇기에 동정은 비할 데 없이 불쾌했다.

나는 라이언하트 공작의 연인이 되지 못하면 불쌍한 사람인가?

아르시노에가 가진 것은 아주 많다. 아스완과 재화, 미모와 그 자신……. 아르시노에는 겸손할 뿐 비루하지 않았다. 단 한 번도 스스로를 동정해본 적 없다. 라이언하트 공작이 유리를 사랑한다는 것을 알았을 때, 슬프고 고통스러웠으나 제 자신이 불쌍하다 생각하지 않았다.

그러나 모두가 아르시노에를 동정했다. 큰일이라도 난 것처럼. 전 대륙에 그녀가 그를 사랑하는 것이 소문났으니 이제는 망신살이 뻗치는 것만 남은 것처럼 행동했다. 불쌍해했으며 또한 안타까워했다.

아르시노에는 생각을 멈추고 고개를 들었다. 칠백여 명의 눈이 자신을 바라보고 있었다. 이렇게 시간을 끌 때가 아니었다.

아르시노에의 입이 열렸다.

"나의 첫 번째 질문은, '여자의 삶에서 가장 중요한 것은 무엇인가?'하는 것이오."

남자들이 웅성거렸다. 남편? 돈? 보석? 하메드 장관이 외쳤다.

"각자 들어오기 전에 받은 종이에 답을 적고 가시오! 합격 여부는 오늘 저녁에 달이 뜨면 아스완 궁 앞으로 와서 확인하시오!"

남자들은 자신들이 받은 종이를 꺼내 보았다. 종이에는 자신들의 번호가 적혀 있었고, 빈칸이 있었다. 다들 고심하기 시작했다. 아르시노에는 마당을 가만히 내려다보다가 몸을 돌렸다. 남자들이 우르르, 무릎을 꿇어 아르시노에의 퇴장을 배웅했다.

종이는 칠백 개. 아르시노에는 내실로 돌아와 시녀들에게 명했다.

"돈과 남편, 보석과 결혼이 아닌 답만 모아 추려라."

"예."

시종들이 고개를 조아렸다. 짧은 시간이었지만 황금 장신구를 걸친 목이 무거웠다. 아르시노에는 지긋지긋한 기분을 느끼며 목걸이를 벗었다.

오후까지는 이제 정무를 봐야 한다. 잠깐 눈을 붙이고 싶었지만, 하메드 장관을 위시한 각료들이 아마 회의실에서 기다리고 있을 것이다. 아르시노에는 한숨을 쉬었다.

한 가지만 요구하면 좋으련만.

좋은 아내가 되라고 요구하며 동시에 좋은 통치자가 되기를 요구한다. 물론 후자는 그녀에게 남편이 나타나기 전까지다. 그것을 상기할 때마다 아르시노에는 부아가 치밀었다.

하지만 반대로 생각하면, 남편이 생길 때까지만 이 광대 노릇을 하면 된다는 얘기도 되겠지. 아르시노에는 아무나 남편으로 맞은 다음, 내실에서 여생을 보내는 생각을 해봤다. 늦게 일어나 과일을 먹으며 음악을 듣고, 오후까지 또다시 자다가 밤에 남편을 맞는 인생…….

그게 더 부아가 치밀어 올랐다.

피곤했다. 한참이나 각료들과 입씨름을 하고 난 후였고, 아르시노에는 그대로 누워 잠들고 싶었다. 그러나 자신이 지고 있는 빚이 있다는 것이 생각난 후로는 도무지 잠을 이룰 수 없었다. 피곤한데 잠잘 수 없다는 것은 사람을 얼마나 괴롭게 하는지.

나흘 동안 아스완에 머무른다고 했으니 내일 가도 되지 않을까?

하고 생각했지만, 결국 아르시노에는 일어나 튜닉을 걸치고 말았다. 숄을 빈틈없이 두르고 궁을 빠져나와 걷는 걸음이 이상하게 경쾌했다. 분명 피곤했는데도.

그러나 좌판 거리까지 간 아르시노에는 당황하고 말았다. 청년이 없었기 때문이다.

분명히 어제 여기에 있겠다고 했는데. 아르시노에는 좌판 거리의 끝에서 끝까지 걸으며 청년을 샅샅이 훑었다. 100싱을 준비해왔는데. 혹시 벌써 아스완을 떠났나? 제 품 속에 넣어놓은 돈주머니를 어루만지며 아르시노에는 주변을 둘러봤다. 괜히 섭섭한 마음이 들었다.

군주에게 빚을 지우고 떠나다니 배짱 좋은걸, 하는 생각도 들었다. 어쨌든 청년은 없었고, 청년이 있던 자리에는 다른 장사치가 자리를 잡아 꼬치구이를 팔고 있었다. 꼬치구이 장사에게 조심스럽게 물어볼까도 했지만, 좌판 거리는 상인들이 매일 와서 선착순으로 자리를 잡는 곳이었다. 장사치들끼리도 서로를 잘 모른다. 하물며 청년은 외지인이었다. 잠시 머물렀다 떠나는 떠돌이라는 이야기다.

아르시노에는 숨을 크게 들이쉬었다가 내쉬었다.

어쩔 수 없지.

그런 인연도 있는 것이다. 아르시노에는 돌아섰다. 오늘은 오로지 빚을 갚을 생각으로 왔기 때문에 굳이 영원의 강까지 갈 것도 없었다. 그녀가 발걸음을 떼려던 순간이었다.

"어라, 자리가 없네."

익숙한 목소리였다.

참 이상했다. 만난 지 하루밖에 되지 않았는데 반가운 마음이 든다는 건. 유리알 좌판 청년이었다. 청년은 제가 앉았던 자리를 보고 혀를 차다가, 아르시노에를 발견했다.

"어?"

"……안녕하세요."

일단 아르시노에는 인사를 건넸다. 갈색 머리카락을 가진 청년이 환하게 웃었다.

"진짜 다시 왔네요?"

"……아스완 여자들의 명예가 제게 걸려 있는데 안 올 수는 없죠."

아스완 여자들은 착하다며 건네준 팔찌다. 돈을 안 갚을 수는 없다는 의지가 담겨 있는 말에 청년이 하하, 하고 소리 내 웃었다.

"저는 솔직히 큰 기대 안 했거든요."

"그래요?"

"그나저나……. 이거 오늘은 제가 너무 늦게 왔더니 자리가 없네요."

"상인들은 부지런해야 한다고 제 친구가 그랬는데."

"그러게요. 이렇게 빨리 자리가 찰 줄은 몰랐어요."

청년이 머리를 긁었다. 그 틈에 아르시노에는 빠르게 돈주머니를 꺼내어 청년에게 건넸다.

"자요."

"감사합니다. ……어?"

남자는 주머니를 받아 안을 들여다보다가 헉, 하고 숨을 삼켰다.

"뭐예요. 저는 어제 10싱이라고 말한 것 같은데?"

아르시노에는 미소 지었다. 어쨌든 청년에게는 제대로 보이진 않겠지만.

"이자예요."

"하지만……. 하나, 둘, 셋……. 헉. 열 배잖아요!"

주머니 안에는 100싱이 담겨 있었다. 아르시노에 나름의 빚 갚음이었다.

"외상을 주었으니 이자를 쳐 주어야죠."

"저는 팔찌를 팔았지 고리대금업을 한 적은 없는데요?"

청년이 얼굴을 가볍게 굳혔다. 입씨름을 해야 하는 건가? 아르시노에가 약간 긴장했으나, 두 사람의 대치는 싱겁게 끝났다. 꼬치구이를 팔던 장사치가 신경질을 낸 것이다.

"아까부터 아가씨 뭐야? 안 살 거면 비켜요! 남의 장사 방해하지 말고!"

"……죄송합니다."

하도 기웃댔더니 그럴 법도 했다. 아르시노에는 머쓱해하며 뒤로 비켰다. 그러거나 말거나 청년은 주머니에서 바스락거리며 10싱을 꺼내더니 다시 주머니를 내밀었다.

"도로 가져가요. 이렇게 많은 돈을 받을 수는 없어요."

"이런, 상인의 자세가 아닌데요? 오는 기회는 안 놓치는 법 아니에요?"

청년이 고개를 저었다.

"이건 기회가 아니라 착한 아가씨 벗겨먹는 거죠. 못 받아요."

"받아요. 이미 당신 손에 들어갔으니 당신 돈이에요."

아르시노에는 완강했다. 청년이 난처한 표정이 되었다. 결국 청년은 주변을 둘러보다가 딱, 하고 손가락을 튕겼다.

"그러면 이렇게 하죠. 저녁 먹었어요?"

"……네?"

"저는 어차피 자리 못 잡아서 오늘 장사는 텄거든요. 본래는 장사하면서 근처에서 사서 때우는데, 이렇게 된 바에야 저녁이라도 먹으러 가야겠어요."

"……."

"혹시 저랑 저녁 같이 먹을래요?"

아르시노에는 침묵했다. 청년은 아르시노에의 침묵을 뭘로 해석했는지, 민망해하며 손을 내저었다.

"아, 미안해요. 무례한 제안이었다면 거절해도 좋아요. 집적대려는 건 아니에요. 돈을 너무 많이 줘서, 이걸로 저녁이라도 사야 마음이 편할 것 같아서 그랬어요."

"……아녜요. 그게 아니라……."

아르시노에가 머뭇거렸다. 아르시노에의 얼굴은 너무 유명했기 때문이다. 다른 곳에서 식사를 하기 위해 숄을 걷는다면 대번에 주변의 모든 사람들이 바닥에 엎드릴 것이다. 게다가 지금 같은 시기,

즉 신랑을 뽑겠다고 공표한 시기에 웬 외지인 청년과 어울려 다니는 것이 발각된다면 뜬소문이 커질 것이다.

하지만.

아르시노에는 난감해하는 청년을 바라봤다. 어쩐지……. 그냥 가고 싶지는 않았다. 그래서 아르시노에는 입을 열었다.

"괜찮아요. 괜찮은데……. 대신."

"어? 괜찮아요?"

"예. 그렇지만……. 여기는 좀."

"앗, 당연히 저도 노점에서 먹자는 이야기는 아니었어요."

당신이 준 돈으로 노점에서 뭘 사려면 이 거리를 다 사야 할걸요? 농담과 허풍을 섞어 익살을 떠는 청년을 바라보고 아르시노에가 픽 웃었다.

아르시노에가 제안한 것은 노점에서 뭔가 사서 다른 곳으로 가자는 거였다. 제법 괜찮은 식당에서 식사를 사고 싶다고 했던 청년은 펄쩍 뛰었으나, 아르시노에는 고개를 흔들었다. 결국 청년은 궁시렁거리면서도 꼬치구이를 5싱어치 사고, 마실 것도 5싱어치 샀다. 과일 말린 것도 조금 샀다. 도합 11싱어치의 꾸러미를 들고 청년은 아르시노에를 따랐다. 아르시노에는 영원의 강 쪽으로 향했다.

"히야……."

아르시노에가 안내한 곳에 당도한 청년이 입을 벌렸다. 그도 그럴 것이, 아르시노에와 청년이 온 곳은 아주 아름다웠던 것이다. 영원의 강은 넓고 수속이 빠른 데다가 강변에는 항상 사람이 많았으나, 이곳은 아르시노에와 몇몇 사람들만 아는 곳이었다. 정확히는 아스완의 왕족만이 출입할 수 있는 곳이다.

돌출된 큰 바위 때문에 물살이 굽이쳐 천천히 도는 곳이 있었다. 어김없이 물풀들이 자라고, 갈대가 자랐다. 그 위에 모래변이 쌓인 곳이었다. 조용했고, 잔잔히 흐르는 강물 위에 달이 비쳐져 환상적인 광경이었다.

"이런 곳이 있었나요?"

"……평소에는 높은 분들만 출입할 수 있는 곳이에요. 밤에는 아무도 오지 않아서 가끔 몰래 드나들곤 하죠."

청년이 주변을 정신없이 둘러보는 사이, 아르시노에는 갈대 사이에 자리 잡았다. 예전에 동생과 함께 앉곤 하던 곳이었다. 갈대들 때문에 눈에 잘 띄지 않지만, 강을 내려다보기에는 좋은 위치였다. 청년도 두리번거리다가 곧 아르시노에의 근처에 앉았다. 꼬치구이 꾸러미를 바닥에 풀어놓고, 마실 열매도 조심스럽게 꼭지를 땄다. 아스완 근처에서 많이 나는 그 열매는 꼭지를 따면 안에 찰랑거리는 과즙이 들어 있어 인기가 좋았다.

"자요."

청년이 열매를 건네기에 아르시노에는 조심스럽게 열매를 받아들었다. 어쩔까 하다가 결국 고개를 기울여 열매즙을 마셨다. 그 바람에 솜이 흘러내렸다. 아르시노에는 놀라지 않고 청년의 반응을 기다렸다.

청년은 굳어 있었다.

"왜 그러지요?"

일단 제 얼굴을 아는 사람의 반응은 아니었다. 아르시노에는 일부러 모르는 척했다.

"그, 게……. 미안합니다. 조금 놀랐어요."

"왜요?"

청년의 눈이 황망해졌다.

"음……. 제가 상상했던 모습이랑은 좀 달라서요?"

"뭐가 다른데요?"

아르시노에는 일부러 짓궂고 집요하게 물었다. 청년은 안절부절 못하는 표정이 됐다. 아르시노에도 안다. 자신은 아름답다. 아스완의 모든 시인들이 아르시노에의 미모를 칭송했다. 자신의 생김새를 모를 수가 없다. 남자의 태도가 달라질까? 남자는 제 얼굴을 보고 뭐라고 할까? 궁금했다.

"저는 당신이 얼굴에 감추고 싶은 상처 같은 게 있을 것 같았거든요……."

"그랬어요?"

장난스럽게 웃자 청년은 더더욱 허둥지둥했다. 아르시노에는 우스운 기분이 됐다. 얼굴을 보고 태도가 달라지는 건 예상했다. 그렇지만 그런 그를 보고 자신은 대체 어떻게 하려고 했던 걸까? 청년이 말을 이었다.

"죄송해요."

사과는 뜻밖이었다. 아르시노에는 놀라 눈이 동그래졌다. 청년은 조심스럽게 말을 골랐다.

"솔직히 말하면 불쌍한 아가씨라고 생각했거든요. 상처 때문에 나다니지 못하고, 움츠리고 있다고 생각했어요."

"……."

"당신이 귀한 집의 아가씨일 거라고 생각하긴 했어요. 손이 곱고 굳은살 하나 없었으니까요. 음, 하지만 저는 그런 아가씨가 혼자 나와서 돌아다니는 걸 보지 못했고……. 귀한 아가씨가 장난삼아 몰래 나온 거라고 생각했지만, 굳게 숄을 움켜쥐는 걸 보고 얼굴에 흉한 상처가 있을지도 모른다고 생각했거든요."

청년은 주뼛주뼛 눈치를 봤다. 그러면서도 제 얼굴에서 눈을 떼지는 못했다.

"그래서, 동정했어요."

"……."

"미안해요. 팔찌는 사실 동정해서 준 거였어요. 하지만 당신은 동정할 필요가 없는 사람이었군요. 당신은 아마 몰랐겠지만, 그래도 미안해요."

뜻밖의 사과였다. 아르시노에는 말을 잃었다. 그런 이유로 사과할 수도 있나? 그렇지. 사과할 수도 있긴 한데…….

아름답다고 할 줄 알았다. 홀딱 반했다고 할 수도 있을 것이다. 그렇지만 청년은 그런 말보다는 제 잘못을 사과했다. 아르시노에는 약간 기분이 좋아졌다.

"괜찮아요."

"……."

"사과할 필요 없어요."

잠시 침묵이 흘렀다. 청년은 할 말을 찾지 못하는 것 같았다. 아르시노에는 열매즙을 한 모금 마시고 말을 붙였다.

"그런데 오늘은 왜 늦게 왔어요?"

"……아."

일부러 화제를 바꾼 것이었다. 청년은 눈알을 굴리다가 답했다.

"그게, 뭘 좀 구경하다가 그랬어요."

"아스완에 구경할 게 그렇게 많아요?"

"아아, 그게 아니라요. 요즘 그 아스완 공주님이 신랑감을 뽑는다고 하잖아요?"

"네."

자신의 이야기였다. 아르시노에는 힐끗 청년을 바라봤다. 청년은 눈을 반짝이며 이야기했다.

"오늘 그 첫 시험의 결과를 보고 왔거든요."

피가 약간 식었다.

"……당신도 그 시험을 봤어요?"

"아뇨, 하하."

남자가 그런 일은 없다는 듯이 손을 내저었다.

"그 시험은 신청자를 미리 받았다잖아요. 저는 신청 못 했어요."

"……할 수 있었으면 했을 거라는 말투네요."

"그야, 뭐 그럴지도 모르지만."

청년은 코를 긁었다.

"그 공주님은 엄청 예쁘다니까 궁금해서라도 신청은 했을지도 모르겠네요. 시험 결과가 달이 뜨고 나서 아스완 궁에 붙었대요. 저는 궁금해서 기웃거리다가 왔는데, 시험 신청자들이 이야기하는 걸 들으니까 정말 무지막지하게 예뻤대요."

"무지막지하게 예쁜 건 뭐예요?"

"음, 글쎄요."

아르시노에가 장난스럽게 물었다. 청년은 씩 웃으며 강 쪽을 가리켰다.

"저런 느낌이려나요."

청년이 가리키는 쪽에는 고요히 흘러가는 영원의 강과 달이 있었다. 아르시노에가 눈을 깜박이는데 청년이 말을 이었다.

"지금 저 무지막지하게 예쁜 거 보여줘서 고맙다고 말하는 거예요."

웃음이 흘러나왔다.

"그래요."

달이 뜨자마자 아스완 궁 문 앞에 붙은 명단에는, 이백 명 정도의 남자들 이름이 적혀 있었다고 했다. 이백 명이나 됐구나……. 아르시노에는 생각하며 고개를 주억거렸다. 꼬치구이는 맛이 별로였다.

너무 많이 구워서 고기가 딱딱했다. 이가 아플 정도였다. 그러나 청년은 "맛있네요!"라고 말하며 덥석덥석 잘도 먹었다.

"질문이 뭐였대요?"

아르시노에는 슬쩍 물었다. 청년이 답했다.

"여자에게 제일 중요한 건 뭐냐고 물었대요."

"붙은 사람들은 뭐라고 대답했대요?"

"글쎄요, 잘 모르겠어요. 저도 거기서 누구랑 이야기를 하고 온 건 아니라서. 분명한 건……. 돈이라고 쓰거나 남편이라고 쓴 사람들은 떨어졌대요."

아르시노에가 다 마신 열매를 내려놓으려 하자, 청년이 얼른 받아들였다. 청년은 그 열매를 받아들고 곧장 힘을 주었다. 속이 빈 열매가 빠각, 하고 갈라졌다. 그 안에는 하얀 속살이 있었다. 보통 다들 번거로워서 잘 먹지 않는데. 청년은 열매 조각을 아르시노에에게 건넸다. 아르시노에는 고개를 저었다. "이거 맛있던데." 청년은 딱히 자신이 먹으려고 열매를 쪼갠 것은 아닌 듯했다. 아르시노에가 받지 않자 바로 열매를 내려놨기 때문이다.

"그쪽……. 이름이 뭐예요?"

"아, 저요? 저는 리안이에요."

"리안……."

"흔한 이름이죠? 그쪽은……. 이름을 물어봐도 돼요?"

아르시노에는 망설임 없이 답했다.

"레이나예요."

제 시녀 중 하나의 이름이었다. 레이나, 레이나. 리안은 그 이름을 두어 번 발음해보았다.

"리안은 여자에게 가장 중요한 게 무엇인 것 같아요?"

"음……. 글쎄요."

리안이 고개를 기울였다. 아르시노에는 물으면서도 별 기대를 하지는 않았다.

"그걸 제가 대답할 수 있을까요?"

리안은 고기를 우물거리며 답했다.

"그런 걸 제가 함부로 짐작하는 건 안 될 것 같아요. 저는 여자가 아니니까."

"……."

"여자로 살아본 적도 없으면서 그런 이야기를 할 수는 없어요."

신기하네……. 아르시노에가 생각했다. 남자의 답은 다른 사람들과는 사뭇 달랐다. 기대하지 않았기에 더욱 놀라웠다. 그리고 동시에 아르시노에는 약간 반성했다. 자신 또한 남자가 상인으로 산전수전 다 겪어 닳고 닳은 사람일 거라고 생각했기 때문이다. 그러나 남자는 자신이 살아보지 않은 삶에 대해서 함부로 재단할 수는 없다고 말했다.

"게다가 여자가 다 같은 건 아니잖아요."

"……."

"제 여동생은 돌아갈 때마다 제게 사달라는 게 매번 달라져요. 어릴 때는 맛있는 과자를 사달라고 했고, 그다음에는 예쁜 옷이었죠.

요즘은 돈으로 달래요. 아하하."

웃음이 퍼져나갔다. 아르시노에도 미소 지었다.

"제 동생도 매번 필요한 게 다른데, 여자들이 뭐가 필요한지 제가 어떻게 알겠어요."

리안이 어깨를 으쓱했다. 아르시노에는 그런가……. 하고 생각했다.

"그나저나 밤이 깊었는데 돌아가지 않아도 괜찮겠어요?"

"아, 돌아가야죠."

아르시노에가 일어섰다. 리안은 싱글벙글 웃으며 음식꾸러미를 돌돌 말아 쌌다. 싸 온 음식은 반 이상 남은 채였다.

"가지고 가서 먹겠어요?"

아르시노에는 잠시 그 꾸러미를 보다가 고개를 저었다. 제 방에서 그런 것을 먹을 일도 없거니와, 시녀들이 꾸러미를 보면 난리가 날 것이다. 언제 나갔다 왔냐며 부산스럽게 굴겠지. 귀찮은 일은 싫었다.

"괜찮아요. 버려요."

"이런, 아깝잖아요. 그럼 제가 들고 가서 먹도록 할게요."

"그러세요."

돌아오는 길에 그가 바래다주겠다고 하면 어떻게 하지? 하고 걱정했지만 걱정이 무색할 정도로 남자는 담백하게 헤어졌다. 만났던 좌판 거리에서, "만날 수 있다면 내일 또 만나요!"라며 남자는 손을 흔들었다. 아르시노에는 미리 두른 숄을 굳게 쥐며 고개를 가볍게 끄덕였다. 다시 나가고 싶은 생각은 없었지만.

자기 전에 제 침대 옆을 봤다가, 분홍빛 유리알이 협탁 위에 고이 놓여 있는 것을 봤다. 가물가물, 눈가에 분홍색이 어물거렸다가 이내 사라졌다.

⁂

이백여 명이 되는 남자들이 마당에서 기대감 가득한 표정으로 서 있었다. 아르시노에는 턱을 괴고 남자들을 한참이나 바라봤다. 이 중에서 내 남편이 될 사람을 골라야 한단 말이지. 같이 침대를 쓰고 싶은 사람이 이중에 있나?

참으로 공교로운 일이다. 아르시노에는 어떤 남자들은 자신을 퍽 부러워한다는 것을 알고 있었다. 수많은 남자들이, 여자들을 골라내어 선별하고 싶어 한다. 그러니 왕자비 간택 같은 것도 있는 것이다.

발렌시아 대국이 생기기 이전, 수많은 왕국들이 대륙에 존재했다. 아스완도 고립된 국가가 아니기에 그런 국가들과도 교류했다. 아르시노에는 어릴 적부터 그 왕국들이 어떻게 생겨났는지를 공부했다. 지금 와서는 다 쓸모없는 일이지만.

그 왕국들 중에는 가끔 왕자비를 간택하는 이야기들이 있었다. 그건 동화로도, 설화로도 존재했다. 패턴은 비슷하다. 왕이 될 남자가 있고, 그들은 현숙한 처를 가지고 싶어 한다. 그래서 나라 안의 모든 처녀들에게 간택령을 내리고, 그들 중에 가장 아름답고 현명한 여자를 찾는다.

왕자비가 되는 여자들은 대부분 비슷했다. 어떤 여인은 빛으로 방을 한가득 채워서 왕자비가 되었고, 어떤 여인은 지푸라기로 금실을 짜내는 마법을 부려 왕자비가 된다. 어떤 여인은 아버지의 이름자가 자신이 앉을 의자에 쓰여 있는 것을 보고 비켜서 바닥에 앉은 것으로 말미암아 왕자의 아내가 된다. 뭐, 결국은 다 같은 이야기다.

남자를 존중하고 섬기고 그에게 도움이 되는 여인이 그의 아내가 된다.

바꿔 말하면, 아무리 똑똑하고 아름다워도 결국 끝은 누군가의 아내가 된다는 것이다.

어릴 적에는 그게 당연한 거라고 생각하기도 했다. 아르시노에도 누군가의 아내가 되기 위해 길러졌으므로. 자신의 아버지가 왕이었고, 제 남동생이 왕자였다. 아르시노에의 끝은 처음부터 정해져 있었다.

누군가의 아내.

왕좌에서 가장 멀었던 그녀가 지금 아스완의 통치자가 되어 있다는 것은 참으로 웃기는 일이다. 그녀는 끊임없이 누군가의 아내가 되기 위해 살아왔다. 군주의 교육이라는 것은 받아본 적도 없다. 그러나 그런 그녀는 어쩔 수 없이 군주가 되었다. 뭐, 사람 인생이라는 게 그렇다. 정해진 대로 흘러가는 법은 없는 것이다.

하지만, 그러면 이제부터라도 군주 역할만 요구해야 하는 것 아닌가?

남자들을 샅샅이 훑어보며 아르시노에는 그렇게 생각했다. 이 모든 남자가 아르시노에가 자신의 아내가 되길 원한다. 자신의 가신들은 아르시노에에게 군주의 역할을 요구하면서도 끊임없이 누군가의 아내가 되고 어머니가 되길 종용한다.

내 인생은 아무리 잘 되어봤자 누군가의 아내가 되는 것일까?

군주가 되어서도 그것을 강렬히 열망한 적도 있다. 에넌 라이언하트. 사랑하는 사람의 아내가 되는 것을 바라는 게 나쁜 일인가? 그렇지 않다. 한때 아르시노에의 행복이 거기 있다고 생각한 적이 있었다.

물론 그 행복은 남의 것이 되었다. 아르시노에는 그것에 대해 아쉽게 생각하지만, 원망하고 있지는 않다. 다만 그저 누군가의 아내가 되기 위해 달려가는 삶이 싫을 뿐이다.

아르시노에가 길게 한숨을 내쉬었다. 남자들이 움찔했다.

"……생각이 길었군. 미안하오."

남자들이 눈길을 주고받았다. 아르시노에는 말을 이었다.

"내가 좋아하는 음식은 무엇인가?"

남자들이 웅성거렸다. 아르시노에는 무성의하게 말했다.

"어제와 마찬가지요. 들어올 때 받은 종이에 답을 쓰고 가시오. 달이 뜨고 나서 궁 앞에 명단이 붙을 것이오."

아르시노에는 일어났다. 내실로 들어가려는데, 하메드 장관이 옆으로 따라붙었다.

"각하."

하메드 장관과 내실에서 이야기할 순 없었다. 결국 궁의 중앙 홀로 갔다. 아르시노에가 대부분의 회의를 하는 곳이었다. 넓고 넓은 탁자 끄트머리에서 하메드 장관과 마주 앉았다.

"무엇입니까?"

"……질문이 너무 범박하지 않습니까?"

범박하다라.

"내가 좋아하는 음식을 묻는 것이 범박하오?"

"……각하의 남편이 될 사람을 뽑는 일입니다. 다른 것도 얼마든지 물으실 수 있지 않습니까?"

아르시노에는 탁자를 손가락으로 두들겼다. 탁, 타닥. 하메드 장관은 꼿꼿하게 앉아 있었다. 아르시노에가 발렌시아로 갈 때마다 여자가 정치를 너무 잘 아는 것은 나서는 것으로 보일 수 있으니 자기가 앞서겠다며 늘 따라오는 하메드 장관. 사업 이야기는 항상 자신을 거쳐야 하고, 아르시노에는 그저 얌전히 있으면 모든 것이 해결될 거라고 말하는 하메드 장관.

"내 남편이 될 사람이니 더욱 잘 알고 있어야 하지 않겠소?"

"하오나."

"장관."

아르시노에는 어쩐지 자신이 쎄시아를 닮아간다고 느꼈다. 단딜리온 재상을 대하는 쎄시아의 마음을 알 것 같았다. 그녀도 아마 자신과 같으리라. 나이가 든 제 주변인에게 애정을 버리지 못하면서도, 또 지독히도 지긋지긋해 한다. 하메드 장관이 아르시노에에게는 그런 사람이었다. 싫지만 도저히 내칠 수 없는 사람. 자신을 위하는 마음이라는 걸 알고 있어서 더 버거운 사람.

"내가 언제까지 그대들 뜻대로 해 주어야 합니까?"

"……."

"결혼하라고 해서 하겠다고 했습니다. 적임자가 나오지 않는 것이 나의 책임입니까?"

"……각하께서 일부러 적임자를 뽑지 않으시는 건 아닙니까?"

하메드 장관의 말투는 차가웠다. 이 말을 하려고 나를 불러냈군. 아르시노에도 충분히 짐작할 수 있었다.

"삼 년째입니다. 각하께서는……."

"장관."

"……."

"내가 삼 년을 허비하며 버티고 있다 한들 그대들이 포기할 것도 아니지 않나요?"

아르시노에와 장관은 잠시 대치했다.

"물러가세요. 듣고 싶지 않습니다."

"……예."

피곤했다. 아르시노에는 그날 제 내실에서 초저녁부터 까무룩 잠들어버렸다. 유리알을 파는 상인 청년과 했던 이야기들 같은 건 새카맣게 잊어버린 채. 기억도 나지 않았다. 꿈도 꾸지 않았다.

이야기 속에 나오는 왕자들처럼 멋진 과제를 내면 얼마나 좋았을까. 그러나 아르시노에는 설화에 나오는 사람이 아니다. 그렇게 똑똑하지도 않다……고 생각한다.

아르시노에가 좋아하는 음식은 피타빵이었다. 정답을 적어낸 이들은 이백 명 중에 열 명도 되지 않았다. 모두들 귀한 음식을 적어내고 떨어졌다. 일곱 명. 운이 좋아 남은 이들이 기대감에 가득 차 아르시노에를 올려다봤다.

인원이 적어 그들을 중앙 홀로 불러올린 참이었다. 아르시노에는 탁자를 두들기며 그들을 쳐다봤다. 미묘하게 기시감이 들었다.

나이가 척 봐도 마흔은 넘어 보이는 남자가 세 명. 이십대 초중반으로 보이는 청년이 두 명. 십대로 보이는 소년이 한 명. 머리가 온통 센 할아버지가 한 명.

그들은 서로를 경계하면서도 아르시노에의 앞에서 미소 지으려 애쓰고 있었다. 아르시노에가 빙그레 웃었다. 아름다운 왕녀님의 미소는 녹아내릴 듯 달콤했다.

"일곱 명 모두 고생했습니다. 그대들에게 시녀들이 방을 안내할 거예요. 며칠 푹 쉬도록 해요. 다음 시험 문제는 아직 고민 중이거든요."

모두 고개를 숙였다. 아르시노에는 사람들을 물리고 제 내실로 가 누웠다. 머리가 아팠다. 아무 질문도 하고 싶지 않았다. 시녀들이 몇 번 들어왔으나 아르시노에는 내실 문을 잠그고 오늘 저녁은 아무도 들이지 말라고 명령했다. 그리고는 머리를 틀어 올리고 튜닉으로 갈아입었다.

리안을 만나러 간 건 아니었다. 그는 나흘째에 아스완을 떠난다고 했으므로. 아르시노에는 영원의 강가로 갔다. 동생과 자주 다녀오던 그곳. 달이 뜨기를 기다려 아르시노에는 그곳에 쳐놓은 울타리를 넘었다. 그리고 팔을 붙잡혔다.

"꺄……."

"쉿."

자신을 붙잡은 것은 리안이었다. 아르시노에의 눈이 커다래졌다. 리안은 입가에 손가락을 세우며 속삭였다.

"순찰이 돌더라고요. 아직 안 지나갔어요. 지금 들어가면 들킬 거예요."

"아……."

들켜도 별 상관은 없지만. 경비는 제 얼굴을 알 터였다. 그보다 리안이 아직 여기 있다는 게 놀라웠다. 아르시노에는 울타리에 기대어 리안에게 물었다.

"아스완을 오늘 떠나는 거 아니었어요?"

"그러게요. 그랬어야 했는데."

리안이 씩 웃었다.

"제가 또 빚지고는 못 살거든요."

무슨 소린가 아르시노에가 눈동자를 굴리고 있는데, 리안이 품에서 뭔가를 꺼냈다. 아르시노에의 손바닥 위에 올린 것은, 동전만 한 유리알 펜던트였다. 리안이 팔던 유리알들은 모두 콩알만 했는데, 이건 그 세 배는 돼 보였다.

"이게 뭐예요?"

"유리공예는 비싸서 이렇게 큰 건 저렴하게 팔 수 없거든요."

리안이 이를 드러내고 웃었다.

"물론 백 싱까지는 안 하지만, 레이나에게 꼭 줘야 떠날 수 있을 거라고 생각했어요.

"……안 줘도 되는데."

"어, 제가 여관 뒤뜰에서 열심히 만들었다고요. 유리알 만드는 거, 여관 주인들이 싫어하거든요. 불날까 봐. 저 정말 힘들었으니까 고맙게 받아주시면 안 될까요?"

아르시노에는 피식 웃었다. 청년이 파는 유리알은 대부분 알록달록했으나, 그 유리알의 안에 들어 있는 색은 새까맣고……. 금가루 같은 것이 들어 반짝반짝했다. 딱 봐도 흔한 물건은 아니었다.

"고마워요. 잘 간직할게요."

"그래요, 공주님."

목걸이를 목에 걸려던 아르시노에가 멈칫했다. 동그란 눈으로 리안을 바라보자, 리안이 눈을 깜박였다.

"공주님 아니에요?"

"……."

"맞는 것 같은데."

휘잉, 강바람이 불었다.

아르시노에는 침착하게 입을 열었다.

"언제부터 알았어요?"

"……어제쯤?"

리안이 머리를 긁었다. 두 사람은 함께 음식을 나눠 먹었던 강둑에 앉은 채였다.

"처음부터 알고 있던 건 아니었어요. 그때도 말했지만, 그냥 얼굴이 감추고 싶은 귀한 집 아가씨인 줄 알았거든요."

"……."

"그런데, 음. 공주님께 이런 말 해도 되는지는 모르겠지만……."

"해요."

"너무 예뻐서, '와, 아스완 공주가 예쁘다더니 더 예쁜 사람이 있었네'라고 생각했다고요."

아르시노에는 결국 웃음을 터트리고 말았다. 그러면서도 리안의 말을 정정해주는 건 잊지 않았다.

"공주라고 부르면 안 돼요. 아스완 후라고 부르세요."

"그……래도 됩니까?"

"안 될 건 뭔가요?"

아르시노에가 장난스럽게 웃었다. 리안은 머쓱해했다.

"사실 저는 각하께서 오실지 아닐지도 몰랐거든요."

"그래요?"

"그야……."

리안은 발렌시아 전역을 떠돌아다니는 상인이다. 한 마을에 오래 머무르면 좋겠지만, 그는 일주일 이상 머무르는 마을이 거의 없었다. 아스완도 마찬가지였다. 이곳이 아무리 아스완의 중심지라고 해도 그리 오래 있을 계획은 없었다.

마을에, 도시에 들를 때마다 리안은 그 마을에서 가장 맛있는 것에 대해 물었다. "여기서 제일 유명한 건 뭐예요?"는 여행자의 단골 멘트다. 이왕 넓은 세계를 보고 다니는 거, 가장 유명하고 멋진 건 다 보고 오기로 마음먹었던 참이니까. 고향에 가끔 돌아갈 때면 제게 무엇을 봤냐고 묻는 동생의 물음도 한몫했다.

대부분 리안에게 답해주는 사람들은 마을의 탑, 성, 혹은 예쁜 꽃 같은 것들을 말했으나 아스완의 사람들은 자랑스럽게 답했다. 아르시노에 왕녀님이라고. 리안도 알고 있었다. 미모 때문에 침략당한 비운의 왕녀. 에넌 라이언하트 공작을 사랑했으나 이제는 자신의 신랑을 찾기에 여념이 없는 그녀.

얼마나 아름다울까? 하고 궁금해하긴 했지만, 굳이 그녀의 얼굴을 찾아보지는 않았다. 발렌시아에 가면 그녀의 얼굴이 엄청나게 크게 그려진 상점이 있다고 했다. 나중에 발렌시아에는 한 번 더 갈 테니 그때 보면 되지 않을까? 하고 생각한 정도였다.

그렇지만 이곳에서 가장 유명한 게 왕녀님이라니 아스완도 큰일이네……. 하고 생각하기는 했다. 어디든 간에 특산물이 없는 도시는 금세 쇠락하곤 했으니까.

"영원의 강이 있잖아요?"

아르시노에가 끼어들었다. 리안은 어깨를 으쓱했다.

"뭐 영원의 강보다 각하께서 더 유명하다는 방증으로 받아들이시면 되지 않을까요? 아무튼."

아르시노에를 처음 봤을 때, 정확히는 강둑에서 아르시노에의 얼굴을 봤을 때 그래서 리안은 감탄하기보다 신기해했다. 그 공주님도 이만큼 아름다울까? 아닐 거 같은데. 그렇지만 이 정도로 아름다운 사람들은 칭찬은 지겹도록 많이 들었을 것이며, 얼굴 때문에 곤욕을 치르는 일은 더 많았을 것이다. 뭣보다…….

"강둑에서 각하랑 저랑 둘뿐이었잖아요."

"그게 왜요?"

"……잘 모르는 남자랑 으슥한 곳에 둘이 있는데, 그 남자가 갑자기 예쁘다고 해 보세요. 겁먹나, 안 먹나."

"아, 그렇군요……. 그래요."

아르시노에가 감탄했다. 리안이 볼을 긁었다.

"각하는 정말 높은 분이 맞군요?"

"왜요?"

"그야 높은 분들은 누가 자기를 함부로 해칠 거라는 생각은 잘 안 하거든요."

그 말이 맞다. 어릴 때부터 보호받고 자란 덕에 그게 너무나 당연하다. 그러다 보니 누군가 감히 자신을 해칠 거라고도 생각하지 않는다. 아르시노에 또한 그랬다.

리안은 아르시노에의 무방비한 태도를 보고 그녀가 퍽 지체가 높은 여인일 거라고 생각했다. 굳은살 하나 없는 손을 보고서도 그랬지만, 이런 으슥한 강둑에 남자를 데리고 올 생각을 하는 여자는 딱 두 가지다.

고귀해서 누가 자신을 감히 해칠 거라고 생각해본 적도 없는 사람이거나, 아니면 자신에게 반했거나.

"후자일 수도 있잖아요?"

"각하."

리안이 피식피식 웃었다.

"저도 물론 각하께서 제게 100싱을 주시는 걸 보고 그렇게 생각하기도 했습니다만……."

"그게 그런 뜻이 돼요?"

"다음에 만날 여지를 굳이 만드신 거라고 생각했거든요. 하지만 그랬다면 각하께서는 제가 선물한 팔찌를 하고 나오셨을 거예요."

그제야 아르시노에는 제 텅 빈 손목을 바라봤다. 첫날 그녀가 억지로 리안에게 받아버린 분홍색 유리알 팔찌는 아마 제 협탁에 아직도 놓여 있을 것이다. 그녀가 건드리지 않았으니까. 리안은 거 보라는 듯 웃었다.

"반한 사람이 준 물건은 어지간하면 몸에 지니고 싶은 법이잖아요."

"……당신 말이 맞아요."

아르시노에가 빙그레 웃었다.

리안은 어제저녁 불현듯 그녀가 바로 그 아스완의 왕녀라는 것을 깨달았다.

그날 저녁 다시 볼 수 있으면 보자고 말하며 헤어진 참이다. 보통은 재미있어서라도 다시 찾아오곤 하지만 결국 그녀는 찾아오지 않았고, 리안은 싱숭생숭한 마음으로 그녀를 생각했다.

누워서 그녀와의 대화를 되새김질하다가 찾아온 것은 벼락같은 깨달음이었다. 그녀는 리안에게 '여자에게 필요한 것'을 물었다.

좌판 거리에는 이미 그 왕녀님이 구혼자들에게 했던 질문에 대한 소문이 쫙 퍼져 있었다. 구혼자들이 제출한 오답에 관해서도. 리안은 한숨을 쉬며 설명했다.

"정답을 아무도 몰라서 궁금해들 하고 있거든요."

"그래요?"

"그야 각하는 합격자들을 추스르기는 했지만, 이틀째에 나온 사람들의 이야기를 들어보니 답이 또 각자 다 달랐거든요."

"그렇군요……."

아르시노에는 다리를 뻗고 제 발끝을 바라봤다.

"그래서 리안은 정답이 뭐라고 생각해요? 여전히 모르겠어요?"

"그때도 말씀드렸지만, 예. 저는 잘 모르겠어요."

리안이 장난스럽게 답했다.

"그렇지만 각하께서도 그 대답은 잘 모르시죠?"

"……왜 그렇게 생각해요?"

"답을 구하고 싶어서 하신 질문이니까요."

아르시노에는 화들짝 놀랐다. 리안의 말은 핵심을 관통했다. 아르시노에는 아직도 결론을 내리지 못하고 있었다. 그 많은 사람들이 자신에게 이게 필요하다고 강요했지만, 아르시노에는 도저히 알 수 없었다.

리안은 말을 이었다.

“각하께서 봐도 아니다 싶은 것들은 거르셨지만, 남은 것들 중에서도 정답을 찾을 수는 없으셨던 거예요. 굳이 마음에 드는 것도 없으셨을 거고요.”

“그건 또 어떻게 알았어요?”

“그러니 좋아하는 음식이 뭐게? 같은 질문이나 하시죠. 그건 시시때때로 정답이 바뀌는 질문이잖아요. 여차하면 누구든 떨어트릴 수 있는 질문인데.”

상인들은 다 이런가. 아르시노에는 자신의 친구 중 유독 예리한 누군가를 떠올렸다. 그러고 보니 그녀도 갈색 머리였다. 제 눈앞의 청년은 그녀보다는 훨씬 진한 초콜릿 빛 머리카락을 가졌지만, 어딘가 그녀를 떠올리게 했다.

청년이 말을 이었다.

“그런데, 제가 오늘 공주님을 기다린 이유는 또 있어요.”

“왜요? 혹시 나 좋아해요?”

아르시노에로서는 꽤 용기를 낸 농담이었다. 청년은 아르시노에의 말에 웃음을 터트렸다.

“대답하지 않을게요.”

“네에…….”

"그날 저도 여관에 돌아가며 동생 생각을 했거든요."

리안이 장난스럽게 말했다.

"그러다 보니 다른 생각이 들지 뭐예요. 여자한테 꼭 필요한 것이 굳이 있을까? 하고요."

"……."

"제 여동생은 매번 필요한 게 달라진다고 했잖아요. 제 동생도 그런데, 어떻게 여자라는 이유만으로 꼭 같은 것을 모두가 원하겠어요?"

"……."

"사랑, 돈, 좋은 결혼 상대자. 그런 건 꼭 여자만 원하는 건 아니잖아요."

아르시노에가 옅게 웃었다.

"궤변이군요."

"그런가요?"

청년이 어깨를 으쓱했다.

"아무튼, 그래도 목걸이는 제가 빚을 져서 드린 게 맞아요. 공주님이라서 드리는 건 아니에요."

"그런가요."

"그럼요. 제가 이 강둑에 처음 온 날, 밤하늘이 참 예쁘다고 생각했거든요. 그때의 각하를 생각하면서 만들었어요. 이런 말 쑥스럽지만요."

"리안."

"예."

"저랑 결혼할래요?"

청년은 한동안 말이 없는 채로 아르시노에를 바라봤다. 침묵이 길었고, 아르시노에는 미소 지은 채 청년을 계속해 마주 봤다. 결국 청년은 하, 하고 길게 한숨을 내쉬었다.

"와."

"왜요?"

"저 지금 한순간……. 머릿속에 수십 개의 상상이 스쳐 지나갔거든요……."

"무슨 상상이요?"

아르시노에가 까르륵, 웃었다. 그러나 청년은 영 내키지 않는다는 표정으로 투덜거렸다.

"진심도 아니시잖아요……. 저 같은 사람들은 각하께서 그런 말을 하시면 진심인 줄 알고 설렌단 말이에요."

"……리안, 평범한 사람 맞아요?"

"예……."

"그런데 어떻게 알았어요?"

리안이 코를 찡그렸다.

"세상 어디의 사람이 결혼하자는 말을 그런 표정으로 해요?"

아르시노에는 제 뺨을 쥐었다. 무슨 표정이지? 리안이 아르시노에의 표정을 읽은 듯 이어 말했다.

"다 포기하고 그냥 이걸로 타협하자는 표정이요."

"이런……."

아르시노에는 고개를 갸웃거리다 물었다.

"원래 상인들은 눈치가 그렇게 다 빨라요?"

"그럴 리가요. 이건 제 특성이죠."

리안이 어깨를 으쓱했다. 아닌 거 같은데. 아르시노에가 아는 상인들은 모두 눈치가 빠르고, 영민했다. 거기까지 생각하고 아르시노에의 표정이 흐려졌다.

리안이 슬쩍 눈을 굴리다가 입을 열었다.

"각하, 정말 건방진 말이지만……."

"하지 말아요."

"옙."

위로는 듣고 싶지 않았다. 그가 할 말이 얼마나 기발하고 따뜻한 말이든. 아르시노에의 말을 알아들은 리안이 입을 딱 다물었다. 정말이지 하메드 장관이 이 남자만큼만 눈치를 봐주면 여한이 없으련만. 아르시노에는 무릎을 끌어모으고 거기 제 머리를 묻었다.

아스완의 영주는 그대로 소리죽여 한참을 울었다.

북부의 상인은 그녀를 토닥이지도 못하고, 달이 하늘 중앙에 떠오를 때까지 가만히 그녀가 우는 것을 지켜봤다. 아르시노에는 그가 북부에서 와서 정말 다행이라고 생각했다. 아스완 인이라면 나중에, 아주 나이를 많이 먹은 후에 자신이 아스완의 왕녀가 우는 것을 본 적이 있노라고 떠벌릴지도 모르니까. 그러나 북부라면 아마 그런 것은 북부인들 사이에서 잊혀질 테지…….

"리안."

"예."

"지금이라도 말해 봐요."

"뭘요?"

"혹시 어딘가의 왕자인데 신분을 감추고 있다거나……."

"각하. 바랄 걸 바라세요……."

"아니면 조상 중에 왕자님이 한 명쯤 있다거나……."

"조상 중에 벌목꾼은 아마 한 분쯤 계셨던 것 같네요……."

아르시노에가 쓰게 웃었다.

"당신 같은 사람이 옆에 있으면 인생이 조금은 재미있을 것 같기는 한데."

"이런, 각하 정도 되는 분이 인생이 재미없으면 어떻게 해요?"

어떻긴 뭘 어떻게 해요 그냥 사는 거지. 아르시노에는 차마 그 말은 하지 못하고 입을 다물었다. 곧 죽어도 그런 말은 입 밖에 내지 못하는 것이 아르시노에의 성격이다.

"음, 그, 저. 각하."

"말해요."

"슬슬 들어가셔야 할 때 아닐까요……."

달이 그새 저물어가고 있었다. 아르시노에는 그제야 화들짝 놀라 일어섰다. 조금만 있으면 해가 뜰 것이다. 어정쩡하게 밤을 새워버렸다. 리안에게도 폐를 끼친 셈이다. 몇 번이고 사과하는 그녀에게 리안은 애매한 표정으로 말했다.

"각하, 저는 아침에 떠나요."

"그래요. 미안해요."

"아뇨, 각하께 사과받고 싶은 건 아니었어요."

"……."

"아마 다시 아스완에 올 일은 없겠지만……. 각하가 부디 행복하시길 바랍니다."

그렇게 말하고 리안은 활짝 웃었다.

"제 유리알을 사 간 사람들은 모두 행복해졌으니까요."

"……뭐 확인할 방법이 없으니 거짓말인지 아닌지 따질 수도 없지 않아요?"

"에이, 이런 건 일단 믿고 보시는 거예요."

리안이 너스레를 떨었다. 강둑의 갈대가 사르륵사르륵 강바람에 흔들렸다.

아르시노에는 유리알을 꼭 쥐고 웃으며 그와 헤어졌다. 긴 작별인사를 할 필요는 없었다. 시작도 간결했으니 끝도 간결하길 바랐다.

아르시노에는 제 침실로 돌아와 침대에 누우려다가, 협탁 위의 분홍색 유리알을 떠올리고 그쪽을 쳐다봤다. 자연스레 비슷한 초록색 유리알을 걸고 있던, 지금 매우 행복할 누군가가 생각이 났다.

뭐, 하나 정도는 확실하니까 믿어봐야지. 아르시노에의 얼굴에 미소가 떠올랐다. 그리고 자신이 걸고 온 커다란 유리알 목걸이를 풀어 그 위에 올려놨다.

분홍색 유리알 옆에 검은 유리알. 어딘가에 아마 자신이 그날 산 다른 펜던트도 있을 것이다.

아르시노에의 신랑감은 그해에도 결국 나오지 않았다.

외전

유리의 선물

라이언하트 공작님은 발렌시아 성에서는 한량으로 분류됐으나, 올랭피아에서는 달랐다. 뭐니 뭐니 해도 광대한 올랭피아의 주인인 것이다. 올랭피아에 있는 소영지만 해도 벌써 다섯 개가 넘었다. 그 다섯 개 모두 한때는 왕국이었던 것을 생각하면 정말로 엄청난 크기의 영지였다.

그래서 에넌 라이언하트 옆에 붙어 있는 가신들만 해도 어림잡아 줄줄이 서른 명이 넘었다. 올랭피아쯤 되면 대국 발렌시아 내의 작은 왕국이나 다름없다고 말하는 자도 있었다. 그렇다 보니 공작님은 대체적으로 바빴다. 엄청나게.

그러나 그 바쁜 공작님이 열흘에 한 번씩은 꼭 들르는 곳이 있었다. 올랭피아의 한미한 곳에 있는 클로드 여학교였다. 혼기가 꽉 차다 못해 흘러넘치는 공작님이 주기적으로 여학교에 들르는 이유는 무엇인가. 생각보다 별건 아니었다.

해가 저물고 있었다. 노란 햇빛이 저물 때쯤 클로드 여학교의 학생들이 쏟아졌다. 대부분은 기숙사로 향하지만, 시내로 향하는 이들도 있었다. 하교하는 학생들의 얼굴이 밝은 건 당연한 일이지만, 오늘 하교하는 여인들의 얼굴은 유독 밝았다.

클로드 여학교는 건물이 많았다. 자연스레 학교 부지도 넓었다. 문도 여러 개다. 그러나 오늘 학생들은 대부분 한 곳의 문으로 하교할 것이다. 학교 좌측의 작은 문. 여학교 근처의 작은 거주 구역으로 통하는 문이다. 왜냐.

그 공작님은 보통 그 문 근처에서 자신의 연인을 기다렸으니까.

대국의 여왕이 후원하는 학교다 보니 온갖 시설이 다 있었다. 그 문 근처에 커다란 마구간이 있었고, 운이 좋으면 마구간에서 학교로 들어오는 붉은 머리의 미남을 볼 수 있다.

그리고 오늘도 어김없이, 붉은 머리의 미남이 등장했다.

학교에서 나오던 몇몇 여인들이 내적 비명을 질렀다. 그를 처음 보는 한 소녀는 옆의 친구에게 물었다.

"……사람이지?"

"난 저 얼굴을 볼 때마다 생각하는데, 다른 남자들하고 저 공작님을 같은 카테고리에 놔두는 건 상당히 실례가 아닐까 싶어……."

서른이 다 되어갔지만, 소년 시절부터 유명했던 외모는 여전했다. 조각이 살아 움직이는 것 같았다. 공작 본인은 바빠서 자를 틈이 없었다지만 어깨까지 길러 묶은 붉은 머리카락은 그를 신화 속의 왕자로 보이게도 했다. 표정이 없을 때는 여지없이 날카로워지는 바다색의 눈은 무엇을 찾는지 학교 안을 훑고 있었다. 보석 두 개가 박혀 있는 것 같았다. 날카로운 콧날과 단단한 턱, 잘 여물은 입매 같은 것은 세월이 흐를수록 연륜까지 더했다. 그야말로 멋진 남자라는 말의 집합체였다.

그 아래쪽은 어떠한가. 잘 짜여진 근육은 최근 유행하는 옷 스타일에 맞춰 여지없이 드러났다. 애초에 그 유행을 만든 이가 공작을 항상 옆에 두고 있는 사람이니, 수도에서는 매번 남성복 유행은 에넌 라이언하트에게서 출발하는 것이 아닌가 하는 이야기가 돌았다. 기정사실이기도 했다.

또래 남자들보다 머리 두 개는 큰 키, 엄청난 어깨와 가슴. 제대로 조여진 허리와 허벅지 근육 같은 것을 일일이 주워섬기다가는 끝도 없을 것이다.

한마디로 표현하자면, 살아 움직이는 예술품 같았다. 그리고 그 늠름한 예술품은.

"에넌!"

저쪽에서 꺅, 하는 소리가 들렸다. 학생들은 피식피식 웃었다. 저 끝에서 자그마한 갈색 머리 처녀가 손을 마구 흔들고 있었던 것이다. 그 소리를 신호로 예술품은 여지없이 무너졌다. 콧날로 뭐든 베어버릴 것 같던 얼굴 근육이 순식간에 흐물흐물해진 것이다.

"유리."

라이언하트 공작의 미소를 보는 여인들은 생각했다.

세상 남자들 진짜 다 웃지 말고 머리 박아라……. 저렇게 생길 거 아니면…….

어쨌든 그 미소는 자신들의 것은 아니었고, 여인들은 흐뭇하게 연인의 상봉 장면을 지켜봤다. 학교 안에서는 세상에서 가장 엄격하던 처녀는, 열흘에 한 번씩 혀가 짧아졌다. 그러니까 어떠하냐면,

"으아앙. 보고 싶었어요. 왜 이렇게 오랜만이야."

"그렇습니까."

"뭐야! 나만 보고 싶었나 봐!"

혀끝이 없는 듯 어린애처럼 말하는 것은 아마 좋은 마음이 자의로 조절이 안 돼서일 것이다. 너무 신난 나머지 팡팡팡, 보기 좋은 가슴을 두들긴다. 그 손속이 퍽 매운데도 남자는 눈 하나 꿈쩍하지 않고 제 반만 한 여인을 번쩍 들어 올리며 환하게 웃었다.

"진짜 밉다. 맨날 자기만 태평해!"

"자기라고 그랬습니까?"

"네?"

"방금 그러지 않았습니까?"

집에 가자……. 약속이라도 한 듯이 여인들이 고개를 돌렸다. 여기서부터는 굳이 듣고 싶지 않은 둘만의 알콩달콩한 이야기인 동시에 남의 연애 이야기. 남의 미남 많이 감상했으니 됐다.

그렇게 둘만 남았다.

"읏, 그건 그런 뜻이 아니라!"

"자기, 좋았는데."

푸른 눈이 시무룩한 빛을 띠었다. 유리는 윽, 하고 말았다.

"자기라고 불러주시면 안 됩니까?"

"여기서는 안 돼요!"

정말로 집에 가자……. 채 멀어지지 못한 학생들이 걸음을 재촉했다. 진짜로 둘만 남았다.

발렌시아에 단 하나밖에 없는 공작위를 가진 남자는 부유했다. 부유한 남자가 연인에게 줄 선물은 많았으나, 대체적으로 남자의 선물은 비슷했다.

"아, 맛있다."

공을 아주 많이 들인 디저트 종류다. 설탕은 엄청나게 비쌌고, 그 덕에 설탕을 제대로 쓸 줄 아는 제과공 자체가 귀했다. 그러니 맛있는 디저트도 귀했다. 에넌 라이언하트는 올램피아로 떠나올 때 발렌시아 왕성의 제과공을 전격 스카우트했고, 그 제과공은 대체로 열흘 내내 한 사람을 위한 과자를 만들었다.

지금 라이언하트 공작이 흐뭇하게 턱을 괴고 바라보는 여인, 클로드 자작이었다.

유리가 가장 먼저 집어 든 것은 뱅 오 쇼콜라. 몇 겹으로 구운 파이 안에 초콜릿을 넣은 것이다. 초콜릿 자체도 아주 귀한 식재료다. 유리가 들고 있는 자그마한 빵 한쪽이 얼마만큼의 값어치인지는 공

작만 알았다. 뭐 어쨌든,

"흑흑, 초콜릿 너무 맛있어."

눈앞의 여인이 이렇게나 세상을 다 가진 것 같은 미소를 짓고 있으니 되었다. 에넌은 빙그레 웃으며 손을 뻗어 여인 입술 옆에 붙은 빵 쪼가리를 털어내 주었다.

"좋아하시니 저도 좋습니다."

"매번 이렇게 산더미같이 과자를 가져오니까 자꾸 제가 살이 찌는데, 어떻게 하죠."

"왜요?"

"멈출 수가 없어……."

유리가 입술을 부루퉁하게 내밀었다. 유리는 에넌이 가져온 어마어마한 과자 더미에서 벌써 두 상자를 비운 뒤였다. 에넌이 올 때면 저녁도 안 먹었다. 저녁을 먹다 보면 과자 들어갈 배가 줄어든다는 이유였다.

"살이 찌긴요. 잘 모르겠는데."

"그야 겉으로 보니까 그렇죠."

유리가 투덜댔다. 에넌은 어깨를 으쓱했다.

"그러잖아도 플럼이 고민이 많던데요. 언니가 매일매일 바짝 말라간다고 더 먹이라는 분부였습니다."

"뭘 바짝 말라가……. 걔도 허풍은 참."

불만스레 중얼댔으나 플럼의 말이 아주 틀린 건 아니었다. 유리는 매일매일 수업 커리큘럼 때문에 피가 말랐다.

클로드 자작이 세운 여학교는 인기가 엄청나게 좋았다. 세운 지 2년 만에 벌써 학생들이 백 명이 넘었다. 베로니카와 더불어 벨름의 아타락시아에서 유리가 데려온 두 명의 선생까지, 네 명이 번갈아 가며 학생들을 가르쳤지만 인원이 모자랐다.

"빨리 졸업생이 나와야 할 텐데."

"졸업생을 선생으로 쓴다고 했던가요. 순조롭습니까?"

에넌이 팔짱을 끼고 웃었다. 유리는 자랑스럽게 허리에 손을 짚고 말했다.

"그럼요. 눈여겨본 친구들이 있다고요."

"얼마나 됩니까?"

"두 명?"

"그 두 명이 고향에 돌아간다고 하면 말짱 헛것 아닙니까?"

유리가 이마를 찡그렸다.

"정말, 미운 소리만 해!"

그러나 에넌의 말이 맞았다. 유리가 세운 학교는 3년제. 내년까지는 이대로 네 명이 고생해야 했다. 유리는 졸업생들 중에 선생을 뽑으려고 계획하고 있었지만, 유리에게 기술을 배운 학생들의 대부분은 고향으로 돌아가 의상실을 차릴 생각이 만만이었다.

유리가 눈여겨보고 있는 두 명도 비슷할 것이다. 어쨌든 대륙을 휘어잡고 있는 아타락시아의 수석 디자이너이자 여왕의 전속 재단사다. 그런 사람에게 기술을 전수받아놓고, 고향에 가서 한 몫 벌 생각을 안 하는 사람이 더 이상하다.

심지어 유리의 밑에서 3년을 채우지 않고 나가버리는 학생들도 간혹 있었다. 그야 평면패턴 기술만 알면 된다고 생각하는 이들이 대부분이기 때문이다. 게다가 유리가 만든 책도 한몫했다. 이 의상 학교에 진학한 이들은 입학하자마자 한 권의 책을 받았다. 3년간의 커리큘럼이 모두 담긴데다가, 옷을 만드는 법이 모두 적힌 책이었다. 그 책 한 권을 배우는 데 3년을 써야 한다고 생각하면 마음이 급해지는 이들이 나오는 것도 이상할 것 없다.

그러나 유리는 그들을 말리지 않았다. 어쨌든 그 책 한 권만 봐도 자신의 기술을 따라 할 수 있는 이들이 나오는 것은 나쁘지 않은 일이다. 물론 책만으로는 알 수 없는 부분도 많다.

"걱정하지 마요. 월급을 완전 많이 줄 거니까."

"그렇습니까."

"흥."

유리가 짐짓 고개를 돌려 뾰로통한 척했다. 에넌은 환하게 웃었다.

"그러고 보니 재미있는 소식이 있습니다."

"뭔데요?"

"플럼 양이 다시는 연애하지 않겠다고 선언했습니다."

"걔가요?"

유리가 코웃음 쳤다.

"그새 또 헤어졌대요?"

"예, 그렇습니다."

"아니, 그 남자 콧수염이 그렇게 마음에 든다더니."

"그, 유리."

"예?"

"콧수염이 멋진 남자와는 진작 헤어졌고, 이번에 헤어진 것은 그 후에 사귄 남자입니다."

"헐. 대박."

연인이 빵을 먹다 말고 입을 벌렸다. 에넌은 피식피식 웃었다.

기실 자유연애는 몇 년 사이 대유행했다. 이전에도 알게 모르게 유행하고 있었지만, 역시 도화선에 불을 붙인 건 이 자리에 있는 두 사람의 역할이 컸다.

'대륙에서 가장 잘생겼다는 라이언하트 공작의 마음을 사로잡은 여인은 아스완의 왕녀가 아닌 론다에서 온 클로드 자작!'

한창 나이의 소녀들치고 그 연애 이야기를 모르는 이들이 없었다. 에넌 라이언하트는 어찌 보면 셀러브리티였고, 두 사람의 연애담을 담은 이야기책이, 혹은 소문은 참 넓게도 퍼졌다. 클로드 여학교를 연 유리가 가장 먼저 받은 질문이, '에넌 라이언하트 공작님의 연인이 맞으신가요?!'였으니 말 다 했다.

론다라는 시골에서 혈혈단신 대도시로 나와, 남장하고 제 재주를 펼친 끝에 남자부터 재력까지 다 얻은 여자를 안 부러워하는 여인들은 없었다. 자유연애가 유행한 건 당연했다. 그리고 그 자유연애의 최대의 수혜자는 유리 클로드의 동생, 플럼이었다.

그 유리 클로드의 동생이라고 하니 호기심에라도 접근하는 남자가 말도 못 하게 많았다. 그리고 플럼은 그 모든 남자를 한 번씩 거쳤다. 기회를 사양하지 않는 것은 그 언니뿐만은 아니었다. 귀부인이 되겠다고 피부를 가꾸던 플럼은, 몇 년 새에 올랭피아 사교계를 주름잡는 엄청난 여인이 되어 있었다.

물론 악명으로.

그녀를 만난 남자치고 멀쩡하게 붙어 있는 자가 없었다. 몇몇 남자는 심적 후유증 때문에 집에서 두문불출하기도 했다. '그만한 마성의 매력을 가진 여인이라고?'라는 호기심에 플럼에게 접근하는 남자들이 족족 다 나가떨어졌다. 그렇다고 엄청나게 나쁜 여자인 것도 아니었다. 플럼은 매번 자신에게 접근하는 모든 남자들에게 성심을 다했으며, 불같이 사랑했다.

"걘 문제가 뭐예요?"

유리가 호기심 넘치는 눈으로 물었다. 친한 자매 사이라지만, 연애 얘기는 굳이 공유하지 않았기에 더 그랬다. 에넌이 쓴웃음을 지었다.

"글쎄요, 굳이 말하자면 너무 멋진 남자들 사이에서 자란 게 문제 아닐까요."

유리는 그의 말에 손가락을 꼽아봤다. 일단 에넌 라이언하트, 레스타…….

"두 사람 정도 아니에요?"

그 말에 에넌은 눈썹을 들어 올렸다.

"당신이 저 말고 누구를 얘기하는지 모르고 싶지만, 어쩐지 제가 아는 남자일 것 같군요. 물론 그 외에도 워낙 많지만요."
"누구요?"
"글쎄요, 알리슨 씨도 있고."
"엑. 알리슨 오빠요?!"
"그야 유리한테는 편안한 오빠겠지만, 알리슨 씨 정도로 괜찮은 남자도 별로 없답니다."
그런가? 유리는 눈알을 굴렸다. 그야 자기도 먹고 살기 힘든 처지에 벨름의 뒷골목에서 고아들을 데려다 기른 걸 생각하면, 그럴 만도 하다. 게다가 그 동생들을 자신보다 더 걱정하는 사람…….
"그럴 수도 있겠네요. 또?"
"음, 이번의 남자는 밴딧이 문제였다고 합니다."
"밴딧이 왜요?"
"그야 플럼 양은 밴딧처럼 아이를 성심성의껏 돌봐줄 남자가 좋다고 했으니까요."
그러니까, 그런 얘기다. 플럼은 어쨌든 그 배경 때문에라도 퍽 탐나는 신붓감이 된 참이다. 갓 스무 살이 넘은 플럼은 꽤 사랑스러운 여인으로 자라났고, 거기에 더해 플럼의 장래희망은 현모양처다. 라이언하트 공작이 아마 곧 형부가 될 예정이며 언니는 클로드 자작이다. 유리를 따라 투자한 돈이 제법 불어 자산도 꽤 된다. 그런데도 신분은 아직 평민이어서 그녀를 만만하게 보고 접근한 남자들은 꽤 많았다.
그리고 그 남자들에게 플럼은 진심으로 궁금하게 묻는 것이다.

"우리 형부는 안 그러던데, 거기는 왜 그래요?"

상당히 여러 곳에 적용할 만한 말이었다. 우리 형부는 근육 엄청 빵빵하던데 당신은 왜 그렇게 말랐어요? 우리 오빠는 없는 사람들에게 베풀어야 다 같이 잘살 수 있다고 그랬는데 왜 당신은 그렇게 인색하게 굴죠? 칼레 상단주가 나랑 친한데, 장사는 그렇게 하는 게 아니라던데요? 우리 형부는 평민들에게도 엄청나게 다정하고 친절한데, 당신은 왜 그렇게 무례하죠?

그런 것들을 비아냥거리는 게 아니라 진심으로 묻는다. 이 점이 가장 무섭다. 순진하게 묻는 것도 아니다.

'너는 그 정도 남자도 아닌데 왜 그렇게 살아? 무슨 자신감이야?'

……라는 진심이다.

그리고 이번에는 "우리 형부 부관 정도 되는 남자도 아이 양육은 같이 하던데, 아이를 저 혼자 길러야 한다고요?"였다는 모양이다. 유리가 아학, 하고 웃어버렸다.

"아니, 개도 참."

"유리 동생답죠?"

그 말에 유리가 비슬비슬 웃었다.

"시집 못 갈 것 같은데요."

"그런가요?"

"그야 저는 운이 좋아서 각하 같은 남자 만났지만."

유리가 먹던 빵을 내려놓고 턱을 괴었다. 사과같이 보들보들한 뺨에 만족스러운 미소가 떠올라서 에넌도 저절로 기분이 좋아졌다.

"각하 같은 남자가 어디 흔한가요?"

"기분 좋군요."

빵 기름이 묻은 손가락을 그대로 끌어당긴다. 기름이 자신의 손에 묻는 것도 아랑곳하지 않고 손등에 입을 맞췄다. 부드럽고 폭신한 것이 손등에 내려앉는 감촉에 유리의 얼굴이 새빨개졌다.

몇 년을 보아도 그녀는 이렇게 금세 복숭아처럼 뺨을 붉힌다. 물론 그 반응에는 제 얼굴이 상당한 지분을 차지하고 있다는 것을 에넌은 모르지 않는다.

"미쳤다……."

"무엇이요."

알면서도 은근히 물었다.

"에넌 얼굴이요."

흐흡, 하고 그녀가 입술을 한껏 끌어올리며 웃었다. 저렇게 좋을까.

"역시 머리 기르게 하길 잘한 거 같아요."

"그렇습니까?"

에넌은 제 어깨까지 오는 머리카락을 슬쩍 넘겨다보고 말했다.

"막상 기르는 사람 입장에서는 퍽 거추장스럽습니다만."

"예쁘잖아요."

유리가 재빠르게 손을 뻗어 에넌의 머리카락을 어루만졌다. 결 좋은 붉은 머리카락이 유리의 손 안에서 미끄러졌다. 에넌은 고개를 갸웃했다.

"뭐, 그렇게 보일 수도 있겠군요. 여인들이 머리를 기르는 것도 아마 그런 이유일 테니까요."

"그렇군요."

"불공평하지 않습니까?"

"음?"

에넌이 유리의 손을 받아 쥐었다. 손가락 안쪽을 꾹꾹 더듬어 힘을 주어 누르자 시원한 기운이 퍼졌다. 아, 시원해. 유리가 절로 어깨의 힘을 푸는 동안 에넌이 말했다.

"제가 머리를 기르니 역시 불편한 게 많더군요. 물론 유리가 저를 보고 즐거워하는 얼굴을 보면 그런 불편함 같은 건 딱히 신경 쓰이지도 않긴 합니다만……. 발렌시아의 여자들은 대부분 머리를 자르지 않으니까요."

"그렇지요?"

"뭐, 유리가 매일매일 죽도록 일하는 이유를 대강은 알 것 같다는 이야기입니다. 덧붙여서……."

에넌이 유리의 어깨를 부드럽게 주물렀다. 커다란 손이 유리의 어깨를 모두 뒤덮을 정도다. 유리는 고개를 들어, 제 머리 위의 에넌을 올려다봤다. 다정한 푸른 눈이 자신을 내려다보고 있었다.

"역시 뭐든 여인들이 선택할 수 있는 폭이 넓으면 좋겠다는 폐하의 생각도 알 것 같고요."

"뭐야. 예쁘다고 머리 기르게 하는 제가 창피해지는 말인데요."

"이것도 저의 선택 아니겠습니까."

에넌이 싱긋 웃으며 드러난 유리의 이마에 입을 맞췄다. 유리가 킥킥 웃었다.

유리가 클로드 여학교를 지을 때, 에넌도 그 옆에 다른 것을 지었다. 다름아닌 유리가 살 집이다. 집이라고 해서 아담하고 귀여운 사이즈를 상상하면 곤란하다. 클로드 여학교는 올랭피아의 리나타라는 지역에 있었다. 올랭피아에서도 꽤 큰 도시였는데, 에넌 라이언하트는 리나타에 저택을 지었다.

클로드 자작저.

그러니까, 올랭피아의 주인인 라이언하트 공작이 머무를 만한 크기의 자작저.

그 정원만 해도 발렌시아의 동쪽 성과 서쪽 성을 합친 크기였다. 말이 정원이지 숲이다. 리나타는 평야가 대부분인 올랭피아 타 지역과 마찬가지로 평야에 지어진 도시였고, 건물들이 대부분 낮아 아름답고 평화로운 분위기였다. 그러나 자작저가 생기며 이야기가 달라졌다. 낮고 평화로운 도시 외곽에 숲이 아예 하나 생겨 붙어버린 것이다. 물론 자작저 담 안에.

그 건물만 네 채다. 그래 봐야 2층짜리 건물들이기는 했으나, 하나는 하인들이 머무는 곳, 하나는 마구간과 사병들이 머무는 곳. 유독 커다란 두 채가 유리의 것이었다. 한 채는 유리가 여가를 위해 머무는 아름다운 건물이었다. 아타락시아와 비슷하게, 건물의 일부 벽은 통유리로 지어졌다.

올랭피아의 날씨가 좋아 그 건물에서는 매일 푸른 하늘을 볼 수 있었다. 그 앞에는 작은 연못과 정원이 있었는데, 라이언하트 공작이 특별히 제 연인을 위해 신경 쓴 정원이었다. 소문만 무성했지 그 건물을 구경해본 이는 손에 꼽았다. 다만 자작저에서 일하는 사용인들이 그 건물이 기가 막히게 아름답고 어디서도 구경해본 적 없는 생김새라고 떠벌려 궁금증만 더 커질 뿐이다.

하지만.

"너무 멀어……."

그렇게 아름다운 건물이 있는데도 자작저가 두 개인 이유는 간단했다. 유리로 된 건물은 숲의 맨 안쪽에 있었고, 매일 학교로 왔다 갔다 해야 하는 유리는 출퇴근 시간만 왕복 한 시간이라는 곤욕을 치러야 했다. 학교 바로 옆에 제집이 있는데도 그랬다. 유리는 그 아름다운 자작저에 살기 시작한 지 한 달 만에 소소하고 확실한 행복이 최고라고 믿게 됐다. 그래서 새로운 건물을 지었다. 자작저 정문 바로 앞에. 평소에서는 그곳에서만 살았다.

물론 제 연인이 섭섭해하지 않기 위해, 제 연인이 열흘에 한 번 찾아오노라면 어김없이 숲 가장 안쪽의 건물로 향했다. 그래서 지금 유리는 에넌의 손을 잡고 자작저의 숲 안을 걷고 있었다. 에넌이 지어 준 글래스 저택으로 가는 길이었다. 길은 컴컴했지만 하나도 무섭지 않았다.

"많이 멉니까?"

"음, 에넌이 섭섭해할 것 같지만 조금요."

"아뇨, 섭섭하지 않아요. 본래 삶이라는 건 패착도 좀 있어야 재미있는 법이죠."

"그런가요?"

"예. 다음에는 이런 실수 하지 않겠습니다."

다음에는? 유리가 고개를 갸웃하다 말뜻을 알아들었다. 그러니까 집을 또 지어주겠다는 말이다. 유리는 어이가 없어 에넌의 어깨를 두들기며 웃었다.

"뭘 또 지어줘요. 돈도 엄청 들 텐데."

"이런, 유리. 올랭피아는 부유한 영지라고 제가 몇 번 말합니까."

그야 그렇다. 그렇지만 올랭피아에서 걷히는 세금이 두 번째 클로드 자작저를 만들라고 있는 물건은 아닐 것이다. 유리가 뭐라고 말하려는 때, 에넌이 말을 이었다.

"그리고 지금 아니라면 언제 이렇게 마음껏 돈을 써 보겠습니까?"

"왜요? 요즘 돈 많이 벌어요?"

에넌의 말에 유리가 눈을 깜박였다. 그 모습이 사뭇 귀여워 에넌은 환하게 웃었다.

"남자가 제 연인에게 구혼할 때야말로 아낌없이 돈을 쓸 수 있는 찬스지요."

"어우, 뭐야."

유리가 손사래 치며 깔깔 웃었다. 이 남자는 몇 년 동안 부쩍 이런 종류의 농담이 늘었다. 처음에는 이런 이야기는 얼굴을 붉히지 않으면 하지도 못하더니, 글쎄. 역시 사람도 익숙해지기는 하나 보다. 그러나 에넌은 진지하게 말했다.

"클로드 자작이 에넌 라이언하트의 재력에 끌렸는지, 얼굴에 끌렸는지 사람들이 궁금해하게 만드는 게 제 목표입니다."

"그거 되게……."

"별론가요?"

"좋네요."

유리가 눈을 부릅뜨고 말했다. 에넌은 대답 대신 유리의 이마에 다시 입 맞췄다. 글래스관으로 가는 길은 다정하고 짧았다.

글래스관은 엄청나게 큰 건물은 아니었다. 본래 유리가 에넌의 손을 잡고 들어오면 몇몇 사용인들이 정중히 맞아주었지만, 오늘은 조금 달랐다. 에넌은 글래스관의 문을 열고 약간 당황했다. 사용인들이 아무도 없었기 때문이다.

"아무도 없습니까?"

"네. 오늘은 아무도 없어요."

"왜……."

"그냥요."

유리가 어깨를 작게 움츠렸다.

"어쩐지 오늘은 그냥 여기를 비우고 싶었어요."

"그런가요?"

"그야 내일부터는 학교가 방학이거든요."

"방학……. 벌써 그렇게 되었나요."

"네."

클로드 여학교는 방학이 총 네 번이다. 두 번의 긴 방학과 두 번의 짧은 방학. 겨울과 여름에 20일 정도 방학하고, 봄과 가을에는 좀 더 긴 방학을 가진다. 봄과 가을에는 저마다 봄의 대축제와 가을의 수확제가 있기 때문이다. 의상학교 특성상 의상업을 하는 이들이 많았고, 축제 기간에 어김없이 의상실들은 바빠진다. 그들로 하여금 고향에 가서 일을 도울 수 있도록 한 유리의 배려다.

그리고 오늘부터는 여름방학이다. 유리는 씩 웃었다.

"저 내일은 학교 안 가도 돼요."

그야 에넌이 오는 날은 항상 다음날을 비워놓기는 했다. 그래도 오늘부터 20일 정도를 안 가도 되는 건 역시 사뭇 다르기는 했다. 출근 안 하는 자의 행복함! 에넌은 헤벌쭉 웃는 연인의 얼굴을 감상하며 안으로 들어갔다. 자신이 지어 놓은 가장 예쁜 방으로.

글래스관에서도 가장 예쁜 곳이다. 아타락시아의 꼭대기를 보고 에넌이 생각했던 곳. 아타락시아는 유리창을 사용해 바깥이 그대로 다 내다보였다. 분주한 발렌시아의 거리. 그렇지만 작은 정원이 보여도 좋지 않을까? 하고 생각했고, 에넌은 유리가 쓸 방의 한쪽 전면을 통유리로 만들었다. 어마어마한 공사비가 들었음은 물론이다. 통유리벽 한쪽 만드는 데에 발렌시아의 작은 집 한 채 값이 들었다. 그 벽이 깨지기라도 하면 아마 제 사랑스러운 연인은 기절할지도 모른다.

"그래서 말인데요. 선물이 있어요."

"음? 뭡니까."

귀엽고 작고 사랑스러운 연인이 활짝 웃었다. 에넌은 그녀가 웃을 때마다 어쩔 줄 모르는 기분이 되었다. 그녀를 꽉 안아버리고 싶기도 하고, 번쩍 들어 빙글빙글 돌려보고도 싶다. 아무도 모르는 곳에 꼭꼭 숨겨버리고 싶기도 하고, 머리끝부터 발끝까지 입 맞추고도 싶다. 무슨 선물인지는 모르지만, 어쨌든 그녀가 저렇게 히죽히죽……. 음?

히죽히죽?

에넌은 눈썹을 들어 올렸다. 유리는 에넌의 앞에서 그야말로 히죽히죽 웃고 있었다. 그 웃음이 하도 여러 가지를 상상하게 해서, 에넌은 오히려 무슨 반응을 보여야 할지 모르겠다는 심정이 됐다. 저런 웃음은 주로 제 누이가 자신을 곯려주려고 할 때나 짓는 웃음인데.

"그게요, 아스완에서 선물이 왔는데."

아스완. 어쩐지 불길한데. 에넌은 턱을 쓰다듬었다. 유리는 제 방에 놓인 작은 서랍을 뒤졌다.

"거기 잠깐 앉아 계세요."

에넌은 방 한쪽의 소파에 앉아 기다렸다. 이 방은 유리가 평소에 잘 쓰지 않아서 상대적으로 생활 냄새도 덜했다. 가구는 최소한이었다. 커다란 침대, 소파, 그리고 작은 서랍과 테이블. 서랍 안에 뭘 넣어놓은 걸까.

아스완에서 뭔가 보낼 만한 사람이라면 두 사람 정도다. 아르시노에와 니겔 굴랍 카움. 그러나 아르시노에는 최근 뜸했고, 유리에게 뭔가 보낼 사람은 역시 니겔 굴랍 카움이다. 에닌은 그 이름을 생각하고 약간 불쾌해졌다. 유리는 어떤 부분에서는 에닌이 조금은 그에게 감사해야 한다고 말하곤 했지만, 그래도 역시 싫은 건 싫은 거다.

"음, 에닌."

유리가 서랍에서 뭘 꺼내왔는지, 뒷짐을 지고 에닌의 앞에서 서성였다. 에닌은 그녀를 비뚜름히 올려다봤다. 유리의 뺨이 작은 열기를 머금고 있었다.

"있잖아요."

"예."

"너무 당황하지 않았으면 좋겠는데."

"뭡니까."

"그……."

오늘의 유리는 이상했다. 그녀는 이렇게 제 앞에서 말을 망설이는 타입은 아닌데. 니겔 굴랍 카움이 뭔가 곤란한 물건이라도 보낸 걸까? 에닌은 미약하게 미간을 찌푸렸다. 그런 표정을 뭘로 해석한 건지, 유리가 급하게 말을 이었다.

"에, 에닌이 싫어할 물건은 아닌 거 같다고 생각하지만……."

"유리. 저는 당신이 주는 건 뭐든지 좋습니다."

그게 니겔 굴랍 카움이 보내는 거라면 좀 싫지만. 뒷말은 삼킨 채 에넌은 유리가 말하기를 기다렸다. 유리는 주뼛거리며 뒤에 숨긴 상자를 꺼냈다.

“이게요, 그러니까.”

“예.”

“……직접 열어보실래요?”

결국 상자를 제게 맡기기까지 했다. 이건 정말 이상한데. 에넌은 얼굴을 기울이며 무릎 위에 올라온 상자를 쳐다봤다. 갈색 종이로 만들어진 상자는 에넌의 손바닥 두 개를 합친 것 정도의 크기였고, 평범했다. 그 뚜껑을 여니 기름을 먹인 고급 종이로 몇 겹이나 싸인 물건이 있었다. 뭔데 이렇게까지 번거로운 거야?

에넌은 궁금해하며 종이를 헤쳤다. 그리고 그 안에는…….

에넌은 할 말을 잃었다. 그 안에 곱게도 싸여 있는 것의 정체를 에넌도 알고 있었기 때문이다. 그건 유리가 최근 몇 년간 가장 열심히 투자하고 개발하던 거였다. 어지간한 옷들보다 훨씬 열심히. 무슨 예술하는 장인처럼 새로 만들고, 배합법을 실험하고, 만들어져 보내진 물건들을 잡아당겨 보고 “이건 아니야!”라며 짜증 내고 갖다 버리던 것.

약간 노란 빛을 띠고 있는 건 그게 생고무로 만들어졌기 때문이다. 유황 냄새가 조금 났고, 반투명한 그것은 얇아서 안이 다 비쳐 보였다. 기름종이에 싸인 이유는, 그것에 기름이 발려 있으니까. 에넌은 입을 벌렸지만, 뭔가 말하려고 해도 말할 수 없었다. 머릿속에 너무 많은 말이 들어차서였다.

이제는 완전히 홍당무가 돼버린 유리가 가까스로 입을 열었다.

"……개발이 대강 끝났거든요."

"그, 이게……."

"……참고로 폐하가 먼저 써보셨대요."

"예?!"

에넌이 화들짝 놀랐다. 유리는 눈을 빠르게 깜박였다. 아마 쑥스러워서였을 것이다.

"폐하는 대만족하셨어요……."

"……그러니까."

솔직히 쎄시아가 만족했는지 어쨌는지, 써봤는지 그런 건 안 궁금했다. 제 누이가 이런 물건을 쓸 일이 있었다는 게 놀랍기는 하지만 그런 건 누이의 사생활이고, 그러니까. 에넌은 그만 혼란해졌다.

"에넌."

유리가 수줍게 웃었다.

"제가 손만 안 잡고 잘게요."

에넌의 얼굴이 순식간에 홍당무가 됐다. 전신의 피가 어지럽게 돌았다. 그러니까, 그게…….

"싫어요?"

"싫은, 게 아니라……."

숨이 잘 안 쉬어지는 것 같았다. 어질어질했다. 생각을 안 해본 게 아니다. 에넌 라이언하트는 어쨌든 제 연인과 벌써 세 해를 보냈다.

웃는 것만 봐도 제가 즐거운, 마냥 행복해지는 연인을 두고 있다는 것. 그리고 그런 그녀의 볼에 입 맞추고, 가끔은 입술을 겹치는 것으로 끝낸다는 것은, 그리 쉬운 일은 아니다.

가끔은 그렇고 그런 분위기가 됐다. 입을 맞추다가 격정을 억누르지 못할 것 같아서 도망간 것도 여러 번이다. 어쨌든 그는 원치 않는 밤으로 태어난 사람이었고, 제 무책임한 행동으로 그런 인생이 생겨나는 건 바라지 않았다. 물론 그와의 사이에 아이가 생긴다 해도 제 연인은 개의치 않을 것이지만, 그렇지만.

그러니까…….

"……유리."

에넌은 얼굴을 두 손으로 감싸 쥐었다. 어떤 표정을 해야 할지 몰라서였다. 웃을까, 울까. 유리가 이런 물건을 들고 온 뜻은 명백했다. 저와 같이 밤을 보내요.

거절할 수 있을 리 없다. 그러나 반대로 말하면 수락할 수 있을 리가 없다. 결혼을 하지 않은 채로 관계를 가지는 것은 아직도 방종으로 치부됐다. 그녀가 사용인들을 모두 물린 것도 그제야 이해가 됐다.

에넌은 제 연인이 감당해야 할 시선이 두려웠다. 그러나…….

유리가 재차 물었다.

"……싫어요?"

에넌은 얼굴을 잔뜩 일그러뜨리고 말았다.

"싫을 리가 있겠습니까……."

그러나 유리는 그렇다고 바로 안기지는 않았다. 그녀에게도 그 정도의 눈치는 있었다. 유리는 조심스럽게 에넌 앞에 쪼그려 앉은 후 부드럽게 물었다.

"그럼요?"

"그저 저는 당신이, 어, 그……. 너무 성급한 게 아닌가……. 다시 생각해 보는 건……."

"에넌."

"……."

"저는 3년을 기다렸는데요?"

유리가 물었다. 에넌은 답하지 못했다.

"기다린 건 당신뿐만이 아니에요."

"……."

"제가 이걸 대체 왜 만든 거 같아요? 여인들에게 선택권을 주려고? 폐하가 자유연애를 하실 수 있게 하려고?"

"……유리."

"다시 말할게요, 에넌."

에넌은 손가락 사이로 유리를 내려다봤다. 초록색 눈이 휘어졌다.

"저는 하고 싶은 건 다 할 거예요."

그녀의 말이 끝나기도 전에 에넌은 손을 뻗었다. 유리가 앗, 하고 놀라 눈을 크게 떴다.

다음 순간 유리는 에넌에게 끌어안겨 있었다. 뭐라 말하기도 전에 에넌이 유리의 뒷목을 갈급히 움켜쥐었다. 유리는 웃고 싶었으나, 에넌은 유리가 웃는 것조차 허락하지 않고 입술을 겹쳤다. 입술이 맞닿았고, 부드러운 혀가 엉켜 들었다.

으응, 응. 유리는 처음에는 움찔거렸으나, 곧 제 연인의 녹아내릴 것 같은 입맞춤에 손을 뻗어 그를 끌어당겼다.

남자는 유리의 입술을 정신없이 삼켰다. 단 한 번도 그녀에게 입맞춰본 적 없는 듯이 목말라했고, 성급했다. 그러나 달콤했다. 유리는 입술을 떼고 고개를 기울였다. 약속이라도 한 듯 제 연인의 입술이 유리의 귓가로, 목덜미로 옮겨졌다.

남자의 코끝은 유리가 입은 블라우스 옷깃을 헤쳤다. 본래 그러기 위해 태어난 듯이. 옷깃 사이로 남자의 입술이 쪼듯이 내려앉았다. 그 끝이 너무 간지러워서, 유리는 남자의 목을 끌어안은 채 주먹을 꽉 쥐었다.

어느새 유리는 남자의 품 안에 삼켜지듯 안겨 있었다. 가뜩이나 넓고 커다란 남자의 어깨는 유리를 보이지도 않게 안고 있었다. 그렇지만.

"유리."

"네에……."

"……침대로 가도 됩니까?"

유리가 픽 웃었다.

"뭘 그런 거까지 묻고 있어요."

그 정글에서 비를 흠뻑 맞아놓고선 안아도 되냐고 묻던 남자다웠다. 남자의 푸른 눈이 혼란으로, 욕망으로 들끓는 것이 선명히 보여

유리는 기분이 좋아졌다. 유리는 남자의 콧날 위에 가볍게 입 맞추고는 속삭였다.

"에넌도 하고 싶은 거 다 해요."

말이 끝나기 무섭게 에넌은 유리를 번쩍 안아 들었다. 금세 시야가 바뀌었다. 글래스관의 침대는 자주 쓰지 않아 장식용 침구가 화려하게 올라와 있었다. 남자는 유리를 한 팔로 안고, 나머지 한 팔로는 침대에 다가가 장식용 침구를 걷었다. 그 손속이 거칠어 침구들은 마치 넝마처럼 침대 밑에 뒹굴었다.

남자는 방금 전 침구를 걷어치운 것과는 정반대의 태도로 유리를 조심스럽게 침대에 올려놓았다. 높은 베개를 등지고 앉은 유리는 두근거리는 마음으로 에넌을 쳐다봤다. 남자는 침대 위에 올라와 유리를 빤히 쳐다봤다. 시선이 어찌나 열렬한지, 얼굴에 구멍 뚫리겠다 싶을 정도였다. 그러나 길지는 않았다.

에넌은 다시 유리에게 입 맞췄다. 아주 조심스럽게.

쪽, 쪽, 가벼운 소리를 두어 번 내며 입 맞춘 남자가 입술을 댄 채 속삭였다.

"그 말 취소하시면 안 됩니다."

"……하면요?"

"안 됩니다."

킥킥 웃던 웃음소리는 입술 속으로 사라졌다. 남자는 유리를 품 안에 가둔 채 몇 번씩이나 격렬하게 키스했다. 따뜻한 혀가 거칠게 얽혔고, 유리가 가쁘게 숨 쉴 때쯤 에넌은 다시 유리의 쇄골로 입술을 옮겼다. 에넌의 손은 유리의 허리부터 등을 조심스럽게 어루만졌다. 손끝은 극도로 섬세한 설탕공예를 만지기라도 하는 듯 간지러웠다. 유리는 손을 뻗어 에넌의 셔츠 깃을 어루만지다가, 단추를 풀어냈다.

에넌이 잠시 굳었다. 툭, 투둑. 제 연인과 한 침대에서 하룻밤을 보낸 적은 많았으나, 맹세코 라이언하트 공작은 단 한 번도 그 침대에서 옷을 벗은 적 없었다. 따라서 그것은 둘 다에게 지나치게 생경하고 낯 뜨거운 소리였다. 에넌은 눈을 질끈 감았다. 뭐라도 말하고 싶었으나, 입을 벌리는 순간 미친 듯이 뛰고 있는 제 심장이 목구멍으로 튀어나올 것 같아서였다.

대신 에넌은 그녀에게 집중하기로 했다. 유리는 에넌을 바라보다가 눈이 마주치자 민망한 듯 고개를 돌렸다. 그걸 신호로 에넌은 그녀가 새끼고양이라도 되는 듯이 목덜미를 핥았다. 그러나 곧 그녀의 블라우스 목깃에 가로막혔다.

에넌은 그게 짜증이 났다. 이로 블라우스 단추를 물어뜯었다. 단추 하나가 튕겨 나갔다. "저거 산호 단추인데……." "그깟 산호 단추 백 개라도 사 드리겠습니다. 아니, 산호섬을 사 드리지요." 에넌이 빠르게 대꾸하고는 다시 귀를 깨물었다. 유리가 움찔했다. 에넌의 손가락이 유리의 블라우스 두 번째 단추 위에 걸렸다.

남자는 블라우스 단추의 위치를 가늠하는 듯이 두어 번 손가락을 걸었다가 떼내다를 반복하다가, 이내 힘을 주었다. 두두둑, 단추 대여섯 개가 무슨 과자처럼 뜯겨나갔다. 유리의 얼굴은 그만 홍당무가 됐다.

그러나 처음으로 기회를 잡은 손가락은 망설이지 않았다. 에넌의 넓고 커다란 손바닥이 제 배에 닿는 순간 유리는 숨을 들이쉬었다. 따뜻하고, 당황스럽고, 지나치게 말초신경을 자극했다. 단지 손이 맨살 위에 닿았을 뿐인데 유리는 발가락을 잔뜩 오므리고 말았다.

유리가 이를 악물었다. 너무 긴장해서 헛소리를 할 것만 같아서였다. 남자는 누운 유리의 종아리 위에 올라타 침대 위에 누운 유리를 내려다봤다. 헝클어진 머리카락과 새빨갛게 달아오른 얼굴. 온통 흐트러진 블라우스와 그 안의 흰 살결.

제 여인이 속옷을 챙겨 입는 데에 그다지 성의를 보이는 타입이 아니라는 건 행운인지 불행인지. 자극적인 광경에 에넌의 머릿속은 오히려 차분해졌다. 에넌은 잔뜩 긴장한 채 누워서 자신을 바라보는 연인을 향해 후, 하고 웃었다.

"……제가 너무 급하게 굴었군요."

당신 그거 무슨 뜻이야? 유리는 그렇게 묻고 싶었으나 입술을 깨물었다. 비명을 지르고 말 것 같아서였다. 에넌은 침대 아래쪽으로 내려가 유리의 종아리를 들어 올렸다. 그리고 손바닥으로 유리의 뒤꿈치를 부드럽게 문지르다가 그녀의 스타킹을 슬쩍 잡아당겼다. 탄력이 없는 스타킹은 무력하게도 벗겨졌다.

에넌은 오랫동안 기다린 것을 공들여 하나하나 맛보는 타입이었다.

유리라고 해서 그가 마냥 아무것도 모르는 샌님이리라 생각한 적은 없었다. 군인들 사이에서 소년 시절을 보냈고, 대륙을 통일한 다음에는 자신보다 한참은 나이가 많은 이들 사이에서, 부관과 병사들 사이에서 지내온 사람이다. 그의 가신들은 전부 나이가 많은 남자였고, 뭣보다 그 또한 성인 남자다.

그러나 아는 것이 많다고 해서 대단히 능숙하리라는 법 없었다. 유리는 매번 저를 찾아온 연인이 부드럽고 따뜻한 침구 안에서 제게 품을 내어준 채 잠드는 모습을 보며 어렴풋이 처음은 대단히 느리고 지난할지도 모른다고 생각했다.

하지만 유리는 지금 약간 사기당한 기분이었다. 에넌 라이언하트의 인생에 단 한 번도 여자가 없으리라는 것, 그 품에서 잠들어 본 여인은 자신이 유일하다는 것은 분명하고 확실했다. 그러나 그 확신이 흔들렸다. 그 정도로 남자는 침착하고 능숙했다. 스타킹이 벗겨진 다리를 들어 부드럽게 손끝으로 종아리를 문지른다. 그다음 무릎 옆에 입 맞추며 발을 자신의 어깨에 걸쳤다. 그 동작들이 물 흐르듯 거침없었다. 치마가 몸 쪽으로 흘러내리며 허벅지가 그대로 드러났고, 유리는 기겁해서 치마를 다시 올렸다. 에넌이 픽 웃었다.

"하고 싶은 대로 하라면서요."

이제 와서 빼는 거야? 도발적인 말이었다. 보통 때라면 발끈했을 것이었으나 유리는 도저히 화를 낼 수 없었다. 에넌은 치마를 쥔 채

굳은 유리의 손을 부드럽게 들어 그 손바닥에 입 맞췄다. 다시 치마가 흘러내렸다. 보란 듯이 에넌은 유리의 엄지손가락 쪽, 통통한 손바닥에 이를 세웠다. 간지러웠다. 별것 아닌데 불길이 확 일었다.

유리가 손바닥을 움츠리자 에넌은 아쉽지도 않다는 듯 그 손을 내려놨다. 정신 못 차리는 사이 양쪽의 스타킹이 다 벗겨진 채였다.

"어, 그러니까 제가 생각해 보니까, 에넌."

"예."

"안 씻은 것 같, 흑."

유리의 말이 끊겼다. 남자의 손바닥이 그대로 유리의 치마 밑을 파고들어 허벅지 아래를 한 번 가볍게 쥐었다 놨기 때문이다. 찌릿, 전기가 오르는 것 같았다. 그러니까, 그러니까!

"아까 따끈따끈하게 머리카락이 다 젖어서 나온 건 어디의 누구입니까?"

"그……."

말도 안 되는 핑계였다. 에넌이 피식피식 웃으며 고개를 숙여 유리의 이마에, 볼에, 귀에 새가 쪼는 듯한 가벼운 입맞춤을 선사했다. 그리고 귀에 속삭였다.

"말이 나왔으니 말이지만……."

"그……."

"당신이 그렇게 무방비하게 굴 때마다."

남자의 손속은 적에게만 무자비한 것은 아니었다. 에넌의 손바닥이 블라우스 안쪽을 파고들었다. 처음에는 살살 등을 쓰다듬다가,

옆구리로 넘어와 유리의 쇄골로 이어졌다. 일부러였다.

"……돌아버릴 것 같았습니다."

손가락 끝이 유리의 쇄골을 가볍게 두들겼다. 통, 통통. 그게 왜 제 심장을 두들기는 소리 같은지. 유리는 침을 삼켰다. 꼴깍. 에넌이 속삭였다.

"제 품 안에서 잠든 당신을 볼 때마다……."

"……."

"옷깃 아래의 당신을 상상하고, 제 아래의 당신을 상상하고."

숨 막힐 정도로 자극적인 상상들을 했다. 제 품 안에서 나른하게 잠든 연인을 볼 때마다. 끝도 없이 입 맞추고, 맨살이 닿고, 당신을 끌어안고.

"사실은 지금도 꿈일 것 같아서, 무섭고 또……. 좋습니다."

남자의 입술이 유리의 아랫입술을 물었다. 유리는 저도 모르게 입을 벌렸다. 따뜻한 혀가 얽히며 남자의 손이 그녀의 가슴을 살짝 쥐었다. 펄쩍 뛸 뻔했지만 그러지 않은 것은 순전히 에넌이 저를 부드럽게 누르고 있기 때문이다. 후욱, 하고 남자가 미지근한 숨을 내쉬었다.

"미치겠군."

커다란 손이 유리의 등을 가볍게 들어 올렸다.

"에, 넌……."

유리가 할딱거렸다. 에넌의 치아가 유리의 목덜미를 깨물었고, 머리끝까지 올라오는 찌릿한 감각에 유리는 에넌의 가슴을 밀어냈으나 남자는 꿈쩍하지 않았다. 천연덕스럽게 유리의 맨살을 부드럽게 슬슬 쓸어대는 손길 때문에 유리는 미쳐버릴 지경이었다.

미친 거 아니야? 진짜냐고 이거.

결국 유리는 본의 아니게 버둥대고 말았다. 에넌이 삽시간에 얼굴을 굳혔다.

"……하지 말까요."

그녀는 화들짝 놀라 에넌을 다시 올려다봤다. 에넌의 눈동자가 흔들리고 있었다. 하고 싶지만, 싫어할까 두려워하는 눈. 유리는 한껏 들이쉬었던 숨을 탁 내뱉은 후, 비실비실 웃어버렸다.

"아뇨."

"하지만……."

"해주세요."

유리가 손을 뻗어 에넌의 목을 끌어당긴 후, 귓가에 속삭였다.

"끝까지."

그다음은, 솔직히 모르겠다. 유리는 저항할 수 없는 파도에 떠밀려가는 기분이었다. 상상해 본 적은 많지만, 실감하긴 어려웠던 수많은 감촉들이 자신을 스치고 지나갔다. 뭔가 해보려고 해도 자신이 제대로 했는지, 이게 맞는지 가늠할 수도 없었다. 자신이 가장 사랑하는 다정한 푸른 눈은 오늘만은 유리에게 여유를 주지 않았다.

상자가 구겨졌고, 그 안의 물건들이 침대 위에 흩어졌다. 유리는 그쪽을 제대로 보지도 못하고 손을 겨우 더듬어 그것을 에넌의 물건과 함께 쥐었다. 에넌은 그때 유일하게 거의 감전된 듯 펄쩍 뛰었다. 하지만 그것도 잠시였다. 아니, 처음 보는 건데 대체 왜 이렇게 잘 쓰는 거야? 유리는 항의하고 싶었다.

몇십 번의 간지러운 감촉과 몇백 번의 들뜸이 지나갔다. 익히 알고는 있었으나 실감한 적은 없었던 버거움이 제 안에 들어왔을 때, 이를 악문 것은 에넌이었다.

"괜찮습니까."

"괜찮, 아요."

"아프진 않습니까."

"그걸, 말이라고."

"……그만할까요."

유리가 찰싹, 에넌의 가슴팍을 때렸다.

"그만하기만 해 봐요."

남자의 눈동자가 가늘어졌다. 곧 숨이 가빠졌고, 체온이 걷잡을 수 없이 높아졌다. 분명히 에넌은 자신을 소중하게 보듬고 있었는데, 유리는 짓이겨지는 기분이 들었다. 남자가 신음하듯이 속삭였다.

"안아주세요, 유리."

손을 뻗어 넓은 등을 끌어안았다. 남자의 등이 너무 넓어 손이 맞닿지 않았다. 머릿속이 흔들렸다. 쾅, 쾅쾅 하고. 등 뒤쪽에 소름이 돋고 가슴 아래쪽이 서늘하게 콱 막혀오는 느낌이 동시에 들었다. 내장이 흔들리고 심장이 녹아내렸다. 눈물이 났다.

"에넌……."

"예."

남자의 음성은 사정없이 흔들리고 있다고는 믿을 수 없을 정도로 평온했다. 유리는 배신감마저 느끼며 머리를 뒤로 젖혔다.

"좋아……."

"저도 좋습니……."

흐아아아. 유리는 작게 신음했다. 에넌이 흐흡 웃으며 유리의 목을 깨물었다. 사랑해요. 처음도 아니고 마지막도 아닐 사랑의 고백이 몇 번씩이나 귓가로 흘러 사라졌다. 악몽을 꾼 듯이 몸은 너덜너덜한데, 비할 데 없는 충족감이 차올랐다.

가장 먼저 유리를 괴롭힌 것은 아릿한 둔통이었다. 마치 생리가 시작되기 직전의, 허리를 관통하는 통증. 뭐야. 생리하나……. 그리고 유리는 번쩍 눈을 떴다.

생리는 무슨!

아침이었다. 아니, 낮인가? 글래스관의 유리의 방은 한쪽 면이 온통 통유리여서 햇빛도 엄청나게 들어왔다. 그러나 지금 들어오는 빛의 양은 누가 봐도 아침은 아니었다. 한낮에 가까웠다. 햇빛의 방향도 지금이 이미 점심이 훌쩍 지난 때임을 가리키고 있었다.

"헐."

유리는 작게 신음했다. 큰 소리를 낼 수는 없었다. 아마 큰 소리를 낸다면……. 제 몸에 팔을 두르고 잠들어 있는 남자를 깨울 테니까.

슬쩍 곁눈질했다. 시야에는 온통 붉은 머리카락이 가득 차 있었다. 남자의 긴 머리가 흐트러져 있었기 때문이다. 유리는 슬금슬금 몸을 돌렸다.

하루 종일 보고 있어도 심심하지 않은 얼굴이 눈을 감고 제 옆에서 곤히 잠들어 있었다. 두 사람은 거의 하늘이 새파랗게 변할 때까지 깨어 있었다. 물론 얌전히 이야기를 나누며 밤을 새웠다거나 하는 건 아니다. 남자는 여태까지 맛보지 못한 걸 보상이라도 받는 듯이 끈질기고 집요하게 제 연인을 탐했다. 니겔이 물건을 백 개쯤 보내지 않았더라면, 글쎄.

큰일 날 뻔했다.

유리는 작게 한숨을 쉬고 남자의 얼굴 위에 흩어진 머리카락을 치웠다. 모로 누워 봐도 잘생겼다. 아마 말을 타고 전속력으로 달리면서 봐도 잘생겼을 것이다. 어젯밤에 지겹도록 본 얼굴인데도 지겹지 않았다.

"너무 좋다."

작게 중얼거린 유리는 에넌의 콧대에 입을 맞췄다. 입맞춤을 신호로 푸른 눈동자가 뜨였다.

"……잘 잤습니까."

밤새 유리를 몰아붙인 탓일 것이다. 남자의 목소리는 잔뜩 쉬어 있었다. 유리라고 멀쩡한 건 아니었다. 유리가 가볍게 웃었다.

"아니오."

"……사과해야 합니까?"

"그럴 리가요."

남자가 피식 웃으며 유리의 머리카락을 뒤로 넘겨주었다. 둘 다 벌거벗은 채였고, 이불 속에서 몸이 맞닿아 있었다.

"저도 좋습니다."

에넌이 팔을 열어 유리를 품 안으로 끌어당겼다. 남자의 품 안이 하도 넓어 유리는 히히 웃으며 머리까지 남자의 가슴 안에 묻었다. 에넌은 유리의 머리카락 위에 입을 맞췄다.

"꿈도 꾸지 않고 잘 잤습니다."

"그래요?"

"예. 솔직히……."

에넌이 슬쩍 눈을 굴렸다.

"유리를 안고 자면 꿈을 너무 많이 꿨는데."

"무슨 꿈이요?"

"……말하면 당신이 저를 관청에 고발할 만한 꿈?"

"그게 뭐예요."

유리가 까르륵 웃으며 에넌의 가슴을 두들겼다. 에넌은 유리의 볼에 입 맞추며 멋쩍게 말했다.

"당신이 어젯밤 겪은 일들 같은 거요……."

"참나."

유리가 피식 웃으며 돌아누웠다. 에넌은 가만히 유리를 끌어안았다. 두 사람의 시선에 환한 바깥이 보였다. 해가 든 자작가의 정원에는 푸른 풀밭과 작은 숲이 보였다. 여전히 아무도 없었다. 사용인들에게 내일 저녁까지는 글래스관에 접근하지 말라 일러뒀으니 아무도 오지 않을 것이다, 까지 생각이 미친 유리가 입을 벌렸다.

"아."

"무슨 일입니까."

"우리 아침 갖다 줄 사람도 없구나……."

자작저의 사용인들은 저택에서 자고 가는 공작에게 익숙했다. 아침에 말끔한 얼굴로 일어나 침착하게 식탁에 앉는 두 사람의 앞에는 언제나 호화로운 아침 식사가 차려졌으나, 오늘은 그런 것을 바랄 수 없다. 유리가 부스럭거리며 일어나려 했다. 에넌이 그녀를 붙들었다.

"어디 갑니까."

"아침 먹어야죠. 아니, 점심인가."

"배고픕니까?"

유리가 눈을 깜박이다가 말했다.

"지금은 딱히……? 그런데 에넌은 배고프지 않아요?"

"안 고픕니다."

"……진짜?"

"하루 종일 안 먹어도 될 것 같은데요."

뭐야 그게. 유리가 킥킥 웃으며 에넌의 어깨를 밀었으나, 다시 침구 속으로 끌려들어 갔다. 에넌은 팔에 힘을 주고 유리를 끌어안은 채 천연덕스럽게 그녀의 머리 위에 턱까지 올려놨다.

"지금 뭘 먹는 게 중요하겠습니까?"

"그럼 뭐가 중요한데요?"

"……말로 하길 바랍니까?"

웃음이 흩어졌다. 입맞춤이 몇 번 지나갔고, 유리가 속삭였다.

"에넌, 저 물어볼 게 있는데요."

"예."

"이런 질문 되게 촌스러운 것도 아는데요."

"예."

"……처음 맞죠?"

에넌의 표정이 굳었다. 동시에 팔도 딱딱하게 굳어버려서, 유리는 화들짝 놀라 변명했다.

"아니, 제가 무슨 처녀에 미친 남자들처럼 처음이냐 캐묻는 의미가 아니라! 너무 잘해서!"

"……예."

남자는 한숨 쉬듯 웃었다.

"그런 뜻일 거라고는 생각 안 해봤습니다. 단지……."

"단지?"

"말했잖습니까. 옷깃 아래의 당신과 제 아래의 당신을 수없이 상상했다고."

유리의 얼굴이 잘 익은 사과처럼 발개졌다. 에넌은 정말로 제 연인이 사랑스럽다고 생각했다. 그래서 한술 더 떴다.

"머릿속으로 당신을 일만 번은 넘게 안았을 겁니다."

"……."

"검을 일만 번 휘두르면 초보자도 가끔은 견습 기사처럼 보일 수도 있습니다. 그러니 제가 익숙해 보일 수도 있겠죠. 이해합니다."

"……정말!"

연인의 손이 제 가슴을 두들겼다. 에넌은 그 손을 끌어당겼다. 아침 식사 따위는 생각나지도 않았다. 눈을 뜨자마자 그녀가 제 시야에 들어왔을 때부터, 오로지 하고 싶은 건 하나뿐이었다.

외전

여왕의 휴가는 학교에서

수도 발렌시아는 예전 발렌시아 영지일 시절부터 그 악독한 날씨로 악명이 높았다. 겨울에는 사람들이 난방하지 않은 집에서 얼어 죽을 정도로 춥고, 여름에는 지독히도 덥다. 봄과 가을에는 날씨가 좋았으나 그것도 한철이었다.

그중에서도 가장 끔찍한 기간은 역시 '악마의 불판'이다. 지옥을 방불케 하는 엄청난 열이 들끓기 때문이다. 비도 내리지 않고 내리쬐는 열기에 발렌시아 사람들은 여름마다 고통을 호소했다. 그리고 더위에는 빈부도 신분 차도 없다. 그래서, 여왕도 더웠다.

"더워!"

여왕은 아침부터 소리를 질렀다. 소매가 없는 시원한 드레스를 입고, 커다란 얼음을 운반해와 시녀들이 부채질을 하고 있었지만 소용이 없었다. 얼음은 운반해오는 도중 반은 녹았고 제게 부채질하는 시녀들의 얼굴이 점점 익어가는 것을 보면서 마음이 편할 리도 없다. 결국 시녀들을 물렸다. 그리고 소리 질렀다.

"더! 워!"

"좀 참으십시오. 채신머리없이. 내일부터 한 달은 휴가 아닙니까."

호호 할아버지인 단딜리온 재상이 이마를 찡그렸다. 쎄시아는 정말 희한한 것을 보는 눈으로 재상을 봤다. 그도 그럴 것이 재상은 긴 장옷을 입고 있었기 때문이다. 긴 소매와 발끝만 겨우 보이는 긴 로브. 그 안에도 아마로 된 바지를 입고 있다. 당연히 긴 바지다. 아니, 아마로 만들어졌다고는 하지만, 이 날씨에 저런 옷을 입고 움직일 수가 있단 말이야?

"안 덥소?"

"다 참는 겁니다."

"어떻게 참아?"

"그냥 가만히 계십시오. 가만히 있으면 안 덥습니다. 덥다고 말하니까 더 더운 겁니다."

여왕은 잠자코 입을 다물었다. 그리고 셋을 센 후.

"덥잖아!!"

"……거 좀 가만히 계셔보라니까."

재상이 한숨을 쉬었다. 여왕은 신경질을 내며 머리를 흔들었다.

"끈 가져와!"

빠르게 시녀들이 고무끈을 가져와 여왕의 머리를 땋아 틀어 올렸다. 그러나 잠시 후, 여왕이 다시 짜증을 내며 머리를 흔들었다.

"목 아파!"

"……머리를 풀면 덥지 않습니까. 하나만 하십시오, 하나만."

여왕의 구불구불하고 결 좋은 금발은 시녀들이 가장 좋아하는 부분이었다. 쎄시아의 미모에서도 중요한 부분이었다. 환하게 빛나는 금발은 가볍게 빗겨주기만 해도 풍성하게 살아나 쎄시아의 아름다움을 한층 강조했기 때문이다. 문제는 여왕의 머리카락이 엄청나게 길고 숱이 많다는 데 있었다. 그야 어릴 적부터 길러왔으니 허리까지 오는 것은 당연하다. 숱은 원래 많았다. 그러다 보니 여름에는 풀어놓으면 꽤 더웠다.

틀어 올려도 마찬가지였다. 원체 숱이 많으니 틀어 올리면 엄청난 무게가 여왕의 목을 압박했다. 쎄시아는 신경질적으로 앞머리를 북북 긁었다.

"털 짐승들은 여름에는 대체 어떻게 버티는 거야?"

"그래서 짐승들은 털갈이를 하지 않습니까. 겨울에는 북슬북슬하게 잔뜩 털을 부풀리다가, 여름만 되면 솜털처럼 가느다란 털만 남기고 다 빠져버리죠."

쎄시아는 눈을 가늘게 떴다.

"그거다."

"예?"

"가위를 가져와."

"……예?"

단딜리온 재상이 설마, 하고 물었다.

"혹시 머리카락을……."

"그래."

쎄시아의 빨간 눈이 흉흉하게 빛났다.

"머리카락을 잘라 버리겠다!"

발렌시아 성이 뒤집어졌다.

발단은 얼마 전 유리 클로드가 짧은 여름 방학을 맞아 다녀간 것이었다. 유리는 최근 머리카락을 다시 잘랐는데, 귀밑으로 조금 나오는 정도의 길이였다. 역시 이것만큼 편한 머리 스타일이 없다는 것이었다.

"드레스를 입을 일도 있을 텐데, 신경 안 쓰이나?"라는 쎄시아의 말에 유리는 "아스완에서는 박박 밀고 다녔는데요, 뭐!"라며 웃었다. 마틸다 또한 "공작 각하께는 예쁘게 보이고 싶지 않으세요?"라고 물었으나, 정작 그녀의 연인은 유리의 머리가 가장 짧을 때 그녀에게 반한 사람이다. 이제 와 새삼 그에게 예뻐 보이기 위해 머리를 기르는 것도 좀 웃기는 일이라고 유리는 말했다.

그리고 뭣보다, 유리의 짧은 머리에도 원피스들은 제법 귀엽게 잘 어울렸다. 유리는 짧은 머리카락으로 발렌시아 성을 돌아다니면서도 매일매일 참 귀엽게도 하고 다녔다. 몸집이 작은 데다가 얼굴이 앳되어 십 대로도 보였다.

물론 발렌시아 성 안에서 그렇게까지 머리가 짧은 여인은 역시 유리 하나뿐이었으므로 누군가와 착각 당하지는 않았지만.

"나도 유리만큼 잘라 버릴 거야!"

발렌시아 동쪽 성에서는 그야말로 아비규환이 일어났다. 가위를 가지고 오라는 여왕과 그것만은 안 된다고 말리는 시녀들, 그리고 얼굴이 벌개져서 위엄이 안 선다며 결사적으로 반대하는 재상과 눈치를 보며 이도 저도 못 하는 시종들…….

"왜 안 돼!"

"폐하! 군주의 위엄이 안 섭니다!"

"군주의 위엄이 머리카락에서 나오느냔 말야?!"

시녀들이 가장 결사적으로 반대했다. 여왕을 아름답게 꾸미는 데 긴 머리카락은 필수재였기 때문이다. 그러나 쎄시아는 막무가내였다.

"잘라!"

"……폐하, 제발……."

일렉사 백작부인은 여름휴가를 간 채였으나, 모두가 지금 이 순간 일렉사 백작부인의 귀환을 간절히 바랐다. 그러나 그녀는 없었다. 그리고 쎄시아 발렌시아는 이 기회를 놓치지 않을 셈이었다.

"이걸로 내게 땀을 빼게 할 것이냐?"

갑작스레 불려온 쎄시아의 머리카락 담당 시녀는 울상이 됐다. 그녀는 매번 여왕의 머리카락을 땋거나 틀어 올리거나 아름답게 결을 살리는 작업이나 했지, 맹세코 남의 머리카락은 잘라 본 적도 없었던 것이다.

"폐하……. 제게 왜 이렇게 잔인하세요……?"

시녀가 울먹이자 쎄시아는 칫, 하고 혀를 찼다.

"너희들 이제 나를 너무 잘 알아."

"아시면 저를 괴롭히지 말아 주세요……."

다른 것보다 쎄시아는 제 신하들이 쎄시아에게 괴롭힘 당한다며 피해자인 양 구는 것에 약했다. 시녀들은 결사적으로 울먹였다.

"저희는 폐하의 아름다운 머리카락에 손 하나 까딱하고 싶지 않은걸요."

"이건 괴롭힘이에요, 폐하."

"저희는 아름다운 폐하의 모습을 만들기 위해 일하는 사람들인데, 어찌 저희의 직업적 자부심에 이리도 흠집을 내시나이까……?"

"머리카락을 자르는 것은 지독히 가난한 여인들이나 하는 것입니다……."

쎄시아가 멈칫했다. 그때였다.

"뭐, 폐하가 머리카락을 자르시면 그런 편견도 열어질 수는 있겠군요."

쎄시아의 눈이 커다래졌다. 그 말을 한 사람이 전혀 의외의 인물이었기 때문이다. 옆에 가만히 앉아 있던 호호 할아버지. 바로 단딜리온 재상이었다.

"재상……?"

"생각해 보면 머리카락을 관리하는 게 얼마나 비효율적입니까. 향유를 일일이 바르는 것도 그렇고. 저만 해도 딱히 머리카락을 기르진 않는데."

그렇게 말하는 재상의 머리카락은 짧았다. 남자들은 활동을 위해 어릴 적부터 머리를 짧게 자르는 것이 보편적이었다. 재상은 눈앞에 놓인 차가운 차를 마시며 남의 말 하듯 말을 이었다.

"더위에 제가 견디는 이유는 저는 머리카락이 짧아서일 수도 있겠군요."

"……재상 뭐 잘못 먹었소?"

"저라고 항상 폐하 하시는 일에 반대만 하는 것은 아닙니다."

그 말이 결정적이었다. 쎄시아는 의기양양하게 가위를 들었고, 시녀들이 울며 매달렸다. 그러나 승패는 이미 결정돼 있었다. 결국 시녀들과 쎄시아는 어깨 길이로 전격 합의를 봤다. 그렇게 길이를 조정하는 데에만 두 시간이 걸렸다. 완전히 짧게 잘라버리고 싶다는 여왕과, 최소한의 길이는 남겨달라는 시녀들과의 실랑이 끝에,

머리카락이 잘렸다.

싹둑.

고무끈으로 단단히 묶은 머리카락 뭉텅이가 잘려나갔다. 쎄시아는 머리통이 확 가벼워지는 것을 대번에 느끼고 옆을 돌아봤다. 엄청난 머리카락이 옆에 떨어져 있었고, 그것을 받아든 시녀들이 울상을 짓고 있었다.

"이게 무슨……."

"이걸로 가발을 만들어야겠습니다……."

시녀들의 손에 쥐인 머리카락 묶음은 마치 지푸라기단 같았다. 쎄시아가 픽 웃고는 거울을 봤다. 어깨에서 조금 떨어진 길이로 잘려 있는 머리카락. 두어 번 고개를 기울여봤다. 머리가 가벼웠다.

"가벼워."

"……."

남들은 울상이 돼 있는데 혼자만 화색인 여왕이 머리를 흔들었다.

"가벼워!"

"……좋으시겠어요……."

"뭐야. 머리 자른 건 난데 너희들이 왜 그런 표정이야?"

쎄시아가 히죽히죽 웃으며 시녀들을 바라보곤 자리에서 일어섰다.

"그렇게 됐으니, 재상."

"예."

"나 휴가."

"……폐하."

재상이 이마를 찡그렸으나 쎄시아는 손을 휘저었다.

"켈베아의 깃발 문제는 기각. 왕기와 색이 겹치오. 램폴린에 병력을 보내는 것은 일부 허가. 다만 근처에 올랭피아가 있으니 공작의 사병을 쓰라고 하시오. 발렌시아에서 보내는 것은 낭비요. 관련해서 에넌에게 전령을 보내겠소."

……이러니저러니 해도 남아 있는 자잘한 일들을 모두 파악하고 있었다. 게다가 이미 방책까지 내려주었으니 할 말이 없었다. 재상은 못마땅한 표정이 되었으나 고개를 숙였다.

"전령은 어떻게 할까요?"

"내가 알아서 보내겠어. 적임자가 있지."

여왕이 신이 나 짧은 머리카락으로 줄달음질 쳤다. 시녀들이 원망스러운 눈으로 재상을 바라봤다. 왜 그러셨어요……. 하는 눈이었다. 재상은 못 본 척하며 마저 차를 마셨다.

쎄시아는 너무 어릴 적부터 떠맡은 일이 많아 여자 친구가 별로 없었다. 여자아이들은 친구를 보고 서로 배우고 따라 하며 자라는 시기가 있기 마련이다. 제 조카는 그런 시기라고 말하기에는 너무 커버렸지만, 어쨌든 때론 그런 재미도 있어야 사는 것이 즐거운 법이라고 재상은 생각했다.

그 뒤에 무슨 일이 생길지 예상했다면, 재상은 절대로 방 밖으로 여왕을 그렇게 내보내지 않았을 것이다.

여름방학이 막 끝난 참이었다. 유리는 새벽같이 일어나 학교로 향했다. 본래 어떤 학기든 첫날은 설렌다. 유리도 그랬다.

아주 어린 소녀들이나 제 또래, 혹은 자신보다 나이가 많은 이들도 있었지만, 어떤 학생이든 유리가 가르치는 것을 좋아하고 잘 따라와 주니 참 좋은 일이었다. 학교를 세우길 참 잘했다고, 교장실에서 교재를 준비하며 유리는 생각했다.

그리고 교단에 서서 학생들을 둘러보고, 제 생각을 취소하고 싶어졌다.

"음……."

유리는 교단에서 잠시 말을 고르기 위해 고심해야 했다. 본 적 없는 학생이 하나 싱글벙글 웃으며 실습실에 앉아 있었기 때문이다. 열다섯 명 남짓한 학생들은 저마다 그 학생을 흘깃흘깃 쳐다보고 있었다. 그건 그 학생이 머리가 유리처럼 짧았기 때문이지만, 그럼에도 불구하고 무시무시하게 아름답기 때문이기도 했다. 그 외에도 본 적 없는 학생이라는 이유도 컸다.

물론 유리는 그녀를 본 적이 있다. 그러니까, 그게 어디서냐면.

"반가워요, 여러분. 여름방학 잘 보냈나요?"

네- 학생들이 답했다. 유리는 웃으며 말했다.

"제가 잠깐 잊고 온 게 있어서 교장실에 좀 다녀올게요. 그때까지 서로 인사들 나누고 계세요. 그리고 거기……."

본 적 없는 학생이 유리의 부름에 빙그레 웃었다. 유리는 차마 거기에 손가락질을 할 수 없어서 마주 미소 지었다. 입가가 경련했다. 손이 떨렸다. 등골이 서늘했다.

"잠깐 따라오세요."

"네!"

학생은 유리의 말에 느릿하게 일어나 실습실의 뒷문을 열고 따라

나왔다. 유리는 무시무시한 기세로 학생의 손을 잡고 교장실까지 끌고 왔다. 학생은 실실 웃으며 유리에게 이끌려 교장실까지 같이 뜀박질했다. 이윽고 교장실 앞에 도착했고, 그녀를 대뜸 밀어 넣은 유리는 쾅, 하고 교장실 문을 닫자마자 돌아서 물었다.

"……대체 왜 여기 계세요 폐하?!"

거의 울부짖는 것에 가까운 목소리에 쎄시아가 한쪽 눈을 찡그리며 귀를 막았다. 그러나 그녀의 사랑스러운 재단사는 부들부들 손을 떨며 다그쳐 물었다.

"폐하 맞죠? 제가 착각한 거 아니죠? 대체 왜 여기, 아니 그보다 머리, 교복은 어디서 나셨, 폐하!!"

"시끄러워, 유리."

유리는 그 순간 일렉사 백작부인과 재상이 왜 쎄시아 발렌시아만 보면 관자놀이를 짚는지 완벽히 이해하게 됐다. 말을 해도 아예 듣지를 않으며 대답도 하지 않는다!

"폐하!!"

"……휴가 왔어. 이상."

"이상은 뭔 이상이에요!"

물론 유리 클로드는 단딜리온 재상과 일렉사 백작부인보다 훨씬 과감하고 무례했으므로, 여왕의 어깨를 붙잡았다.

"설명해 주세요!"

"……유리. 이거 내가 무엄하다고 벌줘도 되는 상황인 거 알지?"

"그렇게만 해 보세요 어디! 당장 에넌하고 결혼해서 면책권으로 벌을 모면한 다음, 발렌시아 전역에 대자보 붙여서 폐하 신나게 비판할 거니까!"

"……쳇. 다시 생각해도 그대는 너무 정치 감각이 좋아. 정치할 생각 없어?"

"폐하!"

유리는 거의 울상이 되었다. 아무리 생각해도 쎄시아 발렌시아가 말 달려서 보름은 걸리는 올랭피아의 제 학교 교실에 앉아 있을 이유가 없었기 때문이다. 그러나 유리가 간과한 게 있었으니, 쎄시아는 이유 없이 움직이는 사람이었다.

"휴가 받았어."

"……휴가를 받았으면 어디 바닷가라도 가셔야지, 왜 학교에 계신데요!"

"에넌한테 전령 보내는 김에 내가 왔어."

"아악!"

그러니까 상식 밖의 폐하라는 존재는……. 사람들 앞에서 바지도 입고 코르셋도 벗고 가끔 머리카락을 자르는 식으로 여성인권에 이바지하는 사람이지만, 반대로 말하면 비상식적인 짓을 가끔 저지르는 사람이기도 한 것이다. 유리는 쎄시아의 비상식 덕분에 여기까지 올 수 있었던 사람이지만, 쎄시아의 비상식 때문에 제가 곤경에 처했다는 것을 대번에 파악했다.

쎄시아의 설명은 간단했다. 램폴린에 파병해야 하는 건 때문에 에넌에게 전령을 보내야 했다. 램폴린은 지금 동부의 청크와 군사적으로 대립하고 있다. 왕국이었던 두 영지는 발렌시아에 편입한 후에도 으르렁댔다. 결국 여왕은 램폴린의 손을 들어주기를 택했으나, 극도로 정치적인 일이기 때문에 평범한 전령을 보낼 수는 없었다. 멀어서 전서구를 보낼 수도 없다.

"그렇다고 폐하가 움직이시는 게 어딨어요!"

"……내가 움직이는 게 사실 제일 맘 편하지."

통치의 잔 같은 사기템을 끼고 있으니 호위를 데리고 움직일 필요도 없다. 쎄시아 발렌시아를 보는 모두가 전의를 상실하기 때문이다. 그녀는 발렌시아에서 가장 안전하고 방만해도 되는 여인이었다. 피가 통한 직계혈육이 없으니 아무도 그녀를 해칠 수 없었다. 유리는 거의 울고 싶은 심정이 됐다.

"그럼 올랭피아에 가셔야 할 거 아니에요……."

"아니, 사실 나도 올랭피아에 가려고 했는데. 여기를 지나다 보니 한 번도 네 학교를 직접 구경 온 적이 없다는 생각이 들더라고."

"그래서요……."

"리나타 지역은 잇츠비라는 놈 담당이잖아. 영주관 가서 그놈에게 시켰어."

올랭피아는 왕국에 가까운 크기였고, 잇츠비 경은 이 근처 지역을 다스리고 있었다. 쎄시아는 꼬박 보름 동안 말을 달려왔지만, 상기와 같은 이유로 리나타에 주저앉기로 했다. 유리는 불쌍한 잇츠비 경에게 애도를 표했다. 물론 마음속으로다.

"그러니까, 나 여기서 좀 놀아도 되지?"

"학교가 폐하 노시라고 있는 곳은 아니거든요!"

"시찰."

"아, 폐하……."

"여기 내 돈도 들어갔잖아. 매년 엄청난 지원금을 주고 있다고. 확 끊어버린다?"

물론 그녀의 말은 반쯤 장난이었으나, 유리는 도저히 그녀를 말릴 수 없다는 걸 깨달았다.

"마음대로 하세요……."

"그래!"

쎄시아가 활짝 웃었다. 빨간 눈이 반짝였다.

그래서.

"……발렌시아에서 잠시 교환 온 학생입니다. 이름은……."

유리가 쎄시아를 올려다봤다. 쎄시아는 활짝 웃었다.

"카롤리나 코트."

"카롤리나 코트입니다. 발렌시아의 의상실에서 임시로 이번 주에 하는 수업만 일주일간 참관하게 되었어요."

언뜻 듣기엔 참으로 허접한 핑계다. 그러나 학생들은 유리 클로드를 거의 신처럼 모시고 있었고, 그렇구나, 하고 납득하고 말았다. 물론 클로드 여학교의 학생들이 참으로 다양한 나이 분포를 가지고 있다는 것도 한몫했다. 유리는 그야말로 모든 여자를 학생으로 받았던 것이다. 나이 어린 소녀부터 할머니까지, 누구든 입학하고 싶다면 거절하지 않았다. 물론 수업료 정도는 내야 했지만, 그 수업료라는 것도 파격적이다.

"들어가세요, 카롤리나."

"네에, 네에."

쎄시아는 즐겁게 웃으며 빈자리에 가서 앉았다. 실습실은 아주 넓었고, 열 개의 큰 책상이 놓여 있었다. 책상마다 학생 두 명이 쓰고 있었다. 쎄시아는 혼자 앉아 있던 붉은 머리의 여학생 옆에 앉았다.

"안녕하세요……?"

학생은 조심스럽게 쎄시아에게 인사를 건넸다. 쎄시아는 아무리 봐도 이십 대 후반은 되어 보였기 때문이다. 반대로 그녀는 잘 해봐야 십 대 후반이었다. 쎄시아도 웃으며 인사했다.

"안녕."

얘 귀엽게 생겼네. 그러나 쎄시아의 뒤통수가 따가워져 왔고, 쎄시아는 뒤를 돌아봤다. 유리가 동글동글한 눈을 부릅뜨고 자신을 쳐다보고 있었다.

개수작하지 마세요, 폐하.

어이쿠, 무서워라.

쎄시아는 어깨를 움츠렸다. 유리는 침착하게 교단에 서서 책을 펼치고 말했다.

"자, 첫날부터 힘든 건 알지만, 우리는 시간이 없으니 바로 수업할 거예요. 다들 책상 밑의 서랍에서 종이를 꺼내 펼쳐 주세요."

종이? 쎄시아가 고개를 갸웃거리는데 옆의 학생이 쎄시아의 어깨를 두들겼다. 냉큼 눈치 빠르게 일어서서 물러나니 학생은 책상에 달린 넓은 서랍을 열었다. 거기에는 책상 반만 한 너비의 종이가 들어 있었고, 학생은 그 종이 두 장을 꺼내 책상 위에 올렸다. 이래서 이만한 책상을 두 명이 쓰는 것이리라. 쎄시아는 대번에 미친 듯이 들어가는 지원금에 대해 납득했다.

이렇게 비싼 종이를 수업 시간마다 사용하니 당연히 돈이 엄청나게 들어갈 수밖에 없다.

종이는 비쌌다. 그것도 이렇게 얇은 종이는. 쎄시아는 책상 위의 종이를 만져보고 놀랐다. 그 종이들은 쎄시아가 일을 볼 때나 사용하는 고급품이었다. 이렇게 비싼 종이를 쓸 필요가 있나, 싶었지만 쎄시아는 수업 커리큘럼을 보고 납득했다.

흑연을 다듬어 만든 연필을 가지고 패턴을 그리는 것이다.

"이번 학기에는 바지를 배울 거예요. 바지는 아주 까다롭지만, 구조를 알고 나면 간단해요. 먼저 서로의 밑위 길이를 재고……."

붉은 머리카락의 여자애가 쑥스러운 듯 줄자를 들고 다가왔다.

"……저기."

"음, 그래. 그대와 내가 조를 이루어서 서로 길이를 재면 되는 것이지?"

쎄시아는 눈치가 빨랐고, 이 수업이 어떻게 돌아가는지 대강 알아챘다. 재단사들은 남의 옷을 만들어주는 일이 대부분이다. 그러니 수업하는 학생들도 서로의 길이를 재어 상대에게 꼭 맞는 옷을 만드는 것이 아마 학습 목표이리라. 이건 재미있는데…….

"그대는 이름이 뭐지?"

"어, 음……. 마리아예요. 마리아 체슬린."

"아하, 마리아."

성이 있으니 귀족이리라. 쎄시아는 다리를 벌리고 서 그녀가 자신의 다리 길이와 허리를 재도록 내버려 두었다. 마리아는 퍽 의욕적으로 쎄시아의 길이를 재었다.

"카롤리나 씨, 다 쟀어요."

"그래."

쎄시아는 줄자를 들고 마리아가 한 대로 따라 길이를 쟀다. 과정은 재미있었다.

문제는…….

"……있지, 마리아."

"네?"

"이게 잘 안 그려지는데……."

곱하기도 괜찮았다. 덧셈도 괜찮았다. 사람 다리에 입혀질 뭔가를 그린다는 데 왜 숫자를 더하고 곱하고 빼야 하는지는 잘 몰랐지만, 유리가 그러라니 그런가 보다 했다.

문제는 쎄시아가 선을 잘 못 긋는다는 것이었다.

생각해보면 어릴 적부터 그림을 그려본 적은 없었다. 예쁜 그림을 봐도 그건 화가들이 그리는 거라고 생각했지 자신의 일이라 생각해본 적은 한 번도 없었다. 수없이 글을 쓰고 편지를 써도, 선을 제대로 그어본 적은 없었다.

마리아가 난처해하며 자를 가져다줬다. 그러나 쎄시아는 이게 자의 문제가 아니라는 걸 알고 있었다. 일직선만 그려서 패턴을 뜰 수 있다면 얼마나 좋을까. 그러나 허리와 밑위, 주머니 따위를 그리는 데에는 자를 사용할 수 없었다. 물론 곡선을 그리는 곡자가 있긴 했지만, 결국 마지막에는 사람의 손이 닿아야 한다. 결과적으로…….

"어머나……."

중간 점검을 하러 왔던 유리가 큽, 하고 웃어버렸다. 발렌시아 대국의 여왕님은 흑연을 팔에 잔뜩 묻혀놓은 채로, 부글부글 끓는 눈으로 종이를 노려보고 있었던 것이다. 그리고 종이 위에는 엄청나게 그리고 지운 흔적이 가득했다. 너무 그린 나머지 종이의 어떤 부분은 엄청나게 찢어져 있었다…….

"카롤리나 학생은 평면 패턴이 처음이지요, 참. 제가 너무 소홀했어요."

유리가 피식피식 웃으며 쎄시아의 손에서 연필을 받아들고 새 종이를 꺼냈다.

"마리아의 치수는……. 이거군요. 그럼 그려볼까요."

쎄시아는 별 저항 없이 물러서서 유리가 하는 것을 봤다. 그리고 눈이 동그래졌다. 유리는 곡자도 필요 없이, 직선자 하나로 슥슥 바지 패턴을 그려냈던 것이다. 옆, 옆, 주머니, 허리, 벨트. 여기까지 그리는데 딱 차 한 잔 마실 시간밖에 걸리지 않았다. 지우개도 필요 없었다. 유리는 수정 한 번 없이 깔끔하게 패턴을 완성한 후 돌아서서 웃었다.

"괜찮아요, 카롤리나. 방법만 알면 되니까. 이 패턴으로 수업하도록 해요. 알겠지요?"

유리가 제 어깨를 짚고 지나갔으나, 쎄시아는 눈을 부릅뜨고 그 패턴을 내려다봤다.

자신의 재단사는 천재였다!

마리아가 "저어……."하고 유리에게 제가 그린 패턴을 보여줬다. 유리는 그 패턴을 보고 빙그레 웃으며 "아, 여기는 조금 수정해야겠네요."하고 밑위 길이를 조금 더 길게 그렸다. 여왕의 치수에는 이 밑위가 맞겠지만, 쎄시아는 다리가 길어 밑위가 좀 긴 쪽을 선호했기 때문이다. 영문을 모르는 마리아가 눈을 동그랗게 떴다.

"제가 틀렸나요?"

그제야 유리는 자신도 무심코 실수했음을 깨달았다. "앗, 그게 아니라." 그래서 유리는 필사적으로 변명했다.

"기본 패턴이지만 친구에게 맞춰서 변형하는 방법을 보여준 거예요. 설명이 부족했군요. 재단사들은 자신의 고객에게 맞춰 패턴을 응용하는 요령도 필요하거든요. 카롤리나를 봐요. 다리가 평범한 사람들보다 길지요?"

마리아의 시선이 미인 교환학생의 허리와 다리로 향했다. 교복 바지는 어쩐지 남의 것을 빌려 입은 듯 그녀에게 어정쩡했지만……. 그래서 더욱 그녀가 평범한 이들보다 긴 다리를 가지고 있다는 것을 알 수 있었다.

"네, 그런 것 같아요."

"그럴 때는 밑위 길이를 조금 길게 늘여주면 좋아요."

"그렇군요!"

"네. 기본 패턴은 허리선을 기준으로 하고 있지만, 다리가 긴 사람들은 허리선이 훨씬 올라오기 마련이니까요. 잠깐 보여준 것뿐이니 이제 다시 기본 패턴으로 고쳐 볼까요?"

"고맙습니다!"

마리아가 활짝 웃으며 패턴을 도로 기본으로 고치기 시작했다. 흥얼흥얼 노래를 부르는 붉은 머리카락의 여학생을 앞에 두고 두 여인이 시선을 주고받았다.

폐하, 다 잘하시는 줄 알았더니 이런 건 아예 못하시네요?

야, 내가 이런 거 잘하면 옷 만들지 왕 하겠냐.

쎄시아가 고개를 절레절레 저었다. 유리는 피식 웃었다. 아무래도 폭풍 같은 일주일이 될 것 같았다.

물론 쎄시아 또한 간과한 것이 있었다.

"왜 의상학교에서 체력단련 수업 같은 걸 하는 거야……?"

쎄시아는 맞은편을 노려봤다. 학교는 커다란 운동장을 가지고 있었고, 학생들은 운동장에서 삼삼오오 걷거나 뛰고 있었다. 학생들의 체력에 따라서 자유롭게 선택할 수 있었지만, 카롤리나 코트, 즉 쎄시아는 체력 담당 선생에게 전담 마크당했다. 물론 그 선생은 쎄시아가 여왕이라는 사실을 모른 상태로 웃으며 말했다.

"클로드 자작님께서, 코트 씨의 체력 개선을 위해 저에게 코트 씨를 일주일 동안 맡긴다고 공언하셨답니다!"

오늘 아침에 유리의 집에서 아침을 먹을 때, 유리가 후후 웃으며 "어디 한 번 건강하게 지내다 가 보세요, 아주."하고 말할 때 깨달았어야 했는데. 쎄시아는 자신이 억지로 유리의 학교에 들어왔다는 자각이 있었고, 그래서 첫날 교장실에서 수업 내용을 거부하거나 빼는 짓은 하지 않기로 약조한 터였다.

하지만 이렇게 앙갚음을 할 줄이야. 쎄시아는 넓은 운동장을 벌써 다섯 바퀴나 뛰듯 걸은 뒤였다. 겨우 그거 가지고? 라고 누군가는 말할지도 모른다. 그러나 매일 성 안을 조금 걷고, 술이나 마시며 매일 앉아 있던 여왕에게는 굉장한 운동이었다. 쎄시아의 얼굴에는 비 오듯 땀이 쏟아졌다. 어쩐지 그녀의 짝궁이 되어버린 마리아가 걱정하며 수건을 건넸다.

"괜찮아요?"

"괜찮아……."

"옷을 만들면 계속 앉아 있기 마련이라……. 억지로라도 체력을 길러야 한다고 클로드 자작님께서 만든 수업이에요. 저는 상당히 좋아하긴 하지만……."

"그렇구만……."

클로드 여학교는 기본적으로 의상학교였지만, 옷만 가르치지는 않았다. 쎄시아는 겨우 이틀째 수업을 듣고 있었지만, 대강의 커리큘럼은 파악한 상태였다. 기본적으로 패턴을 뜨는 법을 가르치는 것이 가장 우선이었으나, 그 외에는 문학을 가르치거나 체력도 단련시켰다. 재단사들은 고객들의 취향을 맞출 줄 알아야 하며, 다양한 방면에서 경험과 보는 눈을 길러야 한다는 이유였다. 그럴싸한 이유이긴 한데 말이지.

"난 휴가 온 건데……."

"네?"

쎄시아의 중얼거림에 마리아가 되물었다. "아냐." 쎄시아는 손을 내저으며 수건으로 얼굴을 닦았다.

어쨌든 지옥 같은 더위를 피해 올랭피아로 온 것은 나쁘지 않은 선택이었다. 올랭피아 또한 발렌시아에서 그리 멀지는 않았으나, 그래도 발렌시아보다는 덜 더웠다. 더욱이 리나타는 근처에 작은 호수가 있어 바람도 잘 불었다. 겨울에는 호수 때문에 더 춥다고 유리는 유난을 떨었지만.

그렇지만 안 더운 건 아니다. 그리고 이 더운 날씨에 달리기를 시키다니! 유리 클로드! 복수할 거야! 쎄시아는 속으로 생각하며 입맛을 다셨다.

물론 쎄시아가 학교 커리큘럼을 따라가지 못하기만 하는 건 아니었다. 세법과 상법 수업이 그랬다. 어쨌든 유리는 정말 다방면으로 학생들을 챙겼다. 나가서 가게를 차리고 일해야 하는 학생들이니만큼, 평민들이 가게를 차렸을 때 영주에게 내야 하는 세금이나 내지 않아도 되는 세금, 혹은 몇몇 영지에만 적용되는 특별세금 같은 것을 가르쳤다.

은행에서 대출을 할 때는 어떤 절차로 진행되는가? 같은 것들도 가르쳤다.

"평민에게는 통상적으로 대뜸 대출을 해주지는 않아요. 재산을 담보로 한다면 가능하지만, 담보로 할 만한 재산이 있다면 우리가 대출을 받을 필요가 없겠지요?"

와르륵, 웃음이 터졌다. 강사만 웃지 않았다. 강사는 베로니카였기 때문이다. 베로니카 또한 당연히 쎄시아의 얼굴을 알고 있었고, 잔뜩 얼어붙은 상태였다.

"……그래서 지역에서 유명세가 있거나 전통적인 상점에서 오래 일한 기록이 있다면 약간의 대출이 가능하도록 통상적으로는 안내하고 있지만……."

베로니카의 말이 이어졌다. 마리아가 흐응, 하며 책에 끄적끄적 베로니카가 가르친 것을 적고 있었다. 쎄시아는 턱을 괴고 마리아가 적는 것을 바라봤다.

"그건 왜 적는 거지?"

"어? 아……."

"그대는 귀족 아닌가?"

마리아가 쎄시아의 말에 흐흡 하고 웃었다.

"그치만 나중에 시험을 보거든요."

"아하."

대부분의 자원이 국가의 돈으로, 혹은 클로드 자작의 돈으로 제공되는 만큼 학교 또한 제대로 교육이 되는지 엄격히 체크했다. 학기 말 시험에서 통과하지 못하면 다음 학기에는 수업료 전액이 학생에게 부과된다. 처음 입학할 때는 1할의 수업료를 내고 학교를 다닐 수 있지만, 성실하지 않은 학생들은 그 열 배를 내야 다음 학기를 이수할 수 있는 것이다.

"하지만 몇몇 영지의 경우는 조금 다른데 대표적인 것이 청크의……."

쎄시아는 턱을 괴고 있다가 마리아가 적는 것을 막았다.

"이거 바뀔 거라서 아마 시험에 안 나올걸. 선생들이 상식이 있다면."

"어? 바뀌어요?"

"응. 이번 달 안에."

청크 영지는 램폴린에 병합될 것이고, 램폴린의 법령 아래에서 다스려질 것이다. 이미 에넌의 사병들이 출발했을 것이고 보름 안에 청크 영지는 정리될 것을 알고 있었던 쎄시아의 말이었지만, 마리아는 고개를 갸웃했다.

"그걸 어떻게 알아요?"

"……아."

쎄시아의 말문이 막혔다. 자고로 왕이라는 것은 신하들 앞에서 잘난 척하는 것이 직업이다. 반사적으로 잘난 척했다가 본전도 못 찾게 생겼다. 그러나 마리아는 다시 반대쪽으로 고개를 갸웃했다.

"우리 아버지도 가끔 그런 얘기하시던데. 혹시 카롤리나 양의 남편이 알려 주셨어요?"

마리아 체슬린. 쎄시아는 빠르게 머릿속 인명사전을 뒤졌다. 다행히도 있었다. 쎄시아가 지난해까지 법전을 재편찬할 때 동원됐던 수십 명의 법학자이자 남작이다. 쎄시아는 아하하……. 하고 웃었다.

"나 결혼 안 했어."

"앗……. 미안해요."

성이 있으니 귀족일 것이다. 쎄시아의 나이가 있으니 남편이 있을 것이라고 생각하던 마리아의 얼굴이 발개졌다.

"그러면 혹시 부친께서……?"

쎄시아는 턱을 긁었다. 제 아버지는 자신이 어렸을 때 돌아가셨지만, 돌이켜 보면 이런 얘기를 안 하지는 않았던 것 같다. 그래서 잠자코 고개를 끄덕였다.

그러나 마리아는 호기심이 많은 아가씨였다. 질문이 이어졌다.

"아직 부친 아래 계시군요. 신기해요."

"뭐가?"

나이 먹고 시집도 못 가고 부모 밑에서 살고 있는 날라리 귀족 아가씨 같은 건가, 하고 생각하던 쎄시아에게 마리아는 눈을 동그랗게 뜨며 말했다.

"머리카락이요."

"……아."

"부친께서 뭐라고 안 하셨어요?"

쎄시아는 제 머리를 반사적으로 쓰다듬었다. 그녀의 곱슬머리는 귀 아래쪽에서 싹둑 잘려 있었던 것이다. 일반적으로 귀족 남자들이 제 딸에게는 절대 허락하지 않을 머리 스타일이었고, 마리아는 그것을 신기해하고 있는 것이 분명했다.

쎄시아는 피식 웃었다.

"내 몸은 내 거니까."

"아."

이미 죽은 제 부친이 퍽 놀라운 사고방식의 아버지가 될까 봐 쎄시아는 덧붙였다.

"그리고 우리 아버지 진작 돌아가셨어."

"앗……. 미안해요."

쎄시아의 말이 던진 효과는 적절했다. 마리아는 대번에 숙연해져서 입을 닫았던 것이다. 저 앞에서, 제 학생들이 계속 소곤대는 것을 분명히 보았으나 그 학생 중 하나가 여왕 폐하인 탓에 아무 말도 못 하고 속만 태우던 베로니카가 겨우 한숨을 내쉬며 수업을 진행했다.

쎄시아는 옆에서 괜스레 제 눈치를 보는 소녀를 내려다봤다. 소녀는 한참 후에야 겨우 작게 속삭였다.

"……저희 아버지는 제가 여기 오는 걸 싫어하셨어요."

그런 아버지는 흔하다. 클로드 여학교는 귀족 아가씨들에게는 한 번쯤 가보고 싶은 곳으로 인기가 높았으나, 그 부모들에게는 최악이었다. 평민들과 어울려서 학교를 다녀야 하는 것은 차치하고, 바지를 입혀서 3년이나 학교에 보내야 하는 것이다. 게다가 그 교장이 자유연애를 하고 있고, 발렌시아 전역에 임신을 막는 물건을 팔고……. 아무튼 그렇다. 어떤 보수적인 부모들에게는 악의 축 같은 곳이다.

"그래서 저도 모르게 신기해서 물어봤어요. 죄송해요."

"죄송할 건 없어. 어차피 귀족들 기본 인사는 남의 부모 안부 아니겠어? 너 아니라도 초면에 내 부모 안부 묻는 사람은 널리고 쨌다고."

거짓말이지만. 여왕이 조실부모하고 형제도 없어 의동생 하나만 데리고 있는 것은 워낙 유명한 일이다. 아무도 그녀의 앞에서 부모 안부를 물을 리 없다. 하지만 귀족들은 조금 다르지. 마리아도 쎄시아의 말뜻을 알아챘는지 배시시 웃었다.

"앗, 그렇네요……. 그래도요."

"……너 귀엽네."

쎄시아가 툭 내뱉었다. 마리아는 눈을 동그랗게 떴다가, 웃었다.

"고맙습니다. 카롤리나도 멋있어요!"

"……멋있어?"

"네!"

마리아는 조금 크게 답했다가, 제 앞에서 몇몇 학생이 돌아보자

입을 가렸다. 베로니카는 필사적으로 두 사람의 대화를 모른 척하고 있었다. 마리아에게는 아마 베로니카가 제 말을 듣지 못한 것으로 보일 것이다. 마리아가 조금 후에 몰래 속삭였다.

"저는 카롤리나를 처음 보고 왕자님 같다고 생각했거든요!"

키도 엄청 크고, 머리카락도 짧지만 엄청 멋있고요! 그 말을 듣고 쎄시아는 유리가 스치듯 했던 말을 떠올렸다. "그런데 폐하, 오스칼 같아요. 제가 반할 것 같네. 이놈의 얼빠 기질 어떻게 해요?" 같은 소리를 지껄였더랬지.

쎄시아는 마리아의 말을 들으며 생각했다. 나는 혹시 이런 소동물 같은 여자애들을 귀여워하는 취미가 있나? 달려와서 지지배배 지저귀는 뱁새 같은 어린이들…….

"카롤리나의 머리카락, 엄청 예뻐요. 짧게 잘랐지만 길러도 멋있을 거예요. 교복 바지 말고 기사님들처럼 쭉 달라붙는 가죽바지를 입어도 멋질 것 같아요. 왜, 수도의 여왕님은 늘 가죽바지를 입고 다니신다잖아요."

음, 그건 잠깐잠깐 입었던 건데. 소문이 와전된 것 같아……. 라고 말할 수는 없다. 쎄시아는 잠자코 마리아의 말을 들었다. 마리아는 계속 떠들었다.

"여왕님도 키가 엄청나게 크시대요. 혹시 이곳에 오셔서 라이언하트 공작님을 본 적 있어요?"

"아니."

거짓말은 아니다. 여기서 본 적은 없으니까.

"저는 몇 번 봤거든요. 엄청 키가 크세요. 클로드 자작님의 연인인데, 클로드 자작님이 두 사람은 있어야 할 정도로 커요. 근데, 여왕님도 그만큼 크대요!"

……소문이 어디까지 와전된 거야? 쎄시아의 뺨이 실룩거렸다. 웃겨서다. 마리아는 빠르고 작게 속삭였다.

"저는 여왕님을 본 적 없는데, 옆 반의 레니아는 본 적 있대요. 먼발치에서 봤지만, 엄청 멋있고 늠름한 분이래요. 그리고 붉은 눈동자가 강렬했대요. 카롤리나도 붉은 눈이잖아요?"

"……."

어째 불길한데. 쎄시아가 흘긋 마리아를 바라봤다. 마리아는 베로니카 쪽을 보면서도 소곤소곤 귓가에 속삭였다.

"수확제에서 딱 한 번 뵈었는데, 그 강렬한 붉은 눈 위에 반짝거리는 백금발이 흐드러져 있어서 그만 반해버릴 것 같았대요. 저는 여왕님 초상화는 본 적 있는데, 초상화랑은 비교도 안 되게 박력 넘치는 분이라고 했어요."

그야 은행들마다 내 초상화가 걸려 있으니까……. 뭐가 그리 웃긴지 킥킥 웃던 마리아가 쎄시아를 슬쩍 올려다봤다. 두 사람의 눈이 마주쳤다.

"클로드 자작님은 수업할 때는 여왕님 이야기를 거의 안 하시는데, 딱 한 번 이야기하신 적이 있어요. 사람의 상식을 배반하는 분이라고 하셨거든요. 그 시녀장이신 일렉사 백작부인이 고생을……."

마리아는 입을 벌렸다가, 닫았다.

"그……."

마리아의 눈동자가 흔들렸다. 뭔가 아귀가 맞지 않는 것을 깨달은 느낌이었다.

"저어, 카롤리나. 혹시……."

끼익.

교실의 문이 열린 건 그때였다. 학생들의 눈이 흘깃 교실 뒤쪽으로 돌아갔다. 평범한 나무문 뒤에, 노부인이 들어와 섰다. 그녀의 눈이 제게 고정됐다.

"수업 중에 실례합니다. 카롤리나 코트 양을 잠시……."

아이고. 쎄시아는 이마를 움켜쥐었다.

일렉사 백작부인이었다.

"……제가 언제까지 폐하의 일탈에 휴가를 방해받아야 합니까?"

"아니, 왜 다들 내가 뭐만 하면 부인을 부르는 건데?"

쎄시아는 항의했다. 그러나 휴가를 방해받은 백작부인의 분노는 사정없이 여왕을 향했다.

"폐하께서 제 이름으로 올랭피아에서 행패를 부리고 있으면 남들이 대체 누굴 부르겠습니까!!"

그렇다. 엘메티아 카롤리나 코트. 일렉사 백작부인의 처녀 시절 이름이었던 것이다. 쎄시아는 축 처져서 부인의 눈치를 봤다. 두 사람 사이에서 쿠키를 깨물어 먹고 있는 유리만 여유만만이었다.

여기까지 혼자 말을 달려온 쎄시아도 그렇지만, 3일 만에 쎄시아 발렌시아의 휴가를 쫓아온 부인도 대단하다고 할밖에.

쎄시아가 발렌시아 성에서 없어진 것을 알자마자 시녀들은 뒤집어져서 그녀의 행방을 찾았다. 에넌에게 전령을 보내겠다던 말을 기억한 재상이 빠르게 성의 마구간을 뒤졌고, 쎄시아가 관청에서 말을 갈아탈 수 있는 통행증과 함께 성에서 가장 좋은 말을 데리고 나간 것을 알아냈다.

재상은 무릎이 좋지 않아 먼 거리를 이동하지 못했다. 결국 시녀들은 울며불며 일렉사 백작부인을 찾았다. 발렌시아 뒤쪽의 산속, 아담한 별장에서 휴가를 나고 있던 일렉사 백작부인은 지끈거리는 머리를 짚으며 내려와야 했다. 통치의 잔이 깡패라지만, 자신이 모시는 여왕은 무모해도 너무 무모했다.

"폐하."

"으응."

"발렌시아로 돌아가면 열흘 더 휴가를 주셔야 합니다."

"……보름 드리지."

그래도 잘못한 것은 알았는지 쎄시아는 슬쩍 눈치를 봤다. 유리는 휴, 하고 한숨을 내쉬었다. 일렉사 백작부인은 의자에 앉아 뒤로 몸을 깊이 묻었다. 어쩐지 지친 태세인 것이, 더 이상은 잔소리를 하지 않을 요량으로 보였다. 슬그머니 여왕이 물었다.

"더 안 혼내?"

"……더 혼나셨으면 좋겠습니까?"

"아니……?"

"뭐, 제가 아니라도 다음 타자가 있으니까요."

성에 있는 단딜리온 재상인가? 쎄시아는 붉은 눈을 스리슬쩍 굴렸다. 그리고 다음 순간 콰당, 하고 교장실의 문이 열렸고, 쎄시아는 다음 타자가 누구인지 알게 됐다.

"……이게 무슨 짓입니까, 누이."

"에넌."

오랜만에 보는 제 의동생이 씩씩거리며 교장실 문을 박차고 들어왔기 때문이다. 에넌은 쎄시아를 보고 버럭 짜증을 냈다.

"잇츠비 경 때문에 식겁했습니다! 대체 왜 여기, 아니 그보다 머리, 교복은 어디서 나셨, 폐하!!"

"……사귀면 하는 말도 닮아?"

"예?"

"아니야……."

쎄시아는 시선을 피했다.

"뭐 하시는 겁니까, 정말!"

"너 램폴린 간 거 아니었어?"

"거길 제가 왜 갑니까?"

"사병 보내라고……."

"램폴린에 제가 가면 지휘권이 램폴린 백작이 아니라 저한테 속하잖습니까?"

"아차."

에넌이 눈썹을 들어 올렸다. 아무래도 쎄시아 발렌시아가 자신을 좀 치워볼까 했던 모양인데, 그럴 수 있을 리가 없었다.

에넌 라이언하트는 잇츠비 경의 전언을 듣자마자 자리를 박차고 리나타로 온 참이었다. 잇츠비 경은 갑작스레 들이닥친 여왕에게 엄청나게 괴롭힘당한 후 올랭피아로 향했고, 울먹거리다시피 하는 잇츠비 경에게 자초지종을 들은 에넌은 제 누이의 비상식이 연인을 괴롭히는 상상을 꽤 많이 했던 것이다.

"누이."

"잘못했어."

"잽싸게 사과하시면 잔소리 안 들으실 줄 아나 본데."

"할 거야?"

쎄시아가 불쌍한 척 에넌을 바라봤다. 에넌은 빙그레 웃었다.

"유리, 수업 들어가야 하지 않나요?"

"없어도 나갈 거예요."

유리가 배시시 웃으며 책을 들고 일어섰다. 배신자! 쎄시아가 유리를 억울하게 쳐다봤으나 유리는 살랑살랑 손을 내저었다.

"건투를 빌어요, 폐하."

"야, 너 캐릭터 바뀌지 않았냐……?"

"잘 모르겠습니다?"

유리가 약 올리듯 답하고 교장실 문을 닫고 나갔다. 그리고 쎄시아 발렌시아는 에넌 라이언하트와 일렉사 백작부인에게 둘러싸여

장장 두 시간 동안 잔소리와 발렌시아의 국격과 국가의 미래와 이 용당한 램폴린 영지와 불쌍한 잇츠비 경과, 아무튼 온갖 소리를 들었다.

그 와중에 쎄시아가 "국가지원금이 들어가는 클로드 여학교의 커리큘럼이 궁금했네!"하고 변명했지만, 통할 리가 없었다. "그럼 보고를 받으시라고요, 보고를!" "야, 에넌 실전파인 너한테 그런 소리 들으니까, 되게 배신감 느껴진다……." "휴가를 2년째 방해받고 있는 저는 폐하에게 배신감을 느꼈을까요, 못 느꼈을까요?" "아, 발렌시아 돌아가서 보름 더 휴가 준다니까!" "저는 산장에서 막 갓 구운 멧돼지 미트 파이를 자르고 있다가 시녀들이 울며 뛰어 들어오는 바람에 맛도 못 보고 산을 내려왔단 말입니다!"

멧돼지 미트 파이의 원한은 깊었다.

쎄시아는 결국 두 손 두 발 다 들고 항복하고 말았다.

수업시간에 온 노부인이 일렉사 백작부인이라는 소문이 쫙 퍼졌다. 거기에 더해, 갑자기 헐레벌떡 나타난 라이언하트 공작까지. 학교 전체가 술렁거렸다. 라이언하트 공작은 클로드 여학교의 학생이라면 모르는 이가 없었다. 그가 이 근방에 어슬렁거리는 거야, 특별할 일 없었지만, 학교에, 게다가 이렇듯 수업 중에 들어온 것은 이례적인 일이었다.

덕분에 학교에는 엉뚱한 소문이 퍼졌다.

"뭐야. 드디어 클로드 자작님과 결혼하시는 거야?"

"그런가 봐!"

"그런 것치고는 꽃도 선물도 없어 보이던데?"

"바보야. 그런 건 클로드 자작저에 가져다 놨겠지!"

일렉사 백작부인은 어지간하면 움직이는 법이 없는 거물이었다. 그 여왕 폐하의 시녀장인 데다가, 라이언하트 백작하고도 각별한 사이다. 여왕 폐하가 직접 수도에서 움직이는 법은 없으니, 클로드 자작과 라이언하트 공작의 결혼식을 위해서 일렉사 백작부인이 리나타로 온 것이 아닌가 하는 로맨틱한 추측이 학생들 사이에 퍼졌다.

"하지만 일렉사 백작부인이 오자마자 웬 여학생을 불렀다면서?"

"그 학생도 발렌시아에서 잠깐 온 교환학생이라며. 뭔가 연관이 있는 게 아닐까?"

"아, 궁금해. 애들아, 말 좀 해봐."

학생들 몇이 쉬는 시간에 마리아의 교실까지 들어와 몇몇 학생들에게 물었다. 그러나 정작 마리아의 반 학생들은 입을 다물고 있었다. 무슨 말을 해야 할지 알 수 없었기 때문이다. 일렉사 백작부인, 라이언하트 공작. 그리고 사흘 전 온 교환학생. 언뜻 보면 연관이 없어 보이지만…….

짧게 자르기는 했지만 눈부시게 빛나는 금발, 큰 키, 그리고 피를 머금은 듯 새빨간 눈을 가진 그녀에 대해 연상할 수 있는 건 한 가지

밖에 없었기 때문이다. 그래서 학생들은 저마다 자신이 그 학생에게 저지른 실수가 없는지 되새김질하고 있었다.

그리고 그중에서도 마리아 체슬린은…….

"……나 죽으면 어떻게 하지……?"

"설마……."

마리아와 가끔 이야기를 나누곤 하던 벨라는 마리아의 하소연을 들어주느라 정신이 없었다. 마리아는 새파랗게 질려서 중얼거렸다.

"어떻게 하지, 어떻게 하지."

"……대체 뭘 했는데?"

마리아가 절망적인 눈으로 벨라를 바라봤다.

"남편 있냐고 물어봤어……."

여왕이 결혼 이야기를 싫어하는 건 워낙 유명한 일이었다. 거짓말 조금 섞어 그녀에게 결혼을 강요하는 자들의 목을 쳐서 성 밖에 내건다는 농담이 유행하기도 했다.

벨라의 얼굴도 새하얘졌다.

"괘, 괜찮아. 그 정도는 용서해 주실 거야."

"……머리카락 자른 거 부친께서 허락하셨냐고도 물어봤어……."

여왕은 조실부모했으며, 그 아버지였던 발렌시아 영주는 화병으로 죽었다. 치욕적인 죽음이라고도 혹자는 평했다.

"괜, 괜찮을 것 같은데……."

"……여왕님 키가 라이언하트 공작님만큼 크다고도 했고……."

"으응……."

"……나 여왕님 사타구니를 줄자로 쟀……."

벨라는 눈을 질끈 감았다.

"안녕, 마리아. 그동안 즐거웠어……."

"……어떡해!!"

와아아앙. 마리아가 얼굴을 손에 묻고 절규했다. 카롤리나 코트라는 말을 들었을 때 어떤 예감이 스쳤다. 카롤리나 코트라는 이름을 마리아는 알고 있었기 때문이다. 그 일렉사 백작부인의 처녀 시절 이름. 여왕과 흡사한 외모를 가지고, 그 유명한 시녀장과 같은 이름을 가진 여인에 대해서 마리아가 조금만 더 빨리 떠올렸더라도.

"난 죽을 거야!"

물론 그녀가 자신을 정말 죽이지야 않겠지만, 어쩐지 마리아는 아주 무서운 일이 일어날 것 같은 예감이 들었다.

그때였다.

드르륵.

클로드 자작이 실습실로 들어왔다. 모두의 눈이 클로드 자작에게로 향했고, 다른 반의 학생들은 부리나케 바깥으로 나갔다. 클로드 자작이 환하게 웃었다.

"미안해요, 일이 좀 있어서 제가 늦었지요?"

학생들이 궁금한 눈으로 클로드 자작을 쳐다봤다. 클로드 자작은 빙그레 웃으며 교단을 발로 통통 굴렀다. 어수선한 학생들 분위기를 그녀가 모를 리 없었다. 그래서 유리는 가장 먼저, 본의 아니게 비상식적인 여왕의 희생자가 된 착한 학생 하나를 구제하기로 했다.

"마리아."

"네?"

"미안해요. 본의 아니게 그대를 곯린 모양새가 되었어요."

"그……."

학생들이 물을 끼얹은 듯 조용해졌다. 유리는 생긋 웃었다.

"이미 소문이 퍼진 모양이고 짐작한 사람들도 있겠지만, 맞아요. 카롤리나 양은 사실 발렌시아에서 클로드 여학교를 시찰 나오신 여왕님이에요."

딸꾹. 누군가가 딸꾹질을 했다. 이럴 때일수록 뻔뻔해져야 했다. 유리는 한숨을 쉬고 싶은 것을 참으며 말을 이었다.

"많이 놀랐겠지만, 여왕님은 가장 가까이서 그대들을 살피고 싶어서 그렇게 하셨답니다. 다들 알고 있겠지만 우리 학교의 수업료는 엄청나게 비싼데도, 여왕님의 지원으로 여러분의 수업이 가능하니까요. 알고 있죠?"

네……. 학생들이 조그맣게 대답했다.

"결과적으로 폐하는 다른 일이 생겨서 가셔야 하게 되었지만, 사흘간의 시찰을 통해 우리 학교의 수업 내용에 아주 만족하셨어요."

그랬나? 학생들이 눈알을 굴렸다. 그 멋진 교환학생은……. 그러니까 패턴을 좀 못 그렸고, 체력이 좀 떨어졌던 것 같지만……. 그랬던 거 같기도 하고……. 유리는 얼굴에 철판을 깔고 말을 이었다.

"학생들이 국가의 지원에 힘입어 열심히 하는 모습을 보고, 깊은 감명을 받으셨답니다."

그런가? 그런가보다!

학생들이 눈을 동그랗게 뜨더니 자랑스러운 표정이 됐다. 어쨌든 대강은 통한 것 같았다. 한 사람만 빼고. 유리는 맨 뒤에 앉아서 눈가가 벌건 학생을 보고 안타까운 표정을 지었다. 귀족이지만 수업에 열심이고, 항상 웃고 있는 데다 실력도 괜찮아 유리도 눈여겨보고 있던 학생이었다. 마리아 체슬린.

아마 그녀는 자신이 뭔가 실수한 것이 없는지 걱정하고 있을 것이다. 표정을 보면 뻔했다. 유리는 흠흠, 하고 목을 가다듬었다.

"그리고, 마리아에게는 기쁜 소식이 있어요."

"……예?"

그런 그녀에게 작은 선물 정도는 괜찮을 것이다. 물론 선물인지 아닌지는 잘 모르겠지만. 마리아가 고개를 번쩍 들었다. 유리는 환하게 웃으며 말을 이었다.

"마리아."

"네……."

"폐하의 맞춤 바지 패턴을 떴지요?"

"아, 네……."

"폐하께서 마리아가 바지를 완성하는 것을 기대하겠다고 당부하셨어요."

"……예?"

"축하해요. 최근 몇 년간 폐하의 재단사는 저뿐이었는데, 제 학생들 중 폐하의 옷을 만드는 사람이 처음으로 나오게 되었네요."

마리아의 눈이 엄청나게 커졌다. 뭐, 여왕은 이 학교의 커리큘럼이 궁금하다고 했으니 끝까지 맛보여주는 것도 좋을 것이다. 유리는 여왕에게 바지를 처음 만들어 본 학생의 작품을 입혀 버리기로 했다. 본래 재봉학교를 다니는 학생들은 같은 학생들이 만든 별 이상한 옷들을 다 입어보는 게 숙명인 것이다.

그해 수확제에 여왕은 상당히 전위적인 바지를 입고 나타나 또 다시 화제에 올랐다. 마리아 체슬린이라는 이름이 발렌시아 전역에 한 차례 회자됐음은 물론이다.

〈끝〉

작가 후기

저는 사립 4년제 대학교의 의상학과를 나왔습니다. 의상학과가 의예과도 아닌데 10학기를 꽉 채워서 다녔지요. 그리고 전공과 하등 상관없는 직업을 갖게 되어 10년 넘게 일해 왔습니다. 학교에 다닐 때 장학금이라는 건 단 한 번도 받지 않은 자랑스러운 학생이었기 때문에, 10학기 등록금을 한 푼도 빼놓지 않고 다 냈답니다. 자연스레 제 대학 생활에 관해서는, 돈은 많이 드는데 인생에 하등 쓸모없지만 재미있는 5년을 보냈다고만 생각해왔죠.

그런데 그때 배운 것들을 가지고 10년 후에 제가 《여왕 쎄시아의 반바지》를 쓰게 될 줄은 몰랐어요. 뭔가 할 때 꼭 쓸모가 있을 필요는 없지만, 뒤늦게 쓸모를 발견하는 것도 기분 좋은 일이에요.

《여왕 쎄시아의 반바지》를 제가 완결 냈던 때는 2018년 여름이었어요. 분명히 끝난 줄 알았는데 2020년 초에도 이 글을 교정하고 있자니 '왜 안 끝나지…….'하는 생각이 들었지만 참 놀라운 일이다 싶기도 했습니다.

정말 뜬금없는 정보 값 몇 가지를 갑자기 늘어놓은 이유야 뭐 뻔하지 않겠습니까. 끝난 줄 알았는데 안 끝나는 일은 생각보다 많더라고요. 제가 다시 패턴 책을 들여다보고 복식사 책을 들여다보는 일은 없을 줄 알았는데, 이 글을 쓰면서 학교 다닐 때보다 더 많은 책을 들춰봤어요. 완결하고 이북이 나온 후 끝난 줄 알았는데 생각보다 더 많은 사랑을 받아서 종이책으로 이렇게 선을 보이게 되었고요.

소설에도 나오는 '인생은 블랙아웃이 아니라 디졸브.'라는 말은 직장 선배가 제게 해준 말입니다. 깜빡깜빡 꺼지지 않고 천천히 계속 이어지는 사람이도록 해 보겠습니다. 또 봬요!

2020년 봄,

작가 재겸 드림

여왕 쎄시아의 반바지 3

초판 1쇄 인쇄 2020년 3월 19일 초판 1쇄 발행 2020년 3월 26일

지은이 재겸
펴낸이 연준혁

웹소설본부 이사 이진영
책임편집 오가진

펴낸곳 ㈜위즈덤하우스 미디어그룹 출판등록 2000년 5월 23일 제13-1071호
주소 (410-380) 경기도 고양시 일산동구 정발산로 43-20 센트럴프라자 6층
전화 031)936-4000 팩스 031)903-3893 홈페이지 www.wisdomhouse.co.kr

값 15,000원 ISBN 979-11-90630-75-7 04810
ISBN 979-11-90630-72-6 세트

이 도서의 국립중앙도서관 출판예정도서목록(CIP)은 서지정보유통지원시스템 홈페이지
(http://seoji.nl.go.kr)와 국가자료공동목록시스템(http://www.nl.go.kr/kolisnet)에서
이용하실 수 있습니다.(CIP제어번호: CIP2020008769)